KB131170

스웨덴 기사

스웨덴 기사

Der schwedische Reiter

레오 페루츠 장편소설 강명순 옮김

DER SCHWEDISCHE REITER
by LEO PERUTZ (1936)

이 책은 실로 꿰매어 제본하는 정통적인 사철 방식으로 만들어졌습니다.
사철 방식으로 제본된 책은 오랫동안 보관해도 손상되지 않습니다.

서문

결혼 전의 성이 토르네펠트였던 마리아 크리스티네는 첫 남편 란차우와 사별한 뒤 덴마크 왕국의 추밀원 의원이자 훌륭한 외교관인 라인홀트 미하엘 폰 블로메와 재혼하였다. 젊은 시절 뭇 남성들의 무수한 구애를 받았던 미모의 이 여인은 쉰 살이 된 18세기 중엽에 옛 기억들을 모아 책을 썼다. 〈내가 살아오면서 만난 다양한 인물들의 풍경화〉라는 제목을 붙인 이 소책자는 그녀가 죽고 수십 년이 지난 19세기 초에 비로소 세상에 모습을 드러냈다. 그녀의 손자가 가까운 지인들하고만 돌려 볼 생각으로 할머니의 유고를 출간한 것이다.

그녀는 격동의 시대에 온 세상을 두루 구경하며 다녔기 때문에 본인이 붙인 이 도발적인 제목이 아주 허황된 것은 아니었다. 그녀는 재혼한 남편인 덴마크 추밀원 의원이 가는 곳마다 늘 동행했다. 심지어 이스파한[1]에 있는 악명 높은 나디르 샤[2]의 궁을 방문한 적도 있다. 그녀의 책에는 현대 독

1 이란 중부의 옛 도읍이자 상공업 도시. 이하 모든 주는 옮긴이의 주이다.
2 이란 아프샤르 왕조의 창시자.

자들의 흥미를 끌 만한 내용이 많다. 제1장에 등장하는, 잘츠부르크 대교구에서 발생한 개신교 소작농 추방 사건에 대한 인상적인 설명이 한 예다. 책 중간쯤에는 인쇄소가 생겨나면서 일자리를 잃은 콘스탄티노플 필경사들이 일으킨 폭동에 관한 이야기가 나온다. 탈린[3]에서 번성했던 기도 치료사들의 활동과 그들이 광신자들을 난폭하게 억압했던 것에 대한 묘사도 아주 생생하다. 그녀는 헤르쿨라네움[4]에서 〈대리석 인물상들과 조각품들이 최초로 발굴되는 현장〉을 목격하기도 했다. 하지만 본인은 그 당시 유적 발굴의 의미 같은 건 전혀 인식하지 못했다고 한다. 또한 그녀는 파리에서 〈말이 이끄는 것이 아니라 오로지 자체의 동력으로 달리는〉 마차를 타고 두 시간 만에 18킬로미터가량을 달린 적도 있다.

그녀는 당대의 몇몇 위대한 인물들과도 교류했다. 파리의 어느 가면무도회에서 만난 젊은 시절의 크레비용[5]과는 잠시 연인 관계를 유지했던 것으로 보인다. 몇 년 뒤에는 뤼네빌[6]에서 열린 프리메이슨 대회에서 볼테르[7]와 아주 긴 대화를 나누었으며, 수년 뒤 파리에서 볼테르가 아카데미 프랑세즈 회원으로 선출되던 날 그를 다시 만나기도 했다. 그녀의 친구들 중에는 물리학 교수인 레오뮈르[8]나 레이던병[9]을 발명

3 에스토니아 공화국의 수도.

4 이탈리아 캄파니아 지방의 고대 도시. 서기 79년에 화산 폭발로 매몰되었다.

5 Claude Prosper Jolyot de Crébillon(1707~1777). 프랑스의 소설가.

6 프랑스의 소도시.

7 Voltaire(1694~1778). 프랑스의 철학자.

한 뮈스헨브룩 같은 과학자도 몇 명 있었다. 라이프치히 출신의 유명한 지휘자 바흐[10]와 만난 이야기 역시 꽤나 흥미진진하다. 그녀는 1741년 5월 포츠담 교회에서 바흐의 오르간 연주를 들었다.

하지만 마리아 크리스티네 폰 블로메의 이야기 가운데 독자에게 가장 강렬한 흥미를 불러 불러일으키는 것은 바로 어렸을 때 돌아가신 아버지에 관한 이야기이다. 그녀는 〈스웨덴 기사〉라고 불리던 아버지의 이야기를 거의 시적인 감흥을 전하며 열띠게 들려준다. 아버지의 실종이라는 비극적인 사건을 둘러싸고 벌어진 기이하고 모순된 일화들은 어린 시절 내내 그녀에게 어두운 그림자를 드리웠다.

마리아 크리스티네 폰 블로메의 기록에 따르면, 그녀는 슐레지엔 지방의 어느 거대한 장원에서 태어났다. 그녀가 태어나자 그 일대의 귀족들이 전부 찾아와 축하를 전할 만큼 대단한 집안이었다고 한다. 아버지 스웨덴 기사에 대한 그녀의 기억은 매우 흐릿하다. 하지만 〈아버지는 눈빛이 아주 무서운 사람이었지만 나를 볼 때의 눈은 파란 하늘이 열린 것만 같았다〉라고 말한다.

그녀가 여섯 살쯤 됐을 때, 스웨덴 기사는 당시 온 세상에 이름을 떨치던 〈스웨덴 왕 칼 12세의 악명 높은 군대에 들어

8 René Antoine Ferchault de Réaumur(1683~1757). 프랑스의 물리학자이자 박물학자.

9 축전기(蓄電器)의 일종. 1746년 네덜란드 레이던 대학의 과학자 뮈스헨브룩Pieter van Musschenbroek(1692~1761)이 발명하였다.

10 Johann Sebastian Bach(1685~1750). 독일의 음악가.

가기 위해〉 러시아로 떠났다. 원래 스웨덴 사람이었던 아버지는 어머니의 간절한 애원도 뿌리치고 길을 떠났다고 한다.

마리아 크리스티네는 스웨덴 기사가 집을 떠나기 전, 소금과 흙으로 속을 채운 작은 오자미를 만들어 아버지의 재킷 안감에 몰래 집어넣고 꿰매 두었다. 아버지를 수행하기로 한 하인들 가운데 하나가 말하기를, 두 사람이 영원히 헤어지지 않으려면 그렇게 해야 한다고, 확실히 검증된 방법이라고 조언했기 때문이다. 토르네펠트를 따라간 두 하인의 이야기는 뒤에서 다시 나올 텐데, 그들은 마리아 크리스티네 폰 블로메에게 욕하는 법과 유대인 하프를 연주하는 법도 가르쳐 주었다. 하지만 그녀는 하프 연주법을 평생 동안 거의 써먹지 못했다고 한다.

아버지가 스웨덴 군대에 들어가겠다며 집을 떠난 지 몇 주 지난 어느 날, 어린 마리아 크리스티네는 한밤중에 누군가 침실 창문을 두드리는 소리에 잠을 깼다. 처음에는 악몽을 꿀 때마다 찾아오고는 했던 〈전설적 인물 헤롯 왕의 유령〉이 다시 나타난 줄 알았다. 그러나 뜻밖에도 그건 아버지였다. 마리아 크리스티네는 놀라지 않았다. 아버지의 재킷에 꿰매 놓은 소금과 흙이 아버지를 반드시 집으로 돌려보내 줄 거라고 굳게 믿고 있었기 때문이다.

아버지와 딸은 한동안 다정한 눈빛과 사랑스러운 말투로 서로 궁금했던 이야기들을 묻고 답했다. 그러다가 두 사람은 입을 다물었다. 아버지가 그녀의 얼굴을 두 손으로 감쌌을 때 그녀는 눈물을 찔끔 흘렸다. 처음에 흘린 눈물은 재회의 기쁨 때문이었으나, 이번에는 아버지가 다시 떠나야 한다고 말했기 때문이다.

아버지는 15분을 채 넘기지 않고 다시 어둠 속으로 사라졌다.

아버지는 항상 한밤중에 어둠을 틈타 찾아왔다. 그녀는 가끔 아버지가 창문을 두드리기도 전에 침대에서 일어나 기다리기도 했다. 아버지는 이틀 연달아 찾아올 때도 있었지만 사흘, 나흘, 닷새가 되도록 나타나지 않을 때도 있었다. 어쨌든 아버지의 방문은 절대 15분을 넘기지 않았다.

그렇게 몇 달이 흘렀다. 마리아 크리스티네는 그때를 회상하면서 왜 그 이야기를, 스웨덴 기사가 한밤중에 찾아온다는 이야기를 아무한테도 하지 않았는지 모르겠다고 했다. 심지어 그녀는 어머니한테도 비밀로 했다. 스웨덴 기사가 비밀로 해달라고 부탁했기 때문이었을 수도 있고, 아무도 그녀의 말을 안 믿을까 봐 두려워서 입을 다물었을 수도 있다. 사람들이 꿈속에서 헛것을 본 거라며 비웃을까 봐 겁이 났던 것이다.

스웨덴 기사가 한밤중에 마리아 크리스티네의 창문을 두드리던 무렵, 말을 교체하기 위해 그녀의 장원에 잠시 머무르곤 했던 러시아 파발꾼들이 스웨덴 기사가 군대에서 아주 빨리 승진했다는 소식을 전해 주었다.

스웨덴 기사는 전투에서 용맹하고 탁월한 기량을 발휘한 덕분에 왕의 눈에 띄어 예타강 서부 기병대 장교로 임명되었고 그 후 스몰란드 용기병(龍騎兵)[11] 연대의 사령관으로 승

11 유럽의 16~17세기 이래에 있었던 기마병. 갑옷을 입고, 용 모양의 개머리판이 있는 총을 들고 있었다.

진했다. 스웨덴 군대가 골스크바 전투에서 대승을 거둔 것은 전적으로 스웨덴 기사의 대담하고 신속한 공격 덕분이었다. 골스크바 전투가 끝났을 때, 왕은 모든 군인 앞에서 스웨덴 기사를 포옹하며 그의 양쪽 뺨에 키스했다.

마리아 크리스티네의 어머니는 〈세상에서 가장 믿고 사랑하는 남편이 스웨덴 군대에서 어떻게 지내는지 단 한 줄의 서신도 보내지 않은 것〉을 몹시 슬퍼했다. 하지만 〈그분은 너무 바빠서 전쟁터에서 펜 같은 것을 들 여유가 없을 것〉이라고 스스로를 다독였다.

그러던 어느 날 — 아마 태양이 몹시 뜨겁게 내리쬐던 7월이었을 것이다 — 어린 마리아 크리스티네의 마음속에서 영원히 지워지지 않는 그 일이 일어났다.

그로부터 40년 뒤 그녀는 이렇게 썼다.

그날 점심때쯤 어머니와 나는 나무딸기와 장미나무가 한창인 정원에 있었다. 이교도 신의 작은 조각상이 쓰러져 있던 그 지점이었다. 연보라색 드레스를 입은 어머니는 새 둥지를 마구 파헤친 고양이를 혼내고 있었다. 하지만 고양이가 장난치듯 가르릉 소리를 내면서 등을 웅크리자 웃음을 터뜨렸는데, 바로 그 순간 스웨덴 군대에서 보낸 파발꾼이 도착했다는 전갈이 왔다.

파발꾼을 만나기 위해 안으로 들어간 어머니는 다시 정원으로 돌아오지 않았다. 그로부터 채 한 시간도 지나지 않아 장원에 있는 모든 사람이 내 뒤에서 수군거리기 시작했다. 스웨덴 군대가 폴타바[12] 근처에서 전투를 벌이다가 대패했고, 왕은 도망쳤다는 것이었다. 그들은 이제 나에게는 아버지가 없다고 했다. 내 아버지, 크리스티안 폰 토르네펠트는 전투가 벌어진 직후 총알을 맞고 말에서 떨어져 죽었으며, 이미 3주 전에 땅에 묻혔다고 했다.

믿을 수 없었다. 나는 이틀 전에도 내 방의 창문을 두드리던 아버지와 이야기를 나눴다.

오후 늦게 어머니가 나를 불렀다.

어머니는 〈긴 방〉에 있었는데, 벌써 연보라색 드레스를 검정색 드레스로 갈아입은 채였다. 그날 이후로 나는 어머니가 상복 말고 다른 옷을 입은 것을 단 한 번도 보지 못했다.

내가 방에 들어서자 어머니는 나를 와락 껴안고 키스했다. 하지만 처음에는 아무 말도 하지 못했다.

「마리아!」 잠시 뒤 어머니가 울먹이며 겨우 입을 열었다. 「스웨덴 전쟁에 참가하신 네 아버지가 말에서 떨어져 돌아가셨다는구나. 이제 아버지는 다시 우리 곁으로 돌아오지 못하신단다. 그러니 두 손을 모으고 아버지의 영혼을 위해 주기도문을 외우렴.」

나는 고개를 저었다. 아버지가 살아 있다는 것을 아는데 어떻게 그분의 영혼을 위해 주기도문을 외울 수 있단 말인가.

「아버지는 꼭 돌아오실 거야.」 내가 말했다.

어머니의 눈에 다시 눈물이 차올랐다.

12 러시아 서남부 지역.

「아버지는 이제 돌아오지 못하신단다.」 어머니가 흐느껴 울었다. 「아버지는 하늘나라에 계셔. 그러니 두 손을 모으고 아버지의 영혼을 위해 주기도문을 외워야 해. 그게 딸의 의무란다.」

나는 더 이상 어머니의 마음을 아프게 하고 싶지 않아 주기도문을 외우기 시작했다. 하지만 멀쩡하게 살아 계신 아버지의 영혼을 위해 기도한 것은 아니었다. 그때 마침 언덕길을 내려오는 장례 행렬이 창밖으로 보였다. 행렬이라고 해봤자 관을 실은 수레 하나, 수레 끄는 말을 채찍질하는 마부, 관을 뒤따르는 늙은 사제가 다였다.

가족이 없는 늙은 노숙인의 장례 행렬인 듯했다. 나는 그 불쌍한 남자의 영혼을 생각하면서 그가 영원한 안식을 찾기를 기도했다.

하지만 내 아버지 스웨덴 기사는 영원히 집으로 돌아오지 않았다. 한밤중에 잠을 깨우던 작은 노크 소리도 다시는 들리지 않았다. 도무지 이해할 수 없었다. 스웨덴 군대에서 열심히 전투에 참여하고 있다던 그 시기에, 또 말에서 떨어져 죽었다던 그 시기에, 아버지는 어떻게 그리도 자주 한밤중에 내 방을 찾아와 창문을 두드릴 수 있었을까? 만약 아버지가 죽은 게 아니라면, 왜 더 이상 찾아오지 않았을까? 그것은 내 평생 풀리지 않는 어둡고 슬픈 미스터리로 남았다.

마리아 크리스티네 폰 블로메의 글은 그렇게 끝났다.

*

이제부터 스웨덴 기사의 이야기를 시작하겠다.

이것은 1701년 초의 몹시 추운 겨울날, 농가의 헛간에서 만나 친구가 된 두 남자의 이야기이다. 그들은 오폴레[13]에서부터 눈 덮인 슐레지엔 지방을 거쳐 폴란드까지의 오랜 여정을 함께했다.

13 당시엔 오스트리아의 영토였던 소도시로, 현재는 폴란드에 속해 있다.

제1장
도둑

낮 동안 사람들의 눈을 피해 몸을 숨겼던 두 사람은 해가 떨어지고 나서야 비로소 은신처를 나와 숲길을 걸었다. 나무가 그리 빽빽한 숲은 아니었다. 그들이 사람들 눈에 띄지 않도록 최대한 조심하는 데는 다 그럴 만한 이유가 있었다. 한 사람은 장터를 떠돌며 닥치는 대로 훔치다가 붙잡혀 교수형 당하기 직전에 도망친 도둑이었고, 다른 한 사람은 탈영병이었다.

인근에서 〈닭 도둑〉이라고 불리던 도둑은 한밤중의 행군이 그리 힘들지 않았다. 이제껏 겨울이면 늘 한뎃잠을 자면서 배곯기가 다반사였기 때문이다. 하지만 그의 동행 크리스티안 폰 토르네펠트는 죽을 맛이었다. 그는 아직도 얼굴에 소년티가 남아 있을 정도로 나이가 어렸다. 농가의 다락방에 숨어들어 돗자리 아래 몰래 몸을 숨겼던 전날 낮에만 하더라도, 그는 제 용맹함을 한껏 뽐내면서 장차 자신이 얼마나 큰 명성과 행운을 누리게 될지 아냐고 잔뜩 허세를 부렸다. 또 자신의 외가 쪽 친척이 이 근방에 있는 거대한 장원의 영주라면서, 그를 찾아가면 분명 반갑게 맞아 줄 것이라고 했다. 또 그 친척이 폴란드까지 가는 데 필요한 돈과 옷, 무기와 말을 전부 줄 테니 일단 국경만 넘어가면 모든 문제가 해결될 것이라면서 아무 걱정 말라고 큰소리를 떵떵 쳤다. 그는 다른 나라 군대에서 복무하는 데 질렸다고 했다. 그의 아버지가 스웨덴을 떠난 이유는 고관대작들에게 영지를 약탈당하는 바람에 빈털터리가 되어서였다. 하지만 자신은, 즉 크리스티안 폰 토르네펠트는 뼛속 깊이 스웨덴 사람이라서 스웨덴 군대가 아니면 절대 복무할 수 없다는 것이었다. 그는 신이 불충한 대왕을 벌하기 위해 지상에 내려보낸 젊은 스웨덴 왕 밑으로 들어가 큰 공로를 세울 것이라고 했다. 스웨덴의 칼 왕은 열일곱 살의 나이로 그 유명한 나르바 전투[14]에서 러시아를 상대로 대승을 거두었다. 크리스티안 폰 토르네펠트는 전쟁에서는 단 한 사람만 용맹하게 부하들을 이끌면 충분히 승리할 수 있다고 말했다.

도둑은 그의 이야기를 한 귀로 듣고 한 귀로 흘렸다. 그가 포메른[15] 지역의 어느 농장에서 하인으로 일했을 때 1년에 8탈러[16]의 품삯을 받았는데, 그는 그중 6탈러를 스웨덴 국왕에게 세금으로 바쳐야 했다. 그 경험에 따르면, 왕은 평민들을 짓밟고 탄압하기 위해 악마가 지상으로 내려보낸 대리인에 다름 아니었다. 그때 크리스티안 폰 토르네펠트가 자신이

14 1700년 러시아와 스웨덴이 발트해 연안의 주도권을 놓고 벌이던 대북방 전쟁 중에 벌어진 전투.

15 독일과 폴란드 북부 발트해 연안의 지역인 포메라니아의 독일 이름.

16 유럽에서 15~19세기 동안 통용된 은화.

스웨덴 국왕의 가장 충직한 신하임을 입증할 엄청난 〈비밀 문서〉에 관한 말을 꺼냈다. 그제야 도둑은 그의 이야기에 귀를 기울였다. 그런 문서에 얼마나 큰 가치가 있는지 잘 알았기 때문이다. 라틴어와 히브리어가 적힌 성스러운 고문서 한 조각이 한 사람의 죄를 모두 사해 줄 수도 있었다. 예전에 그가 장터를 떠돌면서 밑바닥 인생을 전전할 때 그 비슷한 것을 주머니에 넣고 다닌 적이 있었다. 하지만 누군가의 꼬임에 넘어가 겨우 2실링짜리 동전 하나를 받고 그것을 홀라당 넘겨 버렸다. 그 돈은 이미 오래전에 사라졌고, 그의 운도 마찬가지였다.

하지만 싸락눈을 맞으며 소나무 숲을 걸어가는 지금, 크리스티안 폰 토르네펠트는 자신의 용맹함을 뽐내지도 않고 스웨덴 국왕에 대한 충성심을 떠벌리지도 않았다. 그는 그저 고개를 푹 수그린 채 숨을 헉헉대며 걸었다. 걷다가 간혹 나무뿌리에 걸려 비틀거릴 때면 입에서 나직한 욕설과 신음이 흘러나왔다. 그는 배가 너무 고파 쓰러질 것 같았다. 지난 며칠 동안 목구멍으로 넘긴 것이라고는 얼어붙은 땅에서 캐낸 순무 몇 개와 너도밤나무 열매, 나무뿌리뿐이었다. 하지만 허기보다 추위가 더 견디기 힘들었다. 크리스티안 폰 토르네펠트의 뺨은 마치 바람 빠진 백파이프처럼 움푹 패었다. 뻣뻣하게 얼어붙은 손가락은 시퍼렇게 변했고, 두건으로 머리를 감쌌는데도 귀가 떨어져 나갈 것처럼 시렸다. 눈보라 속에서 산길을 걷는 동안 장차 참여하게 될 전투에서 세울 공적 같은 건 머릿속에서 깨끗이 지워졌다. 지금 이 순간 그가 바라는 것은 오직 두꺼운 장갑, 토끼털 부츠, 난로 옆에 수북이 쌓인 지푸라기와 담요로 만든 간이 잠자리뿐이었다.

*

그들이 숲을 거의 다 빠져나왔을 때는 이미 날이 밝기 시작하고 있었다. 눈 덮인 들판과 풀밭과 황무지가 눈앞에 펼쳐졌다. 검은 뇌조가 아침 여명 속에서 날갯짓 소리를 내며 하늘 높이 날아갔다. 들판 여기저기에 띄엄띄엄 선 자작나무 가지들이 강풍에 마구 휘어져 있었다. 동쪽에는 안개가 어찌나 자욱하게 끼었는지 마치 하얀 벽이 가로막고 있는 것처럼 보였다. 안개 때문에 그 너머에 있는 마을과 농장, 황무지와 경작지, 숲은 보이지 않았다.

도둑은 낮 동안 숨어 있을 은신처를 찾아 주위를 두리번거렸다. 하지만 주위에는 은신할 만한 곳이 전혀 없었다. 집도 없고 헛간도 없고 하다못해 도랑조차 없었다. 나무와 덤불 사이에도 사람 하나 들어가 있을 만한 공간이 전혀 없었다. 바로 그때 뭔가가 도둑의 눈길을 끌었다. 그는 좀 더 자세히 살펴보기 위해 바닥에 무릎을 꿇고 앉았다.

눈밭에 마구 짓밟힌 발자국들과 재가 남아 있었다. 말을 탄 사람들 몇 명이 이곳에서 내려 야영한 것이 분명했다. 좀 더 자세히 들여다보니 소총의 총구와 야전삽을 사용한 흔적도 보였다. 도둑은 용기병들이 이곳에 머물다 떠났다는 결론을 내렸다. 여기서 모닥불을 피워 몸을 녹인 뒤 네 명은 북쪽으로 가고 세 명은 동쪽으로 갔다.

이 흔적은 그들이 순찰대라는 뜻이었다. 대체 누굴 찾아다니는 걸까? 도둑은 여전히 무릎을 꿇은 채로 동행의 얼굴을 힐끗 보았다. 그는 추위에 몸을 덜덜 떨면서 길가의 표지석 위에 웅크리고 앉아 있었다. 용기병 이야기를 꺼내려던 도둑은 그의 절망적인 표정을 보고 생각을 바꿨다. 아마 이 소년은 용기병이라는 단어만 들어도 완전히 겁에 질릴 것이다.

크리스티안 폰 토르네펠트는 도둑의 시선이 제 얼굴에 닿는 것을 느끼고 두 손을 비비며 눈을 떴다.

「눈 속에서 뭐 좀 찾아냈어?」 그가 간절한 목소리로 물었다. 「무나 양배추 꼬랑지를 찾으면 꼭 나눠 먹어야 해. 그게 약속이니까. 우린 서로 도우면서 모든 것을 똑같이 나누기로 했잖아. 내 친척의 장원에 도착하기만 하면…….」

「안타깝지만 아무것도 못 찾았어.」 도둑이 단호하게 말했다. 「가을밀을 심어 놓은 밭에서 어떻게 순무를 찾아? 이곳 토질이 어떤지 확인해 본 것뿐이야.」

그들은 스웨덴어로 대화를 나눴다. 포메른 출신의 도둑이 스웨덴 지주의 집에서 하인으로 일한 적이 있었기 때문이다. 그가 눈을 긁어 내고 흙을 한 줌 움켜쥔 다음 손가락으로 바스러뜨렸다.

「정말 좋은 흙이야.」 도둑은 걸어가면서 말했다. 「적토(赤土)라고. 신이 아담을 빚을 때 사용한 흙이지. 이렇게 좋은 토양에서는 씨앗을 한 홉만 뿌려도 밀을 그 열다섯 배는 수확할 수 있어.」

도둑이 예전에 농장에서 하인으로 일하던 때의 기억을 떠올렸다. 그때 농사일을 해본 경험이 있어 그는 땅을 다루는 법을 알았다.

「무려 열다섯 배라고.」 도둑이 다시 한번 말했다. 「보아 하니 이 땅의 주인 밑에는 정직하지 않은 집사와 게으름뱅이 하인만 있는 게 분명해. 이 땅을 좀 봐. 모든 게 엉망이야. 겨울 작물을 너무 늦게 파종했어. 파종하자마자 서리가 내린 데다가 써레질도 제대로 안 해서 파종한 씨앗들이 땅속에서 꽁꽁 얼어붙어 버렸어.」

하지만 도둑의 말에 귀를 기울이는 사람은 없었다. 토르네펠트는 발을 내디딜 때마다 끙끙 앓는 소리를 내면서 묵묵히 뒤를 따랐다.

「쟁기질과 써레질을 잘하고 씨앗을 제때 파종하는 일꾼을 구하기 힘들었나 봐.」 도둑이 말을 이었다. 「아무래도 영주가 품삯을 아끼느라 제대로 된 일꾼 대신 값싼 날품팔이들을 쓴 것 같아. 겨울 작물을 파종할 때는 수분이 고랑으로 빠질 수 있도록 가운데를 더 높이 올려 줘야 해. 그런데 일꾼들이 몇 년 동안 그런 걸 전혀 생각하지 않고 쟁기질을 아무렇게나 하는 바람에 토양을 완전히 망쳐 놓았어. 그래서 이렇게 잡초만 무성하게 자란 거지. 이걸 되살리려면 땅을 싹 갈아엎어서 흙을 뒤집어 주는 수밖에 없어. 내 말 무슨 뜻인지 알겠어?」

토르네펠트는 도둑의 얼굴을 쳐다보지 않았다. 물론 그의 말에 귀를 기울이지도 않았다. 그는 왜 이렇게 계속 걸어야 하는지 이해할 수 없었다. 날이 훤하게 밝았으니 이제 어딘가에서 쉬어야 하는데 계속 걷고 있었다.

「양치기도 영주를 속이고 있는 게 분명해.」 도둑이 다시 툴툴거리며 말했다.「재거름에 이회토, 대팻밥, 정원용 퇴비까지 온갖 게 뿌려져 있는데 양의 분뇨가 전혀 안 보여. 뭐니 뭐니 해도 비료로는 그게 최고거든. 아마 양치기가 그걸 몰래 팔아서 제 주머니를 채우는 것 같아.」

도둑은 도대체 영주가 어떤 사람이기에 이렇게 속이 시커멓고 게으른 하인들한테 속아 넘어간 것인지 슬슬 궁금해지기 시작했다.

「아마 늙은 영감탱이일 거야.」 도둑이 말했다.「통풍 때문에 제대로 걸을 수가 없어서 영지를 다 둘러볼 수 없는 늙은이. 온종일 따뜻한 난로 옆에 앉아 담뱃대를 꼬나물고 양파즙으로 다리나 문지르겠지. 그러면서 하인들의 말을 곧이곧대로 믿어 주니, 아랫사람들이 감히 주인을 엿 먹이는 거야.」

토르네펠트는 그의 말을 귓등으로 흘려보냈다. 하지만 따뜻한 난로라는 단어만은 귀에 꽂혔다. 그는 이제 곧 따뜻한 난로가 있는 방에 들어갈 거라고 생각하며 상상의 나래를 펼쳤다.

「오늘은 성 마르틴의 날이야.」 토르네펠트가 중얼거렸다.「독일 사람들은 온종일 먹고 마시면서 이날을 떠들썩하게 보내. 집집마다 아궁이에서 연기가 피어오르고, 냄비에서는 음식이 펄펄 끓고, 오븐에서는 호밀 흑빵이 맛있게 구워지지. 우리가 가면 농부들이 반갑게 맞아 줄 거야. 거위의 가장 맛있는 부위도 대접받을 테고. 곁들여서 마실 술로는 마그데부르크산(産) 맥주가 나오고, 그다음에는 로솔리오 술과 스페인 화주(火酒)가 나올 거야. 그야말로 잔칫상을 받는 거야! 어이, 형제. 건배하자! 너의 건강을 위해! 우리의 잔칫상에 신의 가호가 함께하기를!」

토르네펠트가 갑자기 걸음을 멈추고는 마치 건배하듯 상상 속 잔을 높이 들어 올린 뒤 오른쪽으로 한 번, 왼쪽으로 한 번 허리를 굽혀 인사했다. 그러다 발이 미끄러지는 바람에 앞으로 고꾸라질 뻔했지만, 다행히 마지막 순간에 도둑이 붙잡아 넘어지지는 않았다.

「걸어가면서 딴생각 좀 하지 말고 제발 앞을 보도록 해!」 도둑이 말했다.「성 마르틴의 날이 지난 지가 언제인데 그래. 씩씩하게 행군을 해도 모자랄 판에 지팡이 짚고 다니는 늙은이처럼 비틀거리기나 하고.」

토르네펠트가 정신을 차리고 자세를 바로 하자, 농부들, 연기가 피어오르는 아궁이, 거위 요리가 담긴 접시, 마그데부르크산 맥주 등이 순식간에 연기처럼 사라졌다. 그제야 그는 자신이 칼바람을 맞으며 허허벌판에 섰다는 것을 깨달았다. 비참한 기분이었다. 사방 어디를 둘러봐도 희망의 싹이 보이지 않았다. 대체 이 고통이 언제 끝날지 알 수 없었다. 그는 자포자기한 사람처럼 바닥에 털썩 주저앉더니 벌러덩 드러누워 버렸다.

「너 미쳤어?」 도둑이 소리쳤다.「여기 누워 있겠다는 거야? 그 사람들한테 붙잡히면 어떻게 되는지 알아? 매질과 교수대, 목에 채울 쇠사슬이 너를 기다리고 있어!」

「제발 부탁이니까 그냥 내버려 둬.」 토르네펠트가 신음을 토하며 말했다. 「더 이상은 못 걷겠어.」

「일어나.」 도둑이 강한 어조로 말했다. 「몽둥이찜질을 당할 작정이야? 아니면 교수형을 당하고 싶은 거야?」

도둑은 갑자기 분노가 치밀어 올랐다. 징징대거나 꾸물거리는 것 말고는 할 줄 아는 게 전혀 없는 이런 애송이하고 대체 왜 동행하기로 약속했던가. 혼자였다면 벌써 안전한 은신처에 도착했을 것이다. 용기병한테 잡힌다면 그건 전적으로 이 애송이 탓이다. 도둑은 자신의 멍청함에 화가 났다.

「교수대에 오르고 싶어 환장했어? 그럴 거면 대체 왜 탈영한 거야?」 도둑이 분노를 폭발시키며 소리쳤다. 「이럴 거면 차라리 혼자 목매달아 죽었어야지. 그럼 너도 좋고 나도 좋았을 텐데.」

「살고 싶어서 도망친 거야.」 토르네펠트가 울먹이며 말했다. 「군사 법정에서 사형을 언도받았거든.」

「도대체 무슨 생각으로 중대장 얼굴에 주먹을 날린 거야? 억울해도 참으면서 때를 기다렸어야지. 그렇게 죽상을 하고 드러누워 있느니 그냥 보병으로 남았으면 잘 먹고 잘 살았을 텐데.」

「중대장이 스웨덴 왕의 고결한 인품을 모독하는 걸 도저히 참을 수가 없었어.」 토르네펠트가 굳은 표정으로 허공을 응시하며 나직하게 말했다. 「그는 우리 왕을 어린 한량이라고 조롱했어. 자신의 치기와 무모함을 은폐하기 위해 늘 복음서를 입에 달고 사는 오만한 발타자르라면서. 그런 식으로 자신의 왕을 조롱하는 사람을 내버려 두는 것은 불충한 신하뿐이야.」

「내가 왕이라면 어리석은 신하 한 명보다 불충한 신하 여섯 명을 택하겠어. 스웨덴 왕이 그런 일에 신경이나 쓸 것 같아?」

「나는 스웨덴 국민이자 군인으로서, 또 스웨덴 귀족으로서 내 의무를 다했어.」 토르네펠트가 말했다.

사실 도둑은 조금 전에 토르네펠트를 그냥 내버려 두고 혼자 떠나버릴까 생각했다. 하지만 그의 말을 듣는 순간 떠돌이 도둑한테도 지켜야 할 명예가 있다는 생각이 들었다. 이토록 멋진 연설을 하는 이 소년은 더 이상 귀족이 아니었다. 그는 도둑인 자신과 마찬가지로 커다란 곤경에 빠진 형제였다. 이런 소년을 그냥 내버려 두는 것은 떠돌이의 명예를 저버리는 일이었다. 결국 도둑은 다시 한번 토르네펠트를 설득하기 시작했다.

「일어나, 제발. 부탁이야. 일어나란 말이야. 지금 용기병들이 우릴 뒤쫓고 있어. 널 찾으러 다니는 게 분명해. 설마 우리 둘 다 교수대에 올라가기를 바라는 건 아니지? 군사 재판을 생각해 봐! 몽둥이찜질을 생각해 보란 말이야! 황제의 군대에서 탈영한 병사들은 교수형에 처해지기 전에 엄청나게 매질당한다는 이야기 못 들었어?」

토르네펠트가 간신히 자세를 바로잡은 뒤 어리둥절한 표정으로 도둑을 쳐다봤다. 바로 그때 회오리바람이 불어와 동쪽을 베일처럼 뒤덮었던 안개를 싹 걷어 가버렸다. 그러자 눈앞에 광활한 시골 풍경이 펼쳐졌다. 도둑은 동쪽이 목적지 부근이라는 것을 깨달았다.

버려진 물레방앗간이 하나 보이고 그 뒤로 갈대밭과 늪, 황무지, 언덕들, 시커먼 숲이 이어졌다. 이 언덕들과 숲은 그가 잘 아는 곳이었다. 그곳은 종교 재단의 영지로, 그 안에는 대장간과 쇄광장(碎鑛場), 채석장, 용광로, 소성로 등의 시설물이 있었다. 이 영지를 지배하는 것은 불이었다. 그리고 〈악마의 사신〉으로 널리 알려진 오만한 주교가 영지의 주인이었다. 저 멀리 지평선에서 소성로의 불꽃이 혀를 날름거리는 게 보이는 듯했다. 예전에 그가 도망쳐 나온 곳이었다. 사방 어디를 둘러봐도 온통 불길뿐인 곳. 시뻘건 불길과 시커먼 연기가 자옥한 곳. 그곳에서는 산송장이나 다름없는 사람들, 도둑들, 떠돌이들이 쇠사슬에 묶여 고통스러운 신음을 토하며 수레를 끌었다. 교수대를 피해 달아났다가 지옥에 떨어진 그의 형제들이었다. 한때 그 자신이 그랬던 것처럼, 그들은 평생 그곳에 갇힌 채 주교의 채석장에서 맨손으로 돌을 깨뜨렸다. 또는 그들이 〈관〉이라 부르는 좁은 나무 오두막 안의, 밤낮으로 이글거리는 용광로 입구에 서서 부지깽이로 벌겋게 달아오른 광재(鑛滓)[17]를 끄집어냈다. 용광로의 불길이 이마와 뺨을 스치며 날름거려도 열기를 느끼지 못했다. 그걸 느낄 새도 없이 관리인과 감시자 들이 일을 재촉하며 매서운 채찍을 휘둘렀기 때문이다.

지금 도둑은 바로 그곳으로 돌아가려 한다. 주교의 지옥은

17 광석을 제련한 후에 남은 찌꺼기.

그에게 남은 마지막 피난처였다. 이 나라에는 교회의 탑보다 교수대 수가 훨씬 더 많았기 때문이다. 자신의 목을 매달 삼베 밧줄이 이미 준비되어 있다는 것을 그는 알았다.

도둑이 뒤로 돌아서자 물레방앗간이 시야에 들어왔다. 물레방아는 몇 년째 그곳에 버려진 채 멈춰 있었다. 문에는 빗장이 걸려 있었고 창문에는 전부 덧문이 닫혀 있었다. 방앗간 주인은 죽었다. 소문에 의하면 주교의 장원을 맡은 관리인이 그의 물레방앗간과 당나귀, 밀가루를 압수하자 스스로 목을 매었다고 했다. 그런데 이상하게도 물레방아가 돌아가고 있었다. 커다란 물레방아의 회전축이 삐거덕거렸고 방앗간 굴뚝에서는 연기가 피어올랐다.

이 지방에서 예전에 떠돌던 소문이 하나 있었다. 소작농들 사이에 귓속말로 퍼진 이야기에 의하면, 죽은 방앗간 주인이 주교에게 진 빚 가운데 1페니히를 갚기 위해 1년에 딱 하루, 무덤에서 나와 밤새도록 물레방아를 돌린다는 것이었다. 황당무계한 이야기였다. 죽은 자가 어떻게 무덤을 떠나겠는가? 게다가 지금은 밤이 아니라 낮이었다. 이런 한겨울에 햇살을 받으며 물레방아가 돌고 있다는 것은 방앗간에 새 주인이 생겼다는 의미였다.

도둑이 손을 비비며 어깨를 으쓱했다.

「잘하면 오늘은 지붕 있는 곳에서 잘 수 있겠어.」 그가 말했다.

「빵 한 조각하고 짚 한 다발이면 돼. 내가 원하는 건 그것뿐이야.」 토르네펠트가 투덜거리며 말했다.

도둑이 낄낄거리며 웃었다.

「아니, 그럼 뭘 더 기대했어?」 도둑이 비아냥거렸다. 「설마 비단 커튼을 드리운 방에서 깃털 이불을 덮고 잘 거라고 생각한 거야? 프랑스 포타주[18]와 케이크에 헝가리산 포도주까지 곁들이고?」

토르네펠트는 아무 대꾸도 하지 않았다. 두 사람, 즉 도둑과 귀족은 방앗간으로 이어지는 길을 걸어 올랐다.

*

방앗간의 문은 열려 있었다. 하지만 아무리 둘러봐도 주인이 보이지 않았다. 거실에도 없고 침실에도 없었다. 다락방까지 올라가 봤으나 마찬가지였다. 물레방아에도 없었다. 하지만 난로에서 작은 장작불이 타고, 식탁 위에 빵과 소시지가 담긴 접시와 도수 낮은 맥주 항아리가 놓인 것을 보면, 누가 살고 있는 게 분명했다.

도둑은 의심하는 눈초리로 주위를 둘러보았다. 인간의 본성을 잘 아는 그가 보기에 이건 주머니에 땡전 한 푼 없는 사람들을 위해 차린 식탁이 아니었다. 그는 당장 빵과 소시지를 집어 들고 달아나고 싶었다. 하지만 따뜻한 실내로 들어온 토르네펠트는 완전히 들뜬 상태였다. 그는 주인이 그들을 대접하기 위해 이 식탁을 차렸다는 듯 당당하게 자리에 앉아 나이프를 집어 들었다.

18 프랑스 요리에서 수프를 일컫는 총칭.

「어이, 형제. 어서 이쪽으로 와서 먹도록 해!」 토르네펠트가 말했다. 「넌 아마 이보다 더 융숭한 대접을 받아 본 적이 없을 거야. 음식 값은 내가 낼 테니 걱정하지 마. 자, 형제의 안녕과 모든 용감한 병사를 위하여 건배! 칼 국왕 만세! 너, 루터교 신자 맞지?」

「루터교 신자면 어떻고 가톨릭교 신자면 어때? 나는 어느 쪽이라도 될 수 있어.」 도둑이 소시지를 입에 넣으며 말했다. 「길에서 성소를 지나다 예수 그리스도의 십자가상을 보게 되면 나는 그곳에 있는 모든 사람을 향해 〈은총의 성모 마리아〉를 읊으며 인사해. 또 루터교 교구를 지나갈 때는 주기도문을 외우며 아버지의 나라와 권능과 영광을 외치지.」

「그래선 안 돼.」 토르네펠트가 식탁 밑으로 다리를 쭉 뻗으며 말했다. 「한 사람이 동시에 성 베드로이자 사도 바울이 될 수는 없어. 그런 식으로 살면 영원히 저주받게 돼. 나는 개신교 신자답게 교황과 그의 계율을 조롱하지. 스웨덴의 칼 왕은 루터교의 수호자나 다름없어. 자, 스웨덴 왕의 안녕과 그의 모든 적의 죽음을 위해 건배하자!」

토르네펠트가 잔을 들어 단숨에 비운 다음 말을 이었다.

「지금 작센의 선제후가 모스크바에 있는 러시아 황제와 동맹을 맺고 칼 왕에 맞서 싸우고 있어. 가소로운 짓이지. 고귀한 사슴을 격파하기 위해 소와 염소가 공모하는 것과 마찬가지야. 형제여, 이제 네 음식을 마음껏 먹도록 해! 나는 이 집의 주인이자 주방장이며, 종업원이자 사환이야. 기회를 놓치지 말고 마음껏 즐겨. 물론 아주 풍성한 식탁은 아니지만.

팬케이크나 소고기 스테이크가 있었더라면 훨씬 좋았을 텐데. 내 배 속에서 아까부터 따뜻한 음식을 달라고 아우성치는 소리가 들리는군.」

「어제 꽁꽁 얼어붙은 땅에서 찬 음식도 마다하지 않고 무껍질을 헐레벌떡 주워 먹던 사람은 어디로 갔어?」 도둑이 비아냥거렸다.

「맞아, 그랬지.」 토르네펠트가 말했다. 「요 며칠은 정말 너무 끔찍했어. 내가 그런 시련을 견뎌 낼 줄은 나도 몰랐어. 오죽하면 내 장례식 장면이 어른거리더라니까. 촛불과 화환, 상여꾼들과 나무관이 눈앞에서 왔다 갔다 했어. 하지만 천만다행으로 나는 아직 살아 있어. 죽음의 문턱에서 살아 돌아왔지. 이제 2주 후면 참호에서 스웨덴 왕의 곁을 지키고 있을 거야.」

그가 〈보물〉이라고 부르는 비밀문서를 넣어 둔 상의를 툭툭 건드렸다. 그러고는 입술을 삐죽 내밀어 휘파람으로 사라반드[19] 곡조를 흥얼거리면서 손가락으로 박자를 맞췄다.

도둑은 이 철딱서니 없는 귀족 청년에게 다시 분노가 치밀었다. 완전히 자포자기해서 눈밭에 드러누운 그를 힘들게 달래 가며 이곳까지 데려왔더니만 벌써 그는 눈앞에 탄탄대로라도 펼쳐진 양 희희낙락 휘파람을 불었다. 주교의 쇄광장과 이글거리는 용광로가 힘들다고는 해도 교수대에 오르는 것보다는 낫겠다 싶어 산송장이나 다름없는 일꾼이 되기로 한 제 처지가 기막혀 심란하기 짝이 없는데, 이 눈치 없는 애

19 캐스터네츠로 박자를 맞추며 추는 활발한 국민 무용.

송이 귀족은 자신이 가진 보물을 무기로 명예와 행운을 얻을 생각에 잔뜩 부풀어 있었다. 도둑은 갑자기 토르네펠트가 가진 비밀문서의 정체가 너무 궁금해져 그를 살살 꾀기 시작했다.

「어이, 형제. 내 말을 기분 나쁘게 듣지는 마.」 도둑이 말했다. 「너는 전쟁에 참가하는 것을 시골 나들이 정도로 생각하고 있는 것 같아. 하지만 전쟁은 그런 게 아니야. 혹시 전쟁에 나가는 것이 농부가 곡식을 타작하고 외양간을 청소하는 일과 비슷하다는 생각은 안 해봤어? 전쟁은 말라비틀어진 빵 같은 거야. 내 말을 믿어. 그런 빵을 씹으려면 지금 네 이빨로는 어림도 없어.」

토르네펠트가 휘파람과 손가락으로 장단 맞추던 것을 중단했다.

「나는 농장에서 일하는 하인을 천한 존재라고 생각하지 않아.」 그가 말했다. 「천사가 제 모습을 드러낸 것도 기드온이 밀을 타작하던 고귀한 곳이었으니까. 하지만 우리 스웨덴 귀족들은 애초부터 전사로 태어났어. 수레로 곡식을 나르고 외양간을 청소하는 일은 우리한테 어울리지 않아.」

「너는 전쟁터에서 적과 맞서기보다 난로 곁에서 불이나 쬐는 게 더 어울릴 것 같은데.」 도둑이 말했다.

토르네펠트가 화를 삭이지 못하고 손을 부들부들 떨었다. 그는 한 잔 더 따르려고 들었던 술 항아리를 식탁에 내려놓았다.

「나는 훌륭한 병사가 갖추어야 할 소양을 전부 가졌어.」

그가 반박했다. 「토르네펠트 가문의 사람들은 대대로 군인이었어. 내가 왜 난로 곁에서 불이나 쬐고 있어야 한다는 거지? 육군 대령이셨던 할아버지는, 뤼첸 전투[20]에서 청색 연대를 지휘하다가 말에서 떨어진 구스타프 아돌프 왕을 온몸으로 구해 내셨어. 열한 번의 전투와 작전에 참가하셨던 내 아버지는 사베른[21] 공격 때 한 팔을 잃으셨고. 사베른에 대해 네가 뭘 알아? 그 전투가 얼마나 치열했는지 알아? 천둥 번개가 치듯 포탄이 쏟아지고 자옥한 연기 속에 군인들의 비명 소리가 울려 퍼졌어. 전진과 후퇴를 알리는 북소리와 트럼펫 소리가 난무하는 가운데 시시각각 전황이 바뀌고 새로운 공격이 시작됐어. 아마 요즘 사람들은 사베른이라는 소리를 들으면 홉과 카펫을 생산하는 도시인 줄 알 거야. 너 역시 그것 말고는 아는 게 없을 테지.」

「하지만 넌 부대에서 탈영한 겁쟁이잖아.」 도둑이 화제를 돌렸다. 「너는 군인으로서 수치스러운 짓을 했어. 난 네가 눈밭에 드러누워 우는 것도 봤다고. 너는 군인에 적합한 사람이 아니야. 너 같은 사람은 절대로 보초를 서거나 참호를 구축하지 못해. 하물며 추위와 고초를 견디며 적을 공격하는 일을 어떻게 하겠어.」

토르네펠트는 계속 침묵했다. 그는 고개를 숙인 채 가만히 난로의 불길을 응시했다.

20 30년 전쟁 중이던 1632년 독일 라이프치히 근교의 뤼첸에서 벌어진 전투.

21 프랑스 북동부의 도시.

「전진의 북소리가 들리면 넌 불쌍한 목숨을 잃을까 봐 전전긍긍하다가 화구(火口)나 굴뚝을 찾아 그 안으로 숨어들 거야.」

「계속 이런 식으로 내 인격과 스웨덴 귀족의 명예를 모욕한다면 더 이상은 못 참아.」 토르네펠트가 나직한 목소리로 경고했다.

「안 참으면 어쩔 건데? 참든 말든 마음대로 해.」 도둑이 비아냥거렸다. 「내가 아는 귀족은 전부 부패하고 타락한 자들이라 명예 따위를 지켜 줄 생각은 눈곱만큼도 없어.」

그 순간 토르네펠트가 자리에서 벌떡 일어섰다. 분노와 수치심으로 창백해진 얼굴이었다. 당장 쓸 만한 무기가 눈에 띄지 않자 그는 도둑에게 던질 요량으로 술 항아리를 높이 치켜들었다.

「그 입 닥쳐!」 토르네펠트가 소리쳤다. 「안 그러면 네 겉가죽을 벗겨 버릴 테니까.」

하지만 도둑의 손에는 이미 나이프가 들려 있었다.

「덤빌 테면 어디 덤벼 봐!」 그가 낄낄거리며 말했다. 「그런 위협쯤에는 눈 하나 깜빡 안 해. 잘됐네. 어디 이참에 네 보물이 과연 이 나이프를 막아 주는지 확인해 보자. 만약 아니라면 네 몸에 구멍이 숭숭 뚫릴 걸 각오해야 할…….」

도둑이 갑자기 말을 중단했다. 이어 두 사람은 각자의 무기를, 한 사람은 빵 써는 나이프를, 다른 사람은 술 항아리를 떨어뜨렸다. 방앗간 안에 그들만 있는 게 아니라는 것을 알아차렸기 때문이다.

난로 옆 벤치에 한 남자가 앉아 있었다. 피부는 누렇게 들뜨고 주름이 자글자글한 게 꼭 스페인 사람처럼 보였다. 얼굴 한가운데에는 마치 빈 호두 껍질처럼 두 눈이 움푹 들어가 있었다. 남자는 기사들이 갑옷 속에 입는 빨간 조끼를 입고 있었다. 머리에는 깃털이 꽂힌 챙 넓은 마부 모자를 썼고, 무릎까지 올라오는 두꺼운 승마용 부츠를 신고 있었다. 비뚤어진 입술에 이를 반짝거리며 아무 말 없이 앉아 있는 남자를 발견한 순간 두 사람은 공포에 사로잡혔다. 도둑은 그 남자가 방앗간 주인이라고 생각했다. 자신의 방앗간이 어떻게 됐는지 확인하기 위해 지옥에서 돌아온 것이라고. 도둑은 토르네펠트의 등 뒤에 숨어서 은밀히 성호를 그었다. 그러고는 그리스도의 고통과 상처, 물과 피를 떠올리면서 방앗간 주인의 유령이 지독한 악취와 자욱한 연기와 함께 지옥의 불길 속으로 사라지게 해달라고 기도했다. 하지만 빨간 조끼를 입은 남자는 미동도 없이 계속 그 자리에 앉아서 마치 먹잇감을 낚아채려는 올빼미처럼 두 사람을 노려보았다.

「당신은 대체 어디서 나타난 거죠?」 토르네펠트가 이를 딱딱 부딪치며 물었다.「들어오는 걸 못 봤는데.」

「어느 노파가 나를 양동이에 넣어 데려왔어.」 남자가 조소하듯 말했다. 목소리가 마치 삽으로 흙을 뜰 때 나는 소리처럼 둔탁하게 울렸다.「그러는 너희들은? 대체 너희들은 여기서 뭘 하는 거지? 내 빵을 먹고 내 맥주까지 마시면서? 너희들을 위해 식전 감사 기도라도 올려 주기를 기대하는 거야?」

「저 얼굴은 악마가 10년 동안 부식제 속에 넣어 놓았던 것 같아.」 도둑이 나직하게 혼잣말을 했다.

「입 다물어! 조용히 하라고! 자칫하면 자기를 조롱하는 것으로 받아들일 수 있어.」 토르네펠트가 도둑을 향해 다급하게 속삭인 다음 큰 소리로 말했다.

「주인장, 이해해 주십시오. 바깥세상은 모든 게 꽁꽁 얼어붙었습니다. 저는 상황이 여의치 않아 사흘 동안 빵 한 조각도 못 먹었고요. 그걸 아시는 하느님께서 저를 주인장의 식탁으로 이끌어 준 것 같습니다.」

「아무리 봐도 저건 족제비의 얼굴이야.」 도둑이 조용하게 말했다.

「비록 제가 주인장과 일면식도 없는 사이이기는 하나 때가 되면 이 은혜는 반드시 갚겠습니다.」 토르네펠트가 얌전히 고개를 숙여 인사하며 말했다.

도둑은 유령과 대화로 문제를 해결하는 것은 있을 수 없는 일이라고 생각했다. 문득 조금 전 너무 성급하게 성호를 그었다는 생각이 머리를 스쳤다. 그리스도의 피와 상처를 주문으로 외우는 것은 수종(水腫)이나 천연두, 건성 괴저(壞疽)를 막고 싶을 때나 효과가 있지, 유령을 몰아낼 때는 외워봤자 허사였다. 도둑이 제대로 된 주문을 외우기도 전에 마부 모자를 쓴 남자가 그를 향해 몸을 돌렸다.

「눈빛을 보아하니 너는 내가 누군지 아는 모양이로구나.」

「알다마다요.」 도둑이 떨리는 목소리로 대답했다. 「저는 당신이 어디에서 왔는지도 알고 있어요. 당신은 연옥에서 왔어요. 창문마다 불길이 이글이글 뿜어져 나오고 창문턱 위에서 사과를 굽는 그런 곳이요.」

도둑의 눈앞에 연옥이 떠올랐다. 불길이 이글거리며 타오르는 연옥은 저주받은 영혼들이 머무는 곳이다. 하지만 빨간 조끼를 입은 남자는 도둑이 말한 연옥을 밤낮없이 연기와 불길이 치솟는 주교의 용광로와 소성로라고 받아들였다.

「너는 나에 대해 전혀 모르는구나.」 방앗간 주인이 말했다. 「나는 주교의 제련소나 주물 공장, 혹은 용광로에서 일하는 일꾼이 아니야.」

창문 밖에 눈송이들이 흩날렸다. 도둑은 창문 쪽으로 한 걸음 다가가 지금은 멈춰 선 물레방아를 가리켰다.

「저는 당신이 이곳의 주인이라고 믿습니다.」 도둑이 더듬거리며 말했다. 「목을 매 자살한 뒤 지금은 불타는 연옥에서 사는 그 사람이요.」

「맞다! 나는 이 물레방앗간의 주인이다.」 남자는 그 말과 함께 난로 옆 벤치에서 벌떡 일어나 방 안을 서성거리기 시작했다. 「맞다. 내가 바로 그 사람이다. 나는 불운한 시간에 노끈으로 목을 매 죽으려고 했다. 하지만 주교의 관리인과 일꾼들이 늦지 않게 도착해 노끈을 끊어 나를 내려 주고, 의사가 다시 피를 돌게 해주었다. 그 덕분에 살아나 지금은 주교 밑에서 마부로 일하고 있지. 주교의 마차를 타고 이 나라 방방곡곡을 찾아다니는 것은 물론이고, 베니스나 메클린,[22] 바르샤바, 리옹 같은 도시에서 우리 주교에게 바치는 온갖 물건들을 실어 나른다. 너희들은 대체 뭘 하는 자들이냐? 이

22 벨기에의 도시.

렇게 길을 나선 이유는 뭐고? 어디에서 와 어디로 가는 길이지?」

도둑이 박차를 딱딱 울리며 방 안을 서성거리는 남자를 불안한 눈빛으로 쳐다보았다. 남자는 이미 오래전에 죽었으나 피와 살이 있는 산 사람으로 인정받고 싶어 하는 것 같았다. 도둑은 그가 어렸을 때 베이컨과 계란, 빵, 맥주, 연못의 오리들, 나무에 열린 호두 열매에 이르기까지 닥치는 대로 남의 물건을 훔치며 살았다는 것을 이 남자가 잘 아는 것 같아 께름칙했다. 그래서 직업에 대해서는 일단 입을 다물기로 했다. 그는 멈칫거리며 대장간과 쇄광기가 있는 어둑어둑한 숲을 손가락으로 가리켰다.

「저는 먹을 것을 찾아 저곳으로 가던 길입니다.」

방앗간 주인이 입술을 비죽거리면서 뼈만 앙상한 두 손을 비볐다.

「저기서 일하는 게 소원이라면 그건 금세 이루어질 거다.」 남자가 말했다. 「주교님은 아주 인심이 후하신 분이니까. 너는 날마다 빵 1파운드와 0.5파운드의 빵 부스러기가 들어간 수프를 받게 될 거야. 거기다 2크로이처[23]어치의 돼지비계에 저녁에는 귀리죽이 나오고. 일요일에는 소시지하고 양고기 스튜도 먹을 수 있지.」

도둑이 눈을 지그시 감았다. 자꾸 군침이 돌아 참기 힘들었다. 지난 열흘 동안 따뜻한 음식을 목구멍으로 넘긴 건 딱 한 번, 까마귀를 잡아 구워 먹었을 때였다. 도둑은 앞에 놓인

23 독일, 오스트리아, 헝가리에서 13~19세기에 사용한 동전의 이름.

식탁에 음식이 벌써 차려지기라도 한 것처럼 킁킁거리며 냄새를 맡았다.

「캐러웨이 향이 나는 양고기 스튜네.」 도둑이 중얼거렸다.

「육두구도 들어가 있지.」 방앗간 주인이 말했다. 「너는 아주 풍성한 대접을 받을 거야. 내 말 믿어도 돼.」

이번에 그는 토르네펠트를 향해 돌아섰다.

「그런데 너. 너는 왜 그림 속 성자처럼 꼼짝도 않고 서 있지? 혓바닥이 굳어 버리기라도 한 건가? 너도 이 녀석처럼 안락한 삶을 찾아가는 길인가? 우리 주교님께서 일하기 싫어 빈둥거리는 게으름뱅이들과 식충이들까지 전부 먹여 살려야 하나?」

토르네펠트가 고개를 저었다.

「저는 그곳으로 가지 않을 겁니다. 국경을 넘을 생각이에요.」

「국경을 넘겠다고? 키엘체[24]에 가서 후추 케이크하고 브랜디라도 맛보려는 건가?」

토르네펠트는 마치 열병식 중인 병사처럼 미동도 없이 똑바로 서 있었다.

「제 군주인 스웨덴 왕의 군대에 들어갈 생각입니다.」

「맙소사, 스웨덴 왕이라고!」 방앗간 주인의 목소리가 갑자기 날카로워졌다. 「맞아, 어쩌면 타타르인과 중국의 황제를 물리치는 방법에 대해 네 충고를 기다리고 있을지도 모르겠네. 그자는 어찌나 겁쟁이인지, 명예를 지키지 못하면 다리

24 폴란드 남부의 도시.

가 부어오를까 봐 두려워하고 있거든. 넌 그런 데 들어가 출세해 보려는 거냐? 거기서는 일당으로 4크로이처를 준다더군. 하지만 분필과 파우더, 구두약, 연마제 같은 것을 사고 나면 남는 게 하나도 없겠지. 병사의 운은 가난한 농부의 척박한 땅에서 나는 곡식과 같다는 것을 명심하도록 해. 병사의 운은 절대 무럭무럭 자라지 않는다는 말이야.」

「설사 그렇다 해도 제 결심은 확고해요.」 토르네펠트가 말했다. 「저는 스웨덴 전쟁에 꼭 참가할 겁니다.」

방앗간 주인이 바짝 다가오더니 토르네펠트의 눈을 자세히 들여다보았다. 밖에서 바람 소리가 갈수록 거세지자 방앗간 지붕을 지탱하고 있는 대들보가 삐거덕거렸다. 하지만 안에서는 세 남자의 숨소리 말고는 아무 소리도 들리지 않았다.

「이런 바보 멍청이를 봤나!」 침묵 끝에 마침내 방앗간 주인이 입을 열었다. 「누군가 옆에서 가르쳐 주지 않으면 너는 이미 죽은 목숨이나 마찬가지야. 1파운드의 납으로 총알을 몇 개나 만들 수 있는지 알아? 자그마치 열여섯 개야. 그중 하나가 벌써 너를 겨냥하고 있어. 요즘 스웨덴 군대에 들어가지 못해 안달하는 바보들이 왜 이렇게 많지? 들어가기만 하면 힘들어 죽겠다고 징징거리면서. 너는 대체 뭘 하다 도망친 거냐? 농사일? 재단사 일? 구두 수선? 그것도 아니면 서기 일이라도 때려치운 거야?」

「저한테는 하나도 해당되지 않아요.」 토르네펠트가 대답했다. 「저는 귀족이에요. 제 아버지와 할아버지는 평생을 전쟁터에서 보낸 군인이고요. 저는 그분들의 뒤를 따르고 싶을 뿐이에요.」

「옳아, 그러니까 귀족이란 말이지?」 방앗간 주인이 입을 비죽이며 비아냥거렸다. 「그런데 어째서 몰골은 딱 피부병에 걸린 빼꾸기 같을까? 옷차림은 초라하기 짝이 없고, 머리는 봉두난발이고. 네가 귀족이라는 것을 입증할 여권이나 서류는 있어?」

「그런 건 없어요.」 토르네펠트가 말했다. 「여권이나 서류는 없지만 전쟁터에 나가 싸울 용기는 있어요. 이 말이 거짓이라면 제 목숨을 가져가세요!」

방앗간 주인이 그런 말 하지 말라는 듯 크게 손사래를 쳤다. 「제발 네 목숨을 잘 간직하도록 해.」 그가 거의 짜증내듯 말했다. 「네 목숨을 원하는 사람은 하나도 없으니까. 하지만 너도 알아야 할 거야. 오늘 밤 거리마다 병사들이 우글거린다는 것을. 용기병들과 보병들이 폴란드 도둑들을 찾아 나섰어. 놈들을 완전히 끝장낼 작정인 거지. 그러니 여권이나 서류 없이 국경을 넘어가는 건 아마 쉽지 않을 거야.」

「어렵거나 쉽거나, 둘 중 하나겠죠.」 토르네펠트가 말했다. 「어쨌든 저는 이미 스웨덴 전쟁에 참가하기로 결심했어요.」

「그게 소원이라면 누가 말리겠어!」 마치 기름칠을 안 한 마차 바퀴가 굴러가는 것처럼 방앗간 주인이 빽빽한 쇳소리로 말했다. 「네가 더 편한 삶을 살 수 있도록 돕고 싶은 마음이 안 생기는군. 그러니 이제 음식 값이나 내고 썩 꺼지도록 해!」

방앗간 주인이 굽은 손가락과 반짝거리는 이를 드러낸 채

도깨비불처럼 이글거리는 눈빛으로 쳐다보자, 토르네펠트는 등골이 오싹했다. 마음 같아서는 당장 5휠던짜리 동전을 식탁에 던진 뒤 걸음아 날 살려라 하고 도망치고 싶었다. 하지만 주머니 속에는 돈이 한 푼도 없었다.

토르네펠트가 몇 발자국 뒷걸음질해서 도둑 곁으로 다가갔다.

「이봐, 형제.」 토르네펠트가 작은 소리로 속삭였다. 「제발 주머니를 뒤져서 1휠던이나 0.5휠던짜리 동전이 있는지 확인해 봐. 나한테 음식 값을 내라는데 너도 알다시피 난 완전히 빈털터리야.」

「나한테 그런 돈이 어디 있어?」 도둑이 반박했다. 「동전 하나 구경 못 한 지 벌써 1년이 넘었어. 휠던이 동그란지 네모난지도 기억이 안 날 정도라고. 우리가 먹고 마시는 음식 값은 전부 네가 내겠다고 큰소리치지 않았어?」

토르네펠트가 불안한 표정으로 방앗간 주인을 힐끗 보았다. 그는 난로 위로 몸을 숙인 채 불씨를 헤집고 있었다.

「네가 나서 줘야겠어.」 토르네펠트가 도둑에게 말했다. 「지금 당장 란켄 마을에 있는 클라인로프 장원으로 가서 내 사촌을 만나도록 해. 그에게 내가 지금 여기 있다고 알리고 돈과 옷, 말 한 마리를 보내 달라고 전해 줘.」

「이보게, 형제. 나는 진심으로 네가 오랫동안 행복하게 살기를 바라.」 도둑이 말했다. 「하지만 네 목숨이 귀한 만큼 내 목숨도 귀해. 나는 용기병들이 우글거리는 곳으로 들어가고픈 생각은 추호도 없어. 내가 왜 굳이 네 사촌을 찾아가야 하는 건데?」

토르네펠트가 눈보라가 휘날리는 창밖을 응시했다. 날씨가 점점 더 나빠지고 있었다. 물레방아조차 안 보일 정도였다.

「내 대신 네가 꼭 가줘야만 해.」 토르네펠트가 강하게 몰아붙였다. 「그 은혜는 죽을 때까지 잊지 않을게. 보다시피 나는 지금 몸이 안 좋아. 지금보다 상태가 더 악화되면 끝장이야. 저렇게 눈보라가 휘몰아칠 때 밖으로 나가는 건 나한테는 곧바로 죽음을 의미해.」

「코에 동상이라도 걸릴까 봐 겁먹은 거야?」 도둑이 비아냥거렸다. 「그토록 자랑하던 용맹함은 다 어디로 사라진 거야? 스웨덴 전쟁에 반드시 참가하겠다는 그 열정은 또 어디로 갔고? 지금은 부드럽게 애원하지만, 넌 방금 맥주 항아리로 나를 내려치려고 했어. 내가 교수형이나 거열형(車裂刑)[25]을 당하는 꼴을 보고 싶다고 하지 않았어? 누군가 꼭 가야 한다면 원하는 사람이 가야겠지. 하지만 그게 나는 아냐.」

「형제여, 제발 나를 용서해 줘.」 토르네펠트가 간절히 애원했다. 「정말 미안해. 하늘에 맹세코 그건 농담이었어. 거짓말이 아니야. 나는 용기병도 추위도 두렵지 않아. 다만 고상한 사촌과 그의 딸 앞에 지금처럼 초라하고 남루한 모습으로 나서고 싶지 않아서 그래. 제발 형제의 사랑으로 내 대신 가 줘. 가서 내 사촌에게 다시 용맹한 군인의 모습을 되찾는 대로 방문하겠다고 전해 줘. 그럼 너는 분명 융숭한 대접을 받

25 사람의 팔다리를 각각 다른 수레에 묶고, 그 수레를 반대 방향으로 끌어서 찢어 죽이는 형벌.

을 거야. 심부름 값도 두둑하게 챙겨 줄 테고.」

도둑은 고민에 빠졌다. 란켄 마을이라면 이미 왔던 길을 거의 5킬로미터나 되돌아가야 한다. 아까 오는 길에 봤던, 제대로 돌보지 않아 형편없던 그 경작지 주인이 바로 토르네펠트의 귀족 사촌일 수도 있다. 도둑은 그 땅의 주인을 꼭 만나 보고 싶었다. 대체 자기 밑에 있는 관리인과 서기, 양치기, 하다못해 농장 일꾼한테까지 속아 넘어가는 한심한 바보가 누군지 정말 궁금했다.

무척 위험한 여정이 되리라는 것은 자명했다. 용기병들한테 붙잡히면 사거리마다 선 어느 교수대에서 즉각 처형당할 것이다. 하지만 그의 인생이 언제 단 한 번이라도 위험하지 않았던 적이 있었던가. 운명은 늘 가혹하게도 굶어 죽는 것과 교수대에 오르는 것, 둘 중에 하나를 선택하라고 강요했다. 바야흐로 떠돌이 생활을 청산하고 날마다 빵 한 조각과 따뜻한 잠자리를 얻는 대신 자유를 포기하려는 순간, 도둑은 눈보라가 휘몰아치는 바깥으로 나가 죽음과 마지막 사투를 벌여 보고 싶다는 강렬한 욕망을 느꼈다.

「좋아, 그럼 내가 다녀올 테니까 너는 여기 있어.」 도둑이 토르네펠트에게 말했다. 「하지만 그 잘난 귀족 사촌이 나같이 미천한 사람을 만나 주기나 할까?」

「사람은 높고 낮음 없이 누구나 똑같아.」 도둑의 마음이 바뀔세라 토르네펠트가 재빨리 대답했다. 「사촌에게 우리 가문의 문장이 새겨진 이 반지를 보여 주면 누가 보냈는지 알 거야. 간단하게 핵심만 전해야 해. 일단 돈이 필요해. 국경을 넘으려면 지갑에 돈이 두둑해야 돼. 둘째로는 마차 한 대와 따뜻한 코트, 셔츠 몇 벌, 목도리, 빨간 스타킹 몇 켤레 하고…….」

토르네펠트가 가문의 문장이 새겨진 은반지를 손가락에서 빼내자 도둑이 미심쩍은 표정으로 그의 말을 잘랐다.

「내가 너한테서 그 반지를 훔쳤다고 생각할지도 몰라.」 도둑이 말했다.

「절대 그럴 리 없어.」 토르네펠트가 단호하게 말했다. 「하지만 혹시 그런 의심을 하면 이 일화를 들려줘. 그럼 네 말을 믿을 거야. 어린 시절 내가 그의 딸과 함께 썰매 마차를 타고 가는데, 갑자기 말이 날뛰는 바람에 썰매 마차가 뒤집어진 적이 있어. 그 이야기를 들으면 네 말을 믿을 거야. 그럼 분명히 수놓은 비단 코트랑 리본과 레이스가 달린 공단 코트를 보내 줄 거고. 예복용 모자하고 검정색 가발 두 개, 잠옷으로 입을 실크 가운…….」

「네 사촌은 이름이 뭐야?」 도둑이 다시 그의 말을 잘랐다.

「클라인로프 장원의 영주인 크리스티안 하인리히 에라스무스 폰 크레히비츠야.」 토르네펠트가 말했다. 「사실 그는 내 대부였어. 아, 검정색 가발 두 개는 절대 잊으면 안 돼. 하나는 큰 것, 하나는 작은 것으로. 예복용 모자하고 공단 코트도…….」

하지만 도둑은 벌써 출발했다. 그가 나간 자리로 차가운 한기가 밀려들어 왔다. 방앗간 주인은 몸을 곧추세우고 난롯불에 손을 쬐었다.

「크리스티안 폰 크레허비츠라.」 그가 중얼거렸다. 「그를 잘 알아. 근엄하고 훌륭한 분이지. 주여, 그에게 영원한 안식을 내려 주소서.」

*

도둑이 그 마을에 도착했을 때는 이미 날이 저물고 있었다. 비록 눈은 그쳤지만 어찌나 추운지 얼굴을 스치는 칼바람이 살점을 도려내는 듯 아렸다. 그런데 커다란 갈색 개 한 마리가 허름한 집들과 헛간들 사이를 어슬렁거릴 뿐, 마을 어디에서도 사람이 보이지 않았다. 어느 선술집에서 흐릿한 불빛과 함께 백파이프 선율이 흘러나왔다. 저 멀리, 단풍나무가 양옆으로 늘어선 가로수길 맨 끝에 클라인로프 저택의 것으로 보이는 슬레이트 지붕이 눈 녹은 물에 젖어 반짝이는 것이 보였다.

도둑은 얼어붙은 연못을 가로질러 저택을 향해 걸어가는 동안에도 과연 저 저택의 주인은 어떤 사람이기에 자신의 영지를 황무지로 만드는 최악의 하인들을 계속 데리고 있는 것일까 생각했다.

〈왜 폰 크레허비츠 씨는 집 밖으로 한 번도 나와 보지 않는 걸까?〉 도둑은 그 이유가 너무 궁금했다. 〈단 한 번이라도 경작지를 둘러본다면 현재 그곳이 어떤 상황인지 알 수 있을 텐데. 혹시 눈이 안 보이는 걸까? 아니면 중병에 걸려 자리보전하고 있나? 어쩌면 수종을 앓거나 폐병에 걸려 각혈을 하는지도 몰라. 그래서 온종일 올리브 오일과 쑥즙, 연약(煉藥)[26]만 먹고 있을지도 모르지. 아무리 그렇다고 해도 왜 자신의 경작지를 단 한 번도 둘러보지 않는 걸까? 어쩌면 현실을 외면하고 몽상에 사로잡혀 사는 사람일 수도 있어. 사시사철 방에 틀어박혀 남자와 여자 중에 누가 더 많이 천국에 가는지, 달의 내부는 어떤 모습일지 고민하는 몽상가. 혹시 영주가 장원에 없는 건 아닐까? 내 오른쪽 주머니와 왼쪽 주머니에 든 것을 각각 걸고 나 자신과 내기라도 하고 싶군. 나는 그가 저 저택에 안 산다는 쪽에 걸겠어. 아마 도시에 살면서 펜싱이나 춤, 카드 게임에 빠져 살 거야. 가끔 여자들한테 세레나데도 불러 주면서. 장원의 일은 전부 아랫사람들한테 맡겨 놓고 돈이 필요할 때만 들르는 게 분명해. 폰 크레히비츠 씨는 분명 그런 사람일 거야. 장원에서 돈이 1백 탈러쯤 모이면 도시로 나가서 돈이 다 떨어지고 빚이 몇 백 탈러가 될 때까지 머무는 거야. 맞아, 그러고는 하룻밤 사이에 부자가 될 방법은 없을까 고민하겠지. 그런 문제라면 내가 충고해 줄 수 있는데. 그 사람의 땅은 토질이 아주 좋아. 문제는 세 필지 가운데 한 필지가 벌써 황무지로 변했다는 거야. 하지만 그 땅에 거름을 지금보다 잘 주고 토양에 맞는 씨앗을 파종하면 수확량을 확 늘릴 수 있어. 토양에 맞게 어느 땅에는 밀을 심고, 어느 땅에는 귀리를 심는 거지. 물론 밀은 가장 비옥한 곳에 심어야 해. 이렇게 파종하고 써레질도 잘하고 잡초도 제때 뽑아 주면 곡식이 무럭무럭 자라는 것을 볼 수

26 시럽이나 잼을 넣어 마시기 좋게 만든 약.

있어. 그러기 위해서는 일꾼들을 잘 다스려야지. 서기들도 잘 단속하고. 토지 관리인은 당장 쫓아내고, 모든 일을 제 손으로 직접 처리해야 해. 도시에 살면서 제복 입은 하인을 거느리고 악사들을 동원해 창문 아래에서 여자를 위해 노래나 부르는 유유자적한 삶은 당장 그만둬야 한다는 소리야. 그 대신에…….〉

끝없이 펼쳐지던 도둑의 상상이 갑자기 멈췄다. 어디선가 딸랑이는 종소리와 채찍 휘두르는 소리가 들렸기 때문이다. 도둑은 수북하게 쌓인 눈 더미 뒤로 재빨리 몸을 숨겼다.

얼어붙은 연못 위를 썰매 마차가 무겁게 미끄러지며 느릿느릿 달려왔다. 비쩍 마른 말 하나가 덜커덕거리며 낡은 마차를 끌었다. 누렇게 색이 변한 마차의 문짝에 귀족 가문을 상징하는 방패 문장이 남아 있었다. 마부석에 매단 램프의 불빛이 낡은 양가죽 코트를 입고 등을 기댄 채 마차 안에 앉아 있는 남자의 얼굴을 비췄다. 도둑은 아주 잠깐 그 사람의 얼굴을 보았다. 찬바람 때문에 남자의 커다란 주먹코는 시퍼렇게 변해 있었고, 기분이 좋지 않은지 입이 댓 발은 나와 있었다. 검은 콧수염은 인중에서 양쪽으로 갈라져 있었다.

도둑은 서서히 일어나 썰매 마차가 사라지는 모습을 지켜보며 고개를 저었다.

「저자가 폰 크레히비츠 씨인가 보군.」 그가 혼잣말을 했다. 「환상을 품고 사는 몽상가 타입은 절대 아니야. 여자 뒤꽁무니를 쫓아다니며 선물 공세를 퍼붓거나 카드 게임을 하다가 돈을 잃는 타입도 아니고. 보아하니 가진 것에 절대 만족할 줄 모르는 탐욕스러운 사람이로군. 아마 남한테 동전 한 푼도 적선해 본 적이 없을 거야. 구두쇠인 건 당연하고 성격까지 안 좋다고 얼굴에 쓰여 있어. 저리도 깐깐해 보이는 사람이 어째서 아랫사람들을 제대로 단속하지 못하는 걸까?」

도둑은 걸어가면서 계속 그 문제를 골똘히 생각했다. 그리고 오래지 않아 수수께끼의 답을 찾아냈다.

「맞아, 그거야.」 도둑이 혼잣말을 했다.「폰 크레헤비츠 씨는 다른 사람들이 절대 알아서는 안 되는 나쁜 짓을 저지른 게 분명해. 하지만 하인들이 비밀을 아는 거지. 그는 하인들 손에 잡힌 인질이나 마찬가지인 거야. 어쩌면 유산 싸움을 하다가 형제를 죽였거나, 돈 때문에 아내를 독살해 땅에 파묻었을지도 몰라. 그 사실을 아는 하인들이 그 비밀을 밝히고 불리한 증언을 할까 봐 두려운 거지. 그래서 단 한 명의 하인도 쫓아내지 못하는 거고.」

썰매 마차가 장원의 대문 앞에 다가가자 문이 양쪽으로 활짝 열리더니 하인 하나가 손에 램프를 들고 나타났다. 하인은 마차를 향해 공손히 허리를 굽혔다. 그런데 분노한 표정을 한 남자가 마차에서 훌쩍 뛰어내리더니 마부의 손에서 채찍을 낚아채 하인에게 마구 휘두르기 시작했다.

「이 사기꾼! 스컹크 가죽 같은 놈!」 남자는 멀리서도 들릴 만큼 고래고래 소리를 질렀다.「이 멍청한 농사꾼! 돼지 같은 놈! 세상에서 제일 허접한 썰매 마차와 세상에서 제일 비루먹은 말을 왜 내게 보낸 거지? 악마가 네 노고에 어떻게 보답하면 좋을까? 입 닥쳐! 오늘 내가 누군지 제대로 보여 주지.」

하인은 꼼짝도 않고 그 자리에 서서 매질을 견뎌 냈다. 한참 뒤에 남자가 힘이 다 빠졌는지 채찍을 내려놓자 하인이 허리를 굽혀 그것을 집어 들었다. 썰매 마차가 대문을 지나 저택 안으로 사라지고 문이 닫혔다. 빈 자리에는 다시 어둠과 침묵이 찾아왔다.

「맞아, 저렇게 해야 돼.」 도둑이 손을 비비며 중얼거렸다. 「저 사람은 악당 다루는 방법을 제대로 알고 있어. 저런 놈들은 매질을 당해도 싸지. 그런데 별거 아닌 일로도 저렇게 하인을 쥐 잡듯 잡는 사람이 어째서 다른 일은 그냥 넘기는 걸까? 토양이 망가지고 씨앗들이 땅속에서 썩어 가는 걸 왜 내버려 두는지 도무지 알 수가 없네. 정말 속을 알다가도 모르겠어.」

도둑은 고개를 저으면서 계속 걸어갔다. 대문이 닫히고 빗장까지 채워졌지만 도둑은 담장을 넘어갈 수 있는 지점을 금세 찾아냈다. 천천히 담장을 넘는 동안 그는 폰 크레히비츠가 저렇게 기이하게 행동하는 이유가 무엇인지 알 것 같았다.

「맞아, 이 나라에는 농사보다 축산에 더 희망을 거는 영주들이 많아.」 도둑이 혼잣말을 중얼거렸다. 「물론 그럴 만한 이유가 있어. 소 값은 절대 9탈러 밑으로 내려가는 법이 없어. 내가 젖 잘 나오는 젖소 주인이라면 10탈러 밑으로는 절대 안 팔지. 어디 그뿐인가? 송아지에, 버터에, 소가 생산하는 거름까지 계산하면 소 한 마리가 1년에 벌어 주는 돈이 얼마야? 게다가 양도 있잖아. 양은 이빨이 날카로워서 방목

지하고 모래땅에서 자라는 잡초만 있어도 키울 수 있어. 게다가 마리당 0.5파운드의 털을 깎을 수 있고. 그래서 아마 폰 크레히비츠 씨도 축산에 더 중점을 두는 걸 거야. 그건 확실해. 축산은 우박이 쏟아질까 봐 걱정할 필요도 없고, 곡식을 쥐가 갉아먹거나 병충해를 입을까 봐 걱정할 필요도 없어. 아마 폰 크레히비츠 씨는 논밭은 소작농들한테 빌려주고 축산에만 집중하는 모양이야. 말, 소, 양을 길러서 새끼를 치는 게 주 수입원인 거지. 슐레지엔에서 생산된 양모는 폴란드와 모스크바로 수출돼. 저 멀리 페르시아까지도 가지. 품질 좋은 양모는 절대 가격이 내려가지 않아. 폰 크레히비츠 씨는 자신이 집중해야 할 일이 뭔지 잘 아는…….」

생각이 꼬리에 꼬리를 물고 이어지는 동안 도둑은 담장을 훌쩍 뛰어넘어 눈밭으로 떨어졌다. 마당에는 사람 그림자도 안 보였고, 분위기도 황량하기 그지없었다. 마당 입구에 써레가 쓰러져 있고, 건초를 모으는 쇠스랑이 바닥에 쌓인 눈을 뚫고 밖으로 삐져나와 있었다. 남자가 타고 온 썰매 마차는 벌써 보관 창고로 들어간 듯했다. 말도 마구간으로 들여보냈는지 보이지 않았다. 하인들은 하루 일과를 마치고 숙소로 돌아간 듯했다.

도둑은 어떻게 할지 결정하지 못한 채 저택을 향해 천천히 걸어갔다. 하지만 몇 발자국 가지 않아 걸음을 멈췄다. 그는 서두르지 않았다. 토르네펠트는 공단 코트와 예복용 모자와 빨간 실크 스타킹을 한 시간쯤 더 기다려도 된다. 그것들 없이는 전쟁터에 나갈 수 없을 테니 그로서는 기다리는 것 말고 달리 방법이 없다. 토르네펠트의 말을 이 저택 주인에게 전달하기 전에 도둑은 먼저 이 나라는 물론이고 멀리 폴란드까지 유명세를 떨치는 이 저택의 목양 상태를 확인하고 싶었다. 교배를 위해 스페인에서 들여온 숫양은 얼마나 대단한지, 암양은 어떤 식으로 관리하는지 궁금했다. 또 그 둘 사이에 태어난 새끼 양들은 이 추운 겨울을 어떻게 견디고 있는지도 알고 싶었다.

양 우리의 문은 잠겨 있었지만 그런 건 도둑한테 아무런 문제도 아니었다. 그는 스라소니처럼 조용하고 날쌔게 담장을 기어올라, 좁은 구멍을 통해 사료 저장고로 들어갔다가 거기서 사다리를 타고 양 우리로 내려갔다.

〈이게 그 유명한 폰 크레히비츠 씨의 양이란 말이지!〉 하지만 양들은 꼴이 말이 아니었다. 1백 마리쯤 들어갈 수 있는 우리에 서른 마리 남짓한 양들이 모여 있었는데, 제대로 된 보살핌을 받지 못했다는 것이 한눈에 보였다. 대부분의 양들이 눅눅한 습기와 질 나쁜 사료 때문에 부어 있었고 털은 거칠었다. 교배를 위해 스페인에서 들여온 것으로 보이는 양은 눈을 씻고 찾아봐도 안 보였다.

도둑은 양 우리에 켜놓은 등잔불을 들고서 양을 하나씩 살펴보았다. 거세한 숫양은 몇 마리이고 거세하지 않은 숫양은 몇 마리인지, 태어난 지 1년 된 어린 양은 몇 마리이고 2년 된 양은 몇 마리인지, 암양은 몇 마리인지 일일이 세어 보았다.

「말도 안 돼. 이런 식으로 양을 키우면 주인은 아무런 소득도 올릴 수 없어. 이건 도둑질이나 마찬가지야.」 그는 양이 제 소유이기라도 한 것처럼 분통을 터뜨렸다. 「물론 정직한 양치기를 찾는 건 쉽지 않아. 양치기들은 전부 사기꾼이야. 최고의 양치기조차 자기의 새끼 양을 주인집 암양의 젖으로 키우는 게 관행이니까. 하지만 아무리 그래도 이 집 양치기는 정말 악질 중에서도 최고의 악질이 분명해. 초원에서 수확한 마차 한 대 분량의 건초만 있으면 겨우내 서른 마리의 양을 배불리 먹일 수 있어. 하지만 아까 사료 저장고에서 본 건 볏짚뿐이었어. 건초는 한 다발도 없고. 목초지에서 거둔 신선한 건초는 양치기가 밖에다 팔아먹은 게 분명해. 그래 놓고 이 양들한테는 대충 절단한 볏짚만 먹이는 거야. 양한테 볏짚은 독이나 마찬가지인데. 그건 양의 번식을 막는 지름길이라고.」

도둑은 어느 양의 옆에서 걸음을 멈추고 꼼꼼하게 상태를 살폈다.

「이 양은 병들었어. 단순히 옴 같은 피부병이 아니야. 폐선충이나 디스토마에 걸린 것 같은데, 이건 축사를 충분히 건조시키지 않아서 생기는 병이지. 양치기가 돼서는 양이 눅눅한 습기를 못 견딘다는 사실도 모르는 거야? 만약 내가 폰 크레히비츠 씨라면…….」

도둑은 등잔불을 바닥에 내려놓고서 양의 주둥이를 벌려 보았다.

「맙소사!」 그의 입에서 절로 탄식이 새어 나왔다. 「이럴 수가. 이건 폐 선충이 아니잖아. 이 양은 지금 요네병[27]에 걸렸어. 양치기는 이걸 몰랐든지 알면서도 내버려 뒀든지 둘 중 하나야. 요네병에 걸린 양을 발견한 즉시 도살했어야지. 피를 흘리지 않는 방식으로 도살한 다음 땅에 파묻어야 전염을 막을 수 있어. 그런데 이 양을 다른 양들 사이에 그냥 방치해 뒀단 말이지. 대체 영주는 뭘 하는 거지? 그는 아마 우리 한 번 들여다볼 마음이 없을 정도로 가축에 애정이 없는 게 분명해. 가축의 분뇨 냄새가 너무 지독해서 그럴 수도 있지만, 그렇더라도 자기 양치기가 어떤 사람인지는 알아야 하잖아. 요네병에 걸린 양이 있다는 사실을 지금 당장 영주에게 알려야 해.」

상황을 충분히 파악한 도둑은 비둘기장을 소리 없이 빠져나오는 고양이처럼 양 우리에서 살그머니 빠져나왔다. 그런 다음 마당을 둘러싼 하인들의 숙소를 잠시 돌아보았다. 그리고 이 저택의 영주는 모든 분야에서 망해 가고 있다는 사실을 다시 한번 확인했다.

「이 저택의 하인들과 하녀들은 하나같이 게으름뱅이들이로군. 빈둥거리는 하인은 아무짝에도 쓸모가 없는데. 곳간에 보관된 곡식들은 습기를 먹어서 전부 눅눅해졌어. 월동 준비는 아직 시작도 안 했군. 장작도 전혀 패놓지 않았고. 지금쯤이면 아마(亞麻)도 말려서 타작해 놨어야 하는데 그것조차 안 해놨어. 어째서 하인이라고는 전부 밥만 축내는 식충이들, 술고래들뿐인 거야? 양치기들은 대장부터 막내까지 한참 일해야 할 낮에 우유 수프와 구운 고기를 먹으면서 시간

27 결핵균에 의하여 소나 양, 사슴 따위의 창자에 생기는 만성 전염병.

을 보내고, 오늘이 명절이나 사육제 날도 아닌데 식탁에는 한 사람 앞에 하나씩 커다란 맥주 항아리까지 놓여 있군. 모든 게 거꾸로 돌아가는 저택이야. 하인들이 흥청망청 먹고 마시는 동안 온갖 손해를 보는 건 영주야. 만약 내가 폰 크레히비츠 씨라면 천둥 번개와 지옥의 불길로 그들을 심판할 텐데! 외양간은 꼴이 그게 뭐야. 소들은 매일 짚을 새로 깔아 줘야 해. 어린 송아지들은 갓난아기 돌보듯 보살펴야 하고. 그런데 이 집에서는 뭐 하나 제대로…….」

그렇게 도둑이 계속 혼잣말을 하고 있는데, 느닷없이 외양간 문이 열리더니 남자 두 명이 나타났다. 도둑은 아슬아슬하게 들키지 않고 바닥에 엎드렸다.

한 사람은 회계 장부를 든 것으로 보아 이 장원의 살림을 관장하는 집사인 듯했다. 세 권은 겨드랑이에 끼고, 한 권은 손에 들고, 다른 손으로는 등잔불을 받치고 있었다. 허리띠에 잉크병을 매달고, 귀 뒤에는 두 개의 깃펜을 꽂은 그는 양 갈래 콧수염을 기른 남자 앞에 공손한 자세로 서 있었다. 한참 전, 썰매 마차를 타고 도둑 옆을 지나간 바로 그 남자였다.

〈드디어 축사를 찾아왔군.〉 도둑은 엎드린 바닥에서 그대로 전해지는 냉기를 느끼며 생각했다. 〈분명히 매질을 다시 시작할 거야. 잔뜩 화난 표정을 보아하니 집사의 목을 천 개로 조각 내기라도 할 기세네. 만약 지금 자리에서 일어나 그에게 전반적인 축사 상태가 어떻다고 이야기해 주면 어떤 일이 벌어질까? 양 한 마리가 요네병에 걸렸다고 말하면…… 분명 벼락이 떨어질 거야!〉

「네놈이 미친 게 분명하구나!」 양 갈래 콧수염을 기른 남자가 버럭 소리치자 집사가 화들짝 놀라 회계 장부를 눈 쌓인 바닥에 떨어뜨렸다. 「2백 휠던? 그게 어느 집 애 이름이냐? 더 이상 내 성질 건드리지 않는 게 좋아. 성지 주일[28] 같은 건 너희들이나 지켜. 전에는 안 그러더니 요즘 아주 배짱이 늘었네. 그래, 2백 휠던이나 빌려 달란 말이지? 그 돈을 언제 돌려받을 줄 알고? 내 돈은 어디 하늘에서 뚝 떨어졌다고 생각하나 보네. 지난 수난일 행사 때도 네놈 영주한테 3백 휠던이나 빌려줬어. 이 집에서는 돈이 들어왔다 하면 금세 연기가 돼 굴뚝으로 새어 나가는 것 같군.」

콧수염을 기른 남자가 잠시 숨을 고르느라 말을 중단했다. 추워서 시퍼렇게 변한 얼굴에서 분노의 독기가 뿜어 나왔다. 집사는 애절한 목소리로 계속 애원했다.

「남작님도 아시다시피 이 집에는 객식구들이 득시글거립니다. 돈 한 푼 안 내면서 끼니때마다 스테이크와 포도주, 팬케이크가 식탁에 오르기를 바라는 염치없는 사람들이죠. 소작농들 역시 빵과 파종할 씨앗을 달라고 날마다 성가시게 찾아오고요.」

「네놈 주인한테 반지와 목걸이를 몇 개 팔라고 해. 보석은 꽤 값이 나가거든.」 양 갈래 콧수염을 기른 남자가 소리쳤다. 「전국적으로 돈을 빌려주는 바람에 지금 수중에 돈이 별로 없어. 빌려준 돈을 당장 거둘 수도 없고.」

28 기독교에서 예수가 십자가형을 앞두고 예루살렘으로 입성할 때 군중들에게 환영받은 일을 기념하는 날.

「반지와 목걸이 들은 이미 오래전에 유대인 손에 들어갔어요.」 집사가 한숨을 내쉬며 말했다. 「주전자와 술잔 같은 은식기들도 진즉에 다 팔아 치웠고요. 수레와 사륜마차, 반개(半蓋) 마차도 팔아 치운 지 오래예요. 지난가을에 한 씨앗 파종도 2부 이자를 주기로 하고 어렵게 돈을 마련해서 한 거예요. 저희 주인님은 남작 어른을 아주 관대하고 자비로운 분으로 알고 계세요.」

「빌어먹을!」 콧수염을 기른 남자가 버럭 소리를 질렀다. 「그래서 나더러 다시 한번 네놈 주인한테 관대하고 자비로운 대부 역할을 해달라는 거야? 작년에 이 집에서 나를 어떻게 대접했는지 기억하나? 네놈 주인의 아버지 장례식을 치를 때 말이야. 카스파 폰 취른하우스는 투구를 썼고, 페터 폰 도브슈니츠는 오른손에 방패를 들었고, 폰 비브란 남작은 말을 이끌었어. 그런데 나는 어디서 뭘 했더라? 게오르크 폰 로트키르히는 문장이 새겨진 방패를 들었고, 치르나 영지의 한스 위히트리츠는 십자가와 검을 들었어. 멜히오르 바프론은 왼손에 방패를 들었고, 노스티츠 영지와 릴게나우 영지에서 온 사람들은 교회로 수의를 날랐지. 그런데 나는 어디서 뭘 했더라? 그때 나는 말안장을 벨벳으로 치장할 돈을 빌려줘야 했어. 이중직 호박단으로 된 조기(弔旗) 제작비와 설교자 사례비, 거기에 양초 비용까지 더해 무려 220휠던을 빌려줬는데도 내가 한 일은 겨우 성가대의 일원으로 찬송가를 부른 거야. 〈이제 그의 몸을 편히 쉬게 해주소서〉라며. 그게 내가 베푼 은혜에 대한 이 집 사람들의 대접이었지.」

그제야 도둑은 이 저택의 속사정을 알게 되었다. 주먹코에 양 갈래 콧수염을 기른 남자는 저택의 주인이 아니라 장원의 재산을 약탈해 가는 고리대금업자였다. 이웃 사람들의 돈을 야금야금 빼앗아 결국에는 집도 절도 없는 알거지로 만들어 버리는 악덕 고리대금업자. 「저런 악질을 봤나.」 도둑이 혼잣말로 중얼거렸다. 「비열한 고리대금업자를 귀족이라고 생각하다니, 눈이 완전히 삐었던 모양이군! 두 사람의 대화를 잘 들어 봐야겠어. 둘 사이에 뭔가 수상쩍은 거래가 있는 게 분명해. 잣나무에 열린 잣처럼 머리를 바짝 붙이고 있는 게 영 찜찜하군. 한 사람은 유다, 한 사람은 이스가리옷[29] 처럼 보일 정도야.」

이스가리옷을 닮은 집사가 발로 바닥의 눈을 툭툭 찼다. 고리대금업자는 큰 소리로 코를 풀더니 이렇게 말했다.

「네놈 주인한테 대부인 뒤스털로와 펜케 영지의 폰 잘차 남작이 안부를 묻더라고 전해. 하지만 돈은 더 이상 빌려줄 생각이 없더라고 해. 탈러든 휠던이든 한 푼도 빌려줄 수 없다고. 과수원이나 방목장을 담보로 내놔도 소용없어. 하지만 만약 네놈 주인이 말 디아나하고 사냥개 야손을 내놓으면 80휠던을 쳐주겠다고 전해. 이게 마지막 제안이야. 이걸 거절하면 당장 말안장을 채워 집으로 돌아갈 테니 그리 알아.」

「오, 주여. 제발 자비를 베푸소서!」 도둑이 한숨을 내쉬며 말했다. 「저자도 귀족이었군. 그런데 문장이 새겨진 방패까지 가진 남작이라는 자가 하는 짓이 어찌 저리 비열할까. 고

29 예수를 배반한 유다의 성(姓).

리대금업자는 귀족의 명예와 전혀 어울리지 않는다는 걸 모르는 건가? 저런 비열한 귀족이 되느니, 차라리 지금처럼 시궁창에서 뒹구는 쪽을 택하겠어.」
「하지만 80휠던은 너무 적습니다.」 집사가 말했다. 「사냥개 한 마리만 해도 50휠던은 충분히 나간다는 거 남작께서도 잘 아시잖습니까.」
「80휠던에서 단 한 푼도 더 줄 수 없어.」 고리대금업자가 단호하게 거절했다. 「이건 어느 모로 보나 내가 손해 보는 거래야. 말과 사냥개가 한 달에 가져다주는 이득보다 그 두 짐승을 하루 먹이고 보살피는 데 들어가는 돈이 훨씬 더 많아.」
「하지만 그 사냥개와 말은 남작님께 아주 쓸모가 많을 겁니다.」 집사가 교활한 웃음을 지으며 말했다. 「우리 주인님은 야손과 디아나를 보고 싶을 때면 남작님 저택의 대문을 두드리고 허락을 구할 테니까요. 제 짐작으로는 아마 날마다 그럴 겁니다. 우리 주인님의 유일한 낙이 바로 그 말과 사냥개니까요.」
「네놈 주인이 정말 내 집 대문을 두드릴 거라고 생각해?」 고리대금업자가 물었다. 「그럴 경우 절대 쫓아내지 않을 거라고 전해 줘. 또 대부인 폰 잘차 남작은 정원에 핀 바질 같은 남자라고 말해. 바질은 거칠게 다루면 지독한 악취로 눈물을 쏙 빼게 하지만, 부드럽게 어루만지면 아주 좋은 향기가 난다고.」
「꼭 그렇게 전하겠습니다. 하루도 빼놓지 않고 그렇게 하겠습니다.」 집사가 약속했다. 「그러니 남작님, 110휠던만 주십시오. 80휠던은 주인님 몫이고 30휠던은 제 몫으로요. 저는 항상 남작님을 위해 일했습니다. 저는 남작 어른께 무엇이 이득일지 늘 염두에 두고 있습니다.」

「네놈 몫은 20휠던으로 해. 그거면 충분해.」 양 갈래 콧수염을 기른 남자가 기분이 좋아진 듯 말투가 갑자기 부드러워졌다. 두 남자가 저택을 향해 사라지자, 도둑은 반쯤 몸을 일으킨 뒤 옷에 묻은 눈을 털어 냈다.

「기가 막히는군.」 도둑이 중얼거렸다. 「이 장원에 사는 악당들 목에 방울을 매달면, 여기서 자기 말을 들을 수 있는 사람은 하나도 없겠어. 불쌍한 폰 크레히비츠 씨! 그에게 요네병에 걸린 양이 있다는 말을 꼭 전해야 해. 집사는 그를 속이고 있고, 대부라는 자는 사기를 친다는 것도. 하인들이 날마다 기름진 음식으로 포식하는 바람에 곳간이 갈수록 텅 비어간다는 것도. 지금 상황이 어떻게 돌아가는지 폰 크레히비츠 씨한테 꼭 전해야겠어. 그럼 보답으로 따뜻한 수프를 대접해주겠지. 하지만 이건 어디까지나 선의로 하는 일이야. 보답을 바라는 게 아니라고.」

도둑이 자리에서 일어섰다. 그 순간, 마음속에서 이상한 변화가 일어났다. 그는 이곳을 찾아온 이유가 토르네펠트의 부탁 때문이라는 것을 까맣게 잊고 다른 사명감에 사로잡혔다. 지금 이 장원에 있는 사람들 가운데 정직한 사람은 도둑인 자신뿐이었다. 따라서 정직한 자신이 장원의 주인과 이야기를 해야 했다.

보통 그는 낯선 집에 들어갈 때 꽃밭에 들어가는 두더지처럼 몰래 숨어들었다. 하지만 이번에는 허리를 꼿꼿이 세우고 대담하게 현관문을 향해 걸어갔다. 이런 적은 난생처음이었다. 도둑은 정직한 사람으로서 저택에 들어가 장원의 주인과 솔직하게 대화하고 싶었다.

현관문 앞에 이른 도둑은 떳떳하고 당당하게 현관문을 노크하려 했다. 하지만 바로 그때, 갑자기 안쪽에서 문이 확 열리더니 용기병 두 명이 밖으로 나왔다. 그를 비롯한 떠돌이들한테 용기병은 불구대천의 원수였다. 용기병들의 손에는 램프와 여물 주머니가 들려 있었다. 그들을 보는 순간 도둑은 정직한 사람으로서 이곳을 찾아왔다는 사실을 잊고 공포에 사로잡혔다. 그러고는 몸에 밴 습성대로 방향을 틀어 달아나기 시작했다. 도둑이 저택을 빙 돌아 도망치자 용기병들은 여물 주머니를 던져 놓은 채 그를 뒤쫓기 시작했다. 「거기 누구야? 대답해!」 그들이 외치는 소리가 들렸다. 「멈춰! 안 그러면 쏘겠다!」 도둑은 멈추지 않았다. 이미 집 모퉁이를 돌아 죽을힘을 다해 계속 달렸지만, 앞쪽에서도 어떤 소리가 들렸다.

그제야 도둑은 우뚝 걸음을 멈췄다. 「어디로 가야 하지?」 그가 숨을 헐떡이며 다시 한번 말했다. 「대체 어디로 가야 하지?」 걸음을 멈춘 곳 바로 앞에 하인들이 눈을 쓸어 산더미처럼 쌓아 놓은 게 보였다. 도둑은 그 속으로 몸을 던져 깊숙이 파고들었다. 잠시 뒤 용기병들이 옆을 지나갔다. 「대체 어디로 사라진 거야?」 그들의 말소리가 들렸다. 「악마가 데려갔나?」 마침내 사방이 다시 조용해졌을 때, 도둑은 조심스럽게 고개를 들었다. 용기병들은 보이지 않았다. 하지만 언제 다시 나타날지 알 수 없었다. 그는 눈 더미에서 빠져나왔지만 어디로 가야 할지 막막했다. 고개를 드니 사람 키 두 배 정도의 높이에 창문과 아주 넓은 창턱이 보였다. 〈저 위로 올라갈 수 있을까?〉 문득 그런 생각이 머리를 스쳤다. 그는 도움닫기를 해 펄쩍 뛰어올라 두 손으로 창턱을 붙잡았지만, 그곳에 유리 조각과 뾰족한 못 들이 박혀 있는 바람에 손바닥이 찢어져 피가 났다. 하지만 지금은 그런 것에 신경 쓸 겨를이 없었다. 그는 창턱을 꽉 움켜쥔 채 천천히 위쪽으로 몸을 끌어 올렸다. 이윽고 창턱에 올라선 도둑은 창문을 덮은 부서진 덧문을 익숙한 솜씨로 쉽게 열었다. 그런 다음 발을 안으로 집어넣어 바닥에 닿을 때까지 다리를 쭉 내렸다.

옷이 완전히 젖어 몸이 뼛속까지 얼어붙고 심장은 공포와 추위로 마구 벌렁거렸다. 완전히 녹초가 된 도둑은 손바닥에서 피를 흘리며 드디어 2년 후 그가 주인이 되어 다스리게 될 저택에 첫발을 내디뎠다.

*

방에 들어온 도둑은 한동안 가구들 사이에 꼼짝도 않고 그냥 서 있었다. 이러다 금세 얼어 죽겠다는 것, 지금까지 그랬던 것처럼 또 한 번 간발의 차로 죽음을 모면했다는 것 말고는 아무 생각도 들지 않았다. 그러나 계속 이렇게 있을 수는 없었다. 당장 크레히비츠 씨를 찾아 이야기를 해야 했다.

하지만 이 저택에는 그의 철천지원수 용기병들이 묵고 있었다. 또다시 그들의 눈에 띄었다가는 모든 게 끝장이었다. 그래서는 안 된다. 크레히비츠 씨를 만나야 한다. 그는 이대로 돌아갈 수도 없었고, 돌아가고 싶지도 않았다. 도둑은 호흡이 진정될 때까지 그 자리에 서 있다가 앞으로 걸어갔다. 서서히 눈이 어둠에 익숙해졌다. 앞쪽에 테두리가 쇠로 된 육중한 나무 문이 보였다. 문은 잠겨 있지 않고 살짝 열려 있었다. 문틈으로 거의 알아차리기 힘들 만큼 흐릿하고 가느다란 빛이 새어 들어왔다. 램프나 양초의 불빛이 아니었다. 난로에서 새어 나온 불빛이었다. 문 너머의 방에 난로가 켜져 있는 것이다. 그것 말고 다른 불빛은 전혀 없었다. 안에 사람이 없는 듯했다. 어둠 속에 앉아 있을 사람이 누가 있겠는가. 도둑은 조용히 안도의 한숨을 내쉬었다. 난로가 켜진 빈방, 그것이야말로 지금 그가 제일 바라는 것이 아닌가. 도둑은 불도 쬐고 젖은 옷도 말리고 싶었다.

그는 한동안 그 자리에 서서 귀를 기울였다. 그다음 조심스럽게 육중한 문을 열고 살그머니 방문턱을 넘어갔다.

예상대로 난로에서 장작이 타고 있었다. 난로에서 새어 나오는 희미한 불빛에 벽 앞에 있는 은색 캐비닛이 보였다. 열어 보니 텅 비어 있었다. 그 순간 도둑의 얼굴이 일그러졌다. 하지만 이곳에 뭘 훔치러 온 게 아니라는 생각이 머리를 스쳤다.

「밖에서 그자들이 한 말이 맞았어!」 도둑이 터져 나오려는 웃음을 꾹 참으며 혼잣말을 했다. 「크레히비츠 씨는 그 유다 같은 고리대금업자한테 가진 걸 전부 팔아 치웠어. 반지와 목걸이 같은 보석들하고 접시와 주전자 등의 은식기들까지. 그런데도 형편이 완전히 바닥인 것은 아니군.」

도둑은 방 안의 공기를 한껏 들이마셨다. 공기 중에 와인과 갓 구운 빵과 고기 냄새가 남아 있었다. 누군가 이 방에서 저녁을 먹은 듯했다. 도둑이 먹을 것도 좀 남아 있었다. 식탁에 서너 개의 접시와 와인 항아리가 놓여 있었다. 이 음식들과 따뜻한 난로의 주인은 지금 어디 있는 걸까? 도둑은 재빨리 방 안을 둘러보았다. 의자 위에는 날이 번쩍거리는 검이, 난로 옆에는 기다란 승마용 부츠가 놓여 있었다. 이어 두 개의 창문 사이에 놓인 침대를 발견한 순간 도둑은 숨을 멈췄다. 그곳에는 한 남자가 누워 있었다.

도둑은 그다지 놀라지 않았다. 그는 돌발 상황에 익숙했다. 자는 사람들을 깨우지 않고 방에서 나가는 것쯤은 식은 죽 먹기나 마찬가지였다.

하지만 침대에 누워 있는 사람은 잠을 자는 것이 아니었고 혼자도 아니었다. 침대에는 두 사람이, 남자와 여자가 누워 있었다.

도둑은 꼼짝 않고 그 자리에 서 있었다. 침대 위의 남자는 분명 크레히비츠 씨일 것이다. 이른 저녁을 먹고 와인도 한 잔 마신 뒤 지금 아내와 사랑을 나누고 있는 것이다. 도둑은 꼭 그에게 전할 이야기가 있었지만, 이런 상황에서 어떻게 제 존재를 드러내고 말을 꺼내야 할지 난감했다.

「예수 그리스도의 은총과 평화가 함께하기를!」 도둑이 고개를 숙이며 나직하게 혼자 말했다. 「휴, 요네병에 걸린 양 이야기를 꺼내면 크레히비츠 씨는 분명 침대에서 내려올 거야. 하지만 조금만 더 기다려야겠어. 아직은 때가 아니야. 일단 두 사람이 침대에서 뭘 하는 건지 확인해 봐야 해.」

도둑은 이렇게 빨리 크레히비츠 씨한테 자신을 데려다준 행운에 감사하며 귀를 기울였다. 침대에서는 바스락거리는 소리와 속삭이는 소리만 들리더니 이어서 하품을 참는 소리가 이어졌다. 침대에 누웠던 남자가 기지개를 켜며 일어나 앉았다.

「예수 그리스도의 은총과 평화가 함께하기를!」 도둑은 다시 한번 기도했다. 「아무것도 모르는 당신은 속 편히 침대에 누워 있네요. 요네병이 양들 사이에 퍼지고 있는 것도 모르시고, 하인들이 얼마나 게으르고 무능한지도 모르시죠. 그들은 하나같이…… 아니, 아니야!」 도둑이 말을 중단했다. 「이런 식으로 이야기를 꺼내면 안 돼. 그건 오른쪽 발에 왼쪽 부츠를 신고 달리는 거나 마찬가지야. 일단 크레히비츠 씨한테 내가 어디서, 누구의 심부름으로 왔는지부터 밝혀야 해.」

「왜 자꾸 하품을 하는 거예요?」 침대에 누운 여자가 말했다. 「당신은 하품밖에 할 줄 아는 게 없네요. 왜 당신은 나를 내 사랑, 내 천사, 내 보물, 내 고양이, 내 장미꽃, 내 커다란 기쁨이라고 안 부르는 거죠? 당신의 사랑은 왜 그렇게 기한이 짧은 건가요?」

「예수 그리스도의 은총과 평화가 함께하기를!」 도둑이 다시 한번 속삭이듯 기도했다. 「당신의 대자인 폰 토르네펠트씨가 저를 이곳으로 보냈습니다. 그는 지금 물레방앗간에 있습니다…….」

「나는 네게 기사의 사랑을 약속했다.」 침대 위의 남자가 말했다. 「원래 기사의 사랑은 오래 지속되지 않는다. 마치 초원의 풀이나 들판이 이슬처럼 생명이 아주 짧지.」

「그럼 이제 저는 당신의 보물이 아니로군요. 당신의 고양이도, 당신의 장미 꽃봉오리도, 당신의 기쁨도요!」

「어린애들이 오트밀을 탐하듯이 너는 늘 달콤한 말만 듣고 싶어 하는구나. 내 너에게 이미 기다란 비단 리본을 선물한 걸로 기억하는데. 설탕 두 봉지와 성 게오르크의 얼굴이 새겨진 은화도 줬고.」

「하지만 사랑을 나눌 때 당신은 너무 일찍 지쳐요. 작은 램프의 불빛처럼 불이 너무 빨리 꺼져 버린다고요.」

「당신은 토르네펠트를 아시죠?」 도둑이 작게 중얼거렸다. 「그는 지금 물레방앗간에 발이 묶여 있습니다. 공단 코트와 예복용 모자, 그리고 돈, 말, 마차를 기다리면서요.」

「그간 금식하느라 너무 굶어서 그래.」 침대 위의 남자가 말했다. 「나는 금식 기간을 꼬박 지켰어. 사냥꾼이 멧돼지를 뒤쫓는 것처럼 천국에 들어가기를 갈망하거든. 금식을 하면 육체의 욕망 같은 건 잊게 되지. 만약 내가 부자라면, 사제를 데려다가 나를 대신해서 계속 기도하고 금식하게 만들겠어.」

「그보다는 차라리 당신 대신 처녀와 동침하라고 하는 게 어때요?」

「입 닥쳐!」 남자가 갑자기 화를 내며 소리쳤다. 「지금 네가 처녀였다고 주장하는 건가? 네가 남자 경험이 있다는 걸 내가 눈치채지 못했을 거라고 생각하는 거야? 어린 꽃송이를 따 먹는 건 바람직하지 않아.」

「하지만 토르네펠트가 원하는 건 그게 다가 아닙니다.」도둑이 토르네펠트를 생각하며 계속 중얼거렸다.「그는 실크 가운도 필요하다고 했습니다. 양말과 목도리, 가발 두 개도 요구했고요.」

「그게 무슨 어처구니없는 말이죠?」침대 위의 여자가 소리쳤다.「당신은 내가 처녀인지 아닌지 따질 입장이 아닐 텐데요. 이게 당신 첫 경험도 아니고. 게다가 당신은 귀도 하나고 눈도 하나뿐이잖아요.」

「적들이 이렇게 만든 거야.」남자가 화를 삭이지 못하고 당당하게 말했다.

「내가 입은 상처는 전부 친구들이 만든 건데.」여자가 웃으며 말하자 남자가 낄낄거리며 같이 웃었다. 그들은 세 사람이 함께 웃고 있다는 사실을 한동안 깨닫지 못했다. 도둑은 두 사람이 침대에서 나누는 대화가 아주 재미있었다.

「잠깐!」여자가 소리쳤다.「이게 무슨 일이죠? 방에 누가 있어요.」

「무슨 헛소리야!」남자가 말했다.「이 방에 들어올 사람이 누가 있어? 대체 누가 들어왔다는 거야?」

「방에 누가 있다니까요. 웃는 소리가 들렸어요.」그 말과 함께 여자가 침대에서 일어나 앉아 어둠 속을 살펴보았다. 난로에서 새어 나오는 흐릿한 불빛에 여자의 뽀얀 가슴이 드러났다.

「헛소리는 그만하고 드러누워서 나 좀 즐겁게 해줘!」 남자가 말했다. 「문 앞에서 보초를 서는 용기병이 누구를 안으로 들여보냈을 리가 없잖아. 넌 귀가 그렇게 밝으니 물고기가 물속에서 노래하는 소리도 들을 수 있겠구나.」

「저기! 저기 남자가 있어요.」 여자가 한 손으로 남자의 팔을 붙잡고 다른 손으로 어둠 속을 가리키며 날카롭게 비명을 질렀다. 「저쪽이요! 벽 앞에! 도와줘요! 어서!」

남자가 몸을 벌떡 일으켜 침대에서 뛰어내렸다. 그러고는 재빨리 검을 움켜쥐었다.

「거기 너!」 남자가 소리쳤다. 「네놈은 누구냐? 여기서 뭘 하는 거지? 그 자리에서 꼼짝 말아라. 안 그러면 이 칼로 네놈의 배때기를 쑤셔 산산조각 낼 테니!」

일이 예상치 못한 방향으로 흘러가자 도둑은 마침내 어둠 속에서 나왔다. 이제야말로 그가 무슨 일로 이곳을 찾아왔는지 이야기할 때라고 생각했다.

「예수 그리스도의 은총과 평화가 함께하기를.」 그가 보이지 않게 슬쩍 고개를 숙이며 다급하게 기도했다. 「저는 다른 이의 심부름으로 이 저택을 찾아왔습니다. 그는 지금 물레방앗간에서…….」

「발타자르!」 검을 든 남자가 소리쳤다. 「안으로 들어와 촛불을 켜라. 예수 그리스도를 찾는 저자의 얼굴을 보고 싶구나.」

「제발 불은 켜지 마세요!」 여자가 새된 소리로 끼어들었다. 「전 이브처럼 완전히 벌거벗었잖아요.」

「그럼 낙원으로 다시 돌아가면 될 일이야!」 남자는 그렇게 말하며 여자를 밀친 다음, 그녀의 머리 위에 담요를 씌웠다. 그러는 사이에 용기병이 황급히 안으로 들어와 식탁 위에 있는 양초에 불을 붙였다. 도둑 앞에 땅딸막한 남자가 서 있었다. 몸에 셔츠 하나만 걸친 채 깃털 달린 모자를 쓴 남자가 검을 위협적으로 휘둘렀다.

남자의 얼굴을 확인한 순간 도둑은 겁에 질려 굳어 버렸다. 아는 얼굴이었다. 〈잔혹한 남작〉이라는 별명으로 유명한 용기병 대장이었다. 그가 이 저택에 머무르고 있는 게 분명했다.

*

그가 잔혹한 남작이라는 별명을 얻은 이유는 슐레지엔과 보헤미아 지역에서 약탈을 일삼던 도적 떼를 일거에 소탕했기 때문이다. 황제로부터 도적 떼 처형의 전권을 위임받은 그는 용기병들을 이끌고 방방곡곡 돌아다니며 대대적인 수색을 벌였다. 거지들, 떠돌이들, 소매치기들, 노상강도들, 시장터의 좀도둑들, 크고 작은 죄를 저지른 범법자들에게 그는 악마처럼 두려운 존재였다. 그를 수행하는 사형 집행인은 죄수들한테 사용할 밧줄이 자주 부족했다. 그럴 경우에는 죽음을 면해 주는 대신 평생 노예로서 노나 저으며 살라는 뜻으로 이마에 낙인을 찍어 베니스의 갤리선으로 보냈다. 도둑이 주교의 지옥에 들어가려고 했던 이유도 바로 잔혹한 남작과 용기병들한테서 도망쳐 목숨을 부지하기 위해서였다. 그런데 여기서 용기병 대장과 딱 마주치다니, 이 무슨 얄궂은 운명의 장난인가. 잔혹한 남작은 그에게서 겨우 다섯 발자국 떨어진 곳에 있었다. 달아나는 것은 생각도 할 수 없었다. 용기병들이 득시글거리는 이 집에서 빠져나가기란 불가능했다. 도둑은 온몸이 마비된 것처럼 그 자리에 서 있었다. 그러나 공포에 휩싸인 가운데서도 잔혹한 남작이 실제로는 키가 아주 작을 뿐더러 유인원처럼 가슴과 다리에 털이 수북하다는 사실에 몹시 놀랐다.

악랄한 용기병 대장은 기다란 끈이 달린 검정색 안대를 — 이것이 그 화려한 복장의 시작이었다 — 왼쪽 눈에 단단히 고정시켰다. 이어서 용기병이 가져다준 승마용 가죽 바지와 벨트를 착용했다.

「자, 이제 네놈이 누군지 말해 봐라.」 그가 말했다. 「하지만 조심해야 할 거야! 내 손에 있는 검 보이지?」

도둑은 자신을 도울 것은 용기밖에 없다는 사실을 깨달았다. 공포에 질린 모습을 들키면 끝장이었다.

「네, 보입니다. 검 말고 또 뭐가 보이냐고요?」 도둑이 대답했다. 「대장님 검은 참새 서른여섯 마리가 한꺼번에 앉아 있을 수 있을 만큼 길어 보이는군요. 또 그 검으로 양배추 머리 일곱 개를 단번에 자를 수도 있겠어요.」

「당장 사람을 물어뜯을 것 같은 공격적인 눈빛을 하고서 말은 참 뺀질뺀질 잘하는구나.」 무릎을 꿇고서 잔혹한 남작에게 승마용 부츠를 신기던 용기병이 말했다. 「네 앞에 계신

분이 누군지 안다면 입을 그 따위로 놀리지 못할 것이다.」

「목숨을 부지하고 싶다면 신중하게 답해라.」 잔혹한 남작이 도둑에게 말했다. 「만약 한마디만 더 그렇게 말하면 네놈을 당장 밖으로 내쫓고 부모 형제도 얼굴을 알아보지 못할 만큼 몽둥이찜질을 해주겠다.」

「그렇다면 저를 밖으로 내보내 주십시오.」 도둑이 말했다. 「저는 대장님께 아무런 용건도 없습니다. 제가 찾는 분은 대장님이 아닙니다.」

「귀족이자 장교인 나에게 감히 그런 무례한 언사를 사용하다니, 간이 배 밖으로 튀어나왔구나!」 대장이 버럭 소리쳤다. 「교수형을 당해 지옥에 떨어져 악마를 만나면 공손하게 자기소개를 할 수 있도록 예의와 존경이 뭔지 가르쳐야겠다. 대체 네놈은 내 침실에서 뭘 하는 게냐? 어서 대답해 보거라!」

「여기서 뭘 했느냐고요? 저는 이 저택의 영주를 찾고 있습니다. 주인은 어디 계십니까?」 도둑은 더 이상 낭비할 시간이 없다는 듯 초조하고 짜증스러운 목소리로 대답했다.

「이 저택의 주인을 찾는 중이라고?」 악랄한 남작이 소리쳤다. 「마르그레트, 저자가 이 집의 하인인가? 저자를 알아?」

그러는 사이에 용기병들 몇 명이 더 방으로 들어왔다. 그들이 든 횃불이 타면서 나는 연기가 방을 가득 채웠다. 어둠 속에 숨었던 도둑을 발견한 여자는 이제 침대 가장자리에 걸터앉아 있었다. 여자는 용기병들의 눈길을 피해 서둘러 속옷을 입고 그 위에 치마를 입었다. 잠시 뒤 그녀가 말했다.

「아뇨, 저자는 이 집 하인이 아니에요. 한 번도 본 적이 없는 얼굴이에요.」

대장이 도둑을 향해 저벅저벅 걸어왔다. 부츠가 바닥에 닿을 때마다 끼익 하며 기분 나쁜 소리가 났다.

「이 흉한 몰골을 좀 봐라. 피부는 온통 부스럼투성이에다 수염은 덥수룩하고 옷차림은 꾀죄죄하기가 이를 데 없구나.」 대장이 낄낄거리며 말했다. 「설마 이런 놈한테 주교의 궁에서 영주에게 만찬 초대장을 전하라는 심부름을 시켰을 리는 없을 테고. 몸을 수색해 봐라! 아무래도 검은 이비츠 도적 떼의 일원이 분명하다.」

용기병 두 명이 도둑을 붙잡고 주머니를 뒤졌다. 그중 하나가 도둑이 항상 지니고 다니는 단검을 찾아 높이 치켜들었다.

「이럴 줄 알았다.」 잔혹한 남작이 말했다. 「저놈은 나를 죽일 목적으로 이 집에 숨어든 게 분명해. 자, 이제 털어놓아라. 저 칼이 왜 네 주머니에 있는 거지?」

「그건 아주 귀한 물건입니다.」 도둑은 공포가 목구멍까지 차올랐지만 한껏 비굴하게 웃으며 떠듬떠듬 대답했다. 「스페인 함대가 신세계에서 가져온 물건이거든요. 빵과 치즈를 써는 데 쓰려고 샀습니다.」

「앞으로 빵과 치즈를 썰 일은 없을 테니 이제 필요 없겠구나.」 잔혹한 남작이 말했다. 「이자는 내 방에 몰래 숨어들어 내가 잠들면 저 칼로 나를 죽일 생각이었다. 리엔하르트, 이쪽으로 나오너라. 너는 검은 이비츠 무리에 사흘이나 붙잡혀 있었으니 분명 알 것이다. 거기서 이자의 얼굴을 본 적이 있느냐?」

리엔하르트라고 불린 용기병이 횃불을 도둑의 얼굴 가까이 가져갔다.

「이자는 이비츠의 부하가 아닙니다. 저는 이비츠 일당의 얼굴을 전부 압니다. 아프롬, 등이 굽은 미헬, 올빼미를 닮은 놈, 교수형을 당한 아담, 휘파람을 잘 부는 소년, 브라반트 사람 하나. 하지만 이자의 얼굴은 본 적이 없습니다. 게다가 우리는 그들을 전부 포위했고, 단 한 명도 그 포위망 밖으로 빠져나가지 못했습니다.」

「도적 하나쯤은 보초망을 뚫고 빠져나갔을 수 있어. 아주 불가능한 일은 아니야.」 대장이 말했다. 「어쨌든 이자는 여기 몰래 숨어들었다. 악마는 이자를 믿을지 몰라도 나는 못 믿겠다.」

「하지만 이자는 절대 이비츠의 부하가 아닙니다.」 용기병이 단호하게 말했다. 「검은 이비츠 패거리는 전부 스무 명이고, 저는 그들의 얼굴을 똑똑히 압니다. 주물공 하네스, 세례교인 요나스, 클라프로트, 바일란트, 포이어바움, 미치광이 마테스까지 전부요. 하지만 저자의 얼굴은 본 적이 없습니다.」

「그럼 대체 누가 너를 보낸 것이냐?」 잔혹한 남작이 도둑을 향해 소리쳤다. 「어서 말해라. 안 그러면 신이 내게 허용한 권리로 네놈의 몸을 꺾어 놓을 테니까.」

「저는 어느 귀족의 하인입니다. 정말입니다.」 도둑은 여차하면 그 증거로 토르네펠트 가문의 문장이 새겨진 반지를 꺼내 보일 생각이었다. 하지만 점차 용기가 되살아났다. 「저는 이 저택의 주인에게 시급히 전달할 말이 있어 찾아왔습니다.」

「네 주인이 누군데?」 잔혹한 남작이 도둑의 말을 자르며 물었다.「너같이 이상한 하인을 데리고 있다니, 네 주인은 제정신이 아니로구나. 대체 어떤 귀족이 이런 누더기를 걸친 하인을 데리고 있는 거지?」

「제 주인은 이곳 영주님의 친척이자 대자입니다.」 도둑이 말했다.「영주님은 제 주인의 세례식에도 참석하셨다고 합니다. 저는 그분께 제 주인에 대해 꼭 말씀드려야 할 전갈을…….」

「영주의 대자가 너를 보냈단 말이냐?」 대장이 큰 소리로 껄껄 웃기 시작했다.「아주 괘씸한 놈이로군! 사정이 그렇단 말이지. 영주의 대자가 보냈다니, 이 집에 온 것을 환영한다. 너는 임무를 성공적으로 완수했다. 그런데 대자의 나이가 어떻게 되느냐? 네 주인이라는 그 사람 말이다.」

「열여덟에서 스무 살 사이입니다. 모신 지 오래되지 않아서 아직 정확한 나이는 모릅니다.」 도둑이 잔혹한 남작의 웃음소리와 이상한 태도에 어리둥절해 대답했다.

마침내 옷을 다 갖춰 입은 여자가 용기병들을 비집고 도둑의 앞에 섰다.

「불쌍해라. 그런 터무니없는 거짓말로는 이 위기를 모면할 수 없어.」 여자가 말했다.「우리 영주는 이 세상 어디에도 대자가 없어. 불쌍해라. 이제 거짓말은 그만해. 차라리 무릎을 꿇고서 손이 발이 되도록 빌면서 그리스도의 은총을 구걸

하는 게 나을 거야.」

「그런 은총은 있을 수 없다!」 잔혹한 남작이 소리쳤다. 「저 자가 불판 위의 고기처럼 땀을 뻘뻘 흘리는 모습을 보고 싶구나. 아주 재미있을 거야. 이 저택의 영주를 만나러 왔다고 했으니 네놈의 소원을 들어주지. 이 집 영주한테 대자에 관한 새로운 소식을 전해 주겠다고 했겠다. 자, 나를 따라오너라. 발타자르, 내 장갑과 견장을 다오.」

*

횃대를 든 두 명의 용기병 사이에 낀 도둑은 손이 등 뒤로 묶인 채 잔혹한 남작을 따라 계단을 올라갔다. 일이 이상하게 꼬여 드디어 크레히비츠 씨를 보게 된 지금, 도둑은 아까보다 훨씬 더 영주에게 큰 호기심이 일었다. 새로운 수수께끼가 생겼기 때문이다. 영주의 대자가 보낸 전갈을 가져왔다고 했을 때, 세상 끝으로 날려 보내고 싶을 만큼 철천지원수 같은 저 잔혹한 남작은 왜 그렇게 껄껄 웃었을까? 잔혹한 남작과 함께 침대에 드러누워 있던 하녀는 왜 〈우리 영주는 이 세상 어디에도 대자가 없어. 불쌍해라〉 하고 말했을까? 왜? 누구에게나 대자 한 사람쯤은 있기 마련이다. 이 세상에서 제일 가난한 날품팔이라도 대자 한 명쯤은 두었을 것이다. 혹시 크레히비츠 영주가 성격이 너무 괴팍하고 안하무인이라서 아무도 제 자식의 대부가 되어 달라고 부탁하지 않은 걸까? 그게 아니라면 혹시 기독교인이 아니라서? 그렇다면 영주는 터키인이나 타타르인, 아니면 무어인일까? 이도저도 아니라면 세례식 때 대부로서 아기한테 선물하는 돈조차 아까워하는 구두쇠일까? 그것도 아니라면…….

문득 어떤 생각이 머리를 스쳤다. 그 순간 도둑은 어찌나 놀랐는지 자기도 모르게 걸음을 멈추고 손바닥으로 제 이마를 탁 치려 했다. 그제야 손이 등 뒤로 묶였다는 것을 깨달았다. 이제 모든 것이 명확해졌다. 그는 이 장원의 하인들이 왜 하나같이 영주를 속일 수 있었는지 — 왜 일꾼들이 주인의 통제에 따르지 않고 제멋대로 행동하는지, 경작지는 왜 그렇게 황폐한지, 왜 양 우리에서 전염병이 도는지 — 알게 되었다. 도둑은 자신의 어리석음에 저주를 퍼부었다. 진즉에 그 사실을 눈치챘어야 한다.「오, 작고 불쌍한 어린양이여. 다들 그 어린양의 털을 빼앗지 못해 안달이 났구나.」도둑은 허탈하게 웃으며 주먹을 움켜쥔 채 중얼거렸다. 이윽고 반쯤 열린 어느 문 앞에 이르렀다. 잔혹한 남작이 노크를 한 뒤 깍듯하게 예의를 갖추고 성큼성큼 영주의 방으로 들어갔다. 그의 뒤에서 두 용기병이 도둑을 방 안으로 밀어 넣었다.

도둑의 예상이 딱 들어맞았다. 방에는 잘해야 열일곱 살쯤으로 보이는 여자아이가 서 있었다. 가냘픈 몸매에 얌전하고 고상한 모습이 마치 하늘에서 내려온 천사 같았다. 바로 이 여자아이가 클라인로프 장원의 주인이었다. 도둑은 그녀의 눈에 그렁그렁 맺힌 눈물을 금세 알아보았다. 그녀의 맞은편에는 양 갈래 콧수염을 기른 남자가 벽난로에 몸을 비스듬히 기댄 채 서 있었다. 귀족 고리대금업자 뒤스털로와 펜

케 영지의 폰 잘차 남작. 집사가 이 어린 영주의 사냥개와 말을 그에게 팔아 버린 것이 분명했다.

잔혹한 남작이 깃털이 꽂힌 모자를 손에 들고서 다리를 넓게 벌리며 인사했다.

「제가 때를 잘못 맞춘 건가요?」 그가 말을 시작했다. 「이렇게 늦은 시간에 고귀한 숙녀의 방에 들어온 것을 용서해 주시기 바랍니다. 하지만 내일 날이 밝자마자 떠날 예정이라 실례를 무릅쓰고 아가씨를 찾아올 수밖에 없었습니다. 잠시 아가씨께 옛 기억을 떠올려 주시기를 요청드립니다.」

그녀가 미소로 화답하며 고개를 끄덕였다.

「저한테 그렇게 깍듯하게 예를 갖추실 필요 없어요.」 그녀가 부드러운 목소리로 말했다. 「내일 아침 일찍 떠나신다는 말을 들으니 섭섭하네요. 혹시 숙소가 마음에 안 드셨나요?」

도둑은 소녀를 뚫어지게 쳐다보았다. 애초에 그가 세웠던 모든 계획은 허사가 되었다.

「정말 안타깝기 그지없네.」 도둑이 나직하게 혼자 말했다. 「영주가 저토록 어린 아가씨였다니. 설령 내가 당신의 하인들이 도둑질이나 악행을 일삼고 있다고 말한들, 저 아가씨가 내 말을 믿어 줄 리 없어. 아직 어려서 세상은 정직한 곳이라고 여길 테니까. 절대 내 말을 믿지 않겠지. 아가씨한테 이곳 식구들은 우유와 닭고기만 먹어도 살 수 있으니 나머지는 전부 시장에 내다 팔아야 한다고 해도 믿지 않을 거야. 그동안 집사가 터무니없는 말로 아가씨를 속였을 테니 그 어떤 말도 소용없겠지. 헌데 저 아가씨는 정말 아름답군. 내 평생 저렇게 아름다운 여자는 본 적이 없어.」

「더 이상 바랄 게 없을 만큼 아주 편히 지냈습니다.」 그사이에 잔혹한 남작이 허리를 숙이며 말했다. 「최고의 대접을 받았어요. 하지만 안타깝게도 우리는 악당들을 붙잡기 위해 떠나야 합니다. 검은 이비츠 도당이 여우의 땅에 진을 치고 있습니다. 그래서 날이 밝는 대로 부하들이 놈들을 봉쇄한 곳으로 가서 본격적인 사냥을 시작해야 합니다.」

「맞아, 도둑을 잡는 게 당신 일이었지.」 문 옆, 두 용기병들 사이에 선 도둑이 중얼거렸다. 「은신처에 숨은 검은 이비츠 도당을 도끼와 밧줄로 괴롭힐 작정이로군. 하지만 알고 보면 그들 역시 불쌍한 백성일 뿐이야. 당신은 이 저택에 있는 수많은 도둑들은 보지도 못하고 혼내지도 않는군. 어린 영주의 재산을 야금야금 갉아먹는 도둑들 말이야.」

「대장님께서 하시는 일이 순조롭게 이루어지기를 기원할게요.」 아가씨가 말했다. 「소문을 들으니 이비츠 무리는 이 인근에서는 물론이고 멀리 폴란드까지 가서 마차를 습격하거나 농부들의 가축을 빼앗는 온갖 악행을 저질렀다고 하더군요. 대장님은 분명 성 게오르크처럼 악당들을 물리치실 거예요.」

「그들은 악당이 아니라 불쌍한 백성일 뿐이에요.」 소녀의 칭찬에 우쭐해하며 덥수룩한 수염을 쓰다듬는 대장을 보며 도둑이 중얼거렸다. 「하루에 빵 한 조각과 허름한 지붕이라도 좋으니 몸을 누일 곳만 있었다면 그들도 성실하게 살았을 거예요. 하지만 세상은 늘 불공평한 법이죠. 여기 이 집에 있는 하인들은…….」

「아가씨, 잠깐만. 나랑 하던 이야기를 마저 해야죠.」 양 갈래 콧수염을 기른 남자가 참다못해 대화에 끼어들었다. 「집에 돌아갈 시간이 다 돼서요. 혹시 아가씨께서 생각을 바꾸실 의향이 있다면 출발을 내일로 미룰 수도 있겠지만.」

「대부님께서 야손과 디아나를 이 집에 데리고 있게만 해 주신다면…….」 어린 아가씨의 눈에 눈물이 다시 그렁그렁해졌다.

「아가씨한테는 다른 말이 여러 필 남아 있잖아요.」 양 갈래 콧수염을 기른 남자가 말했다. 「그 말들은 계속 아가씨 곁에 남아 있을 겁니다. 또 예쁜 드레스와 목걸이, 반지 들도 남았고요. 손님들도 날마다 찾아올 테고, 사교 모임에 나가서 사람들과 어울릴 수도 있어요. 다른 것은 지금처럼 계속 아가씨 곁에 남는 셈이죠.」

「훌륭한 대부님의 뜻대로 따를 수 없어 유감이에요.」 어린 아가씨가 말했다. 그녀의 목소리는 꽤나 단호했다. 「하지만 하늘이 두 쪽 나도 그렇게는 절대 할 수 없다는 것을 잘 아시잖아요. 저는 이미 오래전에 다른 사람에게 정절을 지키겠다고 맹세했어요. 저는 그를 기다릴 거예요. 필요하다면 이 세상이 끝나는 날까지요.」

「아가씨께서 부디 그 결정을 후회하지 않길 바랍니다.」 양 갈래 콧수염을 기른 남자가 퉁명스레 말했다. 「아무튼 그때까지 내 제안은 유효합니다. 내 말에 안장은 다 채워 놓았겠죠?」

「천사들이시여, 제발 저 아가씨를 지켜 주소서!」 도둑이 재빨리 작은 소리로 기도했다.「저 못된 늙은 영감탱이가 정말 아가씨한테 청혼이라도 한 거야? 새하얀 눈과 시커먼 석탄처럼 안 어울리는데.」

「마구는 다 채워 놓았어요. 마차는 마당에 있고요. 마부가 밖에서 기다리고 있어요.」아가씨가 대답했다.「저는 대부님께서 제게 아량을 베푸시리라는 희망을 아직 버리지 않았어요. 제발 야손이 제 곁에 머물도록 허락해 주세요!」

「그 이야기는 이미 끝났소.」양 갈래 콧수염을 기른 남자가 그르렁거리며 말했다.「나는 내 귀한 돈을 주고 말과 사냥개를 샀어요. 이 집 사람들이 일찍이 절약 정신을 배웠더라면 일이 이 지경까지 이르지는 않았겠죠. 다들 낭비가 너무 심해요. 이 집 하녀는 아궁이 장작에 불이 안 붙으면 버터를 덩어리째 던져 넣더군요.」

「귀족 집 개를 가져다 뭐에 쓰려는 거요? 사냥을 하려고 해도 농가에서 키우던 잡종견이 더 쓸모 있을 텐데.」

고리대금업자가 용기병 대장을 향해 돌아서더니 거만한 눈길로 그를 훑어보았다.

「오지랖 넓게 남의 일에 끼어들지 말고 제발 당신 일에나 신경 쓰시오.」고리대금업자가 비난하듯 말했다.「내가 당신 일에 끼어든 적 있소? 물론 내게는 적이 많소. 하지만 속으로는 다들 나같이 되지 못해 안달한다는 걸 잘 알지.」

잔혹한 남작은 그 말을 듣고 못마땅하다는 듯 눈살을 찌푸리며 말했다.

「내 비록 가진 것은 황제가 내린 임명장과 명성뿐인 가난뱅이지만, 누가 1천 탈러를 준다고 해도 당신 같은 사람이 될 생각은 절대 없소.」

「내 자리를 탐할 생각 말고 당신 자리나 잘 지키시오. 내 자리는 사고파는 물건이 아니야.」 고리대금업자가 분노에 휩싸여 시뻘겋게 달아오른 얼굴로 눈을 부라리며 소리쳤다. 「그만 돌아갈 테니 길을 비키시오!」

「그렇게 화낼 필요 없소. 흥분해서 쓰러지면 어쩌시려고.」 잔혹한 남작이 태연하게 맞받았다. 「그리고 허세는 그만 부리시오. 자칫하면 유다처럼 교수대에 오를 수 있으니.」

「뭐? 유다처럼 교수대에 오른다고?」 고리대금업자가 숨을 헐떡이며 소리쳤다. 「지금 당신과 이야기하는 사람이 누구인지 잊은 것 같군. 나 역시 귀족이라는 것을 잊지 마. 조심해야 할 거야. 내 칼집은 언제든지 칼을 뽑을 수 있도록 느슨하게 열려 있으니.」

잔혹한 남작이 한 걸음 옆으로 비켜서서 열려 있는 문을 가리켰다.

「원한다면 언제든지 기꺼이 상대해 드리지. 기사의 예를 갖춰 마당에서 정식으로 한번 겨뤄 보겠소? 귀족 대 귀족으로서?」

「이만 가보겠소. 안녕히 계시오.」 문 앞에 다다른 고리대금업자가 허둥지둥 말했다. 「더 이상 당신을 상대할 시간이 없는 게 유감이로군. 급히 처리할 다른 일이 있으니 남은 이야기는 다음에 하도록 하지.」

고리대금업자는 성큼성큼 밖으로 나가 계단을 서둘러 내

려갔다.

그의 뒷모습을 바라보던 잔혹한 남작이 다시 아가씨를 향해 돌아서며 말했다.

「이런 말을 하게 돼서 유감스럽지만, 아가씨의 대부는 쓰레기 같은 인간임이 분명해요.」 잔혹한 남작이 모자를 흔들며 말했다. 「저런 자는 차라리 칼로 찔러 죽이는 게 나아요. 나라면 길거리에서 제일 키 작은 젊은이를 찾아 돈을 주고 녀석의 코를 박살 내 달라고 시키겠어요.」

「그가 결혼해 달라며 절 괴롭히고 있어요.」 아가씨가 옅은 미소를 지으며 말했다. 「돌아가신 제 아버지와의 우정 때문에 저를 이 곤경에서 구해 주려는 제안이라면서요.」

「그런 게 우정이라면, 앞으로 나는 숲속 늑대들에게서 우정을 찾겠습니다.」 잔혹한 남작이 소리쳤다. 「아까 아가씨 입으로 약혼했다고 말했는데, 아가씨의 사랑을 한 몸에 받는 그 행운의 남자는 대체 누군가요?」

도둑은 마치 꿈을 꾸는 듯한 기분이 들었다. 이상한 생각이 그를 사로잡았다. 갑자기 그의 신분이 바뀌었다. 그는 더 이상 도둑이 아니라, 이 고귀한 아가씨의 약혼자였다. 꿈속에서 그는 아가씨를 품에 안고 서로의 뺨을 맞대었다.

화들짝 놀라 몽상에서 깨어난 도둑은 들리지 않게 깊은 한숨을 내쉬었다.

「안 돼! 안 돼!」 그가 나직하게 혼자 말했다. 「신이시여, 저 아가씨가 내 사람이 될 수 없다면, 차라리 그녀를 봐도 내 심장이 뛰지 않도록 해주소서!」

「대장님은 언제나 저의 좋은 친구가 되어 주셨으니, 솔직히 말씀드릴게요.」 아가씨가 말했다. 「제 약혼자는 어린 시절의 친구인 스웨덴 귀족이랍니다. 그 사람은 제 반지를 가졌고, 저는 그의 반지를 가지고 있어요. 하지만 소식을 못 들은 지 아주 오래됐어요. 종종 이런 생각을 하고는 해요. 〈그 사람은 벌써 너를 잊었어. 하지만 너는 그를 절대 못 잊을 거야〉라고요. 그런데도 저는 희망의 끈을 놓지 못해요. 행운의 말 네 필이 이끄는 마차를 타고 그가 저를 찾아오리라는 희망 말이에요. 그 사람의 이름은 크리스티안이에요. 제 외가 쪽 친척인데, 아버지의 대자이기도 해요.」

「그 녀석이 정말 그런 사람이었어? 사실이 아닌 줄 알았는데.」 도둑이 깜짝 놀라 혼잣말을 했다. 「저 아가씨는 그 애송이 귀족을 여전히 마음에 품고 있군. 따뜻한 난로 앞에서는 허세를 부리지만, 칼바람 속에서 산길을 걸을 때면 끊임없이 징징대며 훌쩍이는 그 허약한 귀족 소년을. 아가씨는 자신을 까맣게 잊은 그 멍청한 귀족을 위해 여태 정절을 지키고 있어! 머릿속은 스웨덴 칼 왕이 일으킨 전쟁에 참가할 생각으로 가득하고, 그곳에 가는 것을 도울 털모자와 돈이 든 지갑, 비단 양말, 콧물을 닦을 호박단 손수건을 얻어 낼 생각뿐인 그 멍청한 귀족을 위해서!」

「아가씨. 그게 무슨 말이죠?」 잔혹한 남작이 물었다. 「아가씨의 아버지한테 대자가 있었다고요? 그럼 그 말이 거짓이 아니라는 건가? 내가 데려온 사람을 좀 봐주세요. 녀석을 이리 가까이 데려오너라. 교수형을 당해 마땅한 악당 중의 악당이에요! 자, 네놈이 만나고 싶다던 영주님이시다. 아가씨에게 인사를 드리고 너를 보낸 자가 누군지 말해 보거라.」

도둑이 앞으로 걸어 나와 공손하게 인사했다. 하지만 얼굴이 드러나지 않도록 등잔불의 흐릿한 불빛을 피해 어둠 속에 섰다. 〈아가씨한테 사실을 밝혀서는 안 돼. 그 애송이 귀족에 대해서는 단 한마디도 해서는 안 돼!〉 이런 생각이 도둑의 머리를 스쳤다. 토르네펠트에 대해 한마디도 하고 싶지 않은 이유는 알 수 없었다. 왜 그를 이곳으로 보낸 자에 대해 침묵해야 하는지 스스로도 알 수 없었다.

「고드름을 처음 본 무어인처럼 아가씨를 쳐다보는 이유가 무엇이냐?」 잔혹한 남작이 도둑에게 다가가며 물었다. 「자, 이제 말해 보거라. 너를 보낸 자가 누구냐?」

〈안 돼. 안 돼. 안 돼!〉 도둑이 마음속으로 비명을 질렀다. 〈아가씨가 그 사실을 알아서는 안 돼. 만약 그의 소식을 듣게 된다면 아가씨는 남은 것을 모두 팔아 치울 거야. 그에게 멋진 재킷과 비단 양말을 사 보내려고 그나마 남은 것들까지 전부 팔아 치울 거라고. 옷장에 있는 레이스 블라우스 같은 옷들이나 하얀 침대보 같은 것들 말이야. 그러니 아가씨한테 그의 근황을 알려서는 절대로 안 돼!〉

도둑은 아가씨의 눈길을 피해 나직한 목소리로 대답했다.

「그런 사람은 없습니다.」

「이제 와서 너를 보낸 사람이 없다고?」 잔혹한 남작이 호통쳤다. 「조금 전에는 영주의 대자인 어떤 귀족이 너를 여기로 보냈다고 하지 않았느냐?」

「거짓말이었습니다.」 도둑이 깊게 심호흡한 뒤 대답했다.

「내 그럴 줄 알았다. 위기를 모면하기 위해 거짓말을 한 거지.」 잔혹한 남작이 말했다.

아가씨가 도둑이 있는 곳으로 미끄러지듯 조용히 걸어와 그의 앞에 섰다. 도둑은 아가씨와 눈을 마주치고 싶지 않아 얼굴을 돌려 시선을 피했다.

「불쌍해라. 너는 어디서 왔지?」 아가씨가 물었다. 「보아하니 아주 먼 길을 온 듯하구나. 며칠 굶었는지 얼굴도 핼쑥하고. 어서 아래층 부엌으로 내려가 하녀에게 빵 부스러기를 넣은 수프를 한 그릇 달라고 해라. 하지만 그 전에 제발 너를 보낸 사람이 크리스티안 토르네펠트라고 말해 다오. 그는 대체 어디에 있기에 직접 오지 않고 너를 보낸 거지?」

만약 토르네펠트가 있는 곳을 말해 주면 아가씨는 당장 그곳으로 달려갈 것이다. 말과 마차가 없으면 깊은 눈밭을 걸어서라도 그곳을 찾아갈 것이다. 눈앞에 토르네펠트의 웃는 얼굴이 떠올랐다. 그럼 토르네펠트는 도둑이 꿈속에서 잠시 그렇게 했던 것처럼 아가씨를 품에 안을 것이다.

도둑이 바닥을 내려다보며 말했다.

「저는 그런 분을 모릅니다. 이름조차 들어 본 적 없는 분입니다.」

「내 짐작이 딱 맞았군. 너 같은 부랑자가 지체 높은 귀족을 알 리 없지!」 잔혹한 남작이 말했다. 「이놈은 이비츠 도적 떼의 일원이 분명해. 그게 아니라면 내 성을 갈아도 좋아. 네 이놈!」 그가 도둑에게 호통쳤다. 「이제 누구를 따라 이 집에 몰래 숨어든 건지 밝혀라!」

도둑의 이마에서 진땀이 배어 나왔다. 이제 모든 것이 끝난 것 같았다. 그러나 설령 목숨을 잃는다고 하더라도 용기병 대장에게 진실을 털어놓지는 않겠다고 결심했다.

「도둑질을 하러 들어왔을 뿐 다른 이유는 없습니다.」 그가 도발적인 어투로 말했다.

「그렇다면 네놈이 갈 곳은 교수대뿐이다.」 잔혹한 남작이 말했다. 「죽음을 각오해라. 네게 교수형을 언도한다.」

「제발 저 사람을 교수형에 처하지 말아 주세요!」 아가씨가 나직한 목소리로 애원했다. 「저 가난하고 불쌍한 모습을 좀 보세요. 저 사람은 지금까지 살아오면서 단 하루도 행복했던 적이 없었을 거예요.」

「이자는 온갖 악행을 저지른 아주 사악하고 흉포한 놈입니다.」 남작이 인상을 찌푸리며 말했다. 「저런 놈을 어떻게 다루어야 하는지는 아가씨보다 제가 더 잘 압니다.」

「그래도 교수형만은 안 돼요.」 아가씨가 두 손을 들어 올리며 애원했다. 「저 사람은 아무 짓도 안 했어요. 잘못을 했다면 가난과 허기에 시달린 탓이겠지요. 제발 저 사람을 놓아주세요. 제발 저를 위해서 그를 풀어 주세요.」

도둑의 온몸에 전율이 흘렀다. 지금까지 그의 삶을 위해 이렇게 간절히 애원한 사람은 없었다. 늘 야단맞고 매질당하는 인생이었다. 사람들은 그를 감방이나 교수대로 보내겠다고 협박하고, 길거리 아이들은 돌멩이를 던졌다. 그러나 이 고귀한 아가씨는 그를 측은하게 여겼다. 당당히 죽음에 맞서리라 작정했던 도둑은 묘한 기분에 휩싸였다. 갑자기 가슴이 울컥하며 목이 메고 얼굴에 경련이 일었다. 이 아가씨를 위해 좋은 일을 하고 싶었다. 하지만 토르네펠트가 물레방앗간에서 기다린다는 이야기는 하지 않았다. 아니, 그 말은 해줄 수 없었다.

「아시다시피 저의 제일 큰 소망은 아가씨의 뜻에 봉사하는 것입니다. 그러니 명령만 내리세요.」 잔혹한 남작은 불쾌한 기색을 완전히 감추지 못한 채 말했다. 「이놈은 뼛속까지 악당입니다. 하지만 아가씨가 계속 고집을 부리시니 어쩔 수 없군요. 이봐, 네놈이 목숨을 건진 것은 다 아가씨의 애원 덕분임을 잊지 말아라.」 아래쪽 마당에서 동물 울음소리가 길게 이어졌다.

「고마워요, 대장님. 이 은혜는 절대 잊지 않을게요.」 아가씨가 다급하게 말했다. 「저건 야손의 울음소리예요. 대장님도 들으셨죠? 제가 곁에 없어서 저러는 거예요. 사람들이 자기와 디아나를 데려가려는 걸 아는 거죠. 이만 마당으로 나가 제 사랑하는 친구들에게 작별 인사를 해야겠어요.」

그녀가 방을 나가 계단을 내려갔다. 천천히 그녀의 뒤를 따라가던 남작이 문 앞에서 다시 고개를 홱 돌리더니 말했다.

「네놈이 이비츠 패거리가 아니라면 내 손에 장을 지지겠다.」 그가 잔뜩 화난 표정으로 말했다. 「교수형은 면해 주겠지만, 매질까지 봐줄 수는 없다. 놈을 데려가 몽둥이찜질을 하도록 해. 스물다섯 대를 때리고 풀어 줘라. 놈은 분명히 우두머리인 검은 이비츠를 찾아가 내일 내가 총과 화약으로 그들을 습격할 거라고 보고할 거야. 여우의 땅에서 대대적인 사냥이 벌어질 거라고 말이다.」

*

밖으로 나오자, 두 명의 용기병이 도둑의 팔을 양쪽에서 붙잡더니 얼굴이 담벼락을 향하도록 돌려세웠다. 그러더니 세 번째 용기병이 개암나무 몽둥이를 휘두르기 시작했다. 도둑의 등에 연신 몽둥이찜질이 가해지는 동안, 그곳에서 백 발자국 정도 떨어진 곳에서는 저택의 어린 영주 아가씨가 가장 사랑하는 친구들과 작별 인사를 나누는 중이었다. 아가씨가 두 팔로 말의 목을 감싸 안자, 사냥개가 컹컹 짖으며 펄쩍 뛰어올랐다. 「잘 가, 디아나.」 아가씨는 애써 슬픔을 누르며 다정하게 말했다. 「언제나 너를 사랑할 거야. 그리고 야손, 주님께서 늘 너를 지켜 주실 거야. 우리는 이제 그만 작별해야 해.」 양 갈래 콧수염을 기른 남자는 목에 머플러를 칭칭 동여맨 채 썰매 마차 안에 편히 앉아 있었다. 그는 작별의 시간이 길어지자 짜증이 나는지 두 주먹을 서로 부딪기 시작했다.

도둑은 아가씨가 친구들과 작별하는 광경을 직접 보지는 못하고, 사냥개가 펄쩍 뛰어오르는 소리와 히힝 하는 말 울음소리만 들었다. 몽둥이가 바람을 가르며 세차게 등을 내리쳐도 도둑은 단 한 번도 몸을 움찔거리지 않았다.

〈쳐라, 쳐!〉 도둑은 이를 악 물고 쉿소리를 냈다. 〈내 비록 고귀한 귀족의 피는 타고나지 못했지만 악독한 고리대금업자는 아니야. 쳐라, 쳐! 내 비록 천민이지만 가난한 사람들의 돈과 마차와 말을 빼앗지는 않아. 쳐라, 쳐! 귀족이라며 뽐내던 콧수염 남자는 대장의 검을 보고 꽁무니를 내뺐고, 토르네펠트는 전쟁에 참가할 거라고 노래를 부르면서도 손가락이 동상에 걸릴까 봐 겁을 먹지. 쳐라, 쳐! 나는 그런 자들과 달라. 나는 그들보다 훨씬 나은 귀족이 될 거야!〉

거의 혼미해진 도둑의 머릿속에서 엄청난 생각들이 소용돌이쳤다. 그는 자신이 떠돌이 도둑이 아니라 진짜 귀족처럼 느껴졌다. 그리고 반드시 이곳으로 돌아와, 하인들의 기강을 바로잡고 장원을 되살리겠다고 결심했다. 이 장원에 있는 모든 것, 아가씨를 비롯해 저택과 농장과 경작지를 자기 것으로 만들겠다고 결심했다. 「그동안 나는 가난한 사람들 속에서만 살았어.」 도둑이 숨을 헐떡이며 말했다. 「이제는 신사들의 식탁에 앉을 때야.」 살을 찢는 고통 속에서 떠오른 생각은 갈수록 강해졌다. 몽둥이가 그의 등을 내리칠 때마다 결심이 마음속에 더 깊이 각인되었다.

마침내 개암나무 몽둥이가 눈밭으로 날아갔지만, 도둑은 매질이 끝났다는 것조차 깨닫지 못했다. 용기병이 그에게 셔츠와 상의를 돌려주더니 한 모금 마시라며 브랜디 병을 내밀었다. 「이제 그만 꺼져.」 용기병이 소리쳤다. 「다시는 우리 대장의 눈에 띄지 않는 게 좋을 거야.」

도둑이 걸을 힘조차 없을 거라 생각한 용기병들이 양쪽에서 도둑을 부축하려고 했다. 하지만 그는 도움을 거절하고 비틀거리면서도 눈 위를 똑바로 걸어갔다. 대문에 이르러 그는 뒤를 돌아보았다. 아가씨와 저택, 마당, 바닥에 방치되어 눈 밖으로 삐져나온 써레가 보였다. 그는 그 모든 것을 주인의 눈빛으로 쳐다본 뒤 그곳을 떠났다. 매서운 바람이 그의 얼굴을 때렸고, 발을 내디딜 때마다 눈이 뽀드득거리는 소리를 냈다. 길 양쪽에 선 단풍나무 가지들이 세찬 바람을 맞아 아래쪽으로 휘어져 있었다. 지금 저택을 떠나는 이 남자가 장차 이곳 주인이 될 거라는 것을 알고 인사라도 하는 것처럼.

*

컹컹 짖어 대는 개와 흐느껴 우는 듯한 백파이프 소리를 뒤로하고 도둑은 마을을 떠났다. 물레방앗간으로 향하는 길에 접어들 때까지도 그에게는 앞날에 관한 아무런 계획도 없었다. 온몸의 뼈마디가 쑤시는 고통, 그리고 반드시 귀족으로서 다시 장원으로 돌아가야 한다는 생각뿐이었다. 모자에는 깃털을 꽂고, 주머니마다 돈을 가득 채워서, 말을 타고 당당하게. 그러니 주교의 지옥으로는 갈 수 없었다. 죽은 방앗간 주인과 약속한 것도 지킬 수 없었다. 「내가 그자에게 주교의 지옥으로 들어가겠다고 약속했던가?」 도둑은 발이 푹푹 빠지는 눈길을 걸어가는 내내 중얼거렸다. 「방앗간 주인하고 그러겠다고 계약을 맺었던가? 아냐! 나는 그 사람과 어떤 계약도 맺지 않았어. 브랜디로 건배하면서 거래 성사를 알리기 전까지는 계약이 성립된 게 아냐. 매질을 했던 용기병도 일이 끝났을 때 브랜디를 건넸지. 맞아, 형제여! 고맙네, 형제여! 나는 그 술을 마실 때 반드시 되돌아오겠다고 결심했어. 그러니 그 약속은 유효해. 맞아, 그러니까 그 거래는 성사된 거야.」

주교의 지옥으로 돌아가는 것은 절대 안 될 일이었다. 이미 물 건너간 일이다. 그는 세상으로 다시 돌아가, 그의 적인 모든 권력자와 맞서 싸울 것이다. 커다란 주사위 게임이 그를 유혹했다. 그는 다시 한번 운명의 주사위를 던져 볼 작정이었다. 비록 도둑질은 했지만 어렵고 힘들게 사는 농부들의 물건은 한 번도 탐한 적 없는 도둑은, 이제 온 세상의 금이 어서 가져가라며 자신을 기다리는 것 같은 기분이 들었다.

하지만 그러기 위해서는 토르네펠트가 보물처럼 여기는 그 비밀 문서를 어떻게든 손에 넣어야 했다. 반드시 그래야 한다. 양피지 문서인지 아닌지 정확한 정체는 모르지만, 그것은 부와 행복의 문을 여는 열쇠임이 분명했다. 토르네펠트는 그런 보물 없이도 스웨덴 군대에서 성공하는 법을 배울 것이다.

스웨덴 군대에서? 아니, 토르네펠트는 절대 스웨덴 군대에 들어가지 못한다. 그는 결코 깃털을 장식한 모자를 쓰고 멋진 옷을 입고 위풍당당하게 말을 타고 스웨덴 군대에 갔다가 돌아와서는 안 된다. 아가씨는 그를 사랑한다. 그녀는 그를 마음속에 품고 있다. 그러니 그는 영원히 사라져야 한다. 「그래. 주교의 지옥에 그를 함께 데리고 가는 거야.」 도둑이 중얼거렸다. 그때 토르네펠트를 제거하는 동시에 방앗간 주인에게 한 약속도 지킬 방법이 번뜩 떠올랐다. 주교의 지옥에 그를 대신해 토르네펠트를 보내는 것이다. 9년 동안? 아니, 영원히! 귀족 자제인 그 허약한 소년은 용광로와 채석장에서 관리인과 감시인 들이 휘두르는 채찍을 두 달 이상은 견디지 못할 것이다. 그보다 훨씬 강한 남자들도 9년을 버티지 못하고 쓰러졌다.

그 생각을 하는 도둑의 눈앞에 그날 아침, 절망에 사로잡혀 탈진한 채 눈밭에 벌러덩 드러누웠던 토르네펠트의 모습이 떠올랐다. 눈밭에 누워 귀족의 명예를 운운하던 소년에게 다시 연민이 일었다. 〈일어나, 형제! 나는 절대 너를 버리지 않을 거야. 그러니 어서 일어나라고.〉 눈앞에 떠오른 소년에게 그렇게 말하고 싶었다. 그는 연민을 애써 억눌렀다. 동정은 금물이다. 토르네펠트는 영원히 사라져야 한다. 「잘 가! 잘 가!」 도둑은 쌩쌩 부는 눈보라를 향해 외쳤다. 「나는 널 위해 해줄 수 있는 게 없어. 아가씨가 울던 모습이 마음속에서 지워지지 않아.」 이 말로써 그는 곤경에 빠진 동료에게 작별을 고했다. 이 말로써 그는 토르네펠트에게 사형 선고를 내린 셈이었다.

*

도둑이 물레방앗간 근처에 이르자, 마부 재킷을 입고 깃털 꽂힌 모자를 쓴 죽은 방앗간 주인이 마치 땅에서 피어오르는 연기처럼 불쑥 나타났다. 도둑은 그의 옆을 몰래 지나가려 했지만 길 양쪽으로 눈이 산더미처럼 쌓여 있었다. 방앗간 주인은 길 한가운데에 우뚝 서서 길을 가로막았다.

「비켜 주세요.」 도둑이 겁에 질려 이를 딱딱 부딪치며 말했다.「안으로 들어가고 싶어요. 너무 추워요. 이대로 계속 있다가는 얼어 죽을 거예요. 어딘가에서 말이 비명 지르는 소리도 들려요.」

「날이 더 추워져도 너는 상관없을 텐데.」 방앗간 주인이 입을 비죽이며 말했다. 그의 목소리가 마치 깊은 우물 속에서 울리는 것처럼 둔탁하게 들렸다.「너는 절대 얼어 죽지 않아. 오늘 밤이면 불길이 활활 타오르는 용광로에서 석탄을 끄집어내고 있을 테니까.」

「오늘 밤은 안 돼요.」 도둑이 다시 용기를 쥐어짜며 말했다.「내일까지만 시간을 주세요. 오늘은 수요일이에요. 우리 주 예수 그리스도께서 배신을 당한 불운한 날이죠.」

도둑은 그 성스러운 이름을 듣는 즉시 유령이 연옥으로 사라질 거라고 생각했다. 하지만 죽은 방앗간 주인의 유령은 그 자리에 우뚝 서서 도둑의 얼굴을 쳐다보았다.

「안 돼, 기다릴 수 없어.」 방앗간 주인이 코트에 묻은 눈을 털며 말했다.「너는 오늘 밤 나랑 함께 가야 돼. 내일이면 나는 여기 없어.」

「알아요, 안다고요.」 도둑이 신음하듯 말했다. 등줄기를 타고 싸한 전율이 흘렀다.「내일이면 당신은 먼지와 재로 변하겠죠. 그러니 저를 그냥 가게 해주세요. 당신을 위해 통회의 기도를 올리고 시편에 나오는 구절들을 읊을게요. 시편은 불쌍한 영혼들이 가장 좋아하는 음식이잖아요.」

「대체 무슨 헛소리를 하는 거야?」 방앗간 주인이 소리쳤다. 「시편은 너를 위해 남겨 놓도록 해. 나는 내일 꼭두새벽에 베니스로 떠나야 해. 주인님을 위해 흠집 하나 없이 투명한 베니스산 크리스털 잔을 가져와야 하거든. 벨벳 천, 금박 입힌 벽지, 갓 태어난 스페인 강아지도 가져와야 해.」

「주교님이 금박 입힌 벽지와 벨벳 천을 어디에 쓰게요?」 지체 높은 사람들의 행실이 한 번도 마음에 든 적 없는 도둑이 퉁명스레 반박했다. 「주교님은 사치스러운 생활을 영위할 게 아니라 가난한 사람들에게 가진 부를 나눠 줘야 해요.」

「자비로우신 우리 주인님은 주교일 뿐만 아니라 세계적인 영주이시다.」 방앗간 주인이 말했다. 「아마 너도 봤겠지. 말 여섯 마리가 끄는 의장 마차를 타신 우리 영주님을. 하지만 그분은 성모 영보 대축일[30]에는 미사를 집전하러 교회에 가셔. 그날은 경건하고 소탈한 모습의 정말 성스러운 그분을 뵐 수 있어.」

「악마가 세속적인 영주를 데려간다면, 주교는 어떻게 될까요?」 도둑이 비아냥거렸다.

「입 닥쳐!」 방앗간 주인이 분노해 소리를 질렀다. 「주둥아리를 함부로 놀리는구나! 각설하고 이제 나와 같이 가자. 가서 정직한 노동으로 빵을 얻는 법을 배워야지.」

도둑은 그 자리에서 꼼짝도 하지 않았다.

30 대천사 가브리엘이 성모 마리아에게 예수를 잉태하였음을 알린 날을 기념하는 축제로 3월 25일이다.

「상황이 바뀌었어요.」 도둑이 말했다. 「저는 당신을 절대로 따라가지 않을 거예요.」

「그게 무슨 황당한 소리지?」 방앗간 주인이 소리쳤다. 「나랑 같이 편안한 인생을 살러 가지 않는다고? 이 멍청아! 지금 이 지방에는 온통 전쟁과 살인, 화재, 페스트가 창궐했지만 주교님의 땅만은 평화로워.」

「내가 원하는 건 평화가 아니에요.」 도둑이 대답했다. 「저는 세상으로 들어가 제가 자유인이라는 사실을 입증하고 싶어요.」

「그러기에는 너무 늦었어.」 방앗간 주인이 화를 냈다. 「너는 나랑 함께 가기로 이미 약속했어. 약속은 반드시 지켜야 하는 법이고.」

「당신은 저한테 약속을 지키라고 강요할 수 없어요.」 도둑이 반박했다. 「마지막에 브랜디로 건배하기 전까지는 계약이 성사된 게 아니에요. 저세상에서는 어떤지 모르겠지만, 우리가 사는 이 세상에서는 그게 관습이에요.」

「빌어먹을. 갑자기 무슨 브랜디 타령이야!」 방앗간 주인이 소리쳤다. 「나는 빵과 소시지와 맥주를 걸고 성실하게 협상했어.」

「당신한테 진 빚은 갚을 거예요.」 도둑이 말했다. 「방앗간에 있는 제 동료가 저 대신 당신을 따라갈 거예요.」

「내 방앗간에 있는 그 녀석 말이야?」 방앗간 주인이 언짢은 표정으로 짜증을 냈다. 「내가 원하는 건 너야. 빈둥거리기만 하는 녀석을 데려다 뭐에 쓰겠어. 딱 봐도 그 녀석은 아무짝에도 쓸모없는 식충이가 될 게 뻔한데. 아마 그 녀석의 노동으로는, 우리 주인님이 일주일 동안 벌 수 있는 돈보다 녀석한테 들어가는 하루 식비가 더 많을걸.」

「지금은 완전히 탈진한 데다가 며칠 배를 곯아서 그런 것뿐이에요.」 도둑이 말했다. 「기운을 차리도록 든든하게 먹이면, 그가 얼마나 지렛대를 잘 다루고 바위를 잘 깨뜨리는지 볼 수 있을 거예요.」

「내가 원하는 건 너야. 다른 사람은 필요 없어.」 방앗간 주인이 그렇게 외치며 가까이 다가와 그의 멱살을 움켜쥐었다. 「나랑 약속한 건 너야. 그러니 널 보내 줄 수 없어.」

죽은 방앗간 주인의 손길에서 차가운 기운이 느껴졌다. 그가 도둑의 가슴을 힘껏 짓누르자 마치 악몽을 꿀 때처럼 숨쉬기가 힘들었다. 마치 쇠 집게가 가슴을 옥죄는 것 같았다. 연옥에서 온 이 타락한 영혼이 초인적인 힘으로 그를 누르는 것이 분명했다. 도둑은 그의 손아귀에서 벗어나고 싶은 마음이 간절했지만 그럴 수 없었다. 문득 이런 상황에서 빠져나갈 때 쓰는 주문이 머리를 스쳤다. 유령을 쫓아내는 주문이었다. 도둑은 헉헉 숨을 몰아쉬고 잔기침을 하면서 캄캄한 어둠을 향해 주문을 외기 시작했다.

무릎을 꿇고
예수 그리스도와 성모의 이름으로 기도하라.
성처녀와 그분이 낳으신 아이에게
네 영혼을 구원해 달라고!

「대체 뭐라고 기도하는 거야? 지금 한가하게 기도나 찬송가를 읊을 때야?」 죽은 방앗간 주인의 목소리가 들렸다. 하지만 주문 외는 것을 다 끝내기도 전에 그는 바닥으로 쓰러졌고, 도둑의 숨통이 트였다. 가슴을 짓누르던 압박감도 사라졌다. 「일으켜 줘!」 방앗간 주인이 외쳤다. 「너 지금 무슨 짓을 한 거야? 교수대에 올라가야 마땅한 놈이 나를 눈밭으로 밀친 거야?」

도둑은 방앗간 주인을 밀친 것은 자신이 아니라고 확신했다. 적절한 순간 입에서 튀어나온 주문이 유령의 힘을 빼앗아 그가 바닥으로 쓰러진 것이다.

「이제 저는 자유예요. 맞죠? 그러니 더 이상 저를 잡지 마세요.」 도둑이 말했다.

「네 마음대로 해. 너를 필요로 하는 사람은 아무도 없어.」 죽은 방앗간 주인이 소리를 지르며 도둑의 손을 붙잡고 자리에서 일어섰다. 「멋대로 주둥아리를 놀리는 것을 보니 네가 어떤 놈인지 알겠어. 저런 놈은 누구든 빨리 잡아다 교수대에 매달아야 하는데. 이제 네놈하고는 말도 섞고 싶지 않다.」

이제 방앗간으로 가는 길을 가로막는 것은 하나도 없었다. 도둑은 씩 웃으며 몸을 돌려 방앗간을 향해 걸어갔다. 그는 유령과의 승부에서 이겼다. 소문에 따르면, 방앗간 주인의 유령은 예전 주인이던 주교에게 진 빚 가운데 1페니히를 갚기 위해 매년 딱 하루 무덤에서 나와 살아 있는 사람을 찾아 바친다고 한다. 하지만 유령은 이제 도둑에게 아무런 힘도 쓸 수 없다. 그렇지만 도둑한테는 아직 또 다른 승부가 남아 있다. 토르네펠트와의 승부다. 그는 어떻게든 토르네펠트를 주교의 지옥으로 보내야 한다. 그다음 그가 귀족 신분인 것을 입증해 주고 행운을 약속해 줄 보물인 그 비밀 문서를 손에 넣어야 한다.

*

도둑이 안으로 들어서자, 난로 옆 벤치에서 토르네펠트가 벌떡 일어섰다.

「왜 이렇게 늦었어?」 그가 눈을 문지르며 짜증을 냈다. 「너는 훌륭한 기사를 너무 오래 기다리게 했어.」

바람에 눈발이 안으로 밀려들어 도둑은 서둘러 문을 닫았다.

「이게 최대한 빨리 온 거야. 그럴 만한 이유도 있었고.」 도둑이 말했다.

「뭐라고? 시킨 일은 어떻게 됐어?」 토르네펠트가 물었다.

「상황이 아주 안 좋아. 아마 이 이야기를 들으면 너도 실망할 거야.」 도둑이 젖은 누더기 코트를 난롯불에 말리면서 대답했다.

「내 대부는 만났어?」

「아니.」 도둑이 대답했다. 「그분은 이미 저세상으로 떠나서 손님을 맞을 수 없었어.」

「뭐? 정말이야?」 토르네펠트가 소리쳤다. 「내 대부가 죽었단 말이야?」

「맹세해.」 도둑이 말했다. 「만약 거짓말이면 내 목숨을 가져가도 좋아. 하지만 친구, 그렇다고 세상이 무너진 것 같은 표정을 지을 필요는 없어.」

「대부가 죽었어. 내 모든 희망을 걸었던 대부가 죽었단 말이야.」 토르네펠트가 크게 당혹한 표정으로 중얼거렸다. 「그는 아버지의 친척이자 좋은 친구였어. 주여, 두 분에게 평온한 안식을 주시옵소서. 그럼 장원은 지금 누가 관리하는 거야?」

「아가씨.」 도둑이 난롯불을 응시하며 말했다. 「정말 착하고 예쁜 어린 아가씨. 하늘에서 내려온 지품천사[31]처럼 어여쁜 아가씨.」

「그 아이는 내 대부의 딸 마리아 아그네타야. 가까운 친척이지.」 토르네펠트가 말했다. 「그 애가 아직 거기 있다면 나는 살았어. 그 애는 만나고 온 거지?」

「응.」 도둑이 거짓말을 했다. 「처음에 아가씨는 너를 기억하지 못하더군. 반지를 보여 주자 그제야…….」

「너를 심부름 보낸 사람이 누군지 알았다는 거지?」 토르네펠트가 환호성을 지르며 소리쳤다. 「그 애한테 내가 여기 있다고 말했어? 지금 당장 마차와 말이 필요하다고, 코트와…….」

「아가씨는 내 말이 끝나기도 전에 요청을 거절했어.」 도둑은 계속 거짓말을 했다. 「지금 자신도 생계를 어떻게 이어야 할지 막막한 상황이라서 누구를 도울 입장이 아니라고 하더군. 장원은 빚더미에 올랐어. 돈이 떨어진 건 물론이고, 마차

31 구품천사 가운데 상급에 속하는 천사.

와 말도 전부 담보로 잡혔지. 아가씨가 네게 이렇게 전해 달라고 했어. 〈혼자 힘으로 스웨덴 군대에 갈 방도를 찾아야 해요〉라고.」

「그 집에 돈이 한 푼도 없다고?」 토르네펠트가 낙담한 목소리로 말했다. 「말도 안 돼. 그 큰 장원이 망했단 말이야? 예전에 거기가 어땠는지 알아? 부지깽이가 닿는 곳마다 불이 환하고, 식탁에는 항상 손님들이 둘러앉아 있었어. 커다란 함지박에는 늘 생선과 소금에 절인 고기가 있었지. 내 대부의 주머니에는 돈이 마를 날이 없었어. 심지어 그분은 열두 개의 탑이 있는 교회를 세 개나 세웠다고.」

토르네펠트가 갑자기 고개를 푹 숙이더니 지친 표정으로 애써 미소 지으며 말했다. 「그 애가 나를 기억하지 못했다고? 하기는 그 애를 마지막으로 본 게 벌써 몇 년 전이니 그럴 만도 해. 그때만 해도 우리는 정말 어렸어. 그렇지만 서로를 사랑했고, 정절을 지키기로 약속했지. 하지만 세월과 함께 다 잊었나 보군.」

토르네펠트가 방을 서성이다가 도둑 앞에 와서 걸음을 멈췄다.

「이제 나는 하늘 아래 외톨이야. 나를 후원해 줄 사람은 아무도 없어. 그래도 나는 스웨덴 군대에 들어갈 거야! 반드시!」

「어떻게? 독수리처럼 날아서? 하지만 너는 날개가 없잖아.」 도둑이 비아냥거렸다. 「스웨덴 왕은 너 없이도 잘 싸울 수 있어.」

「입 닥쳐!」 토르네펠트가 소리쳤다. 「주머니에 돈 한 푼 없는 빈털터리라고 나를 무시하는 거야? 나는 스웨덴 귀족의 피를 물려받았어. 나는 우리나라의 왕을 지키기 위해 오늘 떠날 거야.」

토르네펠트는 마치 양 옆구리에 검이라도 찬 것처럼 손으로 허리를 탁 치더니 창문 쪽으로 다가섰다.

「눈보라가 너무 심하네.」 그가 불안한 목소리로 말했다. 「오늘 밤은 꼭 지옥의 목구멍에 들어와 있는 것 같아.」

「맞아. 오늘 밤은 늑대들이 서로에게 제 죄를 고백하는 날이야.」 도둑이 말했다. 「하필 네가 떠나는 날에 날씨가 이렇게 사납네. 이보게, 형제. 이래서는 멀리 갈 수 없어. 몇 걸음 못 가 쓰러지는 자리에 네 비석이 설 거야.」

「낮에 조금씩 걸어가면 돼.」 토르네펠트가 말했다. 「저녁에는 농가에 잠자리를 구하고. 수프 한 그릇하고 맥주 한 잔쯤은 누가 내주겠지. 농부들도 천국에 가려면 그 정도는 베풀어야 해. 나는 내일 날이 밝는 대로 이곳을 뜰 거야.」

「오, 형제여. 제발 그러지 마.」 도둑이 안타깝다는 듯 목소리를 잔뜩 깔고 말했다. 「아직 네게 털어놓지 못한 말이 있어. 군인들이 돌아다녀. 군인들 말이야! 너한테 도움이 된다면 나는 뭐든 할 거야. 하지만 네 앞에 하늘나라의 문이 이미 열린 것일까 봐 두려워.」

「군인들이라고? 그게 무슨 소리지?」 토르네펠트의 목소리가 떨리고 이마에서 진땀이 솟았다. 「하늘나라의 문이 열렸다고? 제발 부탁이니 네가 아는 걸 당장 털어놔.」

「너 탈영병이라며? 네 목숨과 직위를 박탈하라고 선고한 황제의 보병들이 너를 찾아다녀.」

「그건 나도 알아.」 토르네펠트가 한 손으로 이마의 땀을 훔치며 말했다. 「하지만 그쪽 병사들은 이미 멀리 떠났어.」

「아니야, 형제. 그들은 멀리 떠나지 않았어.」 도둑은 거짓말을 했다. 「그 장원에 황제의 병사 1개 중대가 숙영하고 있었어. 게다가 그 중대장이라는 자는…… 오, 맙소사!」

도둑이 난로 옆 벤치를 응시했다. 어느새 빨간 조끼를 입은 죽은 방앗간 주인이 인기척도 없이 안에 들어와 있었다. 그는 이를 반짝이고 입을 비죽거리며 다리를 꼰 채 벤치에 앉아 있었다. 그가 쉰 목소리로 노래를 부르기 시작했다.

까마귀들 사이로
정신없이 달려가지만
다시 돌아오지 않는 자, 누구인가?
죽음의 곡조에 맞추어
빙빙 돌며 춤을 추네.

「그만해요. 그런 노래는 듣고 싶지 않아요.」 토르네펠트가 인상을 쓰며 방앗간 주인에게 소리쳤다. 그러고는 다시 도둑을 향해 돌아서서 물었다.

「정말이야? 오는 길에 병사들과 정말 맞닥뜨렸어?」

토르네펠트는 공포에 휩싸여 거의 제정신이 아니었다. 하지만 도둑은 일말의 동정심도 느끼지 못했다. 그의 심장은 돌처럼 딱딱했다.

「내 말이 거짓이라면 사지를 절단해도 좋아.」 도둑이 방앗간 주인을 힐끔 쳐다보며 단호하게 말했다. 「안 그래도 그걸 네게 알려 주려고 최대한 서둘러 왔어. 중대장은 네가 방앗간에 있다는 이야기를 듣자마자, 내 앞에서 반드시 너를 교수대에 올리겠다고 맹세했어. 불가에 앉은 분대장들은 너를 교수대로 데려갈 사람을 뽑기 위해 주사위를 던졌고.」

그 말을 듣는 순간 토르네펠트는 벌써 목에 밧줄이 걸린 양 비명을 질렀다. 그의 얼굴에서 굵은 땀방울이 쉴 새 없이 흘러내렸다.

「빨리 떠나야겠어.」 그가 헉헉대며 말했다. 「발각되면 끝장이야. 형제여, 제발 곤경에 빠진 나를 버리지 말아 줘. 여기서 달아나도록 도와주면 그 은혜는 평생 잊지 않을게.」

도둑은 달리 방법이 없다는 듯 어깨를 으쓱했다.

「발이 푹푹 빠질 만큼 눈이 쌓였어.」 도둑이 말했다. 「그러니 절대 그 사람들한테서 벗어날 수 없어. 그들은 널 금방 따라잡을 거야.」

도둑이 말하는 동안 죽은 방앗간 주인이 손으로 박자를 맞추면서 쉰 목소리로 다시 노래를 부르기 시작했다.

> 죽음의 곡조에 맞추어
> 빙빙 돌며 춤을 추네.
> 죽음의 휘파람 소리에 맞추어
> 아주 뻣뻣하게 춤을 추네.
> 마지막 타란텔라[32] 춤을.

「절 자극하고 싶은 게 아니라면 제발 그만해요, 더 이상 듣고 싶지 않아요!」 토르네펠트가 소리쳤다. 분노가 폭발한 토르네펠트는 한때 검을 차고 다니던 옆구리를 향해 손을 뻗었다. 하지만 금세 다시 죽음의 공포에 휩싸였다. 그는 도둑을 〈친형제이자 가장 사랑하는 친구〉라고 부르며 두 손을 들어 올린 채, 제발 목숨을 부지할 수 있도록 도와 달라고 애원했다.

도둑은 잠시 고민하는 척했다.

「네 목숨이 경각에 달린 건 정말 유감이야.」 도둑이 말했다. 「나는 형제의 마음으로 네가 스웨덴 군대에 들어가는 것을 정말 돕고 싶어. 하지만 세상은 그리 만만치 않아. 귀족들은 세상 곳곳에 놓인 덫과 올가미에 쉽게 걸려들지만, 우리 같은 하층민들은 그런 것을 아주 쉽게 피해 갈 수 있지. 네 코트 속에 품은 비밀 문서를 내게 줘. 내가 네 대신 스웨덴 군대에 들어갈게.」

「비밀 문서?」 토르네펠트가 소리쳤다. 「그건 안 돼! 아버지가 임종하는 자리에서 내 손으로 직접 스웨덴 왕에게 전하겠다고 약속했어.」

「내 말대로 하지 않으면 네가 교수형을 모면할 길은 없어.」 도둑이 싸늘한 목소리로 말했다. 「왕을 위해 뤼첸에서 쓰러지기 전에 먼저 교수대로 가는 거야. 내 생각에 군인들은 아마 한 시간 내에 여기 도착할 거야. 그럼 어떻게 될지 잘 생각해 봐.」

32 이탈리아 남부의 아주 빠른 춤곡.

토르네펠트가 두 손에 얼굴을 파묻고 신음했다.

「형제여, 솔직하게 말할게.」 그가 작은 소리로 말했다. 「사실 난 용기하고는 거리가 멀어. 살고 싶어. 죽음과 영원은 생각만 해도 오금이 저려. 그러니 이건 네가 가져가도록 해!」

토르네펠트가 코트 안에서 비밀 문서를 꺼냈다. 그 보물이란 인쇄된 책이었다. 두 손으로 공손히 책을 건네받은 도둑은 혹시라도 토르네펠트가 마음을 바꿀까 봐 책을 꽉 움켜쥐었다.

「구스타프 아돌프 왕의 성경책이야. 그분이 뤼첸에서 말에서 떨어졌을 때 갑옷 속에 지니고 있던 거야.」 토르네펠트가 말했다. 「거기에 그분의 성스러운 피가 묻어 있어. 내 아버지는 뤼첸 전투에서 청색 연대를 지휘했던 내 할아버지에게서 이 책을 물려받으셨지. 그걸 꼭 스웨덴 왕에게 전해야 해. 나는 그 성경책이 스웨덴 군대에서 내게 명예와 행운을 가져다줄 거라고 믿었어. 아마 그 책은 장차 네게 행운을 가져다줄 거야.」 토르네펠트가 말을 중단했다. 「하지만 형제여, 그럼 이제 나는 어떻게 해야 하지?」

도둑은 벌써 성경책을 자신의 코트 깊숙이 숨겼다.

「내가 추천하는 곳에 가면 너는 모든 곤경으로부터 벗어날 수 있어.」 도둑이 말했다. 「주교의 제철소와 쇄광장에서 내게 일자리를 주기로 되어 있어. 네가 나 대신 거기로 가는 거야. 군인들은 그곳을 절대 찾아갈 수 없어. 거기서는 주교가 독자적인 재판권을 행사하거든. 네 사건이 부대에서 무효로 파기될 때까지 너는 거기 머물면서 주교를 위해 일하는 거야.」

「그렇게 할게. 정말 성실하게 일할게. 형제여, 정말 고마워. 여기 이 세상에서도, 또 저 위 하늘나라에서도 꼭 보답받을 거야.」 토르네펠트가 손으로 땅과 하늘을 가리키며 말했다.

「그럼 이제 거래가 성사된 거야?」 난로 곁 벤치에 앉은 죽은 방앗간 주인이 외쳤다. 「그럼 이제 스트라스부르산 브랜디로 건배하도록 해. 그래야 효력이 발생하지.」

방앗간 주인이 벤치에서 일어나 술병과 술잔 두 개를 식탁에 내려놓았다. 하지만 토르네펠트가 고개를 저었다.

「지금은 축하할 기분이 아니에요.」 그가 축 가라앉은 목소리로 말했다. 「아, 형제여. 나는 완전히 밑바닥까지 추락했어.」

「그래도 교수대 위에 서는 것보단 낫잖아.」 도둑이 말했다. 「목숨은 귀하지만 그만큼 깨지기 쉬워. 그러니 현명한 자라면 깨지지 않도록 목숨을 잘 보살펴야 해. 마셔, 형제! 성 요하네스를 위해 건배하자. 그럼 악마가 너를 결코 해하지 못할 거야.」

「그렇다면 마실게.」 토르네펠트가 단호한 눈빛으로 잔을 들어 올리며 외쳤다. 「북쪽의 사자인 스웨덴 왕과 앞으로 그가 정복할 제국을 위해 건배! 그의 정원에 〈황제의 왕관〉이라는 이름의 꽃이 피기를, 그 왕관이 오래도록 멋지게 빛나기를. 모든 용맹한 스웨덴 병사를 위해 건배! 비록 나는 더 이상 스웨덴 병사가 아니지만.」

술잔을 단숨에 비운 뒤 벽을 향해 던지자, 쨍그랑 소리와 함께 술잔이 산산조각 났다.

토르네펠트는 오한을 느꼈다. 식탁 위에 켜놓은 촛불이

껌뻑이더니 꺼져 버렸다. 마치 밤의 유령이 문틈으로 들어와 가슴을 짓누르는 것처럼 토르네펠트는 가슴이 갑갑했다.

방앗간 주인이 자리에서 일어나 기지개를 켰다.

「시간이 됐군. 이제 가야겠어.」

세 사람이 함께 문을 향해 걸어갔다. 밖으로 나와 보니 쌩쌩 불던 바람도 멎었고, 밤공기가 몹시 차고 맑았다. 눈 위로, 어두컴컴한 숲 위로 달빛이 희미하게 비쳤다. 토르네펠트는 혹시 그를 체포하기 위해 달려오는 군인들이 보일까 싶어 어둠 속을 노려보았다. 하지만 살아 있는 생명체는 하나도 안 보였다. 보이는 것이라고는 눈 덮인 황량한 숲길과 작은 오솔길, 경작지, 나무와 덤불, 돌과 늪뿐이었다. 저 멀리 보이는 어느 집에서 희미한 불빛이 새어 나오고 있었다.

「제발 약속해 줘.」 토르네펠트가 작은 목소리로 도둑에게 말했다. 「그 성경책을 꼭 스웨덴 왕에게 전하겠다고.」

「신과 이 세상의 삼라만상을 두고 맹세해.」 그렇게 말한 도둑이 숲과 돌, 늪과 경작지를 전부 쓸어 담는 것 같은 몸짓을 하며 어둠 속을 가리켰다.

「내 말을 믿어.」 하지만 도둑은 은밀히 자신에게 말했다. 〈스웨덴 왕은 이미 부자야. 이 성스러운 보물이 그에게 무슨 소용이겠어. 이건 내가 가질게. 나한테 훨씬 유용하니까. 절대 이걸 놓치지 않을 거야. 설령 악마가 와서 덤빈다고 해도 절대 빼앗기지 않을 거야.〉

갈림길이 나오자 두 사람은 작별 인사를 나눴다.

「도와줘서 진심으로 고마워.」 토르네펠트가 말했다. 「이 세상에 아직 신의가 존재한다는 것을 알았어. 잘 가. 일이 잘 풀리면 가끔 나를 생각해 줘.」

*

숲 가장자리에 이른 방앗간 주인이 날카로운 소리로 휘파람을 불자, 나무 뒤에서 남자 셋이 나타났다. 다들 인상이 험악하고 얼굴에 화상 자국이 있었다. 그 가운데 한 사람이 토르네펠트의 어깨에 털이 수북한 손을 올려놓았다.

「이 세련된 소년은 누구야?」 남자가 큰 소리로 껄껄 웃으며 방앗간 주인한테 물었다. 「이런 애송이를 데려오면 어떡해? 우유라도 먹이면서 키우라는 거야?」

「내 어깨에서 당장 손 떼!」 토르네펠트가 버럭 화를 내며 소리쳤다. 「나는 귀족이다. 귀족의 어깨에 함부로 손을 올리는 너는 누구냐?」

「귀족이든 아니든 상관없어!」 두 번째 남자가 소리쳤다. 그러고는 세 남자가 몽둥이로 미친 듯이 토르네펠트를 때리기 시작했다.

「왜 때리는 거냐?」 토르네펠트가 겁에 질려 비명을 질렀다. 「내가 대체 무슨 잘못을 했다고?」

「이건 그저 환영식일 뿐이야. 앞으로 이런 일에 익숙해질 거야.」

두 사람이 낄낄거리며 말했다. 그들은 토르네펠트를 밀치고 때리면서 숲을 통과했다. 그리고 마침내 지붕들 사이로 불꽃들이 혀를 날름거리고 펄펄 끓는 가마솥에서 광석이 녹는 마을에 도착했다.

세 번째 남자는 방앗간 주인 옆에 남아 있었다. 그는 뒤도 돌아보지 않고 황급히 달빛이 비치는 눈 덮인 들판으로 사라지는 도둑을 가리키며 말했다.

「저자는 도망치는군.」 그가 말했다. 「내 평생 저렇게 걸음이 날랜 사람은 본 적이 없어. 너한테서 달아나는 건가?」

방앗간 주인이 고개를 저었다.

「내게서 도망치는 게 아니야.」 그가 소리 없이 웃으며 말했다. 「나는 그를 다시 보게 될 거야. 말로는 스웨덴 군대에 들어갈 거라고 했지만, 절대 그곳으로는 가지 않겠지. 사랑과 금이 길가에서 그를 기다리고 있거든.」

제2장
성물 도둑

코트 깊숙이 구스타프 아돌프 왕의 성경책을 숨긴 도둑은 덤불과 숲을 통과하고 바위와 늪을 지나, 검은 이비츠가 부하들과 숨어 있다는 여우의 땅을 향해 걸어갔다.

여우의 땅을 포위한 용기병들의 봉쇄망을 뚫고 들어가는 것은 전혀 두렵지 않았다. 위험한 상황에서 사람들 눈에 띄지 않고 몸을 숨기는 것은 여우와 담비조차 그에게 배워야 할 만큼 도둑에게는 쉬운 일이었다. 지금 그의 마음이 무거운 것은 다른 이유 때문이었다. 토르네펠트와 한 약속, 그의 보물을 스웨덴 왕에게 직접 전달하겠다고 한 약속 때문이었다. 솔직히 말해 그는 애당초 그 약속을 지킬 생각이 없었다. 코트 안에 깊숙이 숨긴 그 보물을 죽을 때까지 가지고 있을 작정이었다. 하지만 자꾸만 양심의 가책을 느껴 괴로운 나머지, 도둑은 그 책임을 토르네펠트에게 전가하기 시작했다. 그는 마치 토르네펠트와 나란히 걷는 양 그에게 계속 말을 건넸다.

「입 다물어, 멍청아.」 도둑이 화를 내며 소리쳤다. 「왜 그렇게 촉새처럼 입을 계속 나불거리는 거야? 제발 그 날랜 입으로 날 건드리지 말고 파리나 잡는 게 어때? 지금 스웨덴 군대로 가는 중이냐고? 어이, 형제. 혹시 바보가 어디 있나 찾는 중이라면 너 자신을 한번 돌아봐. 세상에는 왜 이렇게 어리석은 광대들이 많을까! 난 스웨덴 왕한테 아무것도 전해 주지 않을 거야. 그가 이 성스러운 보물을 원한다면 직접 나서라고 해. 난 왕에게 이까짓 성경책 하나 전하려고 신발 밑창이 너덜너덜해질 때까지 뛸 생각은 없어. 이 소중한 신발을 얼마나 힘들게 샀는지 알아? 나한테 스웨덴 왕은 이거보다 못한 존재라고. 소문을 듣자 하니, 그 왕은 자기 군대에 곡괭이와 삽자루가 몇 개 있는지 일일이 세어 본다고 하더군. 만약 하나라도 숫자가 비면 그날은 아주 난리가 난다고 했어.」

오르막길이 나오자 도둑은 숨을 고르느라 잠시 걸음을 멈췄다. 다시 걷기 시작했을 때, 그는 아주 먼 곳에 있는 토르네펠트에게 다시 말을 걸었다. 이번에는 아까와 달리 말투가 상당히 부드러웠다.

「내 말 너무 기분 나쁘게 듣지 마. 나한테 너는 피를 나눈 형제나 마찬가지야.」 도둑이 말했다. 「하지만 네가 고집불통이라는 사실은 신도 아실 거야. 나를 꼭 스웨덴 군대로 보내야겠어? 거기서 날 기다리는 게 뭔데! 일당 4크로이처, 추위, 배고픔, 매질, 과로, 전투, 모욕, 학대야. 한마디로 어디 하소연할 데도 없는 밑바닥 인생이지. 멀건 수프와 콩깍지 가루로 만든 빵은 이미 질릴 만큼 먹었어. 이제 나도 제대로 된 음식을 좀 먹어야 하지 않을까? 드디어 내게도 그럴 기회가 온 거야. 보물이 손안에 들어왔다고. 이 보물을 꼭 지킬 거야. 아무도 이걸 뺏을 수 없어. 그럼 스웨덴 왕한테 이걸 전하겠다는 약속을 왜 했냐고? 아무튼 그건 내 알 바 아니야. 내가 약속한 걸 본 사람 있으면 어디 나와 보라고 해. 네 말을 입증해 줄 증인은 어디에도 없어. 알겠어? 네가 꿈을 꾼 거야, 형제. 난 맹세 같은 거 한 적 없어. 뭐? 너 지금 뭐라고 했어? 뻔뻔한 악당? 사기꾼? 제발 입조심해라. 안 그러면 늑골이 부러질 때까지 두드려 패줄 테니까. 마지막으로 한마디만 더…….」

어디선가 무슨 소리가 들리는 듯해, 도둑은 걸음을 잠시 멈추고 어둠 속으로 귀를 기울였다. 말이 콧김을 내뿜는 소리였다. 〈용기병들이다.〉 도둑은 조용히 바닥에 엎드린 뒤 살금살금 기기 시작했다. 그는 단 한순간도 긴장을 풀지 않고 조금씩 기어 덤불숲을 통과했다. 토르네펠트에 대한 생각은 이미 사라진 지 오래였다. 그렇게 토르네펠트는 도둑의 마음에서 영원히 지워졌다.

*

도둑은 동이 틀 무렵 여우의 땅에 도착했다.

숲속 빈터에 거의 쓰러져 가는 숯쟁이의 오두막이 있었다. 오두막 문 앞에서 검정색 폴란드 재킷을 입은 남자가 두 손으로 총을 든 채 보초를 서고 있었다. 문설주에는 가죽을 벗긴 토끼가 매달려 있었다. 오두막 앞쪽에 모닥불을 두 군데

피워 놓았는데, 바람에 흔들리는 불빛에 얼어붙은 땅바닥이 보였다. 검은 이비츠의 부하들이 두 모닥불 사이에서 코트를 뒤집어쓰고 잠들어 있었다. 오두막이 작아 안에 들어갈 수 있는 인원이 몇 명 안 되기 때문이었다. 깬 사람이 보초 외에 두 명 더 있었다. 그들은 단검에 살코기를 찔러 모닥불에 굽는 중이었다. 나무에 묶인 늙고 비루한 말 한 마리가 포대 자루에 담긴 먹이를 먹고 있었다.

도둑은 한동안 나무 뒤에 숨어 있었다. 잠자던 남자들 가운데 한 사람이 일어나 브랜디를 찾더니 욕을 하기 시작했다. 오두막 앞에서 보초를 서던 남자는 손이 곱았는지 총을 문설주에 기대어 놓고 열심히 비벼 댔다. 고기를 익히던 두 남자는 고기가 다 익었는지 칼에서 빼내 우걱우걱 씹었다.

「*Benedicite*(그대들에게 신의 가호가 함께하기를)!」 도둑이 식전 기도를 올리며 나무 기둥 뒤에서 튀어나왔다. 「맘껏 드시게. 하지만 급히 먹다가 입천장을 데지 않도록 조심하시게나!」

도둑을 발견한 남자가 씹던 고기를 꿀꺽 삼키고 자리에서 벌떡 일어났다. 남자의 눈은 경악과 공포 때문에 밖으로 튀어나올 것처럼 휘둥그레졌다.

「너 누구야?」 마침내 남자가 입을 열었다. 「우리 보초병들이 너를 통과시켜 주던가? 대체 어디서 온 거야? 용기병들이 보낸 거야? 벌써 용기병들이 쳐들어온 거야?」

오두막 앞을 지키던 보초병이 다시 총을 집어 들고 뒤늦게 숲을 향해 소리쳤다. 「거기 서. 대체 너 누구야?」

「이보게, 친구들.」 도둑이 말했다. 「나는 용기병이 보낸 사람이 아니야. 너희들이 곤경에 빠졌다는 소식을 듣고 도우러 왔어!」

난롯가에 앉았던 남자가 도둑의 얼굴을 뚫어지게 보다가 자리에서 벌떡 일어섰다.

「네가 누군지 알아. 여기저기 시골을 떠돌면서 닭을 훔치는 좀도둑이잖아. 어떻게 그런 녀석이 여기 나타나서 그런 대담한 이야기를 하는 거지?」

「나도 네가 누군지 잘 알아.」 도둑이 말했다. 「다들 너를 개미잡이[33]라고 부르지. 마그데부르크의 감방에도 있었고.」

「맞아, 그게 내 별명이야. 이쪽은 세례 교인 요나스. 넌 어쩌다 여기까지 굴러들어 온 거지?」

「도우러 왔다고 했잖아. 너희들은 지금 완전히 궁지에 빠졌어.」 도둑이 말했다. 「잔혹한 남작이 습격해 오면 난 너희들 편에 설 거야.」

「네가 우리 편에 선다고?」 개미잡이가 날카롭게 웃으며 말했다. 「이런 멍청한 놈을 봤나. 네 코가 이미 석 자인 것 같은데, 누가 누굴 돕겠다는 거야. 잔혹한 남작의 용기병들은 1백 명도 넘어. 우리 쪽은 전부 모아 봤자 스무 명이고. 게다가 말도 없고 총도 다섯 자루뿐이야. 아마 우리는 한 시간 내로 전부 체포되겠지. 가엾게도! 이런데 네 녀석이 어떻게 돕겠다는 거야?」

「이런 소심한 악당들을 봤나. 다들 용기는 어디다 팔아먹

33 딱따구릿과의 새. 주로 잡아먹는 곤충이 개미여서 개미잡이라고 불린다.

은 거야?」 도둑이 웃으며 말했다. 「잔혹한 남작이 설령 떨어진 낙엽보다 많은 용기병을 거느렸다고 해도 두렵지 않아. 남작에게 용기병들이 있다면 내게는 경기병(輕騎兵)[34]들이 있거든. 그건 그렇고, 대체 너희들 대장은 어디 있어?」

이제 막 잠에서 깬 남자들이 도둑을 빙 둘러쌌다. 무기라고는 달랑 몽둥이 하나 들고서 잔혹한 남작과 용기병들에 맞서겠다며 큰소리치는 남자를 모두 의심하는 눈초리로 바라보았다.

「너한테 경기병들이 있다고?」 세례 교인 요나스가 소리쳤다. 「이런 사악한 놈을 봤나. 바벨탑이 옆으로 휜 게 분명하다고 거짓말을 할 녀석일세. 지금 우리더러 네 말을 믿으라는 거야? 혹시 벼락을 맞아서 머리가 어떻게 된 거 아냐? 너하고 네 경기병들 말이야. 그 경기병들은 지금 어디 있는데? 어디에 숨겨 놓았느냐고?」

「내 말을 믿든 안 믿든 상관없어.」 도둑이 말했다. 「경기병들은 내가 데리러 갈 때까지 숲속에서 얌전히 기다릴 거야. 자, 너희들 대장인 검은 이비츠는 어디 있지? 다들 악마하고도 대거리를 할 진짜 사내라고 하던데. 지금 너희 대장을 만나야 해. 그 사람이라면 화약 냄새를 맡는 것쯤은 두려워하지 않겠지.」

「검은 이비츠는 오두막 안에 누워 있어. 짚단 위에.」 개미잡이가 말했다. 「발진티푸스에 걸려서 오늘내일하고 있어.

34 중무장한 기수를 뜻하는 중기병과 반대로, 민첩하게 활동할 수 있도록 가볍게 무장한 기병을 말한다.

이비츠는 죽고 싶다면서 당장 자기 눈앞에 목사를 데려오라고 난리야.」

*

오두막 안으로 들어서자 지독한 냄새와 함께 연기가 코를 찔렀다. 역청과 노간주나무를 끓이는 냄비에서 나는 냄새였다. 볏짚 위에 누운 검은 이비츠는 그르렁거리며 계속 뒤척였다. 하트 킹 카드처럼 양가죽 코트에 빨간 슬리퍼를 신은 모습이 우스웠지만, 덥수룩한 검은 수염과 흉터투성이 얼굴은 힐끗만 봐도 오금이 저렸다. 죽음의 문턱을 넘어가고 있는 지금 이 순간에도 마찬가지였다.

이비츠의 옆에는 속옷만 걸친 빨강 머리의 젊은 여자가 바닥에 웅크리고 앉아서, 눈 녹인 물과 식초를 계속 그의 이마에 문지르고 있었다. 군의관을 보조해 본 적 있는 위생병과 포이어바움이라는 이름의 전직 수사(修士)도 있었다. 두 사람은 검은 이비츠가 숨긴 금을 찾으려고 오두막을 샅샅이 뒤졌으나 허탕이었다. 이비츠가 깔고 누운 볏짚까지 뒤집어 봐도 마찬가지였다. 이제 그들은 이비츠의 자백을 받아 내려고 말로 꼬드기는 중이었다. 열에 들뜬 이비츠가 부지불식간에 돈 숨긴 곳을 말할지도 모른다는 기대를 품고서, 그동안 지은 죄를 고백하고 구원을 받으라고 구슬렸다. 그러느라 그들은 도둑이 오두막 안으로 들어오는 것을 보지 못했다.

「대장! 대장!」 위생병이 신음하듯 말했다. 「당신은 곧 이 세상을 뜰 거예요. 죽음이 벌써 대장을 향해 아가리를 벌리고 있어요. 이제 신 앞에 나가 성스러운 재판을 받게 될 거예요. 이른바 신의 심판이요.」

「대장은 그동안 수많은 죄를 저질러 신을 분노하게 만들었어.」 포이어바움이 위생병의 말을 이었다. 그는 두 손을 높이 치켜들고 마치 고백 기도를 올리는 사제처럼 이비츠의 가슴을 툭툭 쳤다. 「아들아, 예수 그리스도를 네 안에 받아들이도록 하라. 그래야 네 앞에 은총의 문이 열릴 것이다.」

그러나 아무리 달콤한 말로 유혹해도 소용없었다. 이비츠는 아무 말도 듣지 못했다. 그 말들은 마치 차가운 난로에 불어넣는 숨처럼 이비츠의 귀를 스쳐 지나가 버렸다. 이비츠 옆에 앉은 젊은 여자는 죽어 가는 남자의 입술 사이로 머스캣 포도주를 조금씩 흘려 넣었다.

「시온에 계신 우리 주 하느님을 찬양하라.」 포이어바움이 다시 설교를 시작했다. 「대장, 정말 한마디도 안 할 작정이야? 이제 대장한테 돈이 무슨 소용이겠어? 죽음 앞에 모든 것을 두고 떠나야 해. 하늘나라에 가져갈 수 있는 것은 그동안 당신이 저지른 죄악들뿐이야.」

바로 그때, 입안으로 흘려 넣은 포도주 때문인지 돈 이야기 때문인지는 모르겠지만, 이비츠가 잠시 정신을 차렸다. 눈을 뜬 이비츠가 두 손으로 젊은 여자를 붙들고 〈내 사랑이자 내 영혼〉이라고 불렀다. 그다음 눈으로 위생병을 찾아 이렇게 물었다.

「지금 몇 시야?」

「이 세상의 시간은 이미 끝났어. 이제 곧 영원의 시간이 시작될 거야.」 위생병 대신 포이어바움이 대답했다. 「그러니 제발 신을 생각해, 대장. 이제 이 지상에서는 당신한테 줄 은총이 없어. 당신은 곧 죽음의 왕국으로 들어갈 거야. 하지만 신은 자비로우시니 그분께 이제껏 지은 죄를 털어놓도록 해.」

「어렸을 때 저는 사순절 기간에 고기와 계란을 먹었습니다. 그게 제가 지은 첫 번째 죄입니다.」 검은 이비츠가 꺼져가는 목소리로 탄식하듯 말했다.

하지만 그건 위생병과 포이어바움이 미치도록 듣고 싶어 하는 고백이 아니었다.

「당신은 수많은 빈자들의 물건을 훔치고 약탈했어. 그 사람들한테 사기를 쳐서 재산도 긁어모았고.」 포이어바움이 마치 교회에서 성체 성사를 하는 것처럼 이비츠의 가슴을 톡톡 건드리며 말했다. 「대장, 제발 우리 주 하느님께 죄를 고백하고 용서를 구해.」

「맞아요, 저는 다른 사람의 물건을 빼앗고 훔쳤어요.」 검은 이비츠가 고백을 이어 갔다. 「가난한 사람들의 고혈을 빨아먹고 살았죠.」

「그럼 이제 우리한테 털어놔 봐. 불쌍한 사람들한테서 훔친 돈을 어디에 숨겼는지!」 포이어바움이 버럭 소리 질렀다. 「너무 늦기 전에 고백해. 이제껏 지은 죄들을 전부 털어놓고 용서를 구해. 안 그러면 당신의 육신과 영혼은 악마의 먹이가 될 거야!」

「아니. 이 못된 악당들, 너희들 뜻대로는 안 할 거야!」 검은 이비츠가 숨을 헐떡이며 말했다. 「차라리 악마한테 나를 빨리 데려가라고 해. 너희들 같은 악당들한테 빼앗기느니 차라리…….」

허리를 쭉 펴려던 이비츠가 갑자기 말을 멈췄다. 문가에 선 도둑의 존재를 알아차린 것이다. 열에 들뜬 이비츠는 도둑을 악마라고, 악마가 자신을 데려가기 위해 찾아온 것이라고 생각했다.

「저기 악마가 있어. 저기, 저기에 그가 왔다고!」 이비츠가 비명을 질렀다. 「왜 문과 창문을 단단히 잠그지 않은 거야? 검은 악마가 나를 데려가려고 찾아왔어.」

도둑을 발견한 젊은 여자가 화들짝 놀라 머스캣 와인이 든 숟가락을 손에서 떨어뜨렸다. 위생병과 포이어바움이 동시에 외쳤다.

「누구야? 여기서 뭘 하는 거지?」

「나는 당신들 대장하고 이야기를 좀 하려고…….」 도둑이 말을 시작했다. 하지만 검은 이비츠가 안간힘을 쓰며 자리에서 일어나더니, 양가죽 재킷과 슬리퍼 차림으로 비틀거리며 도둑을 향해 다가왔다.

「제발 저를 내버려 두세요!」 이비츠가 흔들리는 눈빛으로 이를 딱딱 부딪치며 애원했다. 「한 시간 전에 주기도문을 세 번이나 외웠어요. 저는 독실한 신자예요, 아주 독실한 신자. 혹시 데려갈 사람이 필요하다면 다른 사람을 데려가세요. 저기 저자들은 전부 도둑들, 사기꾼들이에요. 왜 꼭 저를 데려가시려는 건가요?」

죽음의 공포에 휩싸인 이비츠는 오두막 문을 활짝 열고 밖에 있는 사람들을 손가락으로 가리키며 말했다.

「데려갈 사람들은 많아요. 저기 있는 자들을 데려가세요. 저들을 당신한테 넘길게요. 하나도 빼놓지 말고 몽땅 데려가요. 어서요. 하지만 저는 제발 내버려 두세요.」

그 말을 끝으로 이비츠는 다시 정신을 잃고 쓰러졌다. 젊은 여자는 그를 다시 짚단 위로 끌고 가 이마에서 흐르는 땀을 닦아 주었다. 도둑은 너무 놀라 잠시 그 자리에 붙박여 있다가 밖으로 나왔다. 그리고 가만히 오두막의 문을 닫았다.

벌써 날이 훤히 밝았다. 오두막 앞에 피웠던 두 개의 모닥불은 이미 꺼졌고, 흐릿하고 차가운 햇살이 전나무 꼭대기를 비추었다. 도둑은 코트를 더욱 여민 뒤 잠시 오두막 안에 귀를 기울였으나 아무 소리도 들리지 않았다. 그는 주위에 몰려든 이비츠의 부하들에게 말했다.

「너희도 들었겠지. 이비츠는 자신을 대신해 나를 대장으로 임명했다. 그가 너희를 이곳에서 데려가라고 했어.」

도둑들 사이에서 불평하는 소리와 웃음소리가 함께 터져 나왔다. 누군가 물었다.

「멍청한 놈일세. 대체 우리를 어디로 데려갈 건데? 바보들이 모여 살고 송아지가 도축업자를 죽이는 양파의 나라로? 너 지금 우리가 어떤 상황인지 모르는 거야? 용기병들이 코앞까지 다가왔어. 도망칠 기운도 없는 우리가 그들을 피해 달아날 수 있다고 믿어? 지금 우리 상황은 절망적이라고.」

「이럴수록 당당하게 맞서야지.」 도둑이 말했다. 「겁먹지 말고 과감하게. 그들이 다시는 우리를 뒤쫓지 못하게 완전히 박살 내는 거야.」

「배짱 한번 두둑하네.」 개미잡이가 말했다. 「대체 어디서 그런 용기가 나오는 거야?」

「어디서 공짜로 얻은 건 아니니까 걱정 마.」 도둑이 말했다. 「내 말 잘 들어. 이 코트 안에 있는 보물은 행운을 불러오는 힘을 가졌어. 만약 나를 따른다면, 분명 너희들한테도 행운이 넝쿨째 굴러올 거야.」

「나도 용기병들과 당당히 맞서 싸우는 게 낫다고 생각해.」 개미잡이가 말했다. 그는 절반쯤 넘어온 듯했다. 「지금 잔혹한 남작한테 굴복하면 우린 도마에 오른 생선 신세를 면치 못할 거야. 토막을 쳐서 일부는 펄펄 끓는 스튜에 넣고, 일부는 불 위에서 굽겠지. 설령 운이 좋아 교수대에 오르지 않는다고 해도, 이마에 낙인이 찍힌 채 베니스로 가서 평생 갤리선의 노예로 살아야 해.」

「우리한테 총만 더 있었어도 잔혹한 남작의 공격쯤은 두려울 게 없는데!」 누군가 소리쳤다.

「총이 무슨 필요가 있어!」 도둑이 껄껄 웃으며 말했다. 「차라리 굵은 몽둥이가 더 효과적이야. 그건 절대 빗나가지 않거든. 명심해. 물론 나도 용기병들을 바보라고 생각하지는 않아. 그들은 보초도 잘 서고, 삽과 가래로 참호도 잘 파고, 다리도 세울 줄 알지. 하지만 정작 전투가 시작되면 그들이 늙은 노파보다 더 겁쟁이라는 사실을 알게 될 거야.」

「대장이 이끈다는 경기병들은?」 개미잡이가 물었다. 「아까 자랑하던 경기병들은 지금 어디에 있어?」

「가서 데려올 테니 잠깐만 기다려.」 도둑은 그렇게 말하고는 코트 안에서 도둑의 필수품이라고 할 만한 빈 자루를 꺼내 들고 숲속 전나무들 사이로 사라졌다.

잠시 뒤, 도둑이 어깨에 무거운 자루를 짊어지고 돌아왔다. 숲으로 들어간 도둑은 그리 멀지 않은 곳에서 속이 움푹 파인 나무에 매달린 말벌의 벌집을 찾았다. 지금 그가 어깨에 멘 자루 속에 든 것이 바로 그 벌집이었다.

「여기 있어. 내 작은 경기병들.」 도둑이 그렇게 말하며 자루를 모닥불 위로 가져갔다. 「이들은 곧 잠에서 깨어나 잔혹한 남작이 아직 한 번도 들어 본 적 없는 노래를 들려줄 거야.」

자루 안에서 윙윙거리는 소리가 나직하게 들렸다. 나무에 묶인 비루한 말이 귀를 쫑긋이 세우고 발을 구르면서 달아나려 했다.

이비츠의 부하들은 새로운 대장이 말벌로 어떤 계획을 세웠음을 깨달았다. 그들은 새로운 대장의 계획에 동참해 잔혹한 남작과 용기병들에게 맞서 제대로 붙어 보겠다는 강렬한 욕망에 사로잡혔다. 다들 한마디씩 외치기 시작했다.

「우리는 놈들을 물리칠 수 있어!」

「녀석들을 영원히 잠들게 해주자고!」

「잔혹한 남작은 나한테 맡겨. 내가 놈의 숨통을 끊어 놓을 테니.」

「야생 오리를 사냥할 때처럼 총구를 정확히 겨눠야 해.」

그때 숲에서 보초를 서던 남자가 그들을 향해 달려오며

초원에서 1백 명이 넘는 용기병들이 말을 타고 몰려오는 중이라고 소리쳤다. 사람들이 다시 웅성거리기 시작했다.

「무기를 집어! 적이 코앞에 닥쳤어.」

「화약을 준비해! 소총에는 총알을 세 발씩 장전하고!」

「얼른 일어나서 놈들을 막아!」

「총을 쏠 때는 머리 말고 배를 겨냥하도록 해!」

「나는 총알이 빗나가지 않도록 무리 한가운데를 겨냥해서 쏠게.」

「다들 동작 그만!」 도둑이 명령했다. 「동지들, 내가 앞장설게. 나는 잔혹한 남작과 먼저 해결해야 할 일이 있어. 내가 〈여우〉라고 말하면 그걸 신호로 삼아 총을 발사하도록 해. 총이 없는 사람들은 몽둥이로 용기병의 귀를 내리치고. 자, 이제 출동하자. 그리고 무모하게 나설 필요 없어. 겁이 나는 사람은 뒤에 남아도 돼.」

「대장 말에 복종할게.」 개미잡이가 말했다. 「뒤에 남아 있을 사람은 아무도 없어.」

「신에게 맹세코.」 도둑이 그 말을 하며 자루를 어깨에 둘러멨다.

*

선발대 선두에서 말을 타고 달리는 잔혹한 남작이 나무가 듬성듬성한 숲을 빠져나왔다. 멀리 흐릿한 새벽 여명 속에 도둑 무리가 보였다. 그들은 여우의 땅으로 이어지는 숲속에서 떼 지어 걸어 나오고 있었다. 소총을 든 사람도 몇 명 보였지만, 잔혹한 남작은 그들이 항복할 작정이라고 예상했다. 표정이 너무 비장해 보였기 때문이다. 남작이 황회색 애마에 박차를 가해 그들 가까이 다가가려 했을 때, 높은 곳에서 어떤 목소리가 들렸다.

「멈추시오! 더 이상 다가오지 말고! 안 그러면 무슨 일이 생길지 나도 모르오.」

용기병 대장이 고개를 들어 보니 소나무 가지 위에 걸터앉은 한 남자가 보였다. 남자는 마치 그곳이 세상에서 제일 편한 자리라는 듯이 앉아 다리를 흔들고 있었는데, 손에는 뭔가로 가득한 자루가 들려 있었다.

잔혹한 남작은 나무 위에 앉은 남자를 향해 소총을 겨냥하고 돌진하며 소리쳤다.

「당장 나무에서 내려와 네 정체를 밝혀라. 안 그러면 총알이 네 몸을 관통할 것이다.」

「왜 여기서 내려가야 하지? 지금 아주 편안한데.」 도둑이 비웃으며 말했다. 「충고하는데, 여기를 떠날 사람은 내가 아니라 너야. 그리고 총탄은 되도록 멀리해. 그게 여러 모로 네 신상에 좋을 테니까.」

「아하, 이제야 네놈이 누군지 알겠다.」 잔혹한 남작이 소리쳤다. 「신이 창조하신 악당들 가운데 최고의 악당이로군. 나는 네놈이 이비츠의 부하라는 것을 알면서도 풀어 줬다. 하지만 이제 두 번 다시 그런 일은 없어. 그때 진 빚을 남김없이 갚아 주지. 네 목을 매달 나무는 직접 골라도 된다.」

「아직 잡지도 못한 생선을 불에 굽고 있구나.」 도둑이 비아냥거렸다. 「지금부터 내 말 잘 들어. 어디까지나 선의로 하는 말이니까 흘려듣지 말고. 너무 늦지 않게 퇴각해. 안 그랬다가는 계속 팔짝팔짝 뛰게 될 거야.」

그러는 사이에 용기병 주력 부대가 가까이 다가와 그들의 대장을 에워싸기 시작했다. 이것이야말로 도둑이 의도한 바였다. 그는 용기병들이 바짝 붙어 한 덩어리가 될 때까지 기다렸다.

용기병 하나가 말에 박차를 가하며 도둑이 앉은 나무를 향해 달려왔다.

「아래로 내려와. 네놈 가죽을 벗겨 줄 테니. 벗겨 낸 가죽은 팀파니 연주자한테 10크로이처에 팔아 버리겠다.」

「나무를 흔들어 떨어뜨려 주지!」 다른 용기병이 또 소리쳤다. 「그런 다음 네놈 멱살을 붙잡고 헝가리까지 질질 끌고 가겠다.」

「너희들과 너희들의 대장이 그토록 용맹하고 강인하다면, 어째서 아직 콘스탄티노플은 터키인들의 수중에 남아 있는 거지?」 도둑이 비아냥거리며 말했다. 「지금 나는 혼자서 너희들을 상대하고 있어. 경고하는데, 너무 성급히 승리의 축배를 들지는 마. 수프를 너무 빨리 먹다 보면 혀를 델 수도 있거든.」

「헛소리 그만하고 빨리 내려와!」 잔혹한 남작이 인내심이 바닥났는지 소리를 버럭 질렀다.

「왜 이렇게 성급하실까? 정말 그랬으면 좋겠어?」 도둑이 남작의 말을 유들유들하게 맞받았다.「난 급할 게 전혀 없어. 하지만 네가 정 원한다면 그렇게 하지. 그 전에 먼저 목과 다리가 부러질 너의 말을 애도부터 해야겠군.」

「입 닥쳐!」잔혹한 남작이 소리쳤다.「일동, 공격 대형으로 정렬! 그리고 너, 너는 총알이 배를 뚫고 지나가기 전에 나무에서 내려오는 게 좋을 거야!」

잔혹한 남작이 그 말과 함께 소총을 들어 도둑을 겨냥했다. 그러는 사이 용기병들은 공격 대형으로 정렬했다.

「모든 여우는 자신의 가죽을 보호하라.」도둑이 숲을 향해 큰 소리로 외쳤다. 동료들에게 신호를 보낸 것이다.

그 순간, 용기병 대장이 쏜 총알이 그의 어깨를 관통했다. 도둑은 그와 동시에 벌집을 용기병들 사이로 휙 던졌다.

처음에는 윙윙거리는 소리만 작게 들렸다. 용기병들은 주위를 두리번거렸지만 그 소리가 무슨 의미인지 알지 못했다. 그런데 별안간 말 한 마리가 양초처럼 꼿꼿하게 서더니 공중으로 펄쩍 뛰어올랐다. 다른 말은 다리를 버둥거리며 제자리에서 빙빙 돌았다. 번쩍거리는 말발굽이 마구 허공을 휘저었다. 여기저기서 저주와 분노의 욕설이 터져 나왔다. 말발굽에 맞은 병사들이 비명을 질렀다. 그제야 상황을 파악한 잔혹한 남작이 부하들을 향해 소리쳤다.「흩어져! 뭉쳐 있지 말고 한 줄로 흩어지란 말이야!」하지만 그의 주위는 이미 지옥이었다.

무리를 지어 섰던 말들이 말벌의 공격을 받고 마구 날뛰기 시작했다. 말들이 뒷발로 서며 허공으로 껑충 뛰어오르자, 안장에 올라탄 기수들이 속수무책 바닥으로 굴러떨어졌다. 말 울음소리, 사람들의 비명 소리, 저주하는 욕설들, 서로 싸우는 소리 등이 마구 뒤섞인 엄청난 굉음이 숲을 가득 채웠다. 아무도 듣지 않는 명령과 총성, 그 모든 소음의 메아리들까지 가세했다. 질서정연했던 용기병 대형은 이미 아수라장으로 변했다. 온몸을 비틀며 마구 날뛰는 말, 닥치는 대로 짓밟는 말발굽, 비명과 신음과 저주를 토하는 용기병들, 말에서 떨어지지 않으려고 말갈기나 등자를 꽉 움켜쥔 사람들, 표적을 잃고 아무 데로나 향하는 총칼, 일그러진 얼굴로 허공을 향해 헛손질하는 사람들이 뒤섞였다. 그제야 이 혼란의 도가니 속으로 도둑들이 발사한 총알이 날아들었다.

지휘와 통제가 작동하지 않았다. 기수가 탄 말도, 기수가 이미 바닥으로 굴러떨어진 말도 미친 듯이 날뛰며 사방으로 흩어져 작은 덤불과 나무뿌리들을 뛰어넘어 숲속으로 들어갔다. 도둑들은 쓰러졌다가 다시 몸을 일으키는 용기병들을 곤봉과 총으로 공격했다.

겨우 말을 제어해 고삐를 움켜쥔 잔혹한 남작이 부하들을 돕기 위해 다시 말의 머리를 돌렸다. 그러나 때는 이미 늦었다. 도둑들이 그의 부하들을 다 쫓아 버린 것이다. 패배했다는 사실을 깨달은 잔혹한 남작은 욕설을 내뱉은 다음 말에 박차를 가하며 여우의 땅을 떠났다. 도둑은 여전히 나무에 앉아 비아냥거리며 작별 인사를 건넸다.

「꽁지가 빠져라 도망치네. 그러다 말이 넘어질지도 모르니 조심해.」

용기병들은 전부 퇴각했다. 이제 그들이 버리고 간 말들을 붙잡아 직접 타고 가는 일만 남았다. 도둑은 그제야 내려와 나무 기둥에 몸을 기대고 섰다. 총알이 관통한 어깨가 쑤시기 시작했다. 셔츠와 코트에는 피가 흠뻑 뱄다. 멀리서 잔혹한 남작의 나팔수가 퇴각 신호를 보냈다. 바닥에는 부상당한 용기병들과 죽어 가는 말들이 흘린 피가 흥건하게 고여 있었다. 그리고 수많은 발자국에 짓밟힌 눈밭 위, 찢어진 안장과 마구들 사이에 오늘의 진정한 승자인 말벌들이 얼어 죽어 있었다.

도둑 떼는 남은 말들을 필요한 만큼 끌어 모았다. 그다음 부상당한 새 대장을 말에 태우고 환호성을 지르며 여우의 땅으로 돌아갔다.

그들이 숯쟁이 오두막에 도착했을 때, 문 앞에 선 위생병은 말을 타고 돌아오는 동료들을 보고 눈이 휘둥그레졌다.

「이건 기적이야!」 그가 소리쳤다. 「정말 너희들이야? 도무지 믿을 수가 없군. 다시 얼굴을 보게 되리라고는 상상도 못 했어. 모피 가공업자의 막대기에 여우와 늑대가 동시에 매달린 것만큼 불가능한 일이라고 생각했어. 자, 모두 말에서 내려 술 한 잔씩 마셔. 그다음 삽과 가래를 들도록 해. 우리의 대장 검은 이비츠는 죽었어. 그를 매장해야 해.」

도둑이 말안장에서 일어서며 말했다. 「그를 위해 주기도문과 성모송을 외우도록 해. 주여, 그에게 평화와 안식을 내려 주소서! 하지만 그를 묻을 시간은 없어. 지금 당장 이곳을 떠야 해. 나와 함께할 사람은 내 뒤를 따르고, 남고 싶은 사람은 남도록 해.」

이비츠의 부하들이 웅성웅성하자 도둑이 호통치듯 말했다.「난 너희들의 대장이야. 그러니 내 말에 복종해. 잔혹한 남작은 부하들을 모아서 다시 습격해 올 거야. 행운의 바퀴가 얼마나 빨리 돌아가는지는 너희들도 이미 봐서 알겠지.」

*

그들은 점심때쯤 폴란드 국경에서 그리 멀지 않은 곳에 있는 여인숙에 도착했다. 이곳은 안전할 듯했다. 도둑은 건초가 깔린 바닥에 누워 고열에 시달렸다. 위생병이 총상을 봉합해 주었고, 개미잡이가 옆에서 시중을 들었다. 그의 새 동료들은 아래층 주점에서 폴란드산 브랜디를 마시며 시끌벅적하게 즐기고 있었다. 목소리가 어찌나 크던지 1킬로미터 밖에서도 들릴 정도였다.

「대장.」 건초 위에 웅크리고 앉아 부상당한 대장 곁을 지키던 개미잡이가 말했다.「상태가 얼마나 안 좋은 거야? 신음 소리만 들으면 당장 하늘나라로 갈 것 같아.」

「피를 너무 많이 흘렸어.」 도둑이 희미하게 미소를 지으며 대답했다.「통증이 너무 심해. 상태가 더 악화되면 죽음은 피할 수 없겠지. 하지만 죽고 싶지 않아. 내게 온 행운을 꼭 붙잡을 거야. 설사 하늘까지 이어진 사슬을 타고 올라가야 행운을 따올 수 있다고 해도 그렇게 할 거야.」

도둑은 몸을 일으키려고 했지만 기운이 너무 없는 탓에

다시 볏짚 위로 풀썩 쓰러졌다. 「아래층에서는 진탕 먹고 마시느라 시끌벅적하군.」 그가 말했다. 「봄날 개구리들 울음소리처럼 귀 따가워 죽겠네. 지금 불운이 우리 뒤를 바짝 뒤쫓고 있어. 아래층에 있는 녀석들은 사형 집행인의 노끈과 바퀴가 점점 가까워지고 있다는 걸 몰라. 당장 여기를 떠야 해. 저들이 각자 무슨 재주를 가졌는지 말해 봐. 누구를 데려가고 누구를 남길지 결정해야 해.」

「내가 누군지는 알지?」 개미잡이가 보고를 시작했다. 「나는 그냥 개미잡이라고 부르면 돼.」

「알아. 네가 누군지도 잘 알고.」 도둑이 말했다. 「나도 한때 마그데부르크 감방에 있었어. 우리는 감방에서 콩깍지 가루로 만든 빵을 나눠 먹은 사이야. 너는 나와 함께 가.」

「대장의 좋은 부하가 될게.」 개미잡이가 맹세했다. 「죽어서 땅에 묻힐 때까지 충성할게.」

「계속해 봐!」 도둑이 재촉했다. 「다음 사람은 이름이 뭐야? 뭘 할 줄 알지?」

「등이 굽은 미헬은 타고난 싸움꾼이야. 총칼을 잘 쓰고, 한 번에 세 사람과 맞붙을 수 있어.」

「총칼을 쓰는 건 불행을 재촉할 뿐이야.」 도둑이 중얼거렸다. 「그는 여기서 축배를 즐기도록 남겨 놓도록 해.」

「다음은 휘파람을 잘 부는 소년인데, 달리기 선수야.」 개미잡이가 말을 이었다. 「개나 토끼하고 경주해도 안 밀려.」

「그럼 자기가 가고 싶은 곳으로 달려가게 해. 나는 그 애를 붙잡을 생각 없어.」 도둑이 단호하게 말했다. 「건초 좀 덮어 줘. 오한이 나서 미칠 것 같아.」

「다음은 미치광이 마테스.」 개미잡이가 말했다. 「칼 쓰는 일에는 따라올 자가 없지.」

하지만 도둑은 잠시 다른 생각에 빠졌다. 상처를 낫게 하는 주문! 그 주문이 생각날 듯 말 듯 그를 괴롭혔다. 통증이 다시 시작됐다. 피를 너무 많이 흘려 기운이 하나도 없었다. 피를 멎게 만드는 마법의 주문을 언젠가 분명히 들어 본 적이 있다. 하지만 아무리 머리를 쥐어짜도 두통만 심해질 뿐 생각나지 않았다.

「미치광이 마테스.」 개미잡이가 다시 말했다. 「그는 두려움을 몰라. 그래서 싸움에서 절대 물러서지 않지. 내 말 듣고 있는 거야, 대장?」

「응, 듣고 있어.」 도둑이 몸을 덜덜 떨며 말했다. 「두려움이 없다는 건 조심성도 없다는 거야. 그러니 제 갈 길 가게 둬. 그런 사람은 필요 없어.」

「올빼미를 닮은 애도 있어.」 개미잡이가 말을 이었다. 「그는 통 잠을 안 자. 무려 일주일 동안 잠을 안 자고 버틸 수 있어.」

「그게 무슨 도움이 되지?」 도둑이 퉁명스레 말했다. 「혹시 납땜질로 열쇠를 만들거나 다듬을 줄 아는 사람 없어? 왁스로 열쇠를 복제할 수 있거나?」

「포이어바움.」 개미잡이가 말했다. 「그는 못 여는 열쇠가 없어. 아무리 특별한 열쇠도 단박에 열어.」

「포이어바움은 데려가도록 해.」 도둑이 고통으로 얼굴을 일그러뜨리며 겨우 말했다. 「끙, 너무 아파. 상처에 불이 붙은 것처럼 화끈거려. 제발 이게 괴저(壞疽)로 이어지지는 말아야 할 텐데!」

「다음은 바일란트.」 개미잡이가 말했다. 「그는 여우 못지않게 귀가 밝아. 세 시간 거리에서도 말 울음소리를 듣고 두 시간 거리에서 나는 개 짖는 소리와 닭 홰치는 소리도 들을 수 있어. 한 시간 거리에서는 사람들이 나누는 이야기도 다 듣지.」

「염탐꾼으로 쓰기에 안성맞춤이네. 그자도 데려가도록 해.」 도둑이 말했다.

「주물공 하네스를 빠뜨릴 뻔했네.」 개미잡이가 말했다. 「그는 힘이 장사야. 어떤 문이 가로막아도 어깨로 부숴 버려.」

「그런 건 아무 도움이 안 돼.」 도둑이 말했다. 「소음을 일으킬 뿐이지. 시끄러운 소리는 질색이야. 그것보다 더 좋은 재주를 가진 사람은 없어?」

「브라반터. 말 그대로 브라반트[35] 사람이야. 그는 변장술의 천재야. 순식간에 농부로 위장할 수 있어. 눈 깜짝할 사이에 마부나 상인, 대학생으로도 변하고.」

「우리한테 딱 맞는 사람이네.」 도둑이 말했다. 「좋은 정보는 항상 유용한 법이지.」

「심지어 브라반터는 프랑스어도 할 수 있어.」 개미잡이가 덧붙였다.

「내 수프에 들어갈 소금 같은 존재로군.」 도둑이 소리쳤

35 벨기에 중부의 주.

다. 「세상에서 귀족으로 인정받으려면 그에게 많은 걸 배워야겠어.」
「귀족?」 개미잡이가 당황하며 물었다. 「그게 무슨 말이야? 대장, 지금 열에 들떠서 헛소리하는 거지?」
「아니, 내 정신은 말짱해.」 도둑이 대답했다. 「자, 일단 다섯 명으로 추려졌네. 그 정도면 충분해. 아래층으로 내려가 그 세 사람한테 전해.」
「그럼 나머지 사람들은?」 개미잡이가 물었다. 「클라프로트, 아프롬, 빨간 콘라트, 교수형을 언도받은 아담, 세례 교인 요나스는? 우리는 절대 헤어지지 않기로 맹세했단 말이야.」
「이건 대장의 명령이야.」 도둑이 그를 야단쳤다. 「너는 부하로서 입 다물고 대장의 명령을 수행할 의무가 있어. 너희들끼리 무슨 맹세를 했는지 모르겠지만, 그건 내 알 바 아니야. 부하가 너무 많으면 부담스러워. 한겨울 자고새 무리처럼 떼로 몰려다니는 건 위험하다고. 나중에 분배를 할 때도 다섯 명 정도가 딱 좋아.」
말할 때마다 상처가 쑤시고 숨이 차올라 도둑이 말을 중단했다.
대장이 분배라는 말을 하자 문득 어떤 생각이 개미잡이의 머리를 스쳤다. 그는 그것을 혼자 간직할 생각이 없었다.
「여기서 그리 멀지 않은 곳에 부유한 농부가 하나 있어.」 개미잡이가 말을 시작했다. 「그 농부의 창고에는 없는 게 없어. 계란과 돼지비계는 물론이고 훈제 햄까지 가득해. 지하실에는 와인도 있지. 게다가 돈은 또 어찌나 많은지 상자마다……」

「그건 안 돼.」 열에 들뜬 도둑이 다른 쪽을 쳐다보며 말했다. 「나는 농부의 돈궤와 옷장을 털고, 소작농의 집을 불태우며 약탈할 생각은 눈곱만큼도 없어. 그런 사람들은 절대 건드리지 않을 거야.」

「그럼 길에 매복했다가 짐마차를 털려는 거야?」 개미잡이가 물었다.

「아니, 아냐. 다른 계획이 있어.」 도둑이 상처 부위를 움켜쥐며 신음을 토했다. 「나는 성직자들이 가진 금붙이를 훔칠 생각이야.」

「성직자들한테서 금붙이를 훔친다고?」

「교회나 예배당에는 금이나 은으로 된 보물들이 많아. 그걸 가져오는 거야.」 도둑이 설명했다. 「거기 있는 보물들이 제발 가져가 달라고 아우성치는 소리가 내 귀에 들려.」

「나는 차라리 벼락 맞아 죽는 쪽을 택하겠어.」 개미잡이가 화들짝 놀라며 말했다. 「신의 물건을 훔쳤다가는 죽어서 지옥에 떨어져. 감히 어떻게 성물을 약탈할 생각을 해?」

「설명해 줄 테니 잘 들어.」 도둑이 작은 소리로 말했다. 「이 지상에 있는 모든 것은 신의 소유야. 성직자의 집에 보관된 금이나 은도 마찬가지지. 그 말인즉슨, 그 물건들을 우리 자루에 보관한다고 해도 아무 문제 없다는 뜻이야. 쓰이지 않는 보물들을 사람들한테 나눠 주는 건 아주 좋은 일이야. 물론 네 말대로 그건 죄악이지. 나도 알고 너도 알아. 하지만 가위와 자 없이 재킷을 만들지 못하듯이, 벽돌공과 목수 없이 집을 지을 수 없듯이, 죄를 짓지 않고 좋은 날을 맞이할 수는 없어!」

개미잡이는 대장의 말이 무슨 뜻인지 이해했다. 그리고 대장의 뜻을 따르겠다는 표시로 열심히 고개를 끄덕였다. 도둑이 다시 말을 이었다.

「자, 이제 아래층으로 내려가 그 세 사람한테 자정에 떠날 준비를 하라고 전해. 그리고 내가 타고 갈 수레를 하나 준비해 줘. 바닥에 짚을 깔아서.」 개미잡이가 계단을 내려갔다. 그러자 잠시 후 한쪽 구석에서 두 사람의 대화를 전부 엿들은 빨강 머리의 여자가 나타났다.

「대장, 나도 데려가 줘요.」 그녀가 애원했다. 「그럼 당신을 내 심장처럼 사랑해 줄게요.」

도둑이 눈을 번쩍 떴다.

「너는 누구지?」 도둑이 물었다. 「넌 필요하지 않아. 빨강 머리 여자라면 더더욱! 고양이와 개도 빨간색은 싫다고.」

「나는 빨강 머리 리스라고 해요. 검은 이비츠의 여자였어요. 하지만 그는 죽었고, 이제 세상에 홀로 남겨졌어요. 그러니 제발 나도 데려가 줘요.」

「새끼 염소는 늑대들과 함께 달릴 수 없어.」 도둑이 작은 소리로 말했다.

「나는 늑대들과 달릴 수 있어요.」 빨강 머리 리스가 말했다. 「나를 데려가요. 무슨 일이든 할게요. 물레도 잣고 요리도 하고 빨래도 할게요. 사람들을 위해 노래도 부를 수 있어요. 토끼 가죽으로 장갑도 만들고요. 고사리와 꼬리풀, 질경이와 노루발풀을 섞어 당신의 상처에 바를 연고도 만들 수 있어요. 사철채송화라는 꽃이 있는데, 그거 한 30그램에 꽃이 빨간 광대수염 85그램을 섞어서…….」

「괴저만 막으면 돼.」 도둑이 신음하며 말했다.

「괴저를 일으키는 악령을 멀리 쫓을 수 있어요. 황무지나 물속으로, 아니면 높은 나무 위로. 괴저를 낫게 하는 치유의 주문도 알아요.」 빨강 머리 리스가 말했다.

그녀를 가만히 응시하던 도둑이 숨을 헐떡이며 그르렁거리는 목소리로 말했다.

「치유의 주문! 네가 정말 그걸 안단 말이야? 그럼 빨리 주문을 외워 봐. 그게 성공하면 널 데려갈 테니, 어서 주문을 외워 봐! 제발!」

빨강 머리 리스가 잠시 생각한 뒤 노래하기 시작했다.

주 예수가 원을 그리며 돌자
세상의 삼라만상이 신음하네.
그리고 모든 나뭇잎과 풀들이 울기 시작하네.

「그만!」 도둑이 노래를 중단시켰다. 「그건 치유의 주문이 아니야. 다른 주문을 외워 봐! 제대로 된 주문을 외우란 말이야!」

「다른 주문이요?」 빨강 머리 리스가 물었다. 그녀는 도둑의 상처를 싸맨, 피로 젖은 헝겊에 손을 올려 놓고 나직한 목소리로 다시 노래하기 시작했다.

신의 명령에 따라 세 가지 꽃이 피었네.

「맞아! 그게 진짜 치유의 주문이야. 괴저를 낫게 할 제대로 된 주문.」 도둑이 기침을 하기 시작했다. 「계속 불러! 그 노래를 끝까지 불러!」

빨강 머리 리스가 다시 노래를 불렀다.

신의 명령에 따라 세 가지 꽃이 피었네.
첫 번째는 빨간색, 두 번째는 하얀색,
그리고 세 번째는 신의 의지라는 이름의 꽃이라네.
피야, 멎어라!

「피야, 멎어라!」 도둑이 그 말을 중얼거리며 눈을 감았다. 날카롭고 뾰족한 발톱으로 상처 부위를 꽉 움켜쥐고 있던 고통이라는 이름의 새가 발톱을 빼고 날갯짓을 하며 조금씩 멀어지는 것처럼 고통이 점차 가라앉았다. 갑자기 피로가 몰려왔다. 그리고 깊은 잠에 빠져들었다. 꿈도 꾸지 않는 편안한 잠이었다. 도둑의 숨소리가 편안해졌다. 빨강 머리 여자가 짚단 위에 누운 도둑의 곁으로 살그머니 다가왔다.

*

성물 도둑들은 1년 넘게 엘베강과 비스강 사이의 지역을 누비고 다녔다. 포메른을 비롯해 폴란드, 브란덴부르크, 노

이마르크, 슐레지엔, 라이지츠 산맥을 아우르는 넓은 지역이었다. 그 지역에는 항상 악당들이 많았다. 하지만 전쟁 때문에 아무리 사는 게 고달파도 감히 교회의 보물에 손을 뻗는 악당은 없었다. 그러나 경악스럽게도 성물 도둑이 등장하며 상황이 완전히 달라졌다. 처음에 사람들은 성스러운 장소, 즉 교회나 예배당에 들어와 신의 물건을 훔쳐 가는 도둑의 규모가 적어도 1백 명은 넘을 거라고 추정했다. 그런데 그런 신성 모독 행위를 저지르는 도당이 겨우 여섯 명에 불과하다는 사실이 알려지자, 사람들은 그들이 마술을 부리는 게 틀림없다고 믿었다. 이를 테면 발각될 위험 앞에서 자신들의 몸을 보이지 않게 만드는 식으로 말이다. 그래서 잔혹한 남작이 아무리 추적해도 꼬리조차 잡지 못하는 게 당연하다고 생각했다. 일부에서는 신의 영원한 적인 사탄이 교회나 예배당에 있는 성물들을 훔치기 위해 도적단의 대장으로 현신하여 무리를 이끄는 것이라고도 했다.

성물 도적단을 이끄는 대장의 얼굴을 본 첫 번째 사람은 폰 노스티츠의 영지인 슐레지엔 지방의 작은 마을 크라이베 교구의 목사였다.

5월의 어느 날, 목사는 저녁 기도가 끝난 뒤 이웃 마을로 갔다. 그가 직접 양봉해 얻은 꿀을 팔기 위해 상인을 만나기로 했기 때문이다. 거래가 다 끝났을 무렵 갑자기 소나기가 쏟아지는 바람에 근처 여인숙에서 비를 피하게 되었다. 그가 다시 크라이베 교구에 도착한 것은 이미 자정이 가까운 시각이었다.

그가 교회 앞을 지나가는데, 어느 창문에서 불빛이 새어 나왔다. 그러자 칠흑 같은 어둠 속에서 푸른 코트를 입은 성 게오르크의 모습이 훤히 보였다. 마을 화가가 스테인드글라스에 그린, 박쥐의 날개에 새끼를 밴 암소의 얼굴을 한 용의 모습도 비쳤다.

불빛은 금세 사라졌다. 하지만 교회 안에 분명히 사람이 있었다. 그곳에 성물이 몇 개 있었으나 목사는 설마 도둑들이 그걸 훔치러 왔을 거라고는 상상도 못했다. 그 교회의 성물은 두 개였다. 하나는 은으로 만들어진 거의 실물 크기의 십자가 예수상이었고, 다른 하나는 상아로 만든 황금 왕관을 쓴 성모 마리아상이었다. 둘 다 4년 전에 천연두에 걸렸다 살아난 폰 노스티츠 씨가 제물로 바친 것들이다. 목사는 성물은 생각도 못하고, 아마 도둑들이 노리는 것은 성구 보관실에 — 성구 보관실이 마을에서 제일 안전한 곳이라고 여겼기 때문이다 — 숨겨 놓은 두 개의 꿀단지를 비롯해, 길게 매달아 사용하는 향로와 풀무, 양봉 도구 들일 거라고 생각했다.

문은 잠겨 있었다. 목사는 마침내 꿀 도둑을 현장에서 붙잡게 됐다는 사실에 기뻐하며 열쇠를 가지러 갔다. 그는 열쇠를 챙긴 다음, 손에 촛불을 들고 욕을 내뱉으면서 교회 안으로 들어갔다.

안에 들어서는 순간, 바람이 불어와 손에 들었던 촛불이 꺼져 버렸다. 목사는 어둠 속으로 계속 걸어갔다. 갑자기 어딘가에서 그의 얼굴을 향해 불빛이 쏟아졌다. 불빛이 그의 수단[36]을 지나 발목까지 쭉 훑어 내려갔다. 한 남자가 그에게 총을 겨눈 채 앞에 우뚝 서 있었다.

욕을 내뱉던 목사는 심장이 덜컥 내려앉으며 숨이 막혔다. 공포가 엄습했다. 목사는 〈우리 주 예수 그리스도를 찬양하라!〉라는 말 이외에는 아무 말도 할 수 없었다.

「영원히 아멘.」 그의 앞에 선 남자가 아주 공손하게 말했다. 「본의 아니게 목사님을 놀라게 했네. 개인적으로 아는 사이는 아니지만, 우리는 지금 손님 자격으로 여기 들어왔어.」

목사는 그제야 남자가 얼굴에 가면을 썼다는 것을 깨달았다. 지금 그에게 말을 건 사람은 바로 성물 도둑이었다. 그 사실을 깨닫자 너무 놀라 가슴이 벌렁거렸다. 당혹해하면서 가면 쓴 남자의 얼굴을 보고 있는데, 갑자기 성물 보관실의 육중한 철문이 덜커덩 열리더니 남자 세 명이 밖으로 나왔다. 얼굴을 전부 천으로 가리고 있었다. 두 사람은 은으로 된 십자가상을 들었고, 나머지 한 사람은 성모 마리아상의 머리 위에 있던 황금 왕관과 향로, 다른 손에는 타다 남은 양초 심지를 들고 있었다.

「맙소사, 대체 어떻게 저 두꺼운 철문을 통과한 거지?」 목사가 몸을 부들부들 떨며 신음을 토했다. 자물쇠로 잠근 뒤 굵은 막대기로 빗장까지 걸어 놓았을 뿐 아니라 열쇠는 방금 자신이 옷장에서 꺼내 왔는데, 안쪽에서 사람들이 나왔으니 그야말로 기절초풍할 노릇이었다.

방금 전 목사의 입에서 터져 나온 감탄에 감사 인사라도 하듯이, 가면 쓴 남자가 권총을 내리고 살짝 허리를 숙이며

36 성직자가 평상시에 입는 정복.

말했다.

「철문쯤은 거미줄에 불과해. 철문으로는 결코 우리를 막을 수 없어.」

가면 쓴 남자가 동료들을 향해 지시했다.

「서둘러. 시간이 별로 없어. 목사님을 필요 이상으로 괴롭힐 생각도 없고.」

십자가상과 금관이 커다란 자루 속으로 들어가는 것을 보며 목사는 망연자실했다. 지금까지 저 성스러운 보물들을 지켜 온 사람으로서 그는 자신이 지금 무엇을 해야 하는지 알았다. 사람들이 잠에서 깨도록 소음을 일으키고, 살려 달라고 비명을 지르고, 종탑으로 이어지는 계단을 뛰어올라 몇 킬로미터 밖에서도 들릴 정도로 마구 종을 쳐야 했다. 하지만 목숨이 달린 일이라 맞잡은 손을 두어 번 비비고는 그 자리에 우뚝 선 채 가만히 있었다.

「이 성물들은 우리의 자비로운 영주께서 교회에 제물로 바친 것입니다.」 목사가 애처로운 목소리로 말했다. 「그런 물건에 손을 대는 것은 아주 불경스러운 일입니다. 영주님은 그 성물들을 신께 바치셨어요. 사람에게 준 게 아니라.」

「그건 아냐.」 도적단 대장이 착 가라앉은 목소리로 말했다. 「영주가 자신의 부를 가난한 사람들한테 나눠 줄 때, 그게 비로소 신에게 바친다는 의미야. 그 이외의 것들은 전부 그가 세상에 준 것에 불과해. 나는 그중에서 내 몫을 가져가는 것뿐이고.」

「지금 당신들이 저지른 짓은 죄 중에서도 최악의 죄예요.

신의 물건을 약탈한 셈이니까요.」 목사가 소리쳤다. 「성물들을 내려놓으세요. 안 그러면 당신들은 바닥도 없는 지옥으로 떨어질 겁니다.」

「목사님. 성직자랍시고 우리 같은 죄인한테 너무 가혹한 말을 하네.」 성물 도둑의 대장이 말했다. 「도둑과 목사는 서로에게 필요한 존재야. 죄도 없고 죄인도 없다면 대체 목사가 무슨 소용이야?」

목사는 그 말을 듣는 순간, 이 남자의 입에서 나오는 말은 전부 악마가 하는 말이라는 것을 분명히 깨달았다. 남자는 악마의 현신이었다. 악마와 진짜 사기꾼만이 이렇게 매끄럽고 파렴치한 말로 사람의 정신을 현혹시킬 수 있었다. 목사는 한 걸음 뒤로 물러나며 재빨리 성호를 그었다.

「*Satana, Satana! Recede a me! Recede*(너는 사탄이야, 사탄! 물러나라, 사탄아)!」

「목사님, 지금 뭐라고 했어?」 가면을 쓴 남자가 물었다. 「당신이 하는 말을 도통 알아들을 수가 없네. 나는 대학에 다닌 적이 없어서 라틴어 주문을 외워 봤자 안 통해.」

「당신 몸에는 지금 악마가 들어 있어요.」 목사가 소리쳤다. 「악마가 당신 입을 빌려 말하고 있어요.」

「부탁이니 제발 목소리 좀 낮춰. 마을 사람들을 전부 깨울 작정이야?」 성물 도둑이 비아냥거리는 투로 말했다. 「만약 내 몸에 악마가 들어왔다면, 그건 전부 신의 의지와 명령에 따른 거야. 악마는 신의 명령 없이는 절대 돼지의 몸속으로 들어가지 않는다고 성 마태께서 말씀하셨어.」

그 말을 끝으로 도적단 대장은 뒤돌아서 부하들에게 걸어갔다. 목사는 나중에 사람들이 성물 도둑의 인상착의를 물어보면 어떻게 묘사해야 할까 생각하면서 그의 뒷모습을 뚫어지게 바라보았다.

「키는 약간 크고 체격이 다부져.」 목사가 혼자 중얼거렸다. 「내가 확인한 범위 내에서 말하자면 얼굴은 갸름한 편이야. 가면을 안 썼으면 좋았을 텐데. 곱슬머리 가발에 테두리가 하얀 모자를 썼어. 가장자리에 검정과 흰색 테를 두른 코트를 걸쳤고. 알아낸 건 이게 전부야. 인상착의라고 부를 만한 정보가 거의 없어.」

그러는 사이 도적단 대장은 부하에게 향로를 건네받아 꼼꼼히 살펴보았다. 그리고 다시 목사한테로 다가왔다.

「목사님이 열심히 벌을 친다는 걸 알겠네.」 대장이 말했다. 「벌통이 몇 개인지 물어봐도 될까?」

「세 개예요.」 목사가 대답한 뒤 다시 혼잣말로 중얼거렸다. 「손은 지체 높은 사람들처럼 갸름하군. 손가락도 길고. 면도를 했는지 턱에 수염도 없어.」 목사가 혼잣말을 마치고 다시 대장에게 말했다.

「목사관 뒤쪽에 있는 초원에서 양봉을 해요.」

「벌통이 세 개라.」 도둑이 목사의 말을 반복했다. 「그럼 봄에 꿀을 열여덟 병쯤 채취했겠네.」

목사가 한숨을 내쉬며 말했다. 「올해는 열 병 정도밖에 못했어요.」

「벌통 세 개에서 꿀을 열 병밖에 채취하지 못했다면, 양봉을 거의 망친 셈인데.」 성물 도적단 대장이 말했다. 「하지만 양봉의 성패를 좌우하는 건 뭐니 뭐니 해도 날씨야. 여름에 바람이 서늘하고 밤이슬이 많이 내리거나 가을이 길고 건조하면 안 좋아. 겨울에 눈이 많이 내려도 그렇고. 이것들 중에 뭐가 문제였어?」

「그건 대답하기 힘들어요.」 목사는 빼앗긴 성물과 자신의 양봉업 사이에서 생각의 갈피를 잡지 못하고 탄식하듯 말했다. 「사실은 벌이 노세마병에 걸린 게 치명타였어요.」

「그 전염병을 막는 방법을 몰랐어? 노세마병에 걸렸다고 그냥 포기한 거야?」

「방법이 없어요.」 목사가 슬픈 목소리로 말했다. 「일단 걸렸다 하면 빠져나올 방법이 없어요.」

「방법을 하나 알려 줄 테니 잘 들어.」 성물 도둑이 말했다. 「백리향 가루에 라벤더 오일을 약간 섞어서 설탕물에 담갔다가 먹여. 노세마병에 걸린 벌한테 이걸 먹이면 효과가 바로 나타나. 검증된 방법이지.」

「한번 시도해 봐야겠네요.」 목사가 곰곰이 생각하며 말했다. 「하지만 백리향을 어디서 구하죠? 이 근처에서는 본 적이 없어요. 또 그걸 먹이면 꿀은 어떻게 되나요? 꿀이 깨끗하지 않을 텐데요. 꿀을 두 번씩이나 체에 걸렀는데도 색이 탁했어요.」

이제 교회 안에는 목사와 대장 두 사람뿐이었다. 다른 도둑들은 자루를 들고 벌써 교회를 떠났다. 대장이 고개를 저었다.

「아냐, 꿀이 탁한 건 공기 중에 있는 수분을 빨아들여서 그래.」 대장이 말했다. 「성구 보관실은 꿀 보관에 적합하지 않아. 거긴 벽에서 물방울이 떨어질 정도로 습하더군. 꿀은 반드시 따뜻한 햇볕을 쬐여야 해!」

「소작농들만 없으면 나도 그렇게 했죠.」 목사가 소리쳤다. 「그들은 완전히 도둑이나 마찬가지예요. 잠깐만 한눈을 팔면 어느새 꿀을 훔쳐 간다고요. 안전한 곳은 성구 보관실밖에 없어요. 오죽하면 철문을 잠그고 빗장까지 걸어 놨겠어요.」

「나도 알아!」 성물 도둑이 말했다. 「농부들이 도둑질까지 하는 건 좋지 않아. 이웃 것을 탐하지 말고 제 몫의 농사를 잘 지어 추수할 때를 기다려야 하는데. 아쉽지만 대화는 여기서 끝내야겠군. 이제 그만 가봐야 해.」

벤치들 사이를 오가면서 대화하던 두 사람은 걸음을 멈추고 작별 인사를 나눴다.

「기분 좋은 대화를 좀 더 이어 가면 좋을 텐데, 아쉽네요.」 목사가 말했다.

「그렇게 말해 주니 고맙군.」 성물 도둑이 공손하게 말했다. 「이제 정말 가야 해.」

성물 도둑이 목사에게 허리 숙여 인사했다. 그다음 등잔불을 끄고 순식간에 어둠 속으로 사라졌다.

교회에 홀로 남겨진 목사는 앞으로 꿀을 어디에 보관하면 좋을지 생각했다. 성구 보관실은 벽이 젖을 정도로 습기가 많은 게 정말 문제였다. 목사는 그 문제를 골똘히 고민하다가, 문득 이제 목숨 잃을 걱정 없이 종탑에 올라가 종을 쳐도 된다는 생각을 했다. 하지만 그것보다는 도둑의 뒤를 은밀히 밟기로 했다. 목사는 일단 그들이 어느 방향으로 가는지, 또 말을 타고 가는지 아니면 걸어서 가는지 확인한 뒤 농부들을 모아 추적하기로 결심했다.

하지만 교회 밖으로 나와 보니 성물 도적단은 흔적도 없이 사라진 뒤였다. 달빛이 교교히 비치고 있었지만 사방 어디에서도 그들의 모습은 보이지 않았다. 한 시간 뒤 종소리에 놀라 모여든 농부들에게 목사가 이야기했듯이, 성물 도적단은 마치 교회 종탑 위에 사는 올빼미와 까마귀 들의 날개라도 빌려 타고 간 것처럼 종적이 묘연했다.

*

크라이베 교구의 목사는 정말 운이 좋은 편이었다. 성물 도적단을 만났을 때 조금 놀랐을 뿐 어디 한 군데 다치지 않고 목숨을 보전했기 때문이다. 하지만 적절치 않은 순간에 성물 도적단을 만난 운 나쁜 사람들이 전부 목사처럼 곤경에서 빠져나왔던 건 아니었다. 나이세강[37] 오른쪽, 보헤미아의 글라츠 백작령에 있는 치르나우 마을에서 한밤중에 일어난 일이다. 성 킬리안스탁 교회의 집사는 노획물을 들고 교회를 나서던 성물 도적단을 보고 혼비백산했다. 성 킬리안스탁 교회는 백작령 안에 사는 모든 소작농이 순례하러 오는 성지로, 네 개의 은촛대가 아주 유명했다. 도둑들은 3킬로그램쯤

37 체코 북부의 산지에서 시작하여 독일과 폴란드의 국경을 따라 북쪽으로 흘러서 오데르강에 합류하는 강.

나가는 촛대를 각자 하나씩 들고 있었다. 또 은으로 만든 향로와 성합,[38] 세례식용 주전자, 성체 접시 두 개, 무거운 금 쇠사슬, 금으로 수를 놓은 비단, 마지막으로 교황 성 마르틴의 자선 활동을 일일이 기록한 책도 들고 있었다. 물론 그 책을 가져가는 것은 성 마르틴의 업적을 기리려는 것이 아니라 상아로 만들어진 테두리에 촘촘히 박힌 보석 때문이었다.

「이것들은 전부 용광로에 넣어 녹이면 좋겠어.」 교회로 들어가려던 집사의 귀에 누군가의 말이 들렸다. 처음에는 촛대를 든 네 명의 도둑만 보였다. 하지만 그 뒤에 두 명이 더 있었다. 집사는 원래 겁이 없는 편이었다. 게다가 순례를 온 소작농들이 근처 여인숙에 머문다는 것도 알았다. 만약 시끌벅적한 소리가 들리면 그들이 분명 도와주러 달려올 것이다. 무기로 쓸 만한 게 어디 없나 둘러보았으나 마땅한 것이 보이지 않았다. 결국 집사는 나무로 만든 성 크리스토퍼[39] 조각의 손에서 막대기를 떼어 낸 뒤, 그의 눈을 노려보고 있는 빨강 머리 도둑의 머리를 내리쳤다.

여자의 비명이 들렸다. 곧바로 누군가 집사의 뒷목을 움켜쥐고 목을 졸랐다. 집사는 한 손으로 상대방의 손을 풀고 비명을 지르려 했으나 실패하고 손에 들었던 막대기도 떨어뜨렸다. 탁 하는 소리와 함께 막대기가 바닥에 떨어지기도 전에, 열려 있던 문 안쪽에서 다른 사람이 나타났다. 다른 사람들과 마찬가지로 천으로 얼굴을 가린 그 사람이 손으로 신

38 성체를 담아 모셔 두는 합.

39 순교자와 여행자들의 수호신.

호하며 말했다.

「그자는 혼자야. 따라오는 사람도 없고. 그냥 살려 줘.」

그게 집사가 들은 마지막 말이었다. 다시 정신을 차렸을 때는 교회 앞 계단에 쓰러진 채였다. 손발이 묶이고, 지끈거리는 머리는 헝겊으로 감싸였고, 눈과 입에는 역청에 적신 고약이 붙어 있었다. 그를 발견한 것은 아침에 들판으로 일하러 나가던 농부들이었다. 계단 옆에는 부러진 성 크리스토퍼의 막대기가 놓여 있었다.

*

어느 허름한 여인숙에서 성물 도적단을 만난 젊은 보헤미아 귀족의 운명은 훨씬 불운했다. 그는 결국 목숨을 잃었다.

그 여인숙은 브리크와 오펠른 사이, 나무가 그리 많지 않은 숲이 끝나는 지점에 있었다. 손님이래야 대부분 집시와 불량배, 견습생, 물건을 등에 지고 팔러 다니는 보따리 행상 정도였다. 젊은 보헤미아 귀족은 가정 교사와 하인 하나를 대동하고 로슈토크에 있는 대학으로 가던 중 마차의 축이 부러져 여인숙에서 하룻밤 묵게 되었다. 비가 억수같이 쏟아지는 가을날이었다. 젊은 백작의 마부가 마차를 수리하는 동안 백작과 가정 교사는 식당에서 저녁을 먹었다. 하인이 시중을 들었고, 메뉴는 구운 닭고기와 팬케이크였다. 그보다 좋은 음식은 없었기 때문이다.

저녁 식사가 끝난 뒤 하인은 마부를 돕기 위해 밖으로 나갔다. 가정 교사는 너무 피곤해 좀 쉬어야겠다며 여인숙 주인이 두 귀한 손님을 위해 내어 준 다락방으로 올라갔다. 하인은 식당 벤치에서 자고, 마부는 마구간에서 자기로 되어 있었다.

젊은 백작은 식당에 남아 포도주를 마셨다. 그의 자리에는 포도주 항아리가 놓여 있었다. 식당에 백작 혼자만 남은 것은 아니었다. 그들이 밥을 먹는 내내 난로 옆 벤치에서는 여인숙 주인의 아버지가 코를 드르렁드르렁 골며 자고 있었다. 창문을 두드리는 빗소리가 점점 더 거세졌고, 난로에서는 장작이 활활 탔다. 부엌에서는 프라이팬과 대접이 달가닥거리는 소리가 들렸다. 안주인이 마부와 하인에게 줄 뉘른베르크 소시지를 굽는 소리였다.

일찍 잠자리에 들고 싶지 않았던 젊은 백작은 혹시 롬버[40]를 할 줄 아는 귀족이 나타나지 않을까 은근히 기대했다. 무릎에 팔꿈치를 대고 두 주먹으로는 턱을 괸 채 그 생각에 빠져 있는데, 바깥이 시끌시끌했다. 그의 마부나 하인이 도와달라고 외치는 소리처럼 들렸다. 귀족이 고개를 들고 귀를 기울이는데, 여인숙 주인이 백짓장처럼 창백한 얼굴로 부엌에서 나왔다. 그가 뭔가 말하려는 듯 입술을 달싹거렸다. 그 순간 문이 벌컥 열리더니 누군가 오만방자한 목소리로 크게 외쳤다.

「다들 그 자리에 가만히 있어.」

성물 도적단 가운데 얼굴에 가면을 쓴 자가 맨 앞에서 식당으로 들어오고 있었다. 그 뒤로 두 명의 부하가 따라왔다.

40 세 사람이 하는 카드놀이의 일종.

세 번째 부하는 빨강 머리였다.

와인 항아리를 앞에 둔 젊은 보헤미아 귀족은 애써 침착함을 유지하며 자리에 앉아 있었다. 이자들이 정말로 성물 도적단이라면, 온갖 소문이 무성한 그 성물 도적단이 맞다면, 침착함을 유지하는 것만이 목숨을 보전하고 더불어 그의 지갑 속에 든 서른 개의 보헤미아 두카텐 금화를 지키는 길이었다. 젊은 귀족은 나중에 로슈토크 대학에 가서 자랑할 수 있도록 명예롭게 자신을 지키기로 결심했다. 그는 용기를 짜내기 위해 와인 네 잔을 연거푸 들이마셨다.

그러는 사이 도적단 대장이 식당 안으로 들어왔다. 그는 귀족 손님에게 경의를 표하기 위해 살짝 허리를 굽히고 모자를 올렸다 내리며 인사했다. 그다음 와인을 내오라고 한 뒤 부하 하나가 자리에서 꺼내 준 은잔에 따라 마셨다.

여인숙 주인은 사지를 부들부들 떨며 옆에 서 있었다. 어찌나 겁을 먹었는지 와인 항아리에 손가락이 빠지는 것도 알아차리지 못했다.

「뭘 원하시나요?」 여인숙 주인이 아주 힘겹게 물었다. 「아시다시피 당신들을 여기 묵게 할 수는 없습니다.」

「헛소리하지 말고 꺼져 있어!」 대장이 지시했다. 「부엌으로 가서 내 부하들 먹일 구운 베이컨하고 빵, 맥주가 있는지 확인해 봐.」

대장은 의자 등받이에 코트를 걸쳐 놓았다. 그리고 자주색 벨벳으로 된 낡은 재킷에 윗부분이 접힌 부츠 차림으로 서 있었다. 그의 부하들은 난로에서 그리 멀지 않은 식탁에 빙 둘러앉았다. 딱 한 사람, 빨강 머리의 부하만 대장 곁에서 있었다. 남장을 한 빨강 머리 리스였다.

대장이 젊은 귀족을 향해 돌아서서 다시 한번 모자를 살짝 들었다 내렸다.

「초대도 안 받고 불쑥 나타난 것을 용서해 주십시오.」 도둑이 아주 공손한 태도로 말했다. 「하지만 오늘은 폴란드에서 얼음처럼 차가운 바람에 불어와 부하들을 빗속에서 얼어 죽게 할 수는 없었습니다.」

「실례지만 한 가지 물어볼 게 있소.」 젊은 귀족이 말했다. 「내 하인들은 어떻게 된 거요? 아까 그들의 비명 소리가 들리던데? 그리고 얼굴을 보며 대화할 수 있도록 그 가면은 좀 벗어 주면 어떻겠소?」

성물 도적단 대장은 젊은 귀족을 잠시 아무 말도 없이 물끄러미 쳐다봤다.

「신의 가호가 당신과 함께하기를!」 마침내 대장이 말했다. 「당신의 하인들은 외양간으로 돌아갔습니다. 하지만 걱정하실 필요는 없어요. 내 부하들이 고귀하신 분의 시중을 열심히 들어 줄 겁니다.」

대장이 식탁에 앉은 두 명의 부하를 가리키며 말했다.

젊은 백작은 성물 도적단 대장이 귀족들과 똑같은 태도와 말투를 사용하려 애쓰는 것을 보고 놀랐다. 그래서 수중에 지닌 금화를 지키려면 이 위험한 남자에게 마찬가지로 공손한 태도를 보이는 것이 현명하겠다고 판단했다. 그는 자리에서 일어나 모자를 벗어 인사한 뒤, 자신의 자리로 와서 함께 와인을 마시지 않겠느냐고 청했다.

성물 도둑은 잠시 생각한 다음 이렇게 말했다.

「높으신 분이 이렇게 호의를 베풀어 주시니 매우 영광입니다. 사실 저는 그럴 자격이 없는 사람이지만, 굳이 청하시니 기꺼이 귀하의 건강을 위해 건배하며 한잔 마시도록 하지요.」

하지만 세 사람이 귀족의 식탁에 앉았을 때 제일 먼저 잔을 든 사람은 빨강 머리 리스였다. 그녀는 〈악마의 건강을 위해 건배!〉라고 외친 뒤 잔을 비웠다. 검은 이비츠와 함께 살며 생긴 습관이었다.

「지금 이 자리가 어떤 자리인 줄 알고 그런 망언을 하는 것이냐?」 대장이 그녀를 꾸짖었다. 「그런 발언은 신을 모독하는 거야.」

「젊은 아가씨가 남장을 했네요. 칼까지 차고.」 백작이 대화를 시작했다. 「그게 이곳 관습인가요?」

「아닙니다.」 대장이 말했다. 「남장을 한 이유는 말을 탈 때 안장에 더 편히 앉을 수 있기 때문이죠. 게다가 그녀는 칼을 아주 잘 쓴답니다. 칼을 손에 쥐었을 때 *pour se battre bravement et pour donner de bons coups*(날래고 용감하기가 남자 못지않습니다).」

「프랑스어를 할 줄 아는군요. 나도 파리에 가본 적이 있습니다.」 백작이 두 다리를 딱 부딪치며 말했다. 「루브르궁에도 가봤고, 왕이 새로 지은 별장도 봤지요.」

「나는 아직 못 봤습니다.」 도둑이 말했다. 「내게 프랑스어를 가르쳐 준 사람은 저기 앉은 부하죠. 그의 입에서는 프랑스어가 막히지 않고 술술 나옵니다.」

대장이 어깨 너머로 개미잡이와 함께 다른 식탁에 앉아 구운 베이컨을 먹고 있는 브라반터를 가리켰다.

「당신은 오늘 밤 이곳에서 머물 예정인가요?」 대화가 끊기는 것을 피하기 위해 귀족이 물었다.

「아닙니다.」 성물 도둑이 대답했다. 「곧 여기를 떠나야 합니다. 그리 멀지 않은 곳에서 처리할 일이 있거든요.」

「그럼 계획하신 일이 성공하기를 기원하며 건배를 하고 싶군요.」 귀족이 말했다.

「사양합니다.」 대장이 말했다. 「바다로 나가는 어부한테는 행운을 빌지 않는 법입니다. 행운을 빌면 성공을 못 하거든요.」

「대장이 실패할 리 있어요?」 빨강 머리 리스가 두 사람의 대화에 끼어들었다. 「당신은 품에 그 어떤 불행도 막아 줄 보물을 지녔으니까요. 아무리 힘든 난관도 그 보물 앞에서는 맥을 못 추잖아요.」

「닥쳐!」 성물 도둑이 버럭 화를 냈다. 「너는 입이 너무 싸. 내가 여러 번 말했지. 입을 잘못 놀리다 목숨을 잃을 수도 있다고.」

성물 도둑은 다시 젊은 귀족을 향해 말을 이었다.

「내 재산은 이 나라 전역에 흩어져 있어요. 그걸 다 모으기 위해 말을 타고 동서남북으로 다니는 중입니다.」

「혹시 실례가 안 된다면 귀하는 무슨 사업을 하시는지 물어봐도 될까요?」 귀족이 물었다.

「당신도 짐작할 겁니다. 이 나라 사람들이 우리를 〈성물 도적단〉이라고 부른다던데.」 대장이 아주 차분한 목소리로 말했다.

귀족은 화가 났다. 지금까지 애써 예의를 갖춰 대화를 나눈 게 다 허사로 돌아갔기 때문이다. 사실 그는 처음부터 이 자가 누군지 알았다. 그렇지만 이토록 뻔뻔하게 스스로 정체를 밝히리라고는 예상하지 못했다.

「대놓고 나는 도둑이요, 하다니 참 뻔뻔스럽구나.」 귀족이 식탁을 주먹으로 쾅 내리치며 소리쳤다. 「수치심이 뭔지 모르는 거야?」

「나는 도둑인 게 부끄럽지도, 치욕스럽지도 않아.」 성물 도둑이 태연하게 말했다. 「내가 도둑이 된 게 전지전능하신 신의 뜻이라면, 미미한 피조물인 내가 어찌 그 성스러운 뜻을 어길 수 있겠어.」

「조만간 신은 너를 교수형이나 거열형에 처하실 거야.」 귀족이 와인 잔을 머리 위로 들어 올리며 말했다. 「그럼 너도 끝장이야.」

「글쎄, 꼭 그렇게 끝나지 않을 수도 있어.」 성물 도둑이 반박했다. 「다윗왕도 처음에는 죄인이었어. 하지만 죽기 전에 명예를 회복했지.」

「내 가련한 목숨을 걸고 말하는데, 그건 새빨간 거짓말이야!」 귀족이 짜증스러운 표정으로 말했다. 「말도 안 되는 다윗 왕 이야기로 혼란스럽게 만들 생각은 하지도 마. 내가 자주 고민하는 문제는 이거야. 왜 신은 사람들을 전부 기독교인으로 만들지 않았을까? 왜 세상에는 이렇게 쓸데없이 터키인과 유대인이 많은 걸까? 절대 그래서는 안 되는데.」

「천국에 너무 많은 사람이 오는 게 싫었나 보지.」 대장이 말했다. 「신은 사람들이 천국에 와서 제 곁에 머무는 것보다 멀리 떨어진 지옥에 있는 게 더 좋은 거겠지. 사람들한테 신이 무슨 좋은 일을 기대하겠어? 이 세상에서 사람들은 단 네 명만 모여도 서로 죽을 때까지 치고받고 싸워. 그런 사람들이 하늘나라에 올라간다고 행동이 뭐 달라질 것 같아?」

「설교 그만해.」 귀족이 말했다. 「지금 네 머리에 현상금이 1만 탈러나 걸렸다는 건 알지? 너를 산 채로 잡아오는 자에게 귀족의 영지를 하사한다는 것도.」

「맞아.」 대장이 인정했다. 「하지만 쫓기는 토끼가 세상에서 제일 빠르다는 거 알아? 게다가 아직까지 아무도 내 꼬리조차 밟지 못했어.」

「그건 두고 봐야지!」 갑자기 취기가 돌기 시작한 귀족이 말했다. 「만약 너를 다시 만난다면 난 너를 알아볼 수 있어. 넌 이제 끝났어. 네 머리 위에서 사형 집행인의 밧줄이 흔들거릴 날이 머지않았다고. 그 늙은 왕의 확실한 검처럼 말이야. 아, 그 왕의 이름이 뭐였더라? 도무지 생각이 안 나네. 다락방에서 자고 있는 가정 교사는 알 텐데. 젠장, 그는 대체 왜 롬버 게임을 안 하려는 거야? 여기 함께 있었으면 셋이서 카드 게임을 할 수 있었을 거 아냐.」

「나를 알아볼 수 있을 거라고 했나?」 성물 도둑이 뭔가를 고민하며 물었다. 「나를 다시 만난다면 말이야.」

「맞아, 그렇게 말했어, *par le sang de Dieu*(젠장, 빌어먹을)!」 백작이 말했다. 「너를 알아볼 거라는 데 보헤미아 두카텐 두 개를 걸게. 자신 있어.」

「두카텐 두 개면 너무 적어.」 대장이 말했다. 「내기를 받아들이지.」

「그럼 돈은 벌써 내 주머니에 들어온 거나 마찬가지야. 나는 사람의 인상착의를 아주 잘 기억하거든.」 백작이 웃으면서 말했다. 동시에 식탁 너머로 재빨리 손을 뻗어 대장의 얼굴을 가린 천을 두 손으로 확 잡아당겼다.

식당 안에 정적이 찾아왔다. 개미잡이가 손에 든 나이프를 접시 위에 떨어뜨리는 바람에 딸가닥 하는 소리가 났다. 대장은 그 자리에 그대로 서 있었다. 세상에 한 번도 드러낸 적 없는 뻔뻔한 얼굴이 창백했다. 안색이 갈수록 더 하얗게 질렸다. 하지만 흥분한 것은 아니었다.

「너는 이 세상에서 가장 명예로운 방식으로 이겼군.」 대장이 미소를 머금으며 말했다. 「내기에서 졌으니 돈을 줘야겠지. 자, 받아.」

대장이 주머니에서 두카텐 동전을 두 개 꺼내 식탁 위로 던지자, 귀족이 그것들을 집어 손바닥에 올려놓았다. 서서히 정신이 돌아온 귀족은 그제야 자신이 무슨 짓을 저질렀는지 깨닫고 화들짝 놀랐다.

「아쉽지만 이제 그만 작별해야 할 시간이군.」 대장이 말했다. 「나는 떠나야 하고, 당신은 여기서 묵어야 하니까. 마지막으로 건배나 한번 하지. 우정과 이별을 위해!」

대장이 와인 잔을 높이 들어 올렸다.

「심장을 향해! 네 건강을 위해, 건배!」

「또한 장수를 기원하며!」 귀족이 혀꼬부랑 소리로 말하고는 잔을 들어 입으로 가져갔다.

귀족은 빨강 머리 리스가 손에 권총을 든 것도, 화약 가루를 프라이팬에 터는 것도 보지 못했다.

그가 미처 술잔을 다 비우기도 전에 총성이 울렸다. 젊은 귀족은 작은 한숨을 쉬며 의자에 털썩 주저앉았다. 얼굴에서는 피가 흐르고 고개가 앞으로 푹 수그러졌다. 손에서 힘이 쭉 빠지더니 술잔이 쨍그랑 소리를 내며 바닥에 떨어졌다. 동시에 금화 두 개가 바닥에서 굴렀다.

성물 도둑은 잠시 그 자리에 선 채 화약 냄새를 코로 들이마셨다. 그다음 가면을 집어 들었다.

「자기가 죽을 거라는 사실을 알았을까?」 대장이 죽은 자를 내려다보며 물었다.

「마지막 순간에는 알았을 거예요.」 빨강 머리 리스가 대답했다. 「하지만 그에게 신을 찾을 시간을 주고 싶지는 않았어요. 대장의 지시대로 〈심장을 향해〉 쐈어요. 유감이에요. 꽤 유쾌한 사람이었는데. 아직 일이 안 끝났어요. 총에 화약을 다시 장전해야 돼요. 당신의 얼굴을 본 사람이 저기, 하나 더 있거든요.」

그녀는 난로 옆 벤치에 있는 노인을 향해 총을 겨눴다. 잠에서 깨어난 노인은 천진난만한 미소를 지으며 벤치에 앉아 있었다.

성물 도적단의 대장이 재빨리 얼굴을 가렸다.

「주여, 자비를 베푸소서!」 노인이 비명을 질렀다.

「한 사람이면 충분하지 않을까? 저런 노인까지 처리해야 하나? 저 사람은 아무 잘못도 하지 않았어. 그저 운이 없어서 일에 휘말린 사람까지 죽여야 할까?」

「대장이 원하는 대로 해요.」 빨강 머리 리스가 말했다. 「만약 죽일 거라면 시간을 너무 지체하지 마요. 죽일 때 시간을 끄는 것만큼 끔찍한 일은 없어요.」

「노인이야.」 대장이 신음을 토하며 말했다. 「어떻게 저런 노인까지 죽일 수 있겠어? 그런 짓은 못 해. 정말 어떻게 해야 좋을지 모르겠네.」

「직접 하는 게 내키지 않으면 내가 대신 할게, 대장.」 개미잡이가 말했다. 「식당 주인한테 매장 비용으로 동전이나 한 닢 주고 미사를 올려 달라고 하면 돼.」

「저 사람을 그냥 살려 둘 수는 없어.」 마침내 대장이 결단을 내렸다. 「하지만 영 마음이 내키지 않네. 신께서도 내 입장을 이해하실 거야. 누가 가서 식당 주인 좀 불러와.」

주인이 식당으로 들어와 죽은 사람을 보고는 두 손을 모으고 기도했다. 그는 자신의 아버지 역시 죽어야 한다는 말을 듣자 무릎을 꿇고 통곡하기 시작했다. 그리고 두 주먹으로 제 가슴을 치면서 애원했다.

「그래 봤자 소용없어.」 성물 도적단 대장이 말했다. 「일이 이렇게 돼서 유감이야. 하지만 다른 방법이 없어. 가서 아버지와 작별 인사를 하도록 해.」

「대체 우리 아버지가 당신들한테 무슨 나쁜 짓을 했나요?」 여관 주인이 애원하며 매달렸다. 「제발 자비를 베풀어 주세요. 당신의 심장은 돌처럼 굳어서 그 누구의 간청도 들어줄 수 없나요? 저 사람은 제 아버지예요. 제가 지독하게 가난하지만 않았더라면 몸값은 얼마든 내고 아버지의 목숨을 샀을 거예요.」

「그거 참 유감이로군.」 성물 도둑이 여관 주인의 효심에 감동하며 말했다. 「하지만 이미 돌이킬 수 없는 일이야. 저 사람은 내 얼굴을 봤어. 가면이 벗겨진 맨 얼굴을. 내 얼굴을 본 사람을 살려 둔 채로 떠날 수는 없어.」

식당 주인이 자리에서 일어나더니 난로 옆 벤치에 앉은 노인의 얼굴을 쳐다보았다. 노인은 지금 주위에서 무슨 일이 일어나고 있는지 전혀 모르는 사람처럼 어리둥절한 표정이었다.

「제 아버지가 어떻게 당신의 얼굴을 볼 수 있겠습니까?」 주인이 외쳤다. 「눈이 먼 지 벌써 12년이 넘었는데요. 혼자서는 밥도 드시지 못해서 식사 때마다 제가 일일이 숟가락에 반찬을 올려 드리는걸요. 그런데도 저분이 당신의 얼굴을 봤다고 주장하는 건가요?」

그 말을 한 뒤 여인숙 주인은 의자에 털썩 주저앉았다. 그리고 두 손으로 얼굴을 가리더니 큰 소리로 웃기 시작했다.

말없이 서 있던 대장이 노인에게 다가가더니 갑자기 권총을 꺼내 그의 코앞에 가져다 댔다. 노인은 꼼짝도 하지 않았다. 그는 눈썹 하나 움찔거리지 않고 식당의 어두운 구석을 물끄러미 쳐다보았다.

「정말 눈이 멀었군!」 성물 도둑이 권총을 내리며 말했다. 「눈이 먼 걸 하늘에 감사해야겠어! 네 아버지의 목숨을 살려 줄 테니 웃음을 멈추도록 해라! 나 역시 살인을 면하게 돼서 기쁘군. 자, 어서 출발하자. 여기서 시간을 너무 지체했어.」

식당 주인은 여전히 웃으면서 의자에 앉아 있었다.

*

성물 도적단이 말을 타고 떠나자마자 식당으로 돌아온 여인숙 주인은 아버지가 식당 바닥을 이리저리 기어다니는 모습을 발견했다.

「정말 그자의 얼굴을 봤어요?」 여인숙 주인이 아버지를 향해 소리쳤다. 「어서 일어나서 말을 해보세요! 장난 그만 치고. 이제 더 이상 맹인인 척할 필요 없어요!」

「나는 이제 부자다.」 노인이 천천히 바닥에서 몸을 일으키며 말했다. 「나는 이 돈을 너하고 나누지 않을 거야. 제대로 먹여 주지도 않고 제대로 입혀 주지도 않는 나쁜 아들한테 내가 뭐 하러 그런 짓을 하겠어? 기회가 닿을 때마다 너한테 말했다시피…….」

「그 사람 얼굴을 봤어요? 정말 다시 보면 알아볼 수 있다는 거예요?」 여인숙 주인이 아버지의 말을 잘랐다.

「아니. 그 사람한테 신경 쓸 겨를이 없었다.」 노인이 중얼거렸다.

「겨를이 없었다고요? 젠장! 그게 대체 무슨 말이에요?」

「말 그대로야. 그를 쳐다볼 시간이 없었어.」 노인이 고집스럽게 그 말을 반복했다. 「젊은 귀족이 쓰러졌을 때 잠에서 깼어.」 노인이 죽은 사람을 가리키며 말했다. 「그때 저 사람 손에서 금화들이 굴러떨어졌거든. 이건 이제 내 거야. 두 눈으로 계속 금화의 행방을 뒤쫓았지. 하나는 구석 틈새로 사라졌어. 그것도 찾으면 내 거야. 다른 하나는 내가 누웠던 이 벤치 아래로 굴러왔어. 그걸 재빨리 발로 꽉 누르고 꼼짝도 안 했지. 어쩌면 떨어진 금화가 세 개였을지도 몰라. 그걸 꼭 찾아내야 해.」

「금화가 스무 개쯤 있었다고 해도 그게 대수예요? 이 멍청한 노인네야.」 여인숙 주인이 소리쳤다. 「내 말 무슨 뜻인지 모르겠어요? 현상금 1만 탈러를 놓친 거란 말이에요. 그런 일생일대의 행운은 다시 오지 않아요!」

여인숙 주인이 분노하며 식당 문을 쾅 닫고 밖으로 나갔다. 그리고 젊은 귀족의 마부와 하인을 데리러 외양간으로 갔다. 밤새 죽어 시신이 된 그들의 주인을 지킬 사람이 필요했기 때문이다.

*

1702년 봄, 수난일 다음 월요일에 성물 도적단은 마지막 습격을 감행했다. 목표는 밀리치 근처의 교회로, 제단 위쪽 벽에 부착된 보석 박힌 금 십자가상이 유명한 곳이었다. 하지만 시도는 실패했다. 도적단이 습격하기 몇 주 전, 주교의 지시에 따라 목사가 그것을 밀리치 성으로 옮겨 안전하게 보관했기 때문이다. 교회의 제단 위에는 나무로 만든 평범한 예수상이 매달려 있었다.

병든 소를 살펴보기 위해 한밤중에 잠에서 깬 어떤 농부가 빈손으로 교회 창문에서 나오는 도둑들을 목격했다. 농부는 최대한 빨리 그 자리를 벗어나 속옷 차림 그대로 멜히오르 폰 바프론 농장까지 달려가 크게 외쳤다. 아직 잠자리에 들지 않고 카드 게임을 하고 있던 폰 바프론 영주는 사람들을 전부 소집하라는 지시를 내렸다. 소작농들, 숯쟁이들, 하인들, 사냥꾼들까지 전부 모였다.

하지만 그들이 교회로 달려갔을 때는 이미 늦었다. 위험에 처했다는 사실을 인지한 즉시 도둑들은 평소의 절차대로 산지사방으로 흩어져 각자 혼자서 폴란드 국경으로 향했다. 따라서 모든 길을 수색하고 주변의 숲들까지 샅샅이 훑었지만, 그 어디에서도 떼 지어 몰려다니는 사람들을 볼 수 없었다. 그들이 찾아낸 것은 급히 도망치던 어느 도둑이 흘린 삼베 자루 하나뿐이었다. 그 안에는 빵과 양파, 굵은 소금이 든 작은 주머니, 그리고 놀랄 만큼 커다란 어금니들을 감싼 헝겊이 있었다. 짐작컨대 그 어금니들은 성물 도적단이 약탈한 교회에 보관돼 있던 성도들의 유품이었을 것이다.

다음 날 아침, 잔혹한 남작이 용기병들을 이끌고 소도시 트라헨부르크에 나타났다. 그는 넉 달 전 헝가리에서 벌어진 터키인들과의 전투를 끝내고 슐레지엔으로 돌아와 성물 도적단 소탕 작전을 재개했다. 그는 사냥개처럼 성물 도적단을 추적했다. 폴란드 국경으로부터 그리 멀지 않은 곳에서 두건 달린 갈색 수도복을 입은 탁발 수도승을 붙잡았다가 놓쳤다는 보고를 받은 잔혹한 남작은 광분해 날뛰었다. 성물 도둑 하나가 가끔 수도승으로 변장한다는 것을 알았기 때문이다. 하지만 그가 길에서 마주친 사람은 그날 새벽 트라헨부르크로 말을 타고 가던 스웨덴 파발꾼 하나뿐이었다. 그 파발꾼은 공식적인 가죽 우편낭을 갖고 있었다. 파발꾼은 남작을 〈형제님〉이라고 불렀고, 그들은 스웨덴어와 프랑스어로 몇 마디 대화를 나누었다. 수상쩍은 구석이라고는 전혀 없어 보였다. 그날 그들은 슐레지엔에서부터 포메른에 이르는 모든 길마다 스웨덴 왕의 파발꾼들을 마주쳤다.

그게 성물 도적단이 벌인 마지막 약탈이었다. 그들에 대한 이야기는 그 후 오랫동안 들리지 않았다. 그러다 부활절이 지나고 난 주에 처음으로 성물 도적단은 끝났다는 소문이 퍼졌다.

소문에 의하면 폴란드 숲 어딘가에서 약탈한 보물들을 분배하던 중 다툼이 벌어졌고, 그 과정에서 서로를 총칼로 공격했다는 것이다. 도적단 가운데 세 명은 현장에서 즉사했고 살아남은 사람들은 그동안 훔친 금을 챙겨 서둘러 말을 타고 도망쳤다고 했다. 사망자 가운데는 도적단 대장도 있다고 했다.

소문은 삽시간에 전국으로 퍼졌다. 마부들은 들판을 지나가다가 풀 베는 사람들에게 이를 소리쳐 알렸고, 목사들은 설교를 하며 도둑의 시신을 직접 본 사람이 있다고 말했다. 사람들은 성물 도적단에 관한 새로운 소식에 환호했다. 곧이어 도적단 대장의 허무한 죽음을 안타까워하는 노래가 만들어졌고, 사람들은 장터와 술집에서 그 노래를 흥얼거렸다.

하지만 그 이야기를 믿지 않는 사람이 딱 하나 있었다. 바로 잔혹한 남작이었다. 남작은 그 이야기가 헛소문이라며 비웃었다. 도적단 대장이 땅속 깊은 곳에 묻혔다는 이야기는 자신들에 대한 추적을 중단시키고 그동안 약탈한 것들을 유용하기 위해 의도적으로 퍼뜨린 소문이라는 것이었다. 잔혹한 남작은 악마의 발톱과 꼬리와 뿔을 걸고서 성물 도적단과 그 대장을 교수대에 올리기 전까지는 절대 휴식을 취하지도, 평화로운 날을 보내지도 않겠다고 맹세했다.

하지만 그 후 성물 도적단에 관한 아무런 이야기도 들리지 않았고, 교회와 예배당에 대한 습격도 없었다. 교회나 예배당에 아직 남은 보석들은 창문을 통해 들어오는 흐릿한 빛을 받으며 계속 반짝였고, 도둑의 손길은 더 이상 그것들을 향해 다가오지 않았다.

*

성물 도적단의 은신처는 〈일곱 개의 땅〉이라는 별명을 가진 보헤미아의 깊은 산속 오두막이었다. 그곳에서 도적단의 마지막 회합이 열렸다.

날이 몹시 추운 어느 날 새벽이었다. 오두막의 틈새와 구멍으로 찬바람이 들어왔고, 밖에는 보슬비가 내렸다. 도둑들 가운데 네 명은 코트를 입은 채 건초 위에 누워서 벌겋게 충혈된 눈으로 방 한가운데 높다랗게 쌓여 반짝거리는 돈을 쳐다보았다. 1탈러와 2탈러짜리 동전들, 크렘니츠와 단치히의 두카텐 금화들이었다. 지난 몇 년 동안 보헤미아와 폴란드에서 훔친 물건들을 변두리 뒷골목의 장물아비들한테 판 돈이었다.

그들은 어제 밤새도록 의논하고 토론했다. 소리를 지르며 말다툼도 했다. 부하들은 대장이 떠나는 것을 원치 않았다. 그들은 금이 아직 충분하지 않다고, 이 나라 곳곳에 획득해야 할 금이 아직 남았다고 생각했다. 하지만 대장은 이제 헤어져야 할 때라는 뜻을 굽히지 않았다. 그래서 밤새도록 주장과 논박을 이어 갔다.

「우리가 하는 일은 일종의 사업이야. 결국에는 이자와 세금으로 목숨을 내놓아야만 하는 사업.」 대장이 말했다. 「잘 생각해 봐. 우리 이야기가 사람들 사이에 너무 자주 오르내리고 있어. 이렇게 가다가는 조만간 사형 집행인에게 꼬리를 밟히게 될 거야. 게다가 잔혹한 남작이 우리를 잡겠다고 나섰어. 나는 그자를 다시 만나고 싶은 마음은 추호도 없어. 그게 우리가 더 이상 함께해서는 안 되는 이유야. 안 그러면 우리의 행운도 끝나 버릴 거야. 이제 각자의 길을 가야 해. 아무도 다른 사람을 돌아봐서는 안 돼. 내 뜻은 확고해. 너희는 무슨 일이 있어도 내 말에 복종하기로 맹세했어. 내가 너희들을 사형 집행인의 손에서 구했을 때!」

그렇게 해서 문제는 해결됐다. 이제 남은 일은 오두막 안에 그득히 쌓인 돈을 나눈 뒤 각자의 길을 가는 것뿐이었다.

대장은 낡고 해진 자주색 벨벳 재킷을 입고 오두막 밖에서 있었다. 그는 앞으로 할 일들을 생각했다. 자신의 몫으로 받은 이 돈은 장원에 걸린 빚을 갚고, 농기구들과 종축(種畜)들을 구입하고, 새 하인들을 고용하는 데 쓸 것이다. 또 우편마차들이 말을 교체하기 위해 장원에 들를 때를 대비해 좋은 건초와 말이 구비된 마구간을 운영할 것이다. 「젊은 아가씨를 위한 근사한 사냥개와 승마용 말도 한 필 있어야겠지. 그녀는 폰 토르네펠트의 귀한 신부니까!」 그가 미소를 머금으며 혼잣말을 했다. 「어쨌든 이제 내 수중에는 돈이 있어.」

빨강 머리 리스는 오두막 안에서 대장 몫으로 분배된 금화와 은화 무더기 옆에 웅크리고 앉아 자신의 코트 주머니에 제 몫의 동전과 금화 들을 채워 넣었다. 포이어바움이 자리에서 일어났다. 그는 더 이상 다른 사람의 몫이 된 돈을 지켜볼 수 없었다.

「빌어먹을!」 포이어바움이 소리쳤다. 「여긴 이제 어떻게 되는 거야? 각자 원하는 만큼 다 가졌어?」

「이건 대장 몫이야. 대체 왜 그러는 건데?」 개미잡이가 날카롭게 말했다. 「네 몫으로 배분된 것만 해도 고마워해야 돼. 대장이 우리한테 왔을 때를 생각해 봐. 너는 그때 옷도 신발도 없었어. 몸에 걸친 찢어진 셔츠 하나가 네 재산 전부였어. 대장은 그런 우리에게 행운을 가져다준 거야. 너는 이제 부자라고.」

「부자?」 포이어바움이 분노하며 소리쳤다.「대체 뭐가 부자라는 거야? 요즘 물가가 얼마나 비싼지 알아? 종자 한 홉 값이 10그로셴도 넘어. 나는 지금 받은 내 몫을 절대 건드리지 않을 거야. 이건 노후를 대비해서 남겨 둬야 해. 늙어서 통풍에 걸려 몸이 마비되면 누가 보살펴 주겠어? 일단 그때까지는 신의 은총에 기대어 살 거야. 농부의 집 앞에 가서 마른 빵 한 조각을 구걸하면서. 굶어 죽고 싶지는 않으니까. 아사 직전까지 가본 적이 있거든. 이제 내 몫을 줘.」

포이어바움은 개미잡이가 건네는 돈을 씁쓸한 표정으로 받았다. 한 주먹의 금화와 동전이 가득 든 모자였다.

「우린 금을 얻기 위해 목숨을 걸고 일했어.」 브라반터가 말했다.「이제 나는 쉬면서 편하게 살고 싶어. 〈헤이텐〉이나 〈히르센〉 같은 고급 여관에 방을 얻어서 날마다 좋은 음식을 먹을 거야. 생선과 스테이크에 괜찮은 와인까지 곁들이는 거지. 아침마다 미사에 꼬박꼬박 참석하고, 오후에는 마차에 올라 산책을 나가고, 저녁에는 카드 게임을 하는 거야. 그렇게 평화롭게 살면서 앞으로 어떻게 될지 지켜보고 싶어. 좋은 일이든 나쁜 일이든.」

「아하, 내가 말해 주지.」 포이어바움이 삐딱한 말투로 끼어들었다.「월요일에 일을 안 하고 판판이 놀면 고달픈 화요일과 배곯는 수요일이 오는 법이야. 그때 나를 찾아와서 3페니히짜리 동전 하나만 달라고 징징거리지나 마. 분명히 말해 두는데, 내 집 문 앞에 발을 절뚝거리며 나타날 생각은 아예 하지도 말라고.」

「걱정하지 마!」 브라반터가 차분한 목소리로 말했다. 「네 집 문 앞에 백합과 물푸레나무를 심어도 돼. 나는 절대 그걸 밟지 않을 테니까.」

대장 다음의 2인자로서 금화를 두 주먹 받은 개미잡이가 드디어 입을 열었다.

「우리는 올빼미 같은 존재였어.」 개미잡이가 말했다. 「낮에는 절대 사람들 눈에 띄어서는 안 되는 존재. 하지만 이제 그 시절은 끝났어. 나는 온 세상을 돌아다닐 작정이야. 환한 대낮에 베니스, 스페인, 프랑스, 네덜란드 등을 둘러보고 싶어. 일주일에 2탈러만 쓰고 일요일에는 0.5탈러만 쓴다면, 지금 가진 돈으로 죽을 때까지 버틸 수 있어.」

얼굴은 창백하지만 키도 크고 체격도 건장한 바일란트가 손가락 사이로 두카텐 금화들을 미끄러뜨리면서 속으로 킥킥거렸다.

「나는 아는 사람이 없는 여기 보헤미아에서 살 거야. 이 금으로 작은 술잔과 칼, 국자로 쓸 스푼과 코담배용 스푼을 만들 거야. 또 작은 상자도 두 개 만들어서 하나는 오른쪽 주머니에, 다른 하나는 왼쪽 주머니에 넣고 다닐 거야. 오른쪽 주머니의 상자에는 내가 피울 코담배를 담고, 왼쪽 주머니의 상자에는 친구들한테 줄 싸구려 코담배를 담아야지. 절약해야 하니까.」

「너는 이제 어쩔 생각이야?」 개미잡이가 말없이 바닥에 웅크리고 앉은 빨강 머리 리스를 향해 소리쳤다. 「이제 비단옷 입고 잘살 수 있게 됐는데 표정이 왜 그렇게 죽상이야?

마음이 아파서 그래? 네 곁에 있고 싶어 하지 않는 사람은 그냥 보내 줘! 한 사람이 가면 다른 사람이 오는 법이야. 그런 일에는 이미 익숙하잖아. 네가 금 버클이 장식된 신을 신고, 금 머리띠를 하고, 금 목걸이를 하고, 금반지를 끼고 있으면 다들 너를 붙잡기 위해 달려들 거야.」

빨강 머리 리스는 아무 말도 하지 않고 자리에서 일어나 바닥에 놓인 대장의 배낭을 집어 들려 했다. 하지만 너무 무거워서 들지 못했다. 개미잡이가 그녀를 도와 배낭을 들고 밖으로 나갔다.

오두막 문 앞에서 빨강 머리 리스는 마지막으로 다시 한 번 사랑하는 사람의 완강한 고집을 꺾으려고 시도했다.

「나를 데려가 줘요!」 빨강 머리 리스가 애원하면서 그의 어깨에 이마를 기댔다. 「제발 안 된다고 하지 말아요! 당신의 마음이 다른 사람에게 가 있는 거 알아요. 아마 하늘 아래 가장 아름다운 사람이겠죠. 하지만 상관없어요. 제발 데려가 줘요. 당신이 가는 길을 절대 방해하지 않을게요. 당신이 신의 가호를 받으면서 어떻게 살고 있는지만 알 수 있다면 하녀 방의 난로 뒤편에서 자면서 가장 힘든 일도 마다하지 않을게요.」

「그럴 수 없어.」 대장이 냉정하고 단호하게 말했다. 「바다에서 젖지 않은 조약돌은 찾을 수 있을지 몰라도 너는 나를 절대로, 영원히 찾을 수 없어.」

빨강 머리 리스는 잠시 흐느끼다가 마음을 가라앉혔다. 그녀가 눈물을 훔치고 차분한 목소리로 말했다.

「잘 가요, 내 사랑! 당신을 내 심장처럼 사랑했어요. 당신이 가는 모든 길에 신의 가호가 함께하기를 빌게요.」

이제 바일란트와 브라반터가 오두막에서 나왔다. 그들은 허공으로 모자를 휙 던지고 권총을 발사하면서 시끌벅적하게 작별 인사를 했다. 총성이 숲속에 울려 퍼졌다. 드디어 대장이 말에 박차를 가하면서 손짓으로 마지막 인사를 전하자, 바일란트가 목도리를 풀어 대장의 건강과 행운을 기원하며 불태웠다.

*

일주일 뒤 포이어바움은 두건 달린 수도복을 입고 슐레지엔 지방의 국도를 걷고 있었다. 그는 돈을 숲속 세 군데에 숨긴 뒤 다시 찾을 수 있도록 나무마다 표식을 해놓았다. 그리고 지금 이 마을에서 저 마을로, 이 농장에서 저 농장으로 떠도는 중이었다. 그의 동냥자루에는 빵과 양파, 시큼한 사과 세 개, 치즈 한 조각, 헝겊으로 싼 머리카락 한 다발이 들어 있었다. 머리카락은 사람들에게 성스러운 유품을 내세워야 할 때를 대비한 것이었다.

그가 먼지를 마시며 터벅터벅 길을 걸을 때, 뒤쪽에서 누군가 말을 타고 빠르게 달려오는 소리가 들렸다. 고개를 돌려 보니 스웨덴 파발꾼이었다. 파발꾼은 황동 단추가 달린 파란색 재킷에 사슴 가죽으로 만든 바지를 입고 있었다. 허리에는 물소 가죽 벨트를 찼고, 머리에는 깃털 모자를 쓰고 있었다. 포이어바움은 재빨리 옆으로 비켜서며 말을 타고 지나가는 사람을 향해 손바닥을 내밀었다. 물론 그자가 적선해 줄 거라는 큰 기대는 하지 않았다. 스웨덴 장교들은 탁발 수도승을 보고 주머니에서 뭔가를 꺼내 주는 경우가 거의 없었기 때문이다.

하지만 그 기사는 말을 멈춰 세우더니 만면에 미소를 지었다. 그러고는 수도승에게 포메른의 0.5휠던 동전을 내밀었다.

하지만 동전을 받은 포이어바움은 곧 화가 난 표정으로 그 기사를 쳐다보았다.

기사가 조롱하듯 입을 비죽였기 때문이다. 늑대처럼 이글거리는 눈빛과 짙디짙은 눈썹, 이마의 주름살까지, 말안장 위에 앉은 사람은 그의 예전 대장이 분명했다.

「옛 동료한테 줄 게 겨우 이것뿐이야?」 포이어바움이 소리를 버럭 지르며 스웨덴 기사의 팔을 붙잡았다. 「첫눈에 널 알아봤어. 턱수염을 덥수룩하게 길렀어도 내 눈을 속이지는 못해. 어서 말에서 내려, 그리고…….」

수도승은 말을 중단했다. 기사의 얼굴에서 미소가 사라지고 완전히 다른, 낯선 사람이 수도승 옷을 입은 남자를 내려다보았기 때문이다. 그가 한 번도 들어 본 적 없는 목소리의 서툰 독일어로 말했다.

「그대가 원하는 게 뭔가? 0.5휠던이 부족하다는 말인가? 길을 비켜라. 안 그러면 네 등에 채찍이 날아갈 것이다!」

변장한 수도승은 낯선 얼굴을 잠깐 다시 보았다. 그다음 두 손을 들어 올려 용서를 빌었다. 고귀한 신사를 다른 사람으로 착각했다고, 자신도 그 이유를 정말 모르겠다고, 제발 용서해 달라고 외쳤다. 기사가 그의 말을 끊었다.

「*Excuses misérables*(한심한 핑계)로구나!」 스웨덴 기사가 으르렁거리며 말했다. 「그런 말은 듣고 싶지 않다. 0.5휠던이 충분하지 않다고? 기가 막히는구나. 어서 길을 비켜라. 이 짐승 같은 놈아!」

변장한 수도승이 공손한 태도로 재빨리 비켜서자, 스웨덴 기사는 조롱 담긴 웃음소리를 남기고 멀리 사라졌다. 포이어바움은 그 목소리를 알아들었다. 익숙한 목소리였다. 그는 휘둥그레진 눈으로 입을 딱 벌린 채 스웨덴 기사가 완전히 사라질 때까지 뒷모습을 바라보았다. 그러고는 마치 악마라도 만난 것처럼 손을 부들부들 떨며 성호를 그었다.

제3장
스웨덴 기사

스웨덴 기사가 황폐한 물레방앗간에 도착한 것은 이른 오후였다. 구름 한 점 없이 화창한 하늘에 해가 떠 있었다.

어딘가에서 은은한 오르간 소리처럼 귀뚜라미 소리와 벌이 윙윙거리는 소리만 들릴 뿐, 바람도 불지 않고 새소리 하나 들리지 않았다. 화려한 나비 한 마리가 꼬리풀과 황새냉이와 민들레 사이로 팔랑거리며 날아다녔다. 저 멀리 전나무숲 위로 주교의 용광로와 대장간에서 검은 연기구름이 피어올랐다.

그것을 보는 순간 스웨덴 기사는 착잡한 마음이 들었다. 그에게는 아주 위험한 곳이었기 때문이다. 하지만 그 생각이 마음을 사로잡기 전에 머리를 흔들어 떨쳐 버렸다. 그는 말이 나무 주위를 빙빙 돌면서 풀을 뜯어 먹을 수 있도록 버드나무에 묶어 놓았다.

물레방앗간의 문은 잠겨 있었다. 굴뚝에서 연기도 피어오르지 않았고, 창문에는 덧문이 닫혀 있었다. 방앗간 주인은 그의 주인인 주교에게 세상 여기저기서 나는 귀한 물건들을 가져다주기 위해 말에 채찍을 휘두르면서 이곳을 떠난 게 분명했다. 한때 그는 방앗간 주인을 무덤에서 나온 유령 내지 연옥에서 온 불쌍한 영혼이라고 생각했다. 하지만 지금은 그가 다시 마차를 덜커덩거리며 언덕을 올라온다고 해도 전혀 두렵지 않았다.

스웨덴 기사는 우물에 등을 기대고 풀이 무성하게 자란 목초지에 앉아 다리를 쭉 뻗었다. 그리고 눈을 반쯤 감고 몽상에 잠겼다.

가난하고 비참했던 시절, 발이 푹푹 빠질 만큼 높이 쌓인 눈을 뚫고 꽁꽁 얼어붙은 몸으로 물레방앗간을 향해 걷던 기억이 떠올랐다. 그에게 행운을 가져다준 보물을 손에 넣기까지의 힘겨운 과정을 돌이켜 보았다. 이제 그는 깃털이 장식된 모자를 쓴 위풍당당한 귀인이었다. 주머니에는 돈과 어음이 가득 들었을 뿐 아니라, 사람들 앞에 당당히 귀족으로서 나설 수도 있었다. 고약한 주둥이를 가진 죽은 방앗간 주인쯤은 전혀 두렵지 않았다. 〈어디 덤빌 테면 덤벼 보라지! 연옥은 실재하지 않아. 그건 꾸며 낸 이야기일 뿐이야. 연옥은 성직자의 머릿속에만 존재하는 곳이야. 베이컨을 불에 구워 먹는, 이 세상 모든 나라를 돌아다녀 본 브라반터가 그렇게 말했어. 그런데 대체 이게 무슨 소리지? 마치 베니스가 위대한 터키인들한테 함락되기라도 하는 것처럼 시끌벅적하네. 사람들이 대체 뭐라고 소리 지르는 거야?〉 그의 주변에서 깊고 날카로운 비명 소리가 들렸다. 전부 똑같은 말이었다. 「뛰어! 뛰어! 뛰어!」

스웨덴 기사는 자리에서 벌떡 일어났다. 〈도대체 누구지? 뭘 원하는 거야?〉 주위를 둘러보았지만, 말이 풀밭에서 한가로이 히스나 벌노랑이 같은 풀을 뜯고 있을 뿐 사람은 그림자도 안 보였다. 또 벌이 윙윙거리는 소리만 들릴 뿐 아무 소리도 안 들렸다. 외치는 소리도 비명 소리도 없었다.

하지만 그가 벽에 등을 기대고 고개를 앞으로 숙이자, 다시 소리가 들리기 시작했다. 수백 개의 외침 소리가 가까워졌다가 멀어졌다가 했다. 소리들은 때로는 작게, 때로는 크게 메아리쳤다. 「뛰어! 뛰어! 뛰어!」

스웨덴 기사는 자리에서 일어서려 했지만 그럴 수가 없었다. 갑자기 뭔가가 그를 붙잡아 위로 들어 올렸다. 그리고 점점 더 높이 그를 데려갔다. 천둥처럼 크고 시끌벅적한 목소리들이 그의 주위에서 울렸다. 「뛰어! 뛰어! 뛰어!」 그러더니 어느 순간 갑자기 조용해졌다.

스웨덴 기사는 자신이 하늘 높은 곳에 올라온 것을 깨달았다. 그는 구름으로 된 탑들과 담장들 사이에 서 있었다. 머리 위에서 어찌나 강렬한 빛이 쏟아지는지 눈을 제대로 뜰 수 없었다. 그는 두 손으로 얼굴을 가리고 손가락 사이로 슬쩍 주위를 살폈다. 앞에는 계단이 있었고, 계단 맨 꼭대기에 놓인 의자에 세 남자가 앉아 있었다. 모두 가장자리를 모피로 장식한 기다란 코트에 빨간 신을 신고 있었다. 스웨덴 기사는 가운데에 앉은, 흰색 수염에 엄격한 눈빛을 한 인물을 알아봤다. 그림에서 자주 본 얼굴이었다. 그는 천국의 대제사장 성 요하네스였다. 세 사람 앞에는 큰 키의 천사가 칼집에서 칼을 빼 들고 서 있었다. 그들 주위를 천상의 무리들이 커다란 원을 그리며 빽빽하게 둘러싸고 있었다. 비명 소리의 주인공들이었다. 〈뛰어! 뛰어! 뛰어!〉 하고 외쳤던 사람들, 그들은 재판의 방청객들이었다.

「*Votre très humble serviteur*(감사합니다)!」 스웨덴 기사가 중얼거렸다. 그러고는 천상의 세 심판관들에게 경의를 표하고자 귀족처럼 모자를 흔들며 공손히 허리를 숙였다. 하지만 그들은 눈길조차 주지 않았다. 천상의 무리들이 조용해지자 칼을 든 천사가 우렁찬 목소리로 입을 열었다.

「최고 심판관님들께 묻습니다. 오늘이 재판을 하고 심판을 내리는 그날이 맞습니까?」

기다란 코트를 입은 세 남자가 이구동성으로 대답했다.

「우리 최고 법정의 심판관들은 심판의 시간이 되었음을 선포한다.」

칼을 든 천사가 고개를 들어 눈부신 하늘나라의 천장을 올려다보았다.

「전지전능하신 최고 심판관님들!」 천사가 외쳤다. 「이 재판은 적법한 절차에 따라 이루어진 것이 맞습니까?」

높은 곳에서 최고 심판관의 목소리가 우렁차게 울렸다. 마치 폭풍이 떡갈나무 숲을 휩쓸고 지나가는 것 같은 소리였다.

「재판은 적법한 절차에 따라 이루어졌노라. 이 재판에 이의가 있는 자는 말해 보거라!」

스웨덴 기사의 주위를 둘러싼 천상의 무리들 사이에서 잠시 속닥속닥, 수군수군 하는 소리가 퍼져 나갔지만 금세 다시 조용해졌다. 스웨덴 기사는 갑자기 분노가 치솟았다. 〈대체 내가 여기 왜 온 거지?〉 그는 애써 당혹감을 억누르고 자신의 파란색 군복을 여미며 혹시 몰래 빠져나갈 길이 있을까 싶어 주위를 둘러봤다. 하지만 모든 이의 시선이 그를 향하고 있다는 것을 알고 포기했다. 이윽고 칼을 든 천사가 침묵을 깨뜨렸다.

「나는 저자를 고소합니다.」 천사가 말했다. 「저자는 수년 동안 도둑질을 했습니다. 농부들의 광에서 빵, 소시지, 계란, 기름 등을 닥치는 대로 훔쳤습니다. 그리하여 나는 저자를 절도죄로 이 재판정에 한 번, 두 번, 세 번 기소합니다.」

「그것 말고 다른 죄는 없느냐?」 성 요하네스의 오른쪽에 앉은 긴 코트를 입은 남자가 물었다. 「지상에서는 정직한 방법으로 빵 한 조각, 계란 하나, 약간의 기름조차 얻기가 매우 힘들다.」

「저자는 가진 게 몸뚱어리 하나뿐일 만큼 가난했습니다.」 성 요하네스의 왼쪽에 있는 남자가 말했다.

하늘을 관장하는 성 요하네스가 홀쭉하고 엄격한 얼굴을 들며 말했다.

「부자들은 모두 부당한 방법으로 부를 쌓느라 여념이 없는데, 삼베옷 하나 걸치고 도둑이 되었다고 누가 이 남자를 비난할 수 있겠느냐.」

「저자는 죄가 없으니, 조용히 풀어 주도록 하라.」 높은 곳에서 심판관이 말했다. 목소리가 마치 하프 소리처럼 부드러웠다.

「주를 찬미하라!」 스웨덴 기사가 재빨리 이마에서 땀을 훔치며 중얼거렸다. 「주의 성스러운 이름에 영광과 찬미를 바치옵니다.」

그의 주위에서, 높은 곳에서 커다란 합창이 울려 퍼지기 시작했다.

「주를 찬미하라! 주의 성스러운 이름에 영광과 찬미를!」

하지만 칼을 든 천사는 얼굴을 찌푸린 채 자리에서 꼼짝도 하지 않았다. 그는 재판정에 앉은 세 명의 심판관을 올려다보았다. 그리고 주위가 조용해질 때까지 기다려 입을 열었다.

「저자가 저지른 죄는 그것만이 아닙니다.」 천사가 말했다. 「나는 저자를 다시 고발합니다. 그는 1년 동안 성물을 훔친 도둑입니다. 그는 교회를 돌아다니면서 은으로 된 식기와 향로와 대접과 주전자, 금으로 된 장식품과 보석 들을 훔쳤습니다. 그리고 지금 그 돈으로 안락한 삶을 꿈꾸고 있습니다. 이제 나는 저자를 성물 절도죄로 고발하는 바입니다. 한 번, 두 번, 세 번.」

「맞습니다. 저는 성물을 훔쳤습니다. 하지만 부디 자비를 베풀어 주십시오!」 스웨덴 기사가 성 요하네스를 경외하는 눈빛으로 쳐다보며 신음을 토하듯 말했다. 「주여, 자비를 베풀어 주소서!」 그의 주위를 둘러싼 천상의 합창단이 노래했다. 성 요하네스의 배석 심판관 하나가 그의 말을 받아서 말했다.

「금과 은은 지상에서 나쁜 무기이자 끔찍한 장비입니다. 그것이 우리에게 무슨 소용이겠습니까? 그것은 우리 것이 아닙니다.」

「그것은 우리 것이 아닙니다.」 두 번째 배석 심판관도 똑같이 말했다. 「그것은 인간의 헛되고 어리석은 욕망의 대상일 뿐입니다. 하늘나라에서는 성모송을 겸손하게 한 번 외치는 것이 반짝이는 금보다 더 유용합니다.」

「그것은 우리의 것이 아니다.」 성 요하네스가 세 번째로 판결을 내리고는 고개를 들어 하늘을 올려다보았다. 「주께서 우리와 함께 지상에 내려가셨을 땐 금은을 지니지 않으셨다. 허니 금은이 지금 무슨 의미가 있겠느냐?」

환한 빛이 비치는 높은 곳에서 최고 심판관의 목소리가 울렸다.

「그를 풀어 주도록 하라. 그는 죄가 없다.」

「왜 나는 그걸 몰랐을까?」 스웨덴 기사가 안도의 한숨을 내쉬며 혼잣말로 중얼거렸다. 그를 둘러싼 천상의 무리가 하늘을 향해 〈주를 찬미합시다!〉라며 힘찬 함성을 질렀다. 「나는 정말 하늘나라에서 죄를 지은 가난한 사람들에게 이토록 관대한 처분을 내리는지 꿈에도 몰랐어. 저기 칼을 든 천사는 이 재판에서 백전백패할 게 분명해. 내가 저 천사의 입장이 아니라서 천만다행이야. 그런데 그는 왜 자리를 뜨지 않는 거지? 심판은 벌써 끝났는데. 대체 여기서 뭘 더 원하는 거지?」

「아직 심판은 끝나지 않았습니다.」 칼을 든 천사가 불쑥 입을 열었다. 「최고 심판관님들께 말씀드립니다. 혼잣말을 중얼거리는 저자는 마음속에 악의를 품은 적이 있습니다. 그는 곤경에 빠진 친구 스웨덴 귀족을 악의적인 거짓말로 속인

심성이 아주 고약한 자입니다. 그에게 화가 미칠지어다. 다시 한번 그에게 화가 미칠 지어다. 한 번, 두 번, 세 번!」

천사가 소리 높여 그를 고발한 후 다시 긴 침묵이 찾아왔다. 최고 심판관들 가운데 첫 번째 심판관이 슬프고 당혹스런 목소리로 말했다.

「그것은 신중하게 고민해야 할 중죄이다.」

「저자가 곤경에 빠진 친구를 어떻게 배신했느냐?」 두 번째 심판관이 물었다. 「그의 영혼 속에서 신의 불빛이 꺼졌던 것이냐?」

성 요하네스가 고개를 저었다.

「이야기가 길어질 것 같구나. 그것은 진실이 아닐 수도 있다.」 그렇게 말한 뒤 성 요하네스가 자리에서 일어나 천사에게 물었다.

「고소인! 네 말을 입증할 증인들이 있느냐?」

「맞아요, 당신의 말을 입증할 증인들은 어디에 있습니까?」 스웨덴 기사가 한 가닥 희망을 품고서 작은 목소리로 반박했다. 그의 마음속에서 공포와 뻔뻔함이 서로 다투었다. 「제 눈에는 아무도 안 보이는데, 고소인의 말을 입증할 증인들은 대체 어디 있나요?」

「증인들은 이미 준비됐다. 그들은 심문을 기다리고 있다.」 칼을 든 천사가 대답했다. 「증인이 하나가 아니니, 그들이 들어올 수 있도록 자리를 내주도록 하라.」

천사가 손짓하자 천상의 무리가 뒤로 물러서며 원을 넓혔다. 이어서 천사가 깊은 심연을 향해 크게 외쳤다.

황무지, 목초지, 갈대, 모래,
오솔길, 큰길, 경작지,
바람, 눈, 덤불숲, 늪지,
불, 물, 울타리, 대문,
길가의 돌과 집 안의 불빛이여!
너희들 모두 앞으로 나와 진실을 말하라!

깊은 심연에서 목소리 없는 목격자들이 차례로 올라왔다. 지상의 삼라만상이었다. 그들은 굉음을 울리고, 삐거덕거리고, 바스락대고, 쇳소리를 내고, 윙윙거리며 가까이 다가왔다. 천상의 심판관들은 그들이 하는 말을 알아들었다. 이윽고 그 모든 소리를 압도하는 성 요하네스의 목소리가 들렸다.

「목격자들은 심문을 받고 자신들이 보고 들은 것을 진술했다. 저자는 신성 모독 행위를 저지른 것이 맞다.」

「저자는 유죄다.」 높은 곳에서 천둥처럼 우렁찬 소리로 선고가 내려졌다. 「저자에게 아래와 같이 선고한다. 그는 살아 있는 동안 자신이 지은 죄의 무게를 혼자서 감당해야 한다. 그는 그 죄악들을 공기와 땅 이외의 어느 누구에게도 들키거나 고백해서는 안 된다.」

스웨덴 기사는 공포와 전율에 휩싸였다. 절망이 밀려왔다. 주먹으로 양쪽 관자놀이를 꾹 눌렀다. 이 모든 상황이 경악스러웠다. 그를 둘러싼 천상의 무리가 슬픔의 눈물을 흘렸다. 칼을 든 천사까지도 그를 불쌍히 여기며 높은 곳을 향해 외쳤다.

「전지전능하신 심판관이시여! 이것은 너무나도 심한 벌입니다. 그는 이제 더 이상 신의 가호를 입지 못하는 것입니까?」

「저자는 사면받을 수 없다.」 높은 곳에서 다시 천둥처럼 우렁찬 심판관의 목소리가 울렸다.「이제 나는 저자를 네게 맡기겠다. 명하노니, 네 명예를 걸고 저자에 대한 판결을 집행하도록 하라.」

칼을 든 천사가 고개를 숙여 명령에 복종했다.

「그럼 이제 그만 저자를 데려가도록 하겠습니다.」 천사가 말했다.「그를 지상의 풀밭으로 데려가…….」

*

스웨덴 기사는 기지개를 켜며 자리에서 일어섰다. 그리고 똑바로 서서 눈을 비빈 뒤 나무에 묶인 말을 풀었다.

「꿈을 꾼 게 아니라면, 이제 더 이상 신의 이글거리는 분노를 두려워할 필요가 없어.」 말을 타고 언덕을 내려가며 그는 스스로에게 말했다.「신이 원하는 건 내 예전 모습을 숨기라는 거잖아. 그거야말로 제일 바라던 바야. 과거에 내가 어떤 사람이었는지, 무슨 죄를 저질렀는지 말하는 건 정말 바보 같은 짓이야. 최고 법정이라고? 말도 안 돼. 심판의 날에는 수많은 트럼펫이 동시에 울려서 귀가 먹먹해진다고 하던데, 어째서 작은 백파이프 소리조차 듣지 못했을까? 방금 전에 본 건 꿈속의 환상이야.」

스웨덴 기사는 꿈속에서 과거의 삶에 대해 침묵하라는 말을 듣고 그토록 놀란 것이 도리어 이상하고 이해되지 않았다. 꿈에서 깬 지금도 마찬가지였다. 하지만 더 이상 그 문제를 고민하지는 않았다. 마음을 짓누르는 다른 일이 생겼기 때문이다.

말을 타고 달려가면서 보니, 길 양편 경작지에서 누렇게 익은 옥수수와 밀 이삭 들이 고개를 숙이고 있었다. 땅에 거름도 잘 주고 날씨도 좋고 파종도 적기에 했다는 뜻이다. 밭에서 일꾼들이 열심히 일하고 있었다. 앞 사람이 낫으로 이삭을 베면서 나아가면, 뒤따라오는 사람이 그걸 다발로 묶고, 가장 뒤의 사람이 수확한 곡물을 수레로 날랐다.

「이 땅의 영주는 아랫사람들을 아주 잘 부리는군.」 스웨덴 기사가 혼잣말을 했다. 그 사실을 깨닫자 왠지 마음이 아팠다. 「상황이 예전과는 달라졌어. 내가 너무 늦은 거야. 아가씨는 벌써 결혼했겠지. 새로운 영주는 농장을 어떻게 관리해야 하는지 잘 아는 사람이군. 내 기회는 행운의 주사위를 던져 보기도 전에 벌써 날아갔어.」

하지만 계속 가다 보니 상황이 달라졌다. 초가지붕들이 있는 마을과 단풍나무 너머 슬레이트 지붕의 저택이 보이는 곳의 경작지 상태는 예전과 같았다. 밀밭과 옥수수밭에 잡초가 무성했다. 참새귀리, 살갈퀴, 쥐손이풀, 꼭두서니 같은 잡초들이 곡식들 사이에 빽빽했다. 또 이삭이 달렸어야 할 곳에 열매 대신 시커먼 가루만 남아 있었다. 파종을 제때 하지 않고 거름도 제대로 주지 않아서 곡식이 잘 여물지 못했다는 뜻이다.

스웨덴 기사는 말안장 위에서 자세를 바로잡고 박차를 가하며 힘껏 말을 달렸다.

〈아니었어!〉 그는 마음속으로 환호했다. 〈아가씨는 결혼하지 않았어. 장원에 새 주인은 없어. 돈이 다 떨어져서 그나마 남아 있던 경작지와 목초지를 이웃 사람들한테 팔아 버린 거야. 이제 남은 건 저택 주변의 땅뿐이야. 하늘이시여, 감사합니다. 다행히도 아직 늦지 않았어.〉

*

스웨덴 기사의 심장은 이제 곧 아가씨를 볼 수 있다는 생각에 야생마처럼 펄떡펄떡 뛰었다. 그는 정원에서 그녀를 기다렸다. 앙증맞은 빨간 모로코산 가죽신을 신고 자갈길을 달려오는 아가씨의 모습이 보이자 머리가 새하얘졌다. 그동안 열심히 연습했던 기사다운 정중한 인사말이 하나도 떠오르지 않았다. 그가 오래도록 꿈꿔 온 일이 현실이 되는 순간이었다. 지금 이 순간에 운명이 결정된다는 것 말고는 아무 생각도 할 수 없었다. 가장 처음 떠오른 생각은 어쩌면 그녀가 자신을 알아볼지도 모른다는 것이었다. 그 순간 두려움이 몰려오면서 온몸에 전율이 흘렀다. 〈불쌍해라. 너는 어디서 왔지?〉 예전에 그녀가 했던 말이 귓전에서 생생하게 맴돌았다. 〈어서 아래층 부엌으로 내려가 하녀에게 빵 부스러기를 넣은 수프를 한 그릇 달라고 해라.〉 그는 모자를 겨드랑이에 끼고서 가진 용기를 전부 끌어모아 아가씨를 향해 걸어갔다. 그리고 허리를 숙여 인사한 뒤 그 자리에 섰다. 이제 말을 해야 할 차례였지만 입이 떨어지지 않았다. 먼저 입을 연 것은 그녀였다.

「기다리게 해서 죄송해요. 낯선 기사가 저를 만나러 왔다는 전갈을 이제야 전해 들었답니다. 자꾸 꽃밭을 망치는 닭들을 쫓아내느라 밖에 있었거든요.」

맞다. 그를 교수대로부터 구해 준 바로 그 목소리였다. 스웨덴 기사는 마치 마법에 걸린 사람처럼 그 자리에 서서 넋을 잃고 그녀를 쳐다보았다. 그녀는 여전히 태양처럼 환하게 빛났고, 세상 모두가 질투할 만큼 아름다웠다.

그녀가 말을 이었다.

「신사분이 직접 자신을 소개하는 건 관례에 어긋나기는 하죠. *Mais je ne tiens pas à l'étiquette, monsieur*(하지만 저는 관례 같은 건 신경 쓰지 않아요).」

「다시 한번 말씀해 주시겠습니까, *mademoiselle*(아가씨)?」 스웨덴 기사가 곧바로 정신을 차리고 정중하게 말했다. 「저는 프랑스어를 아주 조금밖에 모릅니다. 어린 시절에 좋은 가정 교사를 못 만났거든요. 그래서 프랑스 말은 귀에 들어오자마자 곧장 빠져나간답니다.」

그녀는 앞에 선 귀족이 기사의 자존심을 내세우지 않고 프랑스어 실력이 그리 좋지 않다는 사실을 솔직하게 고백해서 조금 놀랐다.

「당신은 장교인가요?」 그녀가 물었다.

「그렇습니다. 저는 신과 모든 선한 사람을 위해 봉사하는 스웨덴 왕실의 장교입니다.」 스웨덴 기사가 자신의 검을 두드리며 말했다.

「그럼 먼 곳에서 오셨겠군요?」

「스웨덴 왕이 이끄는 군대에 있었습니다. 몇몇 전투에 참가했지만 자랑할 만한 전적은 없습니다. 지금 제대하고 오는 길입니다.」

「무슨 일로 이곳까지 오셨나요?」 낯선 장교가 방문한 목적을 도무지 이해할 수 없었는지 그녀가 의아한 표정으로 물었다.

「저도 모르게 발길이 이쪽으로 향하더군요. 그래서 주인 아가씨께 꼭 인사를 전하고 싶었습니다.」 스웨덴 기사가 말했다.

「정말 *reconnaissante*(고마운 말씀이네요).」 그녀가 당혹해하며 자신의 빨간 신발을 내려다보았다.

한동안 두 사람 사이에 정적이 흘렀다. 서로 무슨 말을 해야 할지 몰랐기 때문이다. 그녀는 가슴에 달린 애꿎은 리본만 잡아당겼다. 정원에서 만향옥과 정향과 재스민 향기가 바람에 실려 왔다. 멀리 우물에서 들려오는 삐거덕 소리 말고는 아주 조용했다.

「이 장원에 들른 것은 처음이 아닙니다.」 드디어 스웨덴 기사가 떨리는 목소리로 입을 열었다.

「아, 그러시군요.」 그녀가 잠시 생각에 잠겼다가 말했다. 「제 아버지가 살아 계셨을 때 오셨나 보네요. 그때는 집에 날마다 손님들이 찾아오셨거든요. 그중에는 장교도 많았고요. 지금은 살림이 좀 단출해졌어요.」

「아버지께서 세상을 뜨셨다는 소식을 듣고 마음이 몹시 아팠습니다.」 스웨덴 기사가 말했다. 「저는 종종 그분을 생각했습니다. 제 대부셨거든요.」

「장교님의 대부셨다고요? 제 아버지가요?」 그녀가 깜짝 놀라 소리쳤다.

「네, 저는 아가씨가 직접 선물하신 작은 반지도 가지고 있습니다. 아주 소중하게 간직하고 있지요.」 스웨덴 기사가 말을 이었다.

그녀는 얼굴이 백짓장처럼 창백해지더니 가슴을 부여잡고 호흡을 가다듬었다.

그다음 거의 들리지도 않을 만큼 작은 소리로 물었다.

「제발 부탁입니다. 당신의 이름을 말씀해 주시겠어요?」

「아가씨가 제 얼굴을 알아보길 바랐습니다.」 스웨덴 기사가 목구멍까지 차오르는 공포심을 애써 억누르며 더듬더듬 작은 소리로 말했다. 「혹시 우리가 썰매 마차를 타고 언덕을 내려오다가 갑자기 말고삐가 풀리는 바람에 썰매가 뒤집어졌던 일을 기억하신다면, 제가 누군지…….」

그 순간 비명 소리가 공기를 갈랐다. 그녀는 온몸을 부들부들 떨고 흐느끼면서 스웨덴 기사의 가슴으로 뛰어들었다.

「크리스티안!」

「맞아, 크리스티안이야.」 스웨덴 기사가 말했다. 이 순간 그는 정말로 크리스티안 폰 토르네펠트였다. 그가 직접 주교의 지옥으로 보내 버린 그 귀족. 그가 아주 부드러운 손길로 그녀의 머리를 쓰다듬었다. 그러고는 딱 한 번 들었던 이름, 하지만 단 한 번도 입 밖으로 꺼내 본 적이 없는 그 이름을 불렀다. 「마리아 아그네타.」 그가 자신의 이름을 부르자, 그녀는 행복한 눈물을 쏟으며 그의 얼굴을 바라보았다.

*

두 사람은 다정하게 손을 붙잡고 걸어가며 옛날이야기를 주고받았다. 〈아직 그거 기억하네〉 내지는 〈그거 알고 있었어?〉 같은 말이 오갔다. 스웨덴 기사는 마치 온 세상을 품에 안은 것 같았다. 황량한 가시덤불 같던 과거에서 빠져나와, 드디어 햇볕이 따스하게 내리쬐어 꽃이 만발한 초원으로 들어온 기분이었다.

이끼로 뒤덮인 벤치에 이르렀을 때 그가 걸음을 멈췄다. 사암으로 만든 요정 조각상이 수줍고 우울한 미소를 지으며 벤치를 내려다보고 있었다. 벤치 옆 풀밭에는 숫염소의 발을 가진 목양신 조각상이 부서진 채 쓰러져 있었다. 그 파편들을 바라보며 스웨덴 기사가 생각에 잠겼다. 그러자 마리아 아그네타가 그의 어깨에 머리를 기대더니 붙잡은 손에 더 힘을 주었다.

「맞아.」 그녀가 속삭였다. 「이 자리에 원래 이교도 신의 작은 조각상이 있었다는 걸 기억하는구나.」

「그래.」 원래 여기 뭐가 있었는지 알지도 못하면서 스웨덴 기사가 말했다. 그는 불안한 눈길로 풀밭에 쓰러진 뿔 달린 목양신의 머리에서 시작해 벤치를 거쳐 요정의 조각상까지 천천히 훑어보았다.

「우리가 심장 속에서 사랑의 불씨를 영원히 꺼뜨리지 않겠다고 서로에게 맹세한 바로 그곳이야.」 마리아 아그네타가 말했다. 「그때 크리스티안 너는 이렇게 말했어. 〈내가 신을 잊지 않듯이 절대 너를 잊지 않을 거야〉라고.」

「맞아. 그렇게 말했어.」 스웨덴 기사가 확고한 목소리로 말했다.

「아버지가 돌아가신 후 힘든 나날이 계속됐을 때 나한테는 그 말이 유일한 위안이자 희망이었어.」 그녀가 다시 걸음을 내딛으며 말했다. 「이렇게 너를 내게 돌려보내 주신 신께 두 손 모아 감사의 기도를 올려야겠어. 정말 나를 너무 오랫동안 기다리게 했어, 크리스티안.」

「힘든 일들이 많았어.」 스웨덴 기사가 말했다. 「먼지가 풀풀 날리는 시골길을 터벅터벅 걸었고, 눈비를 맞으며 수많은 울타리도 통과했어. 하지만 이제 그런 일은 다 끝났지.」

「네가 조금만 더 늦었으면 여기서 날 만나지 못했을지도 몰라.」 그녀가 말했다. 「조만간 이 집을 떠나 세상 어딘가에서 빨래를 하고 아이들을 보살피면서 살아야 하거든.」

「빨래를 하고 아이들을 보살핀다고? 귀족 가문의 아가씨가?」 스웨덴 기사가 깜짝 놀라며 물었다.

「맞아. 그 일이 아니면 또 다른 허드렛일을 해야겠지. 나는 더 이상 이 저택에 머물 수 없어.」

「왜?」 그가 캐물었다. 「왜 여기 머물 수 없는데?」

「빈털터리거든. 돈이 한 푼도 없어.」 그녀가 대답했다. 「모든 건 나의 대부인 폰 잘차 씨 소유야. 이 집은 물론이고, 내가 누워 자는 침대까지도. 그는 차용증을 빌미로 나한테 결혼을 강요하고 있어. 그런데 크리스티안! 네 얼굴의 주근깨는 다 어디로 갔어? 내가 왜 너를 첫눈에 알아보지 못했는지 이제야 알겠어.」

「폰 잘차라는 남자는 나도 알아.」 그가 재빨리 화제를 돌렸다. 양 갈래 턱수염을 기른 남자의 얼굴이 눈앞에 떠올랐다가 사라졌다. 「혹시 그 남자와 결혼할 생각은 아니지?」

「크리스티안, 어떻게 그런 말을 할 수 있어!」 그녀가 약간 비난하듯 말했다. 「그 사람과 함께 백조 솜털로 만든 이불을 덮느니, 차라리 농부의 하녀가 되어 볏짚 위에서 잠을 자겠어.」

「오, 나의 사랑이자 나의 벗이여!」 스웨덴 기사가 기쁨의 환호성을 지르며 두 손으로 그녀의 손을 맞잡았다. 「그 남자 걱정은 하지도 마. 차용증 문제도 전부 내가 해결할게. 다 갚아 줄 테니까 차용증을 가지고 오라고 해. 빚이 전부 얼마나 되지?」

「나도 몰라.」 그녀가 대답했다. 「집사가 장부에 기록해 놨어. 집사 말로는 논밭과 목초지와 양어장을 팔아야 한다고 했어. 어쩌다 일이 그 지경까지 됐는지 모르겠지만, 아무튼 집에는 돈이 다 떨어졌어.」

「당연히 그랬겠지!」 그가 크게 웃음을 터뜨리자 그녀가 움찔하며 놀랐다. 「이 농장에 성실한 일꾼이 단 한 명도 없다는 거 알아? 이 저택의 집사와 서기, 양치기 들은 전부 교수형에 처해야 마땅한 도둑들이야. 하인들 역시 전혀 통제가 안 되고 제멋대로인 데다 모두 제 욕심을 채우느라 혈안이 돼 있다는 거, 알고 있었어?」

「그걸 어떻게 아는 거야, 크리스티안?」 마리아 아그네타가 물었다.

「여기 오는 길에 경작지를 둘러봤는데 정말 참담했어.」 스웨덴 기사가 말했다. 「사실 나는 네가 아직 잠든 이른 새벽에 여기 도착했어. 그때 많은 것을 봤지. 소 네 마리를 키우는 서기는 네 목초지에서 생산된 건초를 제 소에게 먹인다는 거 알아? 마구간과 외양간에서 일하는 하인들은 점심에 오믈렛과 구운 베이컨을 먹고 버터 우유까지 마시더군. 원래 하인들은 수프와 완두콩, 순무 같은 채소를 먹어야 하는데 말이야. 또 건초를 베러 나가는 일꾼들은 치즈 한 덩어리와 계란 한 꾸러미와 오리고기를 가지고 나가서 건넛마을에 팔았어. 이 집 살림을 관장해야 할 집사는 그 모든 걸 알면서도 못 본 척하는 게 분명해. 하인들도 그의 절도 행위를 아니까 서로 눈감아주는 거지. 너는 그런 녀석한테 이 집의 살림을 전부 맡기고 엄청난 월급까지 주고 있는 거야.」

「전혀 몰랐어.」 그녀가 기죽은 목소리로 말했다. 「후견인 폰 치른하우스 씨가 어린 시절부터 잘 아는 사람이라면서 추천했거든. 아주 정직하다고 소개했어.」

「*Sans doute*(물론 그렇겠지).」 스웨덴 기사가 비아냥거리며 말했다. 「요람에 누워 있을 때는 누구나 정직해. 하지만 그 이후로는 전혀 아니었지. 그게 다가 아니야. 곡물 창고와 외양간에는 지붕에 구멍이 숭숭 뚫려 있어. 거기로 비가 새는 바람에 사료들이 전부 썩어 버렸고. 그걸 먹은 가축들은 병에 걸릴 수밖에 없어. 게다가 지금은 한창 기장을 파종해야 할 시기야. 채소도 심고 풀을 베서 건초도 만들어야 하고. 그런데 이 농장에서는 그런 게 전혀 이루어지지 않고 있어. 그것도 알고 있었어?」

「네가 사람들한테 지시해 줘, 크리스티안.」 그녀가 부탁했다. 「사람들한테 말해서 기강을 바로잡아 줘.」

하지만 그는 그녀의 제안을 거절한다는 듯 손사래를 쳤다. 「말로 해봤자 아무 소용없어. 오히려 말하는 사람의 입만 아플 뿐이야. 하인들이 순순히 말을 듣게 만드는 방법은 매질뿐이야. 스페인산 회초리로 이 집의 기강을 바로잡을게. 네 이놈! 너는 윗사람한테 제대로 인사하는 법도 안 배웠느냐?」

두 사람 옆을 그냥 지나치려 했던 하인이 낯선 기사의 호통에 화들짝 놀라, 기름기가 잔뜩 밴 두건을 벗고 격식을 차려 인사했다.

「가서 집사를 데려오너라!」 스웨덴 기사가 지시했다. 「그자를 찾거든, 자비로우신 주인 아가씨께서 장부를 가지고 내게 와서 거기 기록된 내용을 일일이 맞춰 보라는 지시를 내리셨다고 전해라. 저택 식당에서 기다리라고 해.」

그로부터 두 시간 뒤 스웨덴 기사가 다시 정원에 나타났다. 마리아 아그네타가 그를 보고 달려왔다.

「내 평생 이렇게 힘들었던 적은 처음이야.」 스웨덴 기사가 손등으로 이마의 땀을 훔치며 말했다. 「이런 일을 다시 한번 하느니, 차라리 말을 타고 비바람을 맞으며 울퉁불퉁한 자갈길을 달리는 쪽을 택하겠어. 집사는 장부 곳곳을 잉크로 시커멓게 지운 채 가져왔어. 아마 신성 로마 제국 치즈 상인들의 2년 치 거래 정도는 될 거야. 집사의 기록에는 그자가 네 양털 5분의 1과 매일 생산되는 우유 4분의 1을 빼돌렸다는 내용이 전혀 없어. 하지만 끝까지 몰아붙여서 결국 자백을 받아 냈지. 그자는 이미 떠났어.」

「잘했어. 네 생각이 옳아.」 마리아 아그네타가 말했다.

「빚을 다 갚고도 돈이 얼마쯤 남아.」 그가 말을 이었다. 「교회 헌금과 우리 결혼식 비용, 악사의 연주비, 음악가들 초청 비용, 네 웨딩드레스 비용, 이웃 사람들한테 아침 수프를 대접할 비용은 걱정 안 해도 돼. 물론 그전에 네 소원과 내 소원이 일치한다는 것을 확인해야겠지만.」

「크리스티안!」 그녀가 달콤한 목소리로 말했다. 「나는 이런 순간이 오기를 꿈꾸면서 오랫동안 너를 기다렸어. 이제 때가 됐어. 나는 기쁘게 너한테 갈게. 너를 사랑했어. 평생 동안 오직 너만을 사랑했어.」

「오직 나만을.」 스웨덴 기사가 그 말을 반복하며 고개를 숙였다. 생각하지 않으려 했지만 문득 그 사람의 얼굴이 떠올랐다. 사랑 때문에 그가 이름과 자유와 명예를 빼앗은 패배자의 얼굴이.

그가 다시 말을 이었다.

「이 세상 어디에도 나보다 더 너를 사랑하는 사람은 없어. 그건 진실이야. 그래서 신이 나를 도와주시는 거야.」

「나도 알아, 크리스티안.」 마리아 아그네타가 미소를 지으면서 말했다.

「하지만 내 사랑하는 신부에게 꼭 해야 할 말이 있어.」 스웨덴 기사가 말했다. 「이제부터 나는 아주 열심히 일해야 돼. 그리고 우린 한동안 하인들과 똑같이 검은 빵을 먹어야 해.」

「너와 함께라면 검은 빵을 먹어도 맛있을 거야, 크리스티안!」 마리아 아그네타가 말했다. 「나에게 이토록 큰 행운을 가져다준 신께 감사드려야겠어.」

*

출산을 두 달쯤 앞둔 어느 날, 마리아 아그네타는 한밤중에 잠에서 깼다. 그런데 도무지 다시 잠이 오지 않았다. 배 속에서 태동이 느껴졌다. 딸이 태어나면 이름을 마리아 크리스티네라고 짓기로 했다. 그녀는 딸을 원했다. 마리아 아그네타는 꿈속에서 딸아이가 하얀 호박단 원피스를 입고 검은색과 흰색의 작은 보닛을 쓰고 뛰어다니는 모습을 수없이 보았다. 아이가 치맛단에 발이 걸려 비틀거리면 하인들이 웃음을 터뜨리면서 서로 경쟁하듯 도우러 나섰다. 심지어 농장의 거위와 염소 들까지 따라 웃었다. 자리에 누워 눈을 감고 딸아이의 모습을 떠올리자 입가에 저절로 미소가 지어졌다. 문득 지난 세월이 떠올랐다. 1년 전만 해도 그녀의 집에는 돈이 씨가 말라 침대보와 이불조차 살 수 없었다. 하지만 지금은 모든 것이 정상으로 돌아왔다. 집에 남자 주인이 생겼기 때문이다. 그녀는 자신의 행복이 탄탄한 토대 위에 있다고 느꼈고, 이 모든 것을 허락하신 신께 감사드렸다. 그녀는 남편을 몹시 사랑했다. 그가 들판에 나가면 그녀는 그가 귀가할 때를 초조하게 기다렸다. 일을 끝내고 돌아오는 그의 발걸음 소리가 들리면 남편을 만난다는 기대감으로 피가 더욱 빨리 돌기 시작했다. 남편은 지금 그녀의 옆에 누워서 자고 있었다. 몸을 살짝 일으켜 귀를 기울이니 남편의 고른 숨소리가 들렸다. 가끔 그는 악몽을 꿨다. 그럴 때 남편은 신음을 토하고 팔을 마구 휘저으며 비명을 질렀다. 아마 꿈속에서 스웨덴 왕을 위해 전투를 벌이는 중이리라.

마을 사람들과 이웃 귀족들은 그를 〈스웨덴 기사〉라고 불렀다. 아침에 눈을 떠서 저녁에 잠들 때까지 처음 이 저택에 올 때 입고 있던 파란색 스웨덴 군복 차림이었기 때문이다. 밝은 곳에 가기를 꺼리는 그를 조롱하는 사람들도 있었다. 양지에 나가면 낡은 군복에 천을 덧대고 기운 흔적이 보였기 때문이다. 그는 이제 곧 태어날 아기의 세례식을 위해 저축해야 한다며 극도의 절약 생활을 이어 갔다. 하지만 그녀는 남편을 위해 장날 폴란드에서 라이프치히로 물건을 팔러 온 어느 유대인에게 0.5휠던을 주고 은밀히 벨벳 천 한 필을 사 놓았다. 사람들한테 새 옷을 입은 남편의 모습을 보여 주고 싶었기 때문이다. 하지만 남편에게 그 이야기를 꺼내기가 두려웠다. 언젠가 귀족은 신분에 어울리는 옷차림을 해야 한다고 그녀가 말하자 그가 면박을 주었기 때문이다. 「요즘은 목수들과 술 제조업자들이 벨벳과 비단옷을 입고 허세를 부리는 반면에 진짜 귀족은 오히려 삼베 작업복을 입어.」

마을 사람들은 스웨덴 귀족을 두고 이렇게 수군거렸다. 「그 사람은 정말 귀족이 맞는 거야? 그가 소나 말, 양 새끼를 팔 때 보면, 세상에 그보다 흥정을 더 잘하는 사람이 없어. 단돈 1크로이처를 두고 평민들과 실랑이를 벌이지 않나, 대체 귀족의 명예는 어디다 팔아먹은 걸까?」 그런 이야기가 귀에 들어오면 그는 그저 피식 웃었다. 「그까짓 귀족의 명예가 무슨 소용인데? 명예가 소와 돼지의 사료 값을 대주지는 않아.」

이런 면면들이 있다고 해도 그는 흠잡을 데 없이 훌륭한 장교이자 귀족이었다. 그리고 아내에게 날마다 새롭게 사랑을 맹세하는 사랑꾼이었다. 그녀는 남편에게 온갖 달콤한 애칭으로 불리는 것이 좋았다. 〈나의 영혼〉, 〈나의 작은 천사〉, 〈내 최고의 보물〉 등이 그녀의 애칭이었다. 그는 사랑꾼의 면모만 탁월한 게 아니라, 식구들이 풍족하게 살 수 있도록 일도 열심히 했다. 심지어 사랑하는 아내와 느긋하게 점심을 먹는 시간조차 줄이고 하인들과 귀리 수프 한 사발로 끼니를 때울 때도 많았다. 낮에 둘러볼 곳이 많았기 때문이다. 그는 늘 이런 말을 입버릇처럼 했다. 「장원의 주인은 들판에서 익어 가는 벼 이삭 하나하나는 물론이고, 목재 하치장 바닥에 대팻밥이 얼마나 떨어지는지도 일일이 확인해야 해.」

마리아 아그네타는 남편을 제대로 도와서 일을 덜어 주고 싶었다. 하지만 그가 가르쳐 준 일들을 모두 기억하기란 쉽지 않았다. 하루에 집에서 땔감으로 쓰이는 장작이나 나뭇가지의 양은 알았다. 일요일 식사 때 반주로 곁들이는 맥주가 얼마나 필요한지도 알았다. 하인들에게 언제 고기를 먹여야 하는지, 언제 기장과 우유 수프와 고기 경단을 먹여야 하는지도 알았다. 고기 경단은 호밀 절반에 보릿가루 절반을 섞어 만들어야 한다는 것도 알았다. 그 외에도 그녀는 많은 것들을 알았지만, 언젠가 남편 크리스티안이 말했던 것처럼 정말 시간이 손가락 사이로 빠져나가는 것만 같았다.

「마을의 여관 주인에게 매달 닭 네 마리하고 달걀 60개를 공급하는 대신, 그의 아내가 우리 집에 린넨 열한 필을 짜주기로 했어. 여관 주인은 내가 어린 시절 동방 박사 3인에 관한 성극을 공연했을 때 발타자르 역할을 맡았던 사람이야. 목동 역할을 한 적도 있고, 백파이프 연주도 할 줄 알아. 목동 역을 맡았을 때는 얼굴에 칠한 검댕이 지워지지 않아서 결국 새카만 목동으로 나오는 바람에 다들 얼마나 웃었던지! 방앗간 주인은 하인 신분에서 풀어 주는 대가로 매년 돼지 네 마리를 길러 주기로 했고, 아홉 살 난 아들을 키우는 대장장이한테는 농기구를 관리해 주는 대가로 쇠 관리비 11휠던과 밀 여덟 말을 주기로 했어. 또 목초지에 있는 나무들은 전부 우리 장원의 소유라서, 방앗간 주인은 그 나무들에 대해 아무런 권리도 없어. 대부분 느릅나무와 떡갈나무인데, 크리스티안이 말하기를 떡갈나무는 아주 쓸모가 많다고 해. 훈제 햄과 소시지를 만들 때 사용할 수 있어. 또 마을 여자들이 우리 장원의 일을 거들면 하루 일당 1크로이처와 점심을 줘야 해. 암양 한 마리에서는 1과 4분의 1파운드의 양털을 얻을 수 있지만, 거세된 숫양한테서는 1과 2분의 1파운드밖에 얻을 수 없어. 내일 날이 밝는 대로 양치기한테 자기 닭을 우리 양 우리에 넣지 말라고 꼭 전해야 해. 암양 한 마리는…… 어, 그런데 달이 왜 안 보이지? 밖에 다시 안개가 끼었나? 크리스티안이 3월에 내리는 안개는 좋지 않다고 했는데. 안개 낀 날로부터 1백 일째 되는 날 우박이 내린다고 했어. 괘종시계가 한 번 울린 걸 보니 이제 1시인가 보네. 너무 늦게까지 깨어 있으면 안 좋은데. 1시면 한밤중이잖아. 사람들이 예수님을 빌라도에게 데려간 시간. 베드로는 그때 뜰에 서서 손에 불을 쬐었어. 아, 너무 춥다.」

그녀는 이불을 어깨 위로 끌어 올리고 어떻게든 잠들기를 기다렸지만 소용이 없었다. 갑자기 방에 혼자 있는 것 같은 기분이 들면서 슬픔과 공포가 밀려왔다. 문득 크리스티안이 지금 아주 먼 곳에서 커다란 곤경에 빠진 것만 같은 생각이 들었다. 주위에서 이글거리는 불꽃들과 사투를 벌이는 크리스티안의 모습이 눈앞에 어른거렸다. 도와 달라며 비명을 지르는 것 같았다. 그 소리가 어찌나 생생한지, 오히려 그녀가 공포와 절망에 사로잡혀 비명을 질렀다. 남편이 옆에서 평화롭게 자고 있다는 것을 알면서도 마치 그를 잃은 듯한 기분에 휩싸여 슬픔이 밀려왔다. 「왜 자꾸 이런 기분이 드는 거지?」 그녀가 당혹해하며 스스로에게 물었다. 「갑자기 우울증에라도 걸렸나? 대체 왜? 크리스티안은 여기 있어. 바로 내 곁에. 그는 나를 떠나지 않았어. 도와 달라고 비명을 지르지도 않았어. 그의 비명 소리를 들은 사람은 아무도 없어! 주여, 저를 용서해 주세요. 제가 하는 말은 진실이 아니에요. 그런 말을 한 것은 잘못이에요. 그건 옳지 않아요. 왜 갑자기 그런 공포가 엄습한 걸까?」

그녀는 침대에서 빠져나와 두 손을 덜덜 떨며 부싯돌로 램프 심지에 불을 붙였다. 잠자는 남편의 얼굴 위로 불빛이 가물거렸다. 크리스티안은 두 손을 얌전히 가슴 위에 포갠 채 편히 자고 있었다. 그런데도 마음속 공포가 가시지 않았다. 아무런 움직임이 없는 남편의 얼굴이 왠지 낯설게 느껴졌다. 전에 한 번도 본 적이 없는 얼굴만 같았다. 어딘가 다른 세상에서 온 사람처럼 보였다. 하지만 그 이유는 정확히 말할 수 없었다.

그녀의 온몸에 전율이 흘렀다. 급기야 눈물까지 터져 나왔다. 아무리 애를 써도 눈물을 막을 수 없었다.

「그는 떠나지 않았어.」 그녀는 마음속으로 계속 그렇게 주문을 외웠다. 「그는 내 곁에 있어. 하지만 왜 이렇게 기분이 이상하지? 신이여, 저를 용서하소서. 문득 낯선 남자가 내 곁에 누워 있는 것 같은 기분이 들었어요. 어떻게 그럴 수가 있을까요? 왜 그런 생각이 든 걸까요? 지금 남편의 얼굴을 바로보고 있는데도, 왜 자꾸 눈물이 나는 걸까요? 왜?」

그녀는 다시 한번 남편의 얼굴을 가만히 들여다보았다. 그에게서 위안과 마음의 평화를 얻고 싶었다. 하지만 들여다보고 있을수록 마음이 점점 더 무거워졌다.

문득 어떤 생각이 머리를 스치자 그녀는 화들짝 놀랐다.

그 생각이란 자고 있는 사람과 대화를 나누는 방법이었다. 예전에 하녀로 있었던 마르그레트가 가르쳐 주었다. 「그 사람 위에서 성호를 그으세요. 그다음 그 사람의 왼쪽 엄지손가락을 붙잡는 거예요. 그때부터 아가씨는 그 사람을 통제할 수 있어요. 그리고 신의 이름으로 그 사람의 이름을 부른 다음, 궁금한 걸 물어보면 돼요. 그럼 그 사람이 아가씨께 진실을 말할 거예요.」

「이건 그냥 장난이야.」 그녀가 혼잣말로 중얼거렸다. 「어리석은 나를 용서해 줘, 크리스티안. 나는 단지 내 생각이 틀렸다는 걸 확인하고 싶을 뿐이야. 너는 여기서 자고 있고, 나는 깨어 있다는 사실이 입증되기를 바라는 거야. 마르그레트는 병사들을 따라 달아나기 전까지 옛날이야기를 많이 해줬지. 박쥐의 피로 눈을 문지르면 악마가 허공에서 말을 타고 달리는 것을 볼 수 있다고도 했어. 하지만 그건 사실이 아니야. 그녀 말대로 해본 사람이 있었지만 아무것도 못 봤어. 그런데도 내가 이런 짓을 하는 건 그저 잠이 너무 안 와서야. 나를 용서해, 크리스티안. 밤이 너무 길고 마음이 싱숭생숭해서 도무지 진정이 안 돼.」

그녀는 재빨리 남편의 이마 위에 성호를 긋고 그의 왼손 엄지손가락을 붙잡았다. 그다음 숨을 멈추고 물었다.

「너는 누구야? 네가 누군지 말해 줘! 전지전능하신 하느님의 이름으로 대답해 줘!」

자고 있던 남편의 얼굴이 창백해졌다. 마치 가슴에 돌덩이라도 얹힌 것처럼 숨소리가 거칠어졌다. 그러고는 입술을 달싹거리며 뭔가 중얼거렸다. 하지만 절대 밖으로 내뱉으면 안 된다는 듯 이를 꽉 물었다. 마치 그의 마음속에서 두 사람이 싸우는 것 같았다. 한 사람은 입을 열어 고백하고 싶어 하는데, 다른 사람은 그걸 방해했다. 결국 후자가 이겼다. 자고 있는 남편의 입에서 새어 나온 것은 신음뿐이었다.

「전지전능하신 하느님의 이름으로!」 절망한 마리아 아그네타가 그렇게 외친 뒤 고개를 돌렸다. 낯선 사람의 얼굴을 더 이상 보고 싶지 않았다. 「만약 네가 내 사랑 크리스티안이 아니라면, 왜 이곳에 온 거지? 그리고 왜 나를 사랑한다고 말한 거지?」

잠시 침묵이 흘렀다. 그다음 크리스티안이 마치 꿈꾸듯 차분히 가라앉은 목소리로 천천히 대답했다.

「하느님의 이름으로, 내가 이곳에 온 이유는 너를 오래전부터 사랑했기 때문이야. 나는 널 처음 본 순간부터 사랑하지 않을 수 없었어.」

「크리스티안!」 그녀가 놀람과 기쁨을 동시에 느끼며 외쳤다. 크리스티안이 아니라면 대체 누가 이런 이야기를 할 수 있겠는가? 그녀가 다시 남편을 바라보자, 그가 눈을 뜨고 이마를 문질렀다. 그리고 여전히 잠에 취한 모습으로 자리에서 일어나 앉았다. 크리스티안은 팔을 그녀의 어깨에 올려놓았다. 그 순간 남편의 얼굴이 다시 친숙하게 느껴졌다. 꿈을 꾸다 깨어나면 꿈속의 혼란이 금세 사라지듯이, 그녀의 마음속에 가득했던 공포와 절망이 순식간에 사라졌다.

「나의 작은 천사.」 크리스티안이 그녀를 불렀다. 「눈에 눈물이 가득하네. 무슨 일 있었어?」

「아니, 아무 일도 없었어.」 그녀가 속삭이듯 말했다. 「정말 아무 일도 없어, 크리스티안. 운 건 맞는데, 나도 이유를 모르겠어. 하지만 이제 다 끝났어. 너도 알다시피 행복할 때도 간혹 눈물이 나잖아.」

「내 사랑, 이제 그만 자야지!」 크리스티안이 말했다. 「아직 날이 밝으려면 멀었어. 그러니 자야 해.」

그녀는 벌써 반쯤 잠이 들었다. 「맞아.」 피로가 온몸을 휘감았다. 그는 아내의 어깨에 둘렀던 팔을 풀어 그녀의 베개를 잘 매만져 준 뒤 램프를 껐다. 그녀는 침대에 누워 다시 한번 남편의 손을 만진 뒤 눈을 감았다.

그녀의 마음속에서 크리스티안의 어린 시절 모습이 떠오른 건 이때 한 번뿐이었다. 그날 이후로 그 모습은 그녀가 결혼한 남자의 이미지와 뒤섞여 다시는 떠오르지 않았다.

*

부활절 다음 주 수요일에 마리아 아그네타는 못 걷게 된 늙은 하녀에게 빵 1파운드를 가져다주기 위해 마을 광장을 지나다가 갑자기 산통을 느꼈다. 그녀는 곧장 집을 돌아가 출산 준비를 시작했다.

들에 일하러 나간 남편이 소식을 듣고 다급하게 저택으로 돌아오자, 사람들이 몰려와 딸이 태어났다는 이야기를 전해 주었다.

딸의 세례식에는 인근의 귀족들이 전부 말과 사륜마차를 타고 참석했다. 위흐트리츠 가문, 도브쉬츠 가문, 로트키르히스 가문, 바프론스 가문, 비브란스 가문, 보헤미아의 노스치츠 가문, 작센 대주교령의 폰 치른하우스 가문에서 온 사람들이었다.

오후가 되자 저택은 벌써 손님들로 가득했다. 귀족 부인들은 1층에 있는 방에 모여 설탕에 절인 과일과 빵을 먹으며 아쿠아비트를 마셨다. 산모 곁에는 폰 도브쉬츠의 부인 바바라가 있었다. 그녀는 매부리코를 한 노부인으로, 늘 자신의 독실한 신앙심과 종교 활동을 자랑했다. 특이한 점은 신에 대해 이야기할 때조차 하인들을 혼낼 때와 똑같은 어조로 이야기한다는 것이었다.

「나는 늘 시간에 쫓기면서 산다오, 부인.」 노부인이 불평하듯 말했다. 「일요일에는 교회에서 설교를 들어야 하고, 매주 한 번씩 속죄의 날도 가져야 해요. 성경 공부 모임에도 나가고, 주로 병자들을 대상으로 하는 자선 행사도 열지요. 또 오후에는 늘 독서를 한다오. 올해는 『에덴동산』과 『천상의 명예 화환』을 처음부터 끝까지 세 번이나 완독했다오. 빌어먹을! 우리는 이렇게 주님을 만족시키기 위해 최선을 다하는데, 주님은 자신에게 헌신하는 신도들을 아주 이상하게 대접하는 것 같아요. 나는 두 손을 맞잡고 주님께 빌었어요.」

그때 스웨덴 기사가 방으로 들어와 살그머니 침대로 다가왔다. 그리고 아내 마리아 아그네타의 갈색 곱슬머리를 감싸고 있는 흰 레이스가 달린 두건에 손을 얹은 뒤 나직한 목소리로 말했다.

「내 사랑하는 아내와 딸을 보러 왔어. 얼굴이 홀쭉해졌네. 그래도 여전히 아름다워. 화창한 여름날에 비길 만큼.」

「제발 올해는 내 류머티즘 신경통 좀 사라지게 해달라고.」 도브쉬츠 부인이 말했다. 「나는 요즘 편두통을 앓고 있어요. 부인, 편두통이 얼마나 심한지…….」

스웨덴 기사가 요람 위로 몸을 숙이고 속삭였다.

「하느님이 귀한 선물을 보내 주셨네! 작은 손으로 주먹을 움켜쥐고 자는 우리 딸은 어찌 이리 예쁠까.」

그 말을 남기고 스웨덴 기사는 방에 들어올 때처럼 조용히 방문을 닫고 나갔다.

노부인이 한숨을 내쉬더니 전지전능한 하느님을 비난했다. 「하느님이 만약 나한테 하듯이 다른 사람들을 대한다면, 아마 조만간 교회들이 텅텅 비게 될 거예요. 그런 날이 와도 하느님은 놀라서는 안 돼요.」

신사들은 커다란 식탁에 빙 둘러앉아 와인이나 로솔리오, 혹은 스페인 비터스나 단치히 브랜디 같은 다양한 술을 즐기며 담소를 나누었다. 스웨덴 기사는 슐레지엔 전체에서 가장 훌륭한 농장 경영자로 알려진 멜히오르 바프론과 함께 한쪽 구석에 있는 창문 쪽으로 다가갔다. 그곳에서 두 사람은 나쁜 토양, 목초지를 임대해 벌어들일 수 있는 수입, 초지세, 송아지 보호 등 농장 일과 관련된 온갖 주제들에 대해 기탄없이 이야기를 나눴다. 이런 시기에 돼지 사육으로 이윤을 남기는 게 얼마나 힘든 일인지도 이야기했다.

「나는 소를 키우는 데 더 많은 시간을 할애하고 있소.」 멜히오르 바프론이 말했다. 「돼지 사육은 손해를 볼 때가 많아. 돼지는 정육점 판매대에 올라가기 전까지는 돈이 될 만한 게 거의 없소. 반면에 소는…….」

스웨덴 기사는 멜히오르 바프론의 말에 전적으로 동의하지는 않았다.

「어느 가축이든 제대로 보살피지 않으면 손해를 입기 마련이지요.」 그가 말했다. 「돼지는 12주 동안 열두 말 정도의 거친 곡식만 먹여 키우면 후회할 일이 없어요. 12주가 넘은 뒤 돼지고기를 베이컨으로 만들면 수입이 꽤 쏠쏠하거든요.」

식탁에 둘러앉은 신사들의 화제는 어느새 최근의 정세와 전쟁에 관한 소문들, 적의 위협 등으로 옮아갔다. 현재 폴란드에 머물고 있는 젊은 스웨덴 왕이 작센 선제후국과 대결하기 위해 군대를 이끌고 슐레지엔을 통과 중이라는 소문이 돈다고 했다.

「그게 사실이라면 조만간 우리나라에는 물가 상승과 함께 전염병이 닥칠 겁니다.」 폰 비브란 남작이 한숨을 내쉬며 말했다. 「외국 군대가 이 지역을 통과하면 늘 그런 문제가 발생하는 법이지요.」

「곡물과 가축 가격이 상승하면 우리한테 그리 나쁜 것만은 아닙니다.」 폰 도브쉬츠가 이의를 제기했다. 「스웨덴 왕은 좋은 구매자입니다.」

「맞는 말이야. 복음서에 나오는 말 그대로, 그는 좋은 구매자야.」 노년의 치른하우스가 웃으며 동의했다.

「설령 폴란드하고 작센 선제후국이 굳건한 동맹을 맺는다고 해도 북쪽의 사자에 맞설 수는 없어요.」 젊은 한스 위히트리츠가 흥분한 목소리로 자신의 술잔을 흔들며 말했다. 「스웨덴 왕은 덴마크 왕의 협조를 이끌어 낸 것처럼 작센의 선제후도 무릎 꿇게 만들 겁니다.」

「한스를 위하여, 건배!」 한스 위히트리츠의 장인 폰 노스티츠의 노회한 목소리가 들렸다. 「자네의 건강을 위하여, 건배! 하지만 내 의견을 솔직히 말하겠네. 만약 내가 폴란드 왕이라면, 스웨덴 칼 왕의 이웃이 되느니 차라리 악마의 이웃이 되는 쪽을 택할 거야. 악마를 만나면 성호를 그어 놈을 쫓아 버릴 수 있거든.」

「입 닥쳐!」 식탁 너머에서 그의 친척인 게오르크 폰 로트키르히가 쉿소리로 외쳤다. 「지금 네가 있는 이 집의 주인이 누군지 알고 하는 말이야? 그는 스웨덴 사람이야. 그리고 자기 나라의 왕을 지지하고. 지금 저택의 주인과 싸울 작정이야?」

「나는 아무 말도 안 했어.」 세상 누구와도 척지고 싶어 하지 않는 폰 노스티츠가 변명에 나섰다. 「단지 악마 앞에서는 성호를 그을 수 있지만 나쁜 이웃 앞에서는 그럴 수 없다는 말을 했을 뿐이야. 싸울 생각은 없어.」

「말을 교체하기 위해 우리 집에 들르는 많은 파발꾼들로부터 이런저런 정보를 들을 기회가 있습니다.」 젊은 치른하우스가 말했다. 「그 사람들의 말에 따르면, 스웨덴 왕은 귀족들의 복무 기간을 두 배로 연장할 작정이라는군요. 농부의 경우에는 아들이 일곱 명일 때 한 명을 징집할 예정이고요. 스웨덴 왕은 사모예드 사람들이 사는 시베리아까지 진격할 거라고 합니다. 모스크바 너머 눈 속에서 사는 사람들 말이에요.」

「전쟁에 투입될 병사들이 남아 있는 한 스웨덴 왕은 전쟁을 지속할 겁니다.」 폰 비브란 남작이 말했다.

「스웨덴 왕을 보면 복음주의의 영웅 같다는 생각이 들어요. 그는 현재의 기적이자 미래의 본보기예요.」 젊은 위히트리츠가 와인에 취해 맘껏 소리를 내지르는 바람에, 식탁 위 천장에 매달려 있던 청동 샹들리에가 흔들리기 시작했다. 「스웨덴 왕의 승리와 영광을 위해, 건배!」

그가 건배를 제의하자 다른 귀족들은 인상을 쓰며 외면했다. 그러고는 저택의 주인을 위해 건배하자며 술잔을 높이 들었다. 갑작스럽게 찾아온 정적 속에서 스웨덴 기사의 목소리가 들렸다. 그가 멜히오르 바프론을 향해 말했다.

「나는 가축들 사이에 장염이 퍼지는 것을 막기 위해 벽돌 가루를 기름에 섞어 새끼 돼지한테 먹입니다.」

젊은 위히트리츠가 술잔을 말없이 식탁에 내려놓았다. 의자에 다시 털썩 주저앉은 폰 노스티츠가 가발이 흔들릴 정도로 껄껄 웃었다. 그 순간 문이 활짝 열리더니, 제복 차림의 하인이 들어와 뒤늦게 또 한 사람의 손님이 도착했음을 알렸다. 폰 릴게나우 남작이라고 했다.

귀족들이 자리에서 벌떡 일어나 새로 도착한 사람을 빙 둘러쌌다. 처음에는 웅성웅성하는 소리만 들렸다. 잠시 후 폰 노스티츠의 깊은 저음이 다른 사람들의 목소리를 압도했다.

「한스 게오르크! 친구여! 자네 대체 어디서 오는 길인가?

자네 얼굴을 못 본 지 벌써 1년이 넘었네.」

스웨덴 기사가 자리에서 벌떡 일어났다.

「이 저택 아가씨의 약혼 소식을 전혀 몰랐네. 결혼은 말할 것도 없고.」 새로 도착한 사람이 말했다. 「다시 길을 떠날 채비를 하는데, 누군가 이 저택에서 세례식이 열렸다고 하더군. 그 말을 듣자마자 말에서 내려 이곳으로 달려왔네. 토르네펠트는 어디 있나? 그를 만나야 하네. 그 사람 아버지와 나는 생전에 안면이 있었네.」

스웨덴 기사는 얼음처럼 차가운 손에 심장을 콱 잡힌 것 같았다. 방 안의 모든 것이 빙빙 돌기 시작했다. 벽과 사람들, 포도주 항아리들, 심지어 식탁까지도. 폰 노스티츠의 목소리가 마치 꿈속에서처럼 아득하게 들렸다.

「폰 토르네펠트, 자네한테 용기병 대장 한스 게오르크 릴게나우를 소개하겠네. 내 친구인데, 자네를 꼭 만나고 싶어 하네. 그는 만커비츠 장원의 주인인 릴게나우의 사촌이네.」

「어서 오십시오. 환영합니다.」 스웨덴 기사가 중얼거리듯 말했다. 바닥이 꺼지고, 술잔들이 춤을 추고, 샹들리에가 흔들렸다. 그는 안간힘을 쓰며 똑바로 서 있었다. 침실에 누운 아내 마리아 아그네타의 얼굴이 떠올랐다. 이제 모든 게 끝이다.

그가 이 집에서 잔혹한 남작을 마주친 것은 이번이 두 번째였다.

「나는 자네 아버님인 토르네펠트 대령님을 잘 알고 있소.」 적의 목소리가 귓가에 울렸다. 「사베른에서 그분의 지휘 아래 전투에 참여하는 영광을 누렸소.」

사베른? 혹시 함정인가? 문득 그 생각이 스웨덴 기사의 머리를 스쳤다. 사베른! 사베른이라! 내가 그 이름을 어디서 들었더라? 맞다, 바로 그날 물레방앗간에서 토르네펠트가 그 단어를 언급했었다. 〈사베른에 대해 네가 뭘 알아? 그곳의 전투가 얼마나 치열했는지 알아?〉

「아, 그러시군요.」 스웨덴 기사가 호흡을 가다듬으며 말했다. 「아버지는 종종 사베른 전투가 얼마나 치열했는지 말씀하시곤 했죠. 천둥소리 같은 굉음과 섬광, 사람들의 비명 소리가 난무했다고……. 오로지 전진과 후퇴, 돌격과 퇴각만이 끊임없이 반복됐다고. 사베른 전투에서 제 아버지는 팔을 하나 잃으셨죠.」

잔혹한 남작이 꽤 오래, 주의 깊게 스웨덴 기사의 얼굴을 쳐다보았다.

「자네의 얼굴은 정말 아버님을 꼭 닮았군. 헛웃음이 나올 정도로.」 잔혹한 남작이 말했다. 잔치의 열기는 계속되었다.

*

스웨덴 기사는 매년 수입이 생길 때마다 조금씩 주변의 땅을 매입했다. 때로는 전답을, 때로는 목초지를 사들이며 5년의 세월이 지나자, 예전에 집사가 농간을 부려 싸게 팔았던 땅을 전부 되찾았다. 그는 먹고 마시는 일에서 즐거움을 구하지 않았다. 벽난로의 불길 앞에 오래 앉아 있지도 않았다. 스웨덴 기사는 사시사철 날이 밝자마자 들판에 나가, 하인들이 풀을 베고 건초를 만들고 밭에 거름을 주고 배수로를 파는 현장을 감독했다.

그의 밭에서 생산된 농작물만으로 가족은 물론이고 하인들까지 충분히 먹고도 남았다. 가축은 나날이 늘어났고, 삼림은 꽤 짭짤한 수입원이 됐다. 이제 클라인로프 장원의 광에는 커다란 저택을 유지하는 데 필요한 온갖 물건들이 가득했다. 마차를 보관하는 창고에는 크고 작은 썰매들과 마차들은 물론 사륜마차도 있었다. 마구간에는 우편 마차와 전령들, 혹은 파발꾼들을 위한 새 말이 항상 준비되어 있었다. 또한 그가 양을 번식시킬 목적으로 구입한 스페인산 종양(種羊)을 구경하기 위해 이웃 사람들이 목양장으로 몰려들었다.

하지만 말을 타고 들판에 나가 드넓게 펼쳐진 자신의 땅을 보고 있노라면 종종 마음에 어두운 그림자가 드리웠다. 한밤중의 바람처럼 차가운 한기가 뺨을 스치면 들판과 초원, 저지대 초지, 드문드문 선 자작나무, 들판에 피어난 어린 새싹, 초원과 개울 사이의 땅, 저택과 농장, 사랑하는 아내와 애지중지하는 딸아이 등 그가 제 것이라고 믿는 모든 것이 그렇지 않다는 생각이 들었다. 단지 누군가에게서 잠시 빌린 것일 뿐, 때가 되면 다시 돌려줘야 할 것 같았다. 머리 위에서 태양이 더 밝게 빛날수록 그의 마음은 더욱 음울해졌다. 그럴 때면 말 머리를 돌려 마치 폭풍우에 쫓기는 사람처럼 미친 듯이 집으로 달려갔다. 힘차게 달리는 말발굽에 닿는 자갈에서 번쩍번쩍 불꽃이 튈 정도로 황급히 달려 집에 도착하면 정원에서 놀던 어린 딸이 그를 향해 뛰어왔다. 이어 아내 마리아 아그네타가 재빨리 아이를 들어 올려서 웃는 얼굴로 남편에게 건네면 그는 말에서 내려 아이의 목을 얼싸안고 쓰다듬었다.

그렇게 살아 있는 생명체인 아이를 품으로 느끼고 나서야 비로소 마음에 드리웠던 어두운 그림자가 사라졌다.

첫눈에 반해 사랑에 빠졌을 때처럼 그는 여전히 아내 마리아 아그네타를 사랑했다. 그녀 앞에서는 모든 것을 파괴하는 시간도 힘을 잃었다. 하지만 그는 가슴에 불이 붙은 것처럼 고통스러운 불안감에 계속해서 시달렸다. 이 저택 사람들이 모두 알다시피 그것은 딸에 대한 크나큰 사랑 때문이었다. 어린 마리아 크리스티네 말이다. 집에 들어서는 순간 그의 눈이 제일 먼저 찾는 것은 딸아이였다. 딸을 볼 때 그의 눈빛은 영원한 기쁨으로 빛났다.

온종일 들판에서 시간을 보내고 밤늦게 집에 돌아온 날, 그는 살그머니 마리아 크리스티네의 방으로 들어갔다. 그리고 자고 있는 딸의 침대 옆에 앉아 숨소리에 귀를 기울였다. 그의 강렬한 눈빛이 저도 모르게 딸의 꿈속으로까지 밀고 들어갔는지, 마리아 크리스티네가 잠에서 깨어나 입술을 일그러뜨리며 울먹거렸다. 급기야 침대에서 벌떡 일어난 아이는 아빠가 옆에 있다는 걸 알아차리고 그의 목에 두 팔을 감았다. 그는 아이를 떼어 놓으려고 자장가를 부르기 시작했다. 늘 똑같은 자장가였다. 아는 노래가 몇 가지 없었기 때문이다. 「참회 화요일을 지키는 늑대의 노래」, 「선택받은 아기 천사들의 노래」, 「재단사가 천국의 문 앞에 서는 법」, 「거지는 어떻게 결혼식을 즐길까」, 「계란을 낳지 않으려는 어린 닭」 정도가 그가 아는 전부였다. 스웨덴 기사가 〈죽을 때까지 그 닭을 때려, 죽을 때까지 그 닭을 때려! 계란을 낳지 않는 닭은 내 빵을 먹을 자격이 없어〉라고 노래하면, 닭은 벌써 빵 부스러기를 찾기 위해 날개를 푸드덕거리며 침대 너머로 날아가 버렸다. 참회 화요일을 지키느라 고기를 먹을 생각이 없었던 늑대는 게으른 아이의 발밑에 누워 있었고, 재단사는 거지와 함께 의자들 사이를 빙빙 돌며 춤을 췄다. 또한 마리아 크리스티네가 제일 좋아하는 동방 박사 세 사람에 관한 노래가 흘러나오면, 헤롯 왕이 창문을 통해 방 안을 들여다 보았다. 그럴 때면 종종 마리아도 직접 가느다란 목소리로 노래를 흥얼거렸다.

카스파르와 발타자르, 온화한 멜히오르,
그리고 긴 수염의 헤롯 왕.

스웨덴 기사는 딸의 노래에 자신의 그윽한 목소리를 얹었고, 두 사람은 저택에 있는 그 누구도 들을 수 없게 작은 소리로 함께 노래했다.

그들은 바람처럼 빨리 말을 타고 달리네,
일곱 시간에 무려 8백 킬로미터를 달린다네.
헤롯 왕의 궁전을 지나갈 때

창문 밖을 내다보던 헤롯 왕이
카스파르와 발타자르, 온화한 멜히오르가 지나가는 것을 보았네.
저들은 어디로 가는 거지? 저들은 어디로 가는 거지?
우린 바람처럼 빨리 말을 타고 그곳으로 가는 중이에요.
우린 성모마리아와 그녀가 낳은 아이를 찾고 있어요.
카스파르와 발타자르, 온화한 멜히오르,
내 궁전에 들어와 브랜디나 한잔하게나!
우리는 여기 머물 수가 없어요, 우리는 계속 가야 해요.
고요한 평화의 땅 베들레헴으로.

「당신의 얼굴은 영원히, 영원히 밝을 거예요.」 마리아 크리스티네의 노랫소리가 들렸다. 그건 다른 노래의 가사였다. 잠이 쏟아지는 바람에 가사를 헷갈린 것이다. 마리아 크리스티네는 눈을 뜨고 있는 것조차 힘들어 보였다. 스웨덴 기사는 자리에서 일어나 들어올 때와 마찬가지로 발소리를 죽여 살그머니 밖으로 나갔다. 잠시 그와 함께 그 방에 머물렀던 특별한 존재들, 즉 늑대와 닭, 재단사와 거지, 수염이 긴 헤롯 왕 역시 스웨덴 기사와 함께 사라졌다.

*

3월의 어느 날이었다. 농부들의 일손이 바빠지기 시작했다. 본격적으로 농사일을 시작할 때가 되었다는 의미였다.

조금씩 해가 길어졌고, 눈구름들이 하늘 저 멀리로 사라졌다. 앙상한 단풍나무 가지에 까마귀들이 날아와 깍깍 울어 대기 시작했다. 저 멀리 보이는 저택의 〈긴 방〉에서 스웨덴 기사가 방 안을 서성거렸다. 마리아 아그네타는 벽난로 앞에 앉아서 동판화 책을 들여다보고 있었다. 『아마란트의 새로운 세계 정원』이라는 책이었다. 장작의 불빛에 닿은 그녀의 갈색 머리가 빨간색으로 반짝거렸다. 창문에서 그리 멀지 않은 곳에서는 가정 교사가 마리아 크리스티네에게 알파벳을 가르치고 있었다. 하지만 마리아 크리스티네는 나무로 된 장난감 말과 마차가 놓인 구석을 자꾸 힐끔거렸다. 문과 탁자 사이에는 마을 사람 둘이 손에 모자를 든 채 서 있었다. 한 사람은 소작농으로 파종할 씨앗을 얻으러 왔고, 다른 사람은 목수로 스웨덴 기사의 부름을 받고 왔다. 스웨덴 기사는 마구간 위쪽에 새 창고를 만들 생각이었다. 목수가 임금은 얼마나 받아야 할지, 조수들이 먹을 포도주와 고기와 빵과 치즈를 얼마나 요구해야 할지 머리를 굴리는 동안, 농부가 두 번째로 하소연을 했다.

「영주 어른께 커다란 요청이 있어 이렇게 찾아왔습니다. 올해는 들판에 호밀을 파종할까 합니다.」

스웨덴 기사가 그의 말을 툭 자른 뒤 방을 가로질러 농부 앞으로 다가가 그를 나무라기 시작했다.

「너는 어찌 매년 빵과 파종할 씨앗을 요구하는 게냐? 네 땅에서 수확하는 것만으로도 충분히 네 소를 먹이고 파종할 종자도 구할 수 있을 텐데. 왜 상황이 이렇게 됐느냐는 말이다. 그건 네가 아침부터 술집에 앉아 있거나, 그렇지 않으면 난로 옆 벤치에 누워 있기 때문이지. 그러면서 어찌 농사가 잘되기를 바라지? 갈증이 날 때는 어떻게 해소해야 하는지 아는 자가, 배가 고플 때면 나한테 쪼르르 달려오는 것밖에 할 줄 모르는구나.」

농부는 씨앗을 얻으려면 호된 질책을 피할 수 없다고 생각해 한바탕 이어지는 긴 꾸중을 허리를 숙인 채 묵묵히 견뎠다. 그다음 손에 든 토끼털 모자를 한 바퀴 돌리고는 다시 읍소하기 시작했다.

「장원의 영주는 기독교인답게 소작농의 말을 귀 기울여 듣고 요청에 너그럽게 응하는 것이 예로부터 내려온 관습입니다. 저는 영주님께 힘든 부탁을 드리고자 찾아왔습니다. 종자용 씨앗 때문입니다. 그냥 달라는 것이 아니라 빌려주십사 요청드리는 겁니다.」

「사람이 또 죽었나 보네요.」 마리아 아그네타가 날이 어두워지자 보고 있던 동판화 책을 내려놓고 창문 앞으로 다가서며 말했다. 「이번 주에만 벌써 세 번째예요. 주여, 우리를 보살펴 주소서. 저기서는 왜 저렇게 사람들이 많이 죽는 걸까요? 주교의 영지에는 공동묘지 같은 것이 없나요?」

「없어요.」 가정 교사가 말했다. 「주교의 영지에는 대장간과 용광로, 몇 개의 광산과 지하 갱도들뿐이에요. 그중에서 성 마태 광산이 제일 커요. 성 라우렌티우스 광산은 가난한 사람들의 무덤이나 마찬가지고요. 하지만 주교의 영지에서 죽을 수는 있어도 매장은 안 돼요. 관리인이 죽은 자들을 주변 마을에 묻죠.」

창밖으로 저물어 가는 흐릿한 여명 속에서 언덕을 내려와 국도를 따라가는 초라한 장례 행렬이 보였다. 십자가를 든 남자가 앞서서 걸어가고, 비루한 말이 이끄는 관을 실은 수레와 기도문을 중얼거리는 늙은 사제가 뒤를 따랐다. 망자의 죽음을 애달파하는 가족은 보이지 않았다.

「주교에 대한 새로운 소문이 돌더군요.」 목수가 말했다. 「프랑켄 지방에 있는 관저에 인공 연못과 폭포, 동굴과 분수, 중국식 정자, 오렌지 재배용 온실을 갖춘 유원지를 새로 만들 예정이라고 합니다. 그렇게 하려면 돈이 아주 많이 필요한데, 재단 사무국에는 돈이 전혀 없대요. 그래서 주교의 영지로 새 관리인을 파견했고, 그자가 일꾼들 급식비를 빼돌려 유원지를 만들 자금을 조성 중이라고 합니다. 작업량은 전과 똑같은데, 돼지비계는 아예 제외되었고, 하루에 빵을 0.5파운드만 배급한다고 하더군요.」

「어쩌면 주교님은 영지에서 벌어지는 일들을 모를 수도 있어요. 누군가 그분께 지금 상황을 전달해야 해요.」 마리아 아그네타가 말했다.

「주교는 상황을 잘 알고 있어요. 알다마다요.」 가정 교사가 반박했다. 「이 지역 사람들은 주교를 〈악마의 사절〉이라고 불러요. 성정이 아주 사납고 못된 사람이에요. 그는 세상 모든 군주의 궁 가운데 자기 것을 최고로 화려하게 만들려는 야심에 사로잡혀 있어요. 그래서 관리인이나 광산 소장이 가난한 일꾼들한테 하는 짓이 그리 가혹하지 않다고 생각해요.」

스웨덴 기사는 창가에 서서 관을 싣고 천천히 길을 따라 가는 수레와 사제를 말없이 쳐다보았다.

「지금 세상은 온통 전쟁 중이에요.」 가정 교사가 말을 이었다.「주교의 영지 입장에서는 이보다 더 좋을 수 없는 상황이죠. 스웨덴의 칼 왕과 모스크바의 황제 모두 무기와 화포가 많이 필요해요. 소총이나 갑옷, 예리한 칼 같은 거요. 저기 멀리 주교의 굴뚝에서 연기가 피어오르네요. 그곳 대장간에서는 철이 용광로 속에서 달아오르고 있어요. 주교의 영지에서는 짐을 잔뜩 실은 마차들이 하루도 빠짐없이 폴란드를 향해 출발해요.」

「주교의 영지는 인생 낙오자들과 사형 언도를 받은 자들의 마지막 피난처입니다.」 문 앞에 섰던 농부가 작은 소리로 끼어들었다.「거기서 벗어나는 방법은 죽음뿐이에요. 아니, 차라리 죽는 게 그들에게는 더 축복이죠.」

바로 그때 옛 기억을 떠올린 스웨덴 기사가 불쑥 입을 열었다.

「석회 가마를 관리하는 게 그중에서도 최악이야.」 스웨덴 기사가 말했다.「무거운 지렛대로 바위를 약간 들어 올린 다음 맨손으로 일일이 바위를 깨뜨리는 인부들도 있어. 쇠망치로 깨뜨리는 자들도 있고. 그 작업을 하면 날마다 먼지를 마실 수밖에 없지. 그러다가 몇 년 지나지 않아 각혈하며 시름시름 앓다가 죽는 거야. 그곳 인부들에게는 차라리 죽는 게 신의 자비일지도 몰라. 사슬로 수레에 몸이 묶인 채 바위를 가득 실은 수레를 불가마까지 나르는 인부들, 불타고 남은 석회를 치우는 인부들도 마찬가지야. 석회 가마에는 불이 활활 타오르는 화구가 다섯 개 있는데…….」

「크리스티안, 당신이 대체 그런 걸 어떻게 알아?」 마리아 아그네타가 놀란 표정으로 물었다. 「마치 주교의 지옥에 직접 들어가 암석을 깨뜨려 본 사람처럼 말하네.」

「말을 타고 세상을 주유하며 돌아다닐 때 수없이 많은 떠돌이와 가난한 좀도둑 들을 만났어. 그때 그 사람들이 주교의 지옥이 어떤 곳인지 말해 주었지.」 스웨덴 기사가 대답한 뒤 다시 말을 이었다.

「석회 가마 앞에는 화구가 두 개 있는 불가마가 있어. 한쪽 화구로 나무를 집어넣고, 다른 쪽 화구로 이글이글 타오르는 시뻘건 재를 끄집어 내는 거야. 그 작업에는 인부 세 명이 필요해. 불을 총괄하는 사람, 화부, 재를 끄집어내는 사람. 화부는 가마 온도를 단계적으로 올려야 해. 먼저 화구에 작은 나뭇조각을 집어넣고 그다음에는 나뭇가지 다발을, 마지막에는 장작을 집어넣어. 그 뒤에는 쇠스랑으로 그것들을 잘 흩뜨려야 해. 재를 끄집어내는 인부는 가마 불이 이글이글하는 상태에서 작업해야 하니 열을 견딜 수 있어야만 해. 하지만 가끔 바람이 불어 가마의 열기에 얼굴과 머리가 홀라당 타버릴 경우가 있어. 그럴 때면 주교의 장원 밖에서도 그가 내지르는 비명이 들리지. 총괄 책임자는 화력을 적절하게 조절해야 돼. 불꽃은 처음에 거의 시커먼 연기처럼 보이다가 점차 색이 변해. 암적색에서 자색으로, 자색에서 청색으로, 마지막에는 흰색이 되지. 불꽃이 흰색으로 바뀌고 암석이 아름다운 분홍색을 띄면 작업은 성공한 거야. 총괄 책임자는 계속 화구를 통해 용광로 안을 살펴봐야 해. 불길이 제대로 타오르지 않거나 그냥 꺼지면 작업은 실패로 돌아가니까. 그러면 곧바로 감시인이 그들 모두에게 채찍을 휘두르지. 겨울에도 이글거리는 화구 앞에서 작업할 때면 다들 땀을 비 오듯 흘려. 하지만 자칫 그대로 차가운 바깥에 나서면 금세 죽음의 먹잇감이 될 수 있어. 누군가 뺨이 시뻘겋게 달아오르고 가슴이 쿡쿡 쑤시는 상태로 숨을 헐떡인다면, 그건 이런 뜻이야. 다른 사람 방해하지 말고 조용히 사라져! 너는 이제 필요 없어. 누가 아픈 사람을 쓰겠어? 그러니 너무 아등바등하지 말고 곱게 가는 게 좋아. 너 같은 건 이제 아무도 원하지 않아.」

마침내 그가 입을 다물었다. 마리아 아그네타는 램프에 불을 붙였다. 가정 교사와 알파벳을 공부하던 마리아 크리스티네는 어느새 나무 장난감을 가지고 놀고 있었다. 마리아 크리스티네가 혼자 환호성을 지르며 말을 향해 〈이랴! 이랴!〉 하며 소리를 질렀다. 창밖으로 관을 실은 수레가 저택 앞을 지나가는 것이 보였다. 스웨덴 기사가 고개를 숙이고 조용히 기도문을 외웠다.

「아빠, 지금 누구하고 이야기하는 거예요?」 한쪽 구석에서 놀던 마리아 크리스티네가 물었다. 「아빠가 누구랑 이야기하는 것 같은데, 소리가 하나도 안 들려요.」

「불쌍한 남자의 영혼을 위해 주님께 주기도문을 바치는 거란다.」 스웨덴 기사가 말했다. 「어쩌면 일찍 시들어 버린

귀한 꽃일 수도 있고. 자, 너도 이쪽으로 와서 같이 기도를 올리자꾸나!」

스웨덴 기사가 딸의 팔을 붙잡고 창문을 향해 다가갔다. 마리아 크리스티네는 밖을 내려다보았다. 수레와 말이 보이자 팔을 높이 올리고 다시 〈이랴, 이랴〉 하며 말을 향해 환호성을 보냈다.

스웨덴 기사가 이맛살을 찌푸리며 말했다.

「그런 소리 하면 안 돼!」 그가 말했다. 「불쌍한 사람의 영혼을 위해 주기도문을 외워야 해. 아빠가 하는 말 못 들었니?」

마리아 크리스티네는 스웨덴 기사의 목소리가 평소와 달라 매우 놀랐다. 그래서 겁에 질려 두 팔을 아버지의 목에 두르고 거의 울먹이는 소리로 주기도문을 외웠다. 그러는 사이에 관을 실은 수레는 저녁 노을 속으로 서서히 사라졌다.

*

어느 날 점심때쯤, 목수들이 다락방의 곡물 창고 개조 작업을 얼추 끝내자 스웨덴 기사는 끌을 들고 그곳에서 나왔다. 그가 뜰을 가로질러 가는데 대문 앞에 두 남자가 서 있는 것이 보였다. 그 장면을 보자마자 온몸이 차갑게 전율하고 심장은 미친 듯이 뛰기 시작했다. 하지만 아무도 그렇다는 것을 눈치채지 못했다. 그는 모르는 사람들을 본 것처럼 무표정한 얼굴로 지나가려 했다. 마지막으로 그들을 본 게 벌써 6년 전이었으니 자신을 알아보지 못할지도 모른다는 기대를 품고서. 하지만 그들이 벌써 그의 앞을 가로막았다. 바일란트가 머리에 썼던 가죽 두건을 벗었다. 개미잡이는 허리를 숙이며 모자를 벗어 땅바닥을 훑은 뒤 수염이 덥수룩한 얼굴에 미소를 띄우며 말했다.

「대장! 맙소사, 정말 근사해 보여. 처음부터 귀족으로 태어난 사람 같네. 로마의 서열 3위쯤 되는 왕 같아. 그런데 옛 동료들 얼굴을 못 알아본 거야?」

「아니, 네 눈에는 저 기뻐하는 표정이 안 보인단 말이야? 세상에 저보다 더 반가운 표정이 어디 있다고.」 바일란트가 비아냥거리듯 말했다. 「언젠가 내가 대장한테 했던 말 기억하나 모르겠네. 초대받지 않은 손님은 기름에 요리하지 않은 뻣뻣한 생야채 같아서, 아무도 받아 먹으려 하지 않는다고 했던 말. 대장, 나는 대장이 우리를 보자마자 두 팔 벌려 환호하며 맞아 줄 거라고는 생각하지 않았어. 우리가 기대하는 건 밤이슬을 피할 잠자리뿐이야. 축사나 창고 한 쪽만 내줘도 만족할 거야.」

「아니, 나는 그 정도로는 만족 못 해.」 개미잡이가 말했다. 「어쨌든 그는 한때 우리 대장이었어. 옛정을 생각하면 우리를 냉대할 수 없어. 대장, 나는 여기서 살고 싶어. 아침마다 밤새 편히 주무셨는지 안부를 확인해 줄 하인이 필요하면 말해. 내가 시중드는 일을 얼마나 잘하는지는 대장도 알 거야.」

스웨덴 기사는 계속 침묵했다. 어지럽던 머릿속이 차츰 명료해지기 시작했다. 그는 자신의 운명이 두 사람의 손에 달렸다는 것을 깨달았다. 그들은 한때 동료였으나 이제는 적이었다. 이제 그가 할 수 있는 일은 이 저택과 장원, 아내와 딸, 경작지와 목초지를 은밀히 떠나 낯선 나라에 몸을 숨기고 소중한 사람들을 전부 잊는 것뿐이었다. 공포와 분노, 고통과 절망이 한꺼번에 휘몰아쳤다.

「이 악당들!」 스웨덴 기사가 숨이 막혀 억지로 짜낸 목소리로 두 사람에게 말했다. 「내가 편히 사는 게 그렇게 배가 아팠어? 나를 그냥 내버려 둘 수는 없었던 거야? 꼴을 보아하니 그동안 너희들이 악마한테 몹시 시달렸다는 건 알겠어. 하지만 그게 나하고 대체 무슨 상관이지?」

「말이 심하네, 대장!」 개미잡이가 잔뜩 화가 난 말투로 반박했다. 「지금 나를 악당이라고 부른 거야? 나는 언제나 대장의 좋은 부하였어. 곤경에 빠진 우리를 보면 대장이 형제의 사랑과 믿음으로 받아 줄 거라고 믿고 찾아왔을 뿐이야. 지금 우리 상태를 보면 처지가 얼마나 궁핍한지 잘 보일 텐데 말이야.」

「나는 너희들을 전부 부자로 만들어 줬어.」 스웨덴 기사가 작은 소리로 말했다. 「대체 내가 준 금화와 은화는 다 어디로 갔어?」

「우리 목구멍 속으로 전부 사라졌어.」 개미잡이가 말했다.

「우리가 이렇게 된 데는 세 가지 이유가 있어, 대장. 여자, 도박, 술.」 바일란트가 한숨을 내쉬며 말했다. 「이럴 줄 알았으면 차라리 내 돈의 일부를 그냥 강물에 버렸을 거야. 그랬다면 질투심 많은 악마도 적당히 만족했겠지. 하지만 지금 악마는 내 모든 것을 가져갔어. 악마에 버금가는 네덜란드

상인들이 이 나라에 있는 모든 술집을 장악해서 사람들 주머니를 탈탈 털어 가고 있어.」

「돈이 다 떨어지고 배까지 쫄쫄 굶게 되면서 다시 떠돌이 거지가 됐어.」 개미잡이가 말했다.

스웨덴 기사는 가만히 앞을 응시했다. 그의 숨소리가 차츰 거칠어지고 눈에는 잔인하고 위험한 불꽃이 일렁거렸다. 그는 떠나고 싶지 않았다. 아니, 이 집과 농장을 떠날 수 없었다. 여기 머물러야만 했다. 그동안 힘겹게 이룩한 것들을 절대 놓칠 수 없었다. 앞에 있는 두 사람, 개미잡이와 바일란트는 행복한 미래를 가로막는 걸림돌이었다. 그들의 처지가 몹시 딱하기는 하지만 그것이 그의 책임은 아니었다. 힘들면 나를 찾아오라고 그들에게 말한 적이 있던가? 그는 두 사람을 영원히 침묵하게 만들어야 했다.

이 생각이 머리에 떠올랐을 때, 그의 온몸은 긴장감으로 뻣뻣해졌다. 손에 든 끌조차 무겁게 느껴졌다.

「너희들한테 나를 찾아가라고 말한 사람은 대체 누구야?」 그가 물었다. 「내가 있는 곳을 어떻게 알아냈어?」

「브라반터한테 들었어.」 개미잡이가 대답했다. 「그가 말해 줬어. 브라반터는 라티보르에서 염료뿐만 아니라 계피, 생강, 육두구, 정향, 후추 등 온갖 종류의 향신료를 취급하는 상인으로 성공했어. 시에서 꽤 높은 지위도 얻었고. 시의회 의원이 됐거든. 사람들이 그를 얼마나 우러러보는지 대장도 한번 봤어야 해. 우리가 처음 찾아갔을 때 브라반터는 몹시 반가워했어. 아랫사람들을 전부 방에서 내보낸 뒤 문을 걸어

잠그고 술판을 벌였지. 기름진 고기를 안주로 와인을 병째 마셨어. 헤어질 때는 10탈러씩 쥐여 주더군. 우리는 당장 술집으로 달려가 브라반터의 건강을 기원하며 술을 마시는 데 그 돈을 썼지. 다음에 다시 그를 찾아갔을 때 브라반터의 태도는 완전히 달랐어. 우리가 무릎을 꿇고 한참을 애걸복걸한 뒤에야 겨우 탁자 너머로 동전을 하나씩 던져 줬지. 그것도 〈만약 내가 그 돈을 받았다면, 만약 내가 할 수만 있다면, 만약 그런 게 가능하다면〉 이러면서 잔소리를 한참 늘어놓은 다음에야. 우리가 세 번째 찾아가자 그는 버럭 소리를 질렀어. 〈또 찾아온 거야? 대체 왜 이렇게 사람을 귀찮게 하는 거야? 돈! 돈! 나를 망하게 만들 작정이야? 이러지 말고 차라리 옛날 대장을 찾아가 봐. 그는 사람들이 부러워하는 모든 것을 가진 귀족이 되어 시골 어느 장원의 주인으로 살고 있어〉라고. 그러고는 대장이 사는 곳이 어디인지 말해 줬지.」

「악마 같은 놈!」 스웨덴 기사가 이를 악 물고 쉿소리로 말했다. 「대체 누가 그놈한테 내가 사는 곳을 알린 거지? 이 나라 어디에서도 공공연하게 떠벌린 적이 없는데.」

「오펠른에서 말 시장이 열렸을 때 대장을 봤대. 1년에서 1년 반쯤 전에.」 개미잡이가 말했다. 「황금 왕관이라는 술집에서 한잔하다가, 대장이 팔짱을 끼고 귀족 서너 명과 함께 광장을 지나가는 모습을 봤대. 대장을 알아보고는 술집 주인에게 저 사람이 누구고, 어디 사는지 물어봤더니 술술 털어놓았다던데? 대장이 그 일대에서 제일 좋은 종마를 가졌다는 것도 알려 줬대.」

스웨덴 기사는 결심했다.

그들은 한때 더없이 좋은 동료였고, 많은 위험을 함께 이겨 냈다. 하지만 지금은 분노와 두려움의 대상이었다. 인생에 몰래 숨어든 이들을 영원히 제거할 수밖에 없었다. 일단 이 두 사람부터, 이어서 브라반터까지 처리해야 한다. 개미잡이와 바일란트를 처리하기에 가장 좋은 장소가 떠올랐다. 농장에서 그리 멀지 않은 곳에 있는 외진 골짜기였다. 버드나무숲 사이로 개울이 흐르는 그곳이 좋을 듯했다.

「내 과거를 정확히 아는 사람이 지금으로서는 모두 셋이로군.」 스웨덴 기사가 거의 혼잣말처럼 중얼거렸다. 「앞으로 더 조심하지 않으면 금세 백 명으로 늘어나겠어.」

「그게 무슨 말이야?」 스웨덴 기사의 마지막 몇 마디를 들은 개미잡이가 소리쳤다. 「브라반터는 걱정하지 마. 내가 보장해. 로마 제국의 사형 집행인들이 떼로 몰려와서 가죽을 벗겨 노끈을 만들겠다고 해도 그는 절대 대장을 배신하지 않을 사람이야.」

「맞아. 나도 그렇게 생각해.」 스웨덴 기사가 정말 그렇게 믿는다는 듯 편안한 표정으로 말했다. 「잘 들어. 여기서 그리 멀지 않은 곳에 돈을 묻어 놨어. 옛 우정을 생각해서 그 돈을 너희들한테 좀 나눠 줄 생각이야. 우리 셋은 클로버에 붙은 세 잎사귀나 마찬가지니까. 당장 삽과 가래를 들고 같이 가자.」

스웨덴 기사가 벽에 기대어 놓은 도구를 가리키며 말했다. 그러나 바일란트는 의아한 낯으로 신중하게 그를 바라볼 뿐

자리에서 꼼짝도 하지 않았다. 반대로 개미잡이는 모자를 허공으로 집어 던지며 환호했다.

「할렐루야! 포상과 명예와 칭찬과 감사가 대장과 함께하기를! 우리를 곤경에서 구해 준 사람은 대장뿐이야. 오래도록 행복하기를!」

스웨덴 기사가 두 사람에게 손짓으로 삽과 가래를 들고 따라오라고 신호했다. 그리고 걸음을 옮기려는데, 앞에 마리아 크리스티네가 서 있었다. 소리도 없이 나타난 딸아이는 벌써 그의 옷자락을 잡아당기고 있었다.

「아빠.」 마리아가 작은 소리로 물었다. 「왜 집에 안 들어오는 거예요? 엄마가 식사 준비 다 해놨다고 아빠를 모셔 오라고 했어요.」

「주인님 딸인가 보네요?」 개미잡이가 비굴한 목소리로 물었다. 대장의 딸에게 그들의 관계를 들키고 싶지 않았기 때문이다.

「맞아.」 스웨덴 기사가 말했다. 「내 딸이야.」

천진난만한 표정의 마리아 크리스티네는 초라한 행색의 두 사람을 뚫어지게 쳐다보았다. 그다음 다시 아버지의 옷자락을 잡아당기며 물었다.

「아빠, 이 아저씨들은 누구예요? 좋은 사람들인가요? 처음 보는 얼굴이에요.」

「우리 농장에서 일을 하고 싶다고 찾아왔단다.」 스웨덴 기사가 말했다.

개미잡이가 옛 대장의 딸 앞에 웅크리고 앉아서 아이와

이야기하기 시작했다.

「꼬마 공주님.」 그가 말했다. 「공주님의 얼굴은 희고 빨간 게 세상에서 제일 예쁜 꽃인 튤립을 닮았네요. 공주님은 종종걸음으로 뛰는 것 말고 또 뭘 잘하나요?」

「음, 나는…….」 마리아 크리스티네는 키가 더 커 보이도록 조약돌 위에 올라선 뒤 말하기 시작했다. 「알파벳을 읽을 수 있어요. 쿠랑트와 사라반드도 출 수 있고요. 하프시코드도 연주할 줄 알아요. 아직 잘하지는 못하지만요. 배운 지 얼마 안 됐거든요. 아저씨는 뭘 할 수 있나요?」

「저는 아주 여러 가지 기술을 가지고 있어요.」 개미잡이가 잔뜩 뻐기며 말했다. 「고슴도치한테서 숨어 있는 벼룩을 찾아낼 수도 있고, 거위한테 편자를 박을 수도 있어요. 또 휘파람을 불어서 연못 안 물고기들이 튀어 오르게 만들 수도 있지요.」

마리아 크리스티네가 눈을 동그랗게 뜨고 입을 크게 벌린 채 개미잡이를 쳐다보았다. 그다음 바일란트를 가리키며 물었다.

「저 아저씨는요? 저 아저씨는 뭘 할 수 있죠?」

「저 아저씨는 기다란 소시지를 단번에 짧게 만들 수 있어요. 그게 저 아저씨가 제일 잘하는 일이에요.」 개미잡이가 낄낄거리며 말했다. 「또 당나귀 울음소리도 낼 수 있고, 거위처럼 꽥꽥거릴 수도 있어요. 혼자서 개와 고양이가 싸우는 소리를 흉내 낼 수도 있지요.」

「그럼 그거 한번 보여 주세요. 고양이하고 개가 싸우는 거요.」 마리아 크리스티네가 부탁했다.

바일란트는 머뭇거리지 않고 금세 아이의 부탁을 들어주었다. 그는 갸르릉거렸다가 멍멍 짖었다가 성난 고양이처럼 푸푸 숨을 몰아쉬었다가 하면서 자유자재로 목소리를 바꿨다. 그리고 개가 꼬리를 살랑거리면서 자리를 떠나는 소리로 마무리했다. 마리아 크리스티네는 손뼉을 치고 펄쩍펄쩍 뛰면서 환호했다.

「아저씨들, 가지 마세요. 떠나지 말아요. 개와 고양이 소리를 이렇게 똑같이 흉내 내는 사람은 처음 봤어요. 아저씨들은 꼭 우리 집에 머물러야 해요. 하지만 이건 기억하세요. 하인들 식사 시간은 정오하고 저녁 6시 정각이라는 거. 제시간에 참석하지 않으면 맥주 한 잔을 받을 수 없어요.」

스웨덴 기사는 자신의 딸과 초췌한 몰골의 두 부하들 사이에 이토록 빨리 친밀감과 유대감이 형성되는 것에 놀랐다. 익살스러운 말과 행동으로 딸 마리아 크리스티네를 웃게 해준 두 사람은 절대로 그를 배신하지 않을 거라는 확신이 들었다. 그는 이제야 두 사람이 실제로 어떤 사람들인지 알 것 같았다. 그들은 시골길 어디에서나 마주칠 수 있는 불쌍한 형제들이었다. 그들은 그의 행복을 무너뜨리기 위해 찾아온 게 아니다. 그저 낯선 집 대문 앞에서 빵을 구걸하는 것보다는 한때 대장이었던 사람을 찾아가면 조금 더 나은 대접을 받지 않을까 하는 기대로 찾아온 것뿐이다. 그들을 죽이기로 했던 결심은 어린아이의 웃음에 밀려 깨끗이 지워졌다.

「내 어린 딸이 너희 두 사람을 받아들이자고 했으니, 지금부터 여기 머물러도 좋아.」 스웨덴 기사가 말했다. 「너희들이 나를 떠나 멀리 가는 것보다는 내 집에 있는 게 나을 거라는 말이야. 이제 정식으로 이곳 하인이 되었으니, 일단 야채와 베이컨과 수프를 먹도록 해. 너희들이 각자 무슨 일을 하는 게 좋을지는 식사가 끝난 뒤에 이야기하도록 하자. 양털 깎기도 시작됐고, 귀리도 파종해야 하고, 밭에서 돌도 골라내야 하고, 과수원을 지킬 사람도 필요해. 하지만 당장은 가서 밥부터 먹도록 해. 그리고 한 가지 명심할 게 있어. 옛날이야기를 꺼내는 것은 금물이야. 절대로 해서는 안 돼.」

스웨덴 기사가 앞장서고 마리아 크리스티네는 그 옆에서 깡충거리며 뛰어갔다. 새로운 하인 두 사람은 그들이 집 안으로 사라질 때까지 뒷모습을 지켜보았다. 개미잡이가 한숨을 내쉬며 말했다.

「너 그거 알았어? 대장이 우리한테 나눠 주겠다고 했던 돈에 관해서는 한마디도 안 했다는 거? 우물에 물을 길러 가던 중에 양동이를 깨뜨린 거나 마찬가지야. 대장은 이제 우리한테 돈을 나눠 주지 않을 테고, 우리는 앞으로도 영원히 가난하게 살겠지.」

세 시간 거리에서 말 울음소리를 들을 수 있고, 두 시간 거리에서 닭이 홰치는 소리를 알아듣는 바일란트가 고개를 저었다.

「나는 차라리 이게 더 잘된 거 같아.」 바일란트가 말했다. 「돈 이야기를 꺼낸 대장을 따라나섰다면, 과연 우리는 어떻게 됐을까? 나는 왠지 기분이 찜찜해서 따라나서고 싶지 않았어. 낮에는 뼈 빠지게 밭일을 하고, 저녁에는 야채와 베이컨과 수프를 먹는 생활이 더 좋아. 하지만 그 속을 누가 알겠어? 아무튼 나는 이게 더 좋아.」

*

사람들은 새로 들어온 두 하인이 함께 있는 모습을 그리 자주 보지 못했다. 개미잡이는 마구간에 배치돼 빗과 솔로 말을 관리하는 일을 맡았고, 바일란트는 밭에서 쟁기와 써래로 파종하는 일을 맡았기 때문이다. 그래도 두 사람은 자주 만났다. 저녁이면 마구간에서 카드 게임을 하고, 하인들에게 나눠 주는 와인을 함께 마셨다. 그들은 서로 마음이 잘 맞았고, 다른 하인들과는 거의 어울리지 않았다. 하지만 멀리서 마리아 크리스티네가 보이면 개미잡이가 휘파람을 불어 마구간으로 오라는 신호를 보냈다. 마리아 크리스티네가 마구간에 방문하면 나무 상자 위에 항상 그녀를 위한 뭔가가 준비되어 있었다. 갈대 피리가 놓여 있기도 했고, 서까래의 나무를 깎아 만든 원숭이가 앉아 있기도 했다. 나무 원숭이는 팔다리를 움직일 수도 있었고 색깔도 칠해져 있었다. 그들은 스웨덴 기사의 눈에 띄지 않으려고 노력했다. 대장은 더 이상 자신들과 같은 신분이 아니라고 생각했기 때문이다. 그는 어느 모로 보나 귀족이었다. 그래서 두 사람은 그가 자신들을 영지에 받아 준 것을 언젠가 후회할지도 모른다는 두려움을 느꼈다. 가끔 스웨덴 기사가 마구간을 시찰하러 오거나 길에서 우연히 그의 눈에 띄면 그들은 마치 장교 앞에 선 병사처럼 잔뜩 긴장했다. 그리고 표정은 물론이고 말로도 그들이 어떤 비밀을 공유한 사이라는 것을 전혀 티내지 않았다.

그렇게 아무 일도 없이 1년이 흘렀다. 그리고 어느 날 저녁, 스웨덴 기사에게 마른하늘에 날벼락 같은 소식이 전해졌다.

*

그날 저녁, 스웨덴 기사의 저택에는 인근의 귀족 몇 명이 손님으로 와 있었다. 날이 어둑어둑해지자 그는 늘 하던 대로 농장을 한번 둘러보고 오겠다며 손님들에게 양해를 구하고 자리에서 일어났다. 마당에 나와 하늘을 올려다보며 날씨를 살피는데, 개미잡이가 나타났다. 그는 할 말이 있어 보였지만 입을 떼지 못하고 머뭇거렸다. 시간이 넉넉하지 않았던 스웨덴 기사가 그에게 다가갔다.

「내게 무슨 할 말이 있나? 음식이 충분하지 않아서 그래?」

「아닙니다, 주인님. 음식은 충분합니다.」 개미잡이가 말했다. 「점심으로는 기장과 빨간 소시지를 먹었고, 저녁으로는 맥주 수프와 빵과 치즈를 받았습니다. 어떻게 말씀드려야 할지 모르겠는데, 제가 주인님 앞에 나타난 것은 다른 일 때문입니다. 주인님을 꼭 만나야겠다고 찾아온 사람이 있습니다. 저도 아는 자입니다. 그자는 주인님을 잘 알고 있습니다. 마차를 타고 와 지금 밖에서 기다리는 중입니다. 제가 보기에는 상황이 그리 좋지 않은 듯합니다.」

「빌어먹을, 그자가 누구란 말이지?」 스웨덴 기사가 물었다. 「어서 말해 봐. 시간이 별로 없어.」

「어두워서 얼굴을 제대로 확인하지는 못했습니다.」 개미잡이가 말했다. 「주인님께서 직접 만나 보시는 게 좋을 듯합니다.」

스웨덴 기사가 애써 분노를 삭이며 조용히 물었다.

「어서 말해 봐! 잔혹한 남작인가?」

「신께 맹세코 그자는 절대 아닙니다. 잔혹한 남작은 아닙니다.」 개미잡이가 다시 작게 소근거렸다. 「다행스럽게도 그자는 브라반터입니다. 옛날이야기를 꺼내는 것은 금지이기 때문에 이름은 밝히고 싶지 않았습니다. 주인님도 그 이야기를 듣고 싶지는 않으시겠지요.」

스웨덴 기사가 초조한 기색으로 방향을 돌려 대문을 향해 걸어갔다. 어둠 속에 숨었던 브라반터가 농장의 불빛 아래 모습을 드러냈다.

그가 한때 도둑이었다고 누가 상상이나 하겠는가. 그는 모두가 우러러볼 만큼 위풍당당한 모습이었다. 비단 양말에 분홍색 벨벳 바지와 은실로 수놓인 검정색 조끼 차림이었다. 허리에는 단검을 찼고, 목에는 단안경을 매단 금목걸이를 했다. 행동거지는 점잖고 신중했으며, 말씨에는 그 어떤 것에도 흔들리지 않는 온화한 품위가 배어났다.

「아름다운 저녁입니다!」 브라반터가 말을 시작했다. 「내 모습이 영 낯설다는 눈빛이군요. 대장은 아마 우리가 이런 모습으로 다시 만날 줄은 상상도 못 했겠죠.」

「나는 늘 네 우정이 변치 않을 것을 믿었다.」 스웨덴 기사가 나직한 목소리로 빈정거렸다. 「그래, 좋다. 무슨 일로 찾아온 거지? 마주 앉아 옛날이야기나 나누자고 온 것은 아닐 텐데.」

「그렇습니다.」 브라반터가 말했다. 「옛이야기를 하려고 온 게 아니라 현재 상황 때문에 찾아왔습니다. 대장을 보고 깜짝 놀랐습니다. 이렇게 훌륭한 분이 되시다니, 정말 기쁩니다. 다들 대장을 높이 평가하고 어디에서나 존경받더군요. 겉치레 인사말이 아니라 진심입니다.」

「고맙군.」 스웨덴 기사가 말했다. 「지금의 내 모습을 그토록 기쁘게 받아들인다니 정말 고맙기 그지없네. 너는 어떻게 지내지?」

「무역 사업을 하고 있습니다.」 브라반터가 말했다. 「쥐한테 지푸라기가 필요하듯이, 저는 사람들이 필요로 하는 물품을 제공합니다. 물건을 사서 약간의 이문을 붙인 뒤 되파는 거지요. 이 사업으로 꽤 많은 부를 쌓았습니다. 원래의 재산은 털끝 하나 건드리지 않고 고스란히 모셔 두었습니다.」

「일은 그렇다 치고 다른 건 어떤가?」 스웨덴 기사가 물었다. 「결혼은 했고? 아이들은?」

브라반터가 고개를 저었다. 「결혼은 안 했습니다. 의사의 딸과 결혼할 기회가 있었으나, 아내 없이 사는 게 건강에 더 좋을 거라는 생각이 들더군요. 저녁에 장부를 정리하고 서신을 보낸 뒤에는 연극을 보러 가거나 이런저런 모임에 참석합니다. 거기서 사람들과 토론을 벌이기도 하고, *pour passer le temps*(시간을 죽이려고) 카드놀이 같은 것도 합니다. 또 날씨가 화창한 일요일에는 정원에서 시간을 보내고요. 지금까지는 그렇게 살아왔습니다. 하지만 얼마 전에 가진 재산을 전부 현금으로 바꿨습니다. 집에 있는 가구와 그림 들까지 모두 팔아 치웠죠. 그리고 지금은 이 나라를 떠나는 중입니다.」

「나는 아마도 여기 내 장원에서 늙어 죽을 것 같네.」 스웨덴 기사가 말했다.「흔히들 주인이 땅보다 더 강해야 한다고 말하지만, 그건 역설적으로 경작지가 주인보다 더 강하다는 뜻이지. 땅이 주인을 붙잡고 놓아주지 않거든. 다른 나라를 두루 돌아볼 자유를 누리는 자네가 부럽군.」

「그런 건 부러워할 것이 못 됩니다.」 브라반터가 말했다.「이제까지 살아오면서 겪은 일들과 그동안 만났던 기이한 인연들을 생각하면, 세속의 기쁨이 얼마나 부질없고 헛된지 새삼 깨닫게 됩니다. 양초가 모두 타면 불빛이 꺼지듯, 이 세상 모든 것은 언젠가 반드시 사라지게 되어 있으니까요. 우리는 변덕스러운 행운의 여신이 손에 든 공에 불과합니다. 허공에 더 높이 던져질수록 떨어질 때의 충격이 더 큰 법이지요.」

「네 식견에 감탄이 절로 나오는구나.」 스웨덴 기사가 말했다.「하지만 내게는 무의미한 말이다. 나는 그런 걸 생각할 겨를조차 없어. 아내와 딸, 딸린 일꾼들을 먹여 살리는 일만으로도 시간이 빠듯해.」

「대장!」 브라반터가 잠시 말을 멈췄다가 다시 작은 소리로 입을 열었다. 「내 말 잘 들으세요. 이런 이야기를 전하게 돼서 몹시 유감입니다. 맞아요, 오늘 나는 대장한테 안 좋은 소식을 전하러 왔어요. 대장은 이곳을 떠나야 합니다.」

「무슨 일이 있었기에 그러는 거지?」 스웨덴 기사가 물었지만, 크게 동요하거나 걱정하는 목소리는 아니었다.

「대장은 이곳을 떠나야 합니다.」 브라반터가 같은 말을 되풀이했다. 「즉시 떠나십시오! 잔혹한 남작이 대장을 뒤쫓고 있습니다.」

스웨덴 기사가 어깨를 으쓱했다.

「잔혹한 남작이라고?」 그가 짧게 웃음을 터뜨렸다. 「해줄 말이 그거였나? 어디 한번 와보라고 해. 나는 걱정하지 않아. 대체 잔혹한 남작이 나에 대해 뭘 안단 말인가?」

「물론 그는 클라인로프 장원의 새 주인에 대해서는 잘 모를 겁니다.」 브라반터가 말했다. 「하지만 그는 성물 도적단 대장에 대해서는 모든 걸 알고 있습니다. 왜냐하면 빨강 머리 리스, 그 염소 새끼가 잔혹한 남작 편으로 돌아섰거든요. 그 소식을 전하러 대장을 찾아온 겁니다. 떠나십시오!」

「크리스티안.」 어둠 속에서 마리아 아그네타의 목소리가 들렸다. 「당신 어디 있어요? 사람들이 기다리는데 왜 안 돌아오는 거예요? 가축들 때문에 자기들을 내팽개쳤다고 모두 불평하고 있어요.」

마리아 아그네타가 창문을 열고 밖으로 고개를 내밀었다. 방 안에서 사람들이 왁자지껄 떠들고 웃는 소리가 창밖으로 흘러나왔다.

「조금 뒤에 들어갈 테니 잠깐만 더 기다려 달라고 해요.」 스웨덴 기사가 크게 외친 뒤 다시 브라반터를 향해 돌아섰다.

「빨강 머리 리스가 뭘 어쨌다고?」

「저분이 토르네펠트 부인이신가요?」 브라반터가 단안경을 눈에 가져다 대고 올려다보면서 물었다.

「맞아. 내 아내, 세상에서 가장 착하고 순수하고 성스러운 여자야. 그런데 나는 어떤 사람이지?」

「*Sublime! adorable*(고상한 사람! 존경받을 만한 사람)!」 브라반터가 입술을 내밀며 작게 속삭였다. 아그네타는 어느새 창문에서 사라졌다. 「아내의 초상화를 한 장 그리도록 하세요. 유화나 구아슈[41]나 템페라[42]로요. 대장의 부인에게 제대로 인사 올리지 못하는 것을 용서해 주세요.」

「빨강 머리 리스가 뭘 어쨌다고? 시간이 없다. 어서 말해 봐! 아내가 나를 찾는 소리를 들었잖나.」 스웨덴 기사가 브라반터를 재촉했다.

「대장, 우리는 궁지에 빠졌습니다.」 브라반트가 말했다. 「빨강 머리 리스가 슈바이드니츠에서 숙영 중이던 용기병 하사와 사귀다가 얼마 전에 결혼을 했습니다. 그 하사는 잔혹한 남작의 부하고요. 대장에 대한 리스의 사랑은 증오로 변했습니다. 그리고 리스는 젊은 남편이 승진할 수 있도록 잔혹한 남작을 찾아가…….」

41 물과 고무를 섞어 만든 불투명한 물감으로 그린 그림.

42 아교나 달걀 노른자로 안료를 녹여 만든 불투명한 물감으로 그린 그림.

「잔혹한 남작은 지금 어디 있지?」 스웨덴 기사가 물었다. 「그는 아직도 용기병 대장인가?」

「스페인과 헝가리에 머물다가 최근에는 빈에 있었다고 합니다. 얼마 전에 받은 보고에 따르면 지금은 슈바이드니츠로 가고 있고요. 남작은 육군 대령으로 승진했습니다. 빨강 머리 리스는 우리를 그자의 손에 넘기겠다고 떠벌리고 있어요. 그 대가로 남편의 장교 발령을 약속받았다면서요. 이마에 낙인이 찍혀 로마 황제의 갤리선을 타게 된다면 그나마 운이 좋은 거라고 했다더군요. 대장, 빨리 이곳을 정리하고 떠나야 합니다. 여자가 한을 품으면 어떻게 되는지 알잖습니까.」

스웨덴 기사가 눈살을 찌푸리며 대문을 비추는 램프의 불빛을 응시했다.

「상황이 안 좋은 건 사실이군.」 잠시 후 그가 말했다. 「하지만 떠났다가 상황이 더 악화될 수도 있어. 왜 내가 떠나야 하지? 어쩌면 지금 있는 이곳이 더 안전할 수도 있는데. 그 여자는 나에 대해 아무것도 몰라. 빨강 머리 리스는 나를 찾겠다고 시골로, 술집으로, 시장터로 돌아다닐 거야. 주로 하층민들이 모이는 곳들 말이야. 그 여자가 이 장원으로 찾아올 리는 없어.」

「대장.」 브라반터가 말했다. 「대장 입에서 그런 말이 나오다니 정말 놀랍군요. 예전의 그 날카롭던 판단력은 어디 동인도에라도 보냈습니까? 빨강 머리 리스는 대장을 찾으러 어디로 가야 할지 알 겁니다. 대장은 귀족의 명예를 얻고 싶다고 자주 말했어요. 예전에 대장이 열병을 앓을 때 빨강 머리 리스가 초를 섞은 약으로 대장의 이마와 얼굴을 닦아 준 적이 있습니다. 그때 대장은 꿈속에서 본 하인들과 하녀들에게 아무짝에도 쓸모없는 게으른 도둑들이라고 욕을 퍼붓고는, 몇 년 뒤 농장에 돌아가면 네놈들 기강을 바로 세울 거라고 협박했어요. 대장은 늘 그 생각을 품고 있었습니다. 우리가 헤어지던 날, 빨강 머리 리스가 내게 말하더군요. 나중에 대장을 만나고 싶다면 귀족의 영지로 찾아가야 할 거라고. 이 모든 사정을 미루어 지금 내가 대장에게 할 수 있는 충고는, 당장 이곳을…….」

「포메른과 폴란드, 브란덴부르크를 아우르는 이 넓은 지역에는 귀족들 장원이 적어도 수백 개가 있다. 그런데 어떻게 빨강 머리 리스가 나를 찾아낸다는 거지?」 스웨덴 기사가 브라반터의 말을 자르고 끼어들었다. 불안한지 목소리가 약간 떨렸다.

「리스가 직접 찾아 나설 필요가 없어요.」 브라반터가 대답했다. 「잔혹한 남작에게 조사를 맡기면 됩니다. 남작은 대장이 7, 8년 전쯤에 돈이 가득 든 보따리를 들고 이 장원에 나타났다는 사실을 금세 알아낼 겁니다. 일단 대장을 의심하게 된 후에는 빨강 머리 리스를 데려와 대장과 대질시킬 테고요. 그럼 어떻게 될까요? 자, 시간을 낭비하지 말고 어서 떠나세요. 저라면 지속적인 위험에 노출되는 것을 감수하느니, 차라리 적은 것에 만족하며 살 겁니다. 제 조언을 따르세요, 대장. 이곳을 떠나요. 저 높은 산맥들 너머에도 사람들이 사는 마을이 많이…….」

「맞아.」 스웨덴 기사가 작은 소리로 말했다. 「나는 떠나야 해. 하지만 내 심장이 그걸 견디지 못해. 그럴 수가 없어.」

「그렇다면 할 수 없죠. 그럼 이대로 머물다가 화형이나 교수형을 당하세요!」 급기야 브라반터가 화를 버럭 냈다. 「대체 내가 뭐 때문에 이런 헛걸음을 했을까? 대장이 이렇게 말귀를 못 알아듣는 사람인 줄도 모르고.」

브라반터가 주머니에서 금을 칠해 번쩍거리는 회중시계를 꺼내더니 귀에 가져다 댔다.

「마부가 기다리고 있어서 이제 그만 가야겠습니다.」 그의 목소리가 차분히 가라앉았다. 「제가 화를 낼 필요가 있나요? 제 목숨이 아니라 대장의 목숨이 걸린 일인데요. 저는 제가 아는 모든 것을 대장에게 전했고 경고도 했습니다. 그러니 설령 대장이 목숨을 잃게 되더라도 제 책임이 아니에요.」

그들은 아무 말 없이 단풍나무 길을 내려가 브라반터의 마차가 기다리는 곳에 이르렀다. 그들이 다가오는 것을 본 마부가 고개 숙여 인사한 뒤 마부석으로 뛰어올랐다. 마차에 오른 브라반터가 창문 밖으로 몸을 내밀더니 알아들을 수 없을 만큼 작은 소리로 속삭였다.

「대장, 여기 남아서 천둥 번개와 맞서 싸우겠다는 용기에 경의를 표합니다. 하지만 대장의 아이가 걱정스럽군요. 아버지가 이마에 바퀴 자국과 교수대의 낙인이 찍힌 채 쇠사슬에 묶여 갤리선으로 보내졌다는 사실을 평생 기억하며 살아야 할 테니까요. 그럼 이만 가보겠습니다. 대장, 몸 잘 챙기기 바랍니다. 알론스, 출발하도록 해!」

스웨덴 기사는 어둠 속으로 사라지는 마차를 바라보았다. 브라반터의 말이 날카로운 칼이 되어 심장을 찔렀다. 그는 자신이 떠나야 한다는 사실을 깨달았다. 딸아이를 위해 떠나야 한다. 하지만 어디로? 대체 어디로?

스웨덴 기사가 멀리 사라져 가는 바퀴 소리에 귀를 기울이고 있을 때, 갑자기 눈앞에 어떤 환영이 나타났다.

바로 자기 자신이었다. 그는 끝없이 펼쳐진 들판 위에서 파란색 스웨덴 군복을 입고 누런 말을 탄 채 대오를 갖추어 질주하고 있었다. 시커먼 포연에 휩싸인 하늘을 향해 스웨덴 군가가 쩌렁쩌렁하게 울려 퍼지는 소리가 들렸다. 머리 위에서 새까만 까마귀들이 허공을 선회하는 모습도 보였다. 사방에서 총성과 대포 쏘는 소리가 천둥치듯 울렸고, 찢어진 깃발들이 바람에 휘날렸다. 돌진하는 기병들을 향해 총알이 빗발치듯 날아왔다. 그중 하나가 그의 심장을 관통했다. 이루 말할 수 없는 행복감을 느끼며 그는 말에서 굴러떨어졌다.

*

그날 밤에 스웨덴 기사는 바일란트와 개미잡이를 불러 브라반터가 한 이야기를 전했다. 그리고 스웨덴 전쟁에 참가하기 위해 농장을 떠날 준비를 하라고 지시했다. 그들은 대장의 지시를 기쁘게 받아들였고, 그의 건강을 위해 건배했다. 사실 그들은 이미 오래전부터 농장 일에 싫증을 느끼고 있었다. 이 지루한 생활에서 벗어날 수만 있다면 어떤 변화든 대

환영이었다. 그들은 먹잇감을 찾는 매의 눈초리로 시골길을 떠돌아다니던 호시절로 되돌아갈 거라고 믿었다. 그리고 전쟁터에서 대장의 지휘를 잘 따르면 다시 한번 주머니가 두둑해질 거라는 기대에 부풀었다.

스웨덴 기사는 아주 힘겹게 우크라이나 초원에서 러시아와 싸우는 스웨덴 군대에 자원할 생각이라고 아내에게 말했다. 마리아 아그네타에게 이 소식은 청천벽력이나 마찬가지였다. 마리아 아그네타는 처음에 제 귀를 의심했다. 그러나 그는 다시 한번, 외국에 거주하는 모든 스웨덴 사람과 마찬가지로 자신 역시 어제 왕의 사령부로부터 두 명의 실력 있는 하인을 대동하고 스웨덴 군대로 복귀하라는 긴급 명령을 하달받았다고 말했다.

그녀는 왈칵 눈물을 쏟더니 격렬하게 흐느끼면서 오로지 전쟁의 영광과 스웨덴 국왕만을 생각하는 남편을 거세게 원망했다. 스웨덴 왕만 소중하고 자신은 아무것도 아니냐고, 당신의 마음속에서 나에 대한 사랑은 다 식었느냐고 소리쳤다.

그는 아내의 말에 반박했다. 하지만 진실을 밝힐 수는 없었다. 사랑하는 아내와 딸의 이름을 더럽히지 않기 위해, 또 두 사람의 행복한 앞날을 위해 그들을 떠날 수밖에 없는 입장을 결코 털어놓을 수 없었다. 스웨덴 군대에 가는 것은 전쟁 영웅이 되어 명예를 얻으려는 것이 아니라, 이대로 집에 남을 경우 잃어버릴 명예로운 죽음을 위해서라는 것을 말할 수 없었다.

「내 사랑, 마리아 아그네타. 당신은 이미 잘 알잖아. 내 사랑의 불꽃은 꺼지지 않았다는 것을. 당신에 대한 사랑은 항상 타오르고 있어. 당신은 나의 천사이자 행운이야. 세월이 아무리 흘러도 그 사실은 변치 않을 거야. 하지만 나는 떠나야 해. 7년 동안 전쟁터를 떠나 있었지만, 지금 나의 왕이 나를 부르고 있어. 나는 늘 왕의 부름을 기다려 왔어. 제발 울지 마, 내 사랑! 내게 어떤 일이 닥치든 사랑과 신뢰로 모두 받아들이겠다고 결혼하는 날 약속했잖아!」

마리아 아그네타가 스웨덴 기사를 껴안았다.

「그러는 당신은?」 그녀가 절망스러운 목소리로 물었다. 「당신도 내게 맹세하지 않았나요? 죽음이 우리를 갈라놓을 때까지 내 곁에 머물 거라고? 앞으로 나는 당신 없이 어떻게 살아가야 하지? 늘 여자보다 전쟁의 영광을 더 사랑하는 당신의 왕을 내가 왜 걱정해야 하지?」

「제발 폐하께 그런 불경스러운 말을 하지는 말아 줘.」 스웨덴 기사가 슬픈 목소리로 말했다. 「내 사랑, 나는 정말 떠나고 싶지 않아. 하지만 다른 방법이 없어. 이제 다시 칼을 차야 할 시간이 온 거야. 내가 신나서 노래하고 춤추며 당신을 떠나는 게 아니라는 걸 신께서도 아셔. 하지만 나의 국왕이 나를 부르고 있어!」

마리아 아그네타는 그날 하루 종일 울고 밤새도록 또 울었다. 이튿날 아침, 그녀는 애써 평정심을 되찾았다. 그리고 옷장에서 황동 단추에 빨간 옷깃이 달린 파란색 스웨덴 군복을 꺼냈다. 고라니 가죽으로 만든 바지와 노란색 장갑, 가죽 손잡이가 달린 칼, 여물 주머니와 물병, 기병이 쓰는 권총도 꺼냈다. 앞에 펼쳐진 물건들을 물끄러미 보고 있자니, 스웨덴 기사가 모자를 겨드랑이에 낀 채 정원에 내리쬐는 따스한 햇살을 받으며 그녀를 향해 걸어오던 모습이 눈앞에 어른거렸다. 그녀의 눈에 다시 눈물이 차올랐다.

「신께서 당신과 당신의 왕을 지켜 주시기를!」 그녀는 나직하게 중얼거리면서 낡고 해진 파란색 군복을 쓰다듬었다.

*

마리아 크리스티네가 종종걸음으로 마구간에 뛰어 들어가 개미잡이를 찾았다. 그는 흐릿한 여명 속에서 나무 상자 위에 앉아 낡은 복대를 꿰매는 중이었다. 마리아는 그 모습을 잠시 지켜보다가 불안과 호기심이 가득한 얼굴로 물었다.

「아빠가 전쟁터로 가는 거 아저씨도 알아요?」

「네.」 개미잡이가 말했다. 「나와 다른 동료도 같이 가요.」

「그럼 세 사람이 가는 거네요.」 마리아 크리스티네가 손가락으로 숫자를 셌다. 「왜 동방 박사처럼 세 사람이 같이 가는 거예요?」

「두 사람이 침묵하면 한 사람이 그들의 말에 귀 기울이기 위해서예요.」 개미잡이가 설명했다.

「전쟁터는 여기서 멀어요?」 마리아 크리스티네가 물었다.

「자를 이리 줘보세요. 거리를 한번 재보게.」 개미잡이가 말했다.

「언제 돌아올 거예요?」

「아가씨의 신발 세 켤레가 다 닳으면 돌아올 거예요.」

「나는 정확한 날짜를 알고 싶다고요. 몇 월 며칠에 돌아올 거예요?」 마리아 크리스티네가 소리쳤다.

「숲에 가서 뻐꾸기한테 물어보면 정확한 날짜를 말해 줄 거예요.」 개미잡이가 말했다.

「전쟁터에 가서 아저씨는 뭘 할 거예요?」 마리아 크리스티네가 물었다.

「돈을 왕창 벌 거예요.」 개미잡이가 대답했다. 「요즘 주머니가 텅 비어서 몹시 힘들거든요. 나는 주머니가 가득할 때 힘이 나요.」

「엄마가 울어요.」 마리아 크리스티네가 말했다. 「엄마 말로는 전쟁에 나갔다가 집에 돌아오지 못하는 사람이 많대요.」

「그건 전쟁이 좋은 거라는 뜻이에요.」 개미잡이가 말했다. 「전쟁이 나쁜 거라면 사람들이 금세 집으로 돌아왔겠죠.」

「그럼 엄마는 왜 우는 거예요?」

「우리와 함께 갈 수 없으니까요.」

「왜요?」

「날씨 때문에요. 비가 오고 눈이 오면 전쟁터에서 그분이 뭘 하겠어요?」

마리아 크리스티네가 발을 동동 굴렀다. 「나는 아빠가 비가 오거나 눈이 올 때 전쟁터에 있기를 바라지 않아요. 아빠의 파란색 군복은 아주 낡았어요. 그건 금방 젖어 버릴 거라고요. 날씨가 안 좋으면 아빠는 빨리 집으로 돌아와야 해요.」

「너무 흥분하지 말아요, 꼬마 공주님.」 개미잡이가 말했다.「무슨 방법이 없는지 생각해 볼게요.」
「제발 도와줘요, 아저씨.」 마리아 크리스티네가 개미잡이의 무릎 위로 올라가 애원했다.「아저씨는 분명히 알 거예요. 아빠가 계속 전쟁터에 있는 건 정말 싫어요. 내 말 듣고 있죠? 그냥 흘려들으면 안 돼요. 아저씨는 못하는 게 없잖아요. 그러니까 꼭 아빠가 집에 돌아올 수 있게 해줘요.」
「꼬마 공주님 말을 안 들었다가는 큰일 나겠네요.」 개미잡이가 말했다.「우리 꼬마 공주님은 말솜씨가 너무 좋아서 악마의 영혼도 꾀어낼 수 있겠어요. 자, 이제 수염은 그만 놓아주세요. 자꾸 그렇게 잡아당기다가는 수염이 하나도 안 남아나겠어요. 내 말 잘 들어요. 아빠가 전쟁터에 가지 않기를 진심으로 바란다면, 소금과 흙으로 작은 오자미를 만들어서…….」
「소금하고 흙이요?」 마리아 크리스티네가 물었다.「무슨 흙이요? 까만 흙? 빨간 흙?」
「그냥 흙이면 돼요. 빨간색이든 노란색이든 까만색이든 갈색이든 상관없어요.」 개미잡이가 말했다.「소금과 흙을 넣어 작은 오자미를 만든 다음, 그걸 아빠의 파란색 군복에 꿰매 놓는 거예요. 안감과 겉감 사이에요. 그 작업은 꼭 달빛이 비치는 곳에서 해야 해요. 누구에게도 꼬마 공주님이 실과 바늘을 든 모습을 들켜서는 안 되고요. 그때 개가 짖거나 닭이 울어서도 안 된답니다. 그랬다가는 마법의 힘이 전부 사라져 버려요. 그럼 모든 것을 처음부터 다시 해야 해요. 내 말 알아들었어요?」
「네.」 마리아 크리스티네가 작은 소리로 대답했다.

「군복에 든 소금과 흙은 밤낮으로 꼬마 공주님을 생각나게 만드는 마법의 힘을 가져요. 그건 종을 매단 밧줄보다 힘이 더 강하답니다. 그게 주인님을 꽉 붙잡아서 꼬마 공주님에게로 데려다줄 거예요. 그 옷을 입고 있으면 다시 아가씨 곁으로 돌아오기 전까지는 밤이나 낮이나 쉴 수가 없어요. 내 말 명심했죠?」

「네.」 마리아 크리스티네가 떨리는 목소리로 말했다. 밤중에 그 일을 해야 한다고 생각하니 벌써부터 심장이 두근거렸다. 「소금과 흙을 넣은 작은 오자미를 만든 다음, 그걸 바늘과 실로…….」

「꼭 달빛을 받으면서 해야 돼요. 촛불을 켜고 하는 게 아니라.」 개미잡이가 경고했다. 「그걸 잊으면 안 돼요. 열하루 전에 달이 새로 커지기 시작했으니 성공할 수 있어요. 아직 상현달이거든요.」

*

정원의 너도밤나무와 오리나무 숲 위로 달이 두둥실 떠오르자, 마리아 크리스티네는 침대에서 내려왔다. 그리고 베게 밑에서 소금과 흙을 넣어 만든 오자미와 가위, 바늘, 실을 꺼낸 다음, 방에서 조용히 빠져나와 살금살금 계단을 올라갔다. 몇 걸음 걸어간 뒤 잠시 문 쪽에 귀를 대고 모든 것이 조용한지 확인했다. 그녀는 두근거리는 심장을 안고 아버지의 파란색 스웨덴 군복이 있는 방으로 들어갔다. 팔걸이의자에 군복이 펼쳐져 있었다.

방은 완전히 깜깜하지는 않았다. 창문으로 들어오는 달빛에 사물의 윤곽이 어렴풋이 보였다. 파란색 스웨덴 군복에 달린 황동 단추들이 반짝거렸다. 문턱을 넘어 안으로 들어가려던 마리아 크리스티네는 벽에 걸린 거울에 비친 자기 모습에 화들짝 놀랐다. 방에 다른 사람이 있는 줄 알았기 때문이다. 하지만 자기밖에 없다는 사실을 깨닫고 크게 안도의 한숨을 내쉬었다. 마리아는 군복 상의를 의자에서 집어 들려고 했으나 어린아이가 들기에는 무거웠다. 하지만 옷을 꽉 움켜쥐고 안간힘을 쓰며 창문 쪽으로 끌고 갔다. 그다음 바닥에 웅크리고 앉았다. 한숨이 절로 나왔다. 혹시 개가 짖거나 닭이 울어서 이 은밀한 작업이 수포로 돌아가면 어떻게 하나 마음이 조마조마했다. 하지만 사위는 고요했다. 그녀는 무릎 위에 군복을 펼쳐 놓고 가위를 집었다.

이 시간이면 개와 닭은 잠에 들었다. 하지만 마리아 크리스티네의 아버지와 어머니는 아직 깨어 〈긴 방〉에 있었다. 마리아 아그네타의 안색은 창백했고, 눈은 너무 울어서 퉁퉁 부어 있었다. 스웨덴 기사는 팔짱을 낀 채 벽난로 앞에 서 있었다.

불이 거의 꺼져 가는 장작을 응시하는 동안, 스웨덴 기사의 생각은 마리아 아그네타를 처음으로 만났던 그 시간으로 되돌아가 있었다. 바로 이 방에서 일어난 일이었다. 당시 그녀는 아랫사람들한테 속아 넘어가서 빈털터리나 다름없게 된 가난하고 어린 영주였다. 그리고 세상에서 가장 사랑하는 소년, 이미 그녀와 그녀의 사랑을 까맣게 잊은 소년 때문에 몹시 슬퍼했다. 그때 잔혹한 남작에게 붙잡힌 가련한 죄수였던 그의 머릿속에는, 그 귀족 소년보다 더 나은 사람이 되어 당당히 세상에 나타나겠다는 생각, 그리하여 그녀를 아내로 맞겠다는 터무니없는 생각이 피어올랐다. 그 이후 그는 사악하고 뻔뻔한 행동으로 다른 사람의 몫을 억지로 가로채고, 그것을 빼앗기지 않으려고 애썼다. 행운의 여신은 그에게 7년이라는 시간을 허락했다. 이제 그에게는 마지막 행운이 남아 있었다. 7년간 귀족으로서 산 데 이어 귀족으로서 죽음을 맞는 행운이었다. 그는 스웨덴 군대에 들어가 장렬한 죽음을 맞이하기로 결심하고, 사형 집행인의 손에 죽지 않게 해준 운명에 감사했다.

「농장에는 착하고 성실하고 경험 많은 하인들이 있어.」 그가 말했다. 「그러니 당신이 제대로 관리만 하면 아무 일도 없을 거야.」

「당신이 내 곁에 없는데 어떻게 그래.」 마리아 아그네타가 나직하게 말했다.

「한 가지만 조심하면 돼.」 스웨덴 기사가 말을 이었다. 「살림은 물론이고 농사일을 하거나 가축을 기를 때, 낭비하지 않고 검소하게 사는 거야. 내가 말하는 것 어느 하나 소홀히 여기면 안 돼. 첫째, 버는 것보다 더 많이 지출하지 말 것. 둘째, 가축이 쓸모없어지면 즉시 처분할 것. 셋째, 여름 씨앗은 파종을 너무 서두르지 말 것. 차라리 날씨가 좋아질 때까지 기다리는 게 나아. 거름을 잘 주고 잘 가꾼 땅 한 필에서 거두는 수확이 방치된 땅 두 필에서 거두는 수확보다 더 많다는 걸 명심해야 해.」

「기억할 게 너무 많아.」 마리아 아그네타가 탄식하며 말했다. 「그 모든 걸 어떻게 다 기억해? 게다가 당신에 대한 걱정으로 나는 불안함 속에서 살아갈 텐데. 아마 불안이 내 심장을 다 갉아먹어 버릴 거야.」

하지만 스웨덴 기사의 생각은 벌써 양 치는 일로 옮겨 갔다. 최근 양은 매년 클라인로프 장원에 커다란 수익을 가져다주었다. 그가 마리아 아그네타에게 좋은 양털은 좋은 목초지에서 나온다는 것을 설명하기 시작했을 때, 옆방에서 무슨 소리가 들렸다. 덜커덩거리는 소리가 나자 그가 입술에 손가락을 가져다 대며 물었다.

「이게 무슨 소리지?」 그가 물었다. 「당신도 들었어? 이 시간에 누가 깨어 있는 거지?」

「깨어 있는 사람은 아무도 없어.」 마리아 아그네타가 말했다. 「바람에 창문 덧문이 흔들리는 소리였을 거야.」

하지만 스웨덴 기사는 발자국 소리를 들은 것 같았다. 그가 탁자에서 촛불 램프를 집어 들고 문을 열었다.

「어이!」 그가 소리쳤다. 「거기 누구야?」

*

어린 마리아 크리스티네는 가까이에서 아버지의 목소리가 들리자 심장이 철렁 내려앉는 기분이었다. 드디어 작업이 끝났다. 개도 짖지 않고 닭도 울지 않아 다행이었다. 마리아 크리스티네가 안도의 한숨을 내쉬고 파란색 스웨덴 군복을 다시 팔걸이의자에 펼쳐 놓았을 때, 쿵 하는 소리와 함께 뭔가 무거운 것이 바닥으로 떨어졌다.

그녀는 화들짝 놀랐다. 대체 무슨 일이 일어났는지 알 수 없었다. 그녀는 재빨리 방을 빠져나가려다가 의자 모서리에 부딪치는 바람에 하마터면 눈물을 흘릴 뻔했다. 얼굴을 찌푸리면서 허리와 무릎을 문지른 뒤 다시 걸음을 재촉했다. 하지만 이번에는 빨리 달리다가 슬리퍼 한 짝이 발에서 벗겨졌다. 당황했지만 곧바로 슬리퍼를 찾아 신고 방을 빠져나갔다. 바로 그때 스웨덴 기사가 〈거기 누구야?〉 하고 외치는 소리가 들렸다.

스웨덴 기사와 마리아 아그네타는 잠시 열린 문 앞에 서 있었다. 스웨덴 기사는 램프를 높이 치켜들었고, 마리아 아그네타는 겁에 질려 남편 옆에 바짝 붙었다. 그가 팔을 움직이자 램프의 불빛이 팔걸이의자 옆 바닥에 떨어진 책을 비췄다. 아그네타가 달려가 표지가 구리로 된 그 책을 들어 올렸다.

「이것 때문이었네.」 그녀가 말했다. 「책이 떨어지면서 난 소리였어. 아마 고양이가 당신의 군복 위를 지나간 것 같아. 의자에서 그걸 끌어내리려고 잡아당기다가 책을 떨어뜨린 거야. 곰팡이 냄새가 폴폴 나는 걸 보니 1백 년도 넘은 것 같네.」

스웨덴 기사는 말없이 비밀의 책을 내려다보았다. 행운의 여신이 그의 편에 서 있던 동안 그는 그 책을 까맣게 잊고 있었다.

「이건 구스타프 아돌프의 성경책이야. 그 유명한 영웅 구스타프 아돌프 왕.」 그가 마리아 아그네타에게 설명했다. 「왕은 죽음을 맞이할 때 이 성경책을 갑옷 속에 지니고 있었어. 그리고 나는 이것을 젊은 스웨덴 왕에게 전해 달라는 지시를 받았지. 이 책 덕분에 내가 명예를 얻을지는 모르겠어. 세월이 너무 오래 흐른 탓에 책 상태가 아주 안 좋네. 비에 젖어서 군데군데 좀도 슬었고 말이야. 어쩌면 스웨덴 왕은 이 책에 눈길도 안 줄 수 있겠어.」

스웨덴 기사가 어깨를 으쓱했다. 그는 성경책을 권총과 노란 장갑이 있는 탁자 위에 던져 놓았다.

*

이틀 뒤 동이 틀 무렵 스웨덴 기사는 바일란트와 개미잡이를 데리고 저택을 떠났다. 연못과 초원에 새벽안개가 자욱하게 끼어 있었다. 마리아 아그네타와 작별하는 것은 힘들고 고통스러웠다. 마지막으로 남편을 포옹한 그녀는 입술을 움찔거리며 떨리는 목소리로 말했다. 「주께서 항상 당신과 함께하시기를!」 그 말을 듣는 순간, 스웨덴 기사는 이것이 영원한 작별이라는 사실을 그녀에게 감추기가 너무 힘들었다.

마리아 크리스티네는 자고 있었다. 아이는 아버지가 작별 인사로 입과 이마와 눈에 입을 맞출 때도 잠에서 깨지 않았다.

마지막 장

이름 없는 남자

한밤중이었다. 스웨덴 기사는 공기가 차갑고 눅눅한 어느 폴란드 술집에서 반쯤 남은 맥주잔을 앞에 두고 앉아 있었다. 내리 사흘 동안 말을 타고 숲과 진창길을 통과하느라 거의 탈진 상태였지만, 자고 싶은 생각은 없었다. 바닥에는 술집 주인이 키우는 개가 널브러진 채 토끼와 여우와 멧돼지라도 잡는 꿈을 꾸고 있는 것 같았다. 폴란드어만 할 줄 아는 술집 주인은 한쪽 구석에서 바일란트와 개미잡이와 어울려 브랜디를 마셨다. 지금 그의 아내가 2층에서 산통을 시작한 터라 술집 주인은 출산 소식을 기다리느라 안절부절못했다. 바일란트와 개미잡이가 그에게 진통을 줄이는 데 도움이 되는 방법, 예컨대 미르라 기름을 넣은 꿀물 등을 알려 줬지만 술집 주인은 말을 알아듣지 못하고 계속 똑같은 질문을 했다.

술집 안에서는 등잔불이 그을음을 내며 타올랐고, 밖에서는 바람이 쌩쌩 불었다. 술집 안이 조용할 때면 여자가 비명을 지르는 소리와 나뭇가지들이 바람에 쏴쏴 흔들리는 소리가 들렸다.

바일란트와 개미잡이는 술잔에 남은 브랜디를 단번에 비운 뒤 램프를 들고 술집 주인을 따라 밖으로 나갔다. 그들이 나무 계단을 오르자 삐거덕거리는 소리가 들렸다. 스웨덴 기사는 미동도 없이 고개를 푹 숙인 채 상념에 잠겨 있었다. 그는 끊임없이 장원을 생각했다. 술집 안에 다시 정적이 찾아왔다. 그런데 어디선가 두런거리는 소리가 들렸다. 낮에 그의 귓전을 맴돌던 친숙한 소리들이었다. 하녀들이 저녁을 먹고 나서 옹기종기 모여 앉아 수다를 떤다. 이어서 대문이 삑삑하게 열리는 소리, 우물에서 물이 철벅대는 소리, 마리아 아그네타가 〈구구〉 하며 비둘기를 부르는 소리, 숫돌 가는 소리, 수레에 묶으려는 하인들에 거세게 저항하는 황소의 울음소리가 들렸다. 늙은 하인이 오늘 밤에는 폭풍이 몰려올 것 같다고 걱정한다. 나막신 소리, 우유 통이 부딪치는 소리, 자신이 전쟁터로 떠났다는 사실을 아직도 믿지 못하고 계속 아빠를 찾는 마리아 크리스티네의 작은 목소리도 들린다.

스웨덴 기사는 자리에서 벌떡 일어나 보물 책을 꺼내 탁자 위로 휙 팽개쳤다.

「너는 이제 효력이 끝났어.」 스웨덴 기사가 구스타프 아돌프의 성경책을 향해 말했다. 「예전에 너는 나를 끝없는 모험의 세계로 이끌었지. 하나의 모험이 끝나면 또 다른 모험으로 밤낮없이 나를 유혹해, 전국 방방곡곡에 흩어진 보물과 금붙이 들을 쫓아다니게 만들었어. 이 세상의 온갖 보물을 내가 다 가져도 되는 것처럼 말이야. 그런데 지금은 왜 아무 보물도 보여 주지 않지? 왜 내가 잃어버린 것만 계속 생각하게 만드는 거야? 제발 나를 가만히 내버려 둬. 더 이상 괴롭히지 말라고. 신에게 맹세코 나는 널 이글거리는 불길 속에 처넣어 버릴 거야. 나는 너에게 완전히 질려 버렸어.」

스웨덴 기사는 입을 다물고 허공을 응시했다. 그러다가 구리로 겉을 입힌 낡은 성경책 표지를 쓰다듬었다.

「아마 네 말이 옳을 거야.」 마치 죽은 왕의 성경책이 그에게 무슨 대답이라도 한 것처럼, 스웨덴 기사가 다시 말을 이었다. 「날이 갈수록 세상에서 가장 사랑하는 아내의 목소리가 사라져. 딸의 웃음소리와 환호하는 소리, 노랫소리와 울음소리도 마찬가지야. 왜 그 목소리들이 내 귓전에서 자꾸만 사라지는 거지? 대체 왜 나는 전쟁터로 가고 있는 거지? 네 말이 맞아. 내 손은 소총을 드는 것보다 농부의 쟁기를 드는 게 더 편해. 스웨덴 군대에 가서 나는 뭘 해야 하지? 마을을 불태우고, 농부들이 애써 지은 농작물을 짓밟고, 그들의 가축을 약탈하고, 먹을 것을 훔치고, 불쌍한 사람들을 겁주고 결국 죽여야 하나? 사람들에게 욕을 퍼붓고, 말채찍으로 피가 날 때까지 때려야 하나? 〈이 쓰레기 같은 놈아, 네가 가진 걸 전부 가져와! 안 그러면 죽을 줄 알아!〉 하고 말하면서 협박해야 하나? 스웨덴 왕의 병사가 되어 참호를 파고, 적을 향해 돌진하고, 지쳐 쓰러질 때까지 말을 타는 것은 바보 같은 짓이야. 러시아 황제와 무슨 문제가 있으면 스웨덴 왕이 직접 나서서 해결해야지. 두 사람이 서로 싸우든 협상을 하든 그게 나와 무슨 상관이지?」

시간이 흐를수록 바람이 더 거세졌다. 꿈을 꾸는 개는 잠을 자면서도 컹컹 짖었다. 스웨덴 기사는 탁자 위에 놓인 책을 뚫어져라 응시했다.

「나는 남자로서 인생에 승부를 걸었지. 그건 너도 알 거야.」 스웨덴 기사가 나직하게 말했다.「그런데 얄궂은 여자 하나 때문에 내가 그 승부에서 패해야 하나?」

그는 빨강 머리 리스를 떠올렸다. 그를 진심으로 사랑했던 리스는 마치 주인의 말에 복종하는 개처럼 그를 좇았다. 혹시 그녀의 마음속에서 옛사랑의 불씨를 되살릴 수는 없을까? 스웨덴 기사는 골똘히 생각에 잠겼다. 어쩌면 다시 한번 제 운명의 지배자가 될 수 있을지도 모른다는 대담한 희망이 피어올랐다. 그는 모든 것을 걸고 마지막 승부에 나서 보고 싶었다.

「다시 한번 시도해 볼 가치가 있어. 지금으로서는 그것 말고 다른 방법이 없어.」 그가 자신에게 말했다.「계획이 성공하면 다시 장원으로 돌아가는 거야. 지금 이 상황은 악몽이야. 만약 계획이 실패하면 사형 집행인이 이름 없는 남자의 목숨을 거두어 주겠지.」

다시 발자국 소리가 들렸다. 계단이 삐거덕거리더니 잠시 후 식당 문이 열리고 바일란트와 개미잡이가 들어왔다.

스웨덴 기사는 성경책을 재빨리 주머니에 넣은 뒤 두 사람에게 다가갔다.

「어디를 그렇게 싸돌아다니는 거야? 눈 좀 붙여 두도록 해. 시간이 얼마 없어. 내일 아침 동이 트기 전에 출발해야 해.」

「왜 그렇게 서두르는 거예요, 대장?」 개미잡이가 물었다.

「이 집에 새 생명이 태어났어요. 방금 우렁찬 울음소리 못 들었어요? 남자아이예요. 아들을 얻은 주인이 신이 나서 이틀 동안 숙식을 전부 제공하겠대요. 그 제안을 받아들이면 안 될까요? 그래 봤자 이틀인데. 스웨덴 군대에는 제시간에 도착할 거예요. 전쟁터가 당장 어디로 사라지는 건 아니니까요.」

「우리는 스웨덴 군대로 가지 않는다. 계획을 바꿨다.」 스웨덴 기사가 말했다. 「우린 용기병들이 숙영 중이라는 슈바이드니츠로 간다. 그들과 싸우려는 게 아니다. 내 목숨을 걸고 마지막으로 빨강 머리 리스와 담판을 지어 볼 작정이야.」

개미잡이가 화들짝 놀라 잠시 멍하니 굳었다. 그는 곧 한 가지 충고를 했다.

「그 여자를 설득하려면 돈이 꽤 필요할 거예요.」 그가 말했다. 「빨강 머리 리스는 항상 가난을 최고의 악으로 생각했으니까요. 대장이 돈으로 재앙을 막을 수만 있다면 목숨 값으로 비싼 건 아닐 거예요.」

「무슨 말도 안 되는 소리야!」 바일란트가 외쳤다. 「대장, 내 말 들어요. 리스와 길게 이야기할 필요 없어요. 그냥 그 여자 목에 돌을 매달아 강물에 던져 버리자구요. 그게 최선이에요.」

「그만들 해.」 스웨덴 기사가 단호하게 말했다. 「나는 어떻게든 그 여자의 입을 막을 작정이야. 설사 그 때문에 교수형을 당한다고 해도, 내 마지막 운을 시험해 보기로 했다. 이 승부에 내 목숨이 달렸어.」

「그리 쉽지는 않을 거예요.」 개미잡이가 말했다. 「하지만 걱정은 안 해요. 대장은 늘 삶과 죽음 사이에서 줄타기를 했으니까. 예전부터 대장은 아슬아슬한 게임을 좋아했죠.」

*

슈바이드니츠에서 말을 타고 한 시간 거리에 있는 어느 강가에 낡은 오두막이 한 채 서 있었다. 덤불숲에 둘러싸인 그 오두막은 지난 몇 년 동안 아무도 살지 않는 빈집이었다. 세 사람은 그곳을 은신처로 삼았다. 오두막에는 말을 묶어 둘 수 있는 헛간도 딸려 있었다. 저녁이 되자 바일란트가 시내를 향해 길을 떠났다. 빨강 머리 리스가 용기병 하사와 살림을 차린 집이 정확히 어디인지, 또 몇 시쯤 찾아가는 게 좋을지 염탐하기 위해서였다.

「넌 언제나 최고의 염탐꾼이었어.」 스웨덴 기사가 바일란트를 붙잡고 당부했다. 「그래서 모든 일을 잘 처리할 거라고 믿어. 하지만 명심하도록 해. 절대 빨강 머리 리스의 눈에 띄어서는 안 돼. 네 덥수룩한 수염을 깎는다고 해도 리스는 단번에 네 얼굴을 알아볼 거야. 그 정도의 변신으로 얼굴이 바뀔 거라고는 기대하지 마. 네 실력을 믿어. 하지만 제발 조심해. 이제 모든 건 너한테 달렸어.」

「걱정은 묻어 두고 이제 그만 보내 주세요.」 개미잡이가 말했다. 「저는 바일란트를 잘 알아요. 슐레지엔을 통틀어 그가 기어오르지 못할 나무는 없어요.」

하룻밤과 하룻낮이 지났다. 그리고 또 하룻밤이 지나도록 바일란트에게서는 아무 연락도 없었다. 마침내 그가 다시 돌아왔을 때, 바일란트는 스웨덴 기사에게 필요한 모든 정보를 가지고 있었다.

「용기병들은 벌써 몇 주째 슈바이드니츠에 머물면서 계속 말을 사고 있어요.」 바일란트가 보고하기 시작했다. 「빨강머리 리스는 용기병 하사와 도시 남쪽에 있는 어느 재단사의 집 2층에 살림을 차렸고요. 그 마을에 가서 〈녹색 나무 집〉이 어디냐고 물어보면 알려 줄 거예요. 찾아가기에 제일 적당한 시간은 자정 한두 시간 전이에요. 그 시간에는 집에 혼자 있어요. 하사는 〈까마귀 주점〉에서 꼭지가 돌 때까지 술을 마시다가 자정이 넘어서야 만취 상태로 귀가해요. 그가 비틀거리며 계단을 올라가면 그때부터 싸움이 벌어지더군요. 어찌나 악다구니를 쓰면서 싸우는지 골목 이 끝에서 저 끝까지 들릴 정도예요. 그 부부싸움에 익숙해진 이웃 사람들은 이제 아무도 그 소리에 신경 쓰지 않아요. 대장이 사람들 눈에 띄지 않고 집 안으로 들어가는 방법도 생각해 봤어요. 정원과 맞닿은 담벼락에 장작이 높다랗게 쌓여 있더군요. 대장이 짧은 사다리를 가져가 그 장작더미에 기대 놓고…….」

「안으로 들어가는 문제는 내가 알아서 하겠다.」 스웨덴 기사가 바일란트의 말을 잘랐다. 「그것 말고 더 보고할 건 없나?」

「슈바이드니츠에서 며칠 동안 지출한 식비와 맥주 값을 주셔야겠어요. 전부해서 22.5크로이처예요. 그것만 주시면 돼요. 음식 값은 그리 비싸지 않았어요.」 바일란트가 말했다.

스웨덴 기사는 바일란트와 함께 말을 타고 오후 늦게 시내로 들어갔다. 개미잡이는 짐 싣는 말과 여행 배낭을 지키며 오두막에 남아 있었다. 슈바이드니츠에는 스웨덴 기사의 얼굴을 아는 사람이 몇몇 있어 모습을 드러낼 수 없었다. 두 사람은 시내로 들어가서 가장 좋은 여관에 방을 잡았다. 스웨덴 기사는 저녁 식사를 방으로 가져다 달라고 요청했다. 말을 타고 너무 먼 길을 달린 탓에 완전히 녹초가 됐다는 핑계를 댔다. 하인으로 따라온 바일란트는 식당에서 밥을 먹었다.

두 사람은 방에서 때가 오기를 기다렸다. 10시를 알리는 종이 울리자, 그들은 여관을 몰래 빠져나왔다. 바일란트가 골목길을 여러 개 지나서 시의 남쪽에 〈초록 나무 집〉이라는 푯말이 붙은 곳으로 스웨덴 기사를 데려갔다.

「재단사가 아직 잠자리에 들지 않았어요. 지금 작업실에 있습니다.」 바일란트가 스웨덴 기사에게 속삭였다. 「하지만 리스의 방에는 불빛이 전혀 없어요. 아직 집에 안 들어온 것 같아요.」

「불을 끄고 벌써 잠자리에 들었을 수도 있어.」 스웨덴 기사 역시 작은 소리로 말했다.

「그건 아닐 거예요.」 바일란트가 어둠 속에서 다시 속삭였다. 「리스는 하사가 집에 돌아오기 전에는 절대 잠자리에 들지 않아요.」

두터운 구름에 가려 달이 보이지 않았다. 스웨덴 기사는 코트 속에서 도둑들이 쓰는 램프를 꺼내 잠시 그 집의 담벼락을 살피며 장작더미 꼭대기에서 창문까지의 거리를 가늠했다. 사다리 없이도 충분히 장작을 밟고 창문에 닿을 수 있을 듯했다. 창문에 닫힌 덧문을 어떻게 소리 없이 열 것인지도 생각했다.

스웨덴 기사가 바일란트에게 램프를 건네며 말했다.

「받아. 나는 이제 필요 없어.」 스웨덴 기사가 말했다. 「너는 이제 서둘러 여관으로 돌아가서 방 값을 지불해라. 그다음에 마구간에서 말을 꺼내 이곳으로 오도록 해. 이 근방에서 머물다가 적당한 시점에 네가 어디인지 알리는 신호를 보내. 매나 말똥가리 소리면 되겠지.」

「대장, 총은 확인했어요?」 바일란트가 물었다.

「그래. 이제 서둘러. 시간이 얼마 없어!」 스웨덴 기사가 지시를 내린 뒤 장작더미 위로 올라섰다. 바일란트는 곧 어둠 속으로 사라졌다.

*

집에 돌아온 빨강 머리 리스가 문을 닫은 뒤 무거운 신발을 벗고 아궁이로 몇 걸음 다가갔다. 아궁이에서 나오는 희미한 불빛이 바닥을 비췄다. 아궁이까지 가는 길에 달걀 바구니를 탁자 위에 올려놓고 창문 앞으로 갔다. 아궁이 연기 때문에 공기가 탁해 환기를 시킬 생각이었다. 갑자기 리스가 고개를 번쩍 치켜들었다. 어디선가 사람 숨소리 같은 것이 들렸기 때문이다.

「당신이야, 야콥?」 그녀가 물었지만 아무 대답도 없었다. 다시 정적이 찾아왔지만, 지금 이 집에 자기만 있는 것이 아니라는 느낌이 들었다. 빨강 머리 리스가 떨리는 목소리로 어둠을 향해 소리쳤다.

「거기 누구야?」

아무런 대답도 없자 그녀는 불을 키우려고 아궁이 속을 뒤적거렸다. 그 순간, 불빛에 한 남자의 모습이 드러났다. 남자는 미동도 없이 그녀의 침대에 걸터앉아 있었다. 그가 야콥이 아니라는 것은 금세 알아차렸다. 리스는 두렵지 않았다. 대체 누구일까 하는 호기심만이 일었다.

「어서 정체를 밝혀. 야밤에 감히 내 집에 숨어들다니 겁도 없군.」 리스가 부지깽이로 아궁이의 불씨를 헤집어 스웨덴 기사의 얼굴을 향해 던졌다.

나직한 비명 소리와 함께 빨강 머리 리스가 비틀거리며 뒷걸음질했다.

불씨들이 잠시 허공을 떠돌았다. 차가운 전율이 그녀의 등줄기를 훑어 내렸다. 부지깽이를 든 손이 경련하듯 움찔거렸고, 다른 손은 붙잡을 것을 찾아 허우적댔다. 스웨덴 기사는 여전히 침대에 걸터앉아 꼼짝도 하지 않았다. 숱 많은 눈썹 아래의 눈이 빨강 머리 리스를 노려보았고, 입술은 일그러져 조소를 보냈다. 벽에 드리운 그의 그림자가 마구 흔들렸다.

빨강 머리 리스가 부지깽이를 바닥에 떨어뜨리자 불빛이 사라졌다. 그녀의 머릿속에 온갖 생각들이 두서없이 스쳤다.

〈정말 대장이 맞나? 그가 여길 찾아온다는 게 가능해? 저 사람을 마지막으로 본 게 언제였더라? 혹시 뭘 알고 찾아온 건가? 내가 자길 배신한 걸 아는 건가? 누가 대장한테 그 사실을 알린 거지? 그는 나를 죽일 듯이 노려봤어. 도와 달라고 소리를 지를까? 내 비명 소리을 듣고 도와줄 사람이 있을까? 재단사는 통풍 환자라서 도움이 안 되고, 이웃 사람들은 비명을 들을 수도 있겠지만 아마 그들이 잠에서 채 깨기도 전에…… 대장이 나를 보던 눈빛. 맞아, 수년 동안 계속 눈앞에 떠올랐던 그 눈빛이야. 신이시여, 도와주소서. 이제 어떻게 해야 하지? 야콥이 돌아오다가 내 비명을 듣고…… 아니, 그럴 리는 없어. 그는 내 비명을 못 들어. 자정쯤 돌아올 텐데, 그때면 이미 모든 게 끝났을 거야. 나는 죽어서 바닥에 쓰러져…… 맙소사, 누구한테 도움을 청하지? 대장은 절대 사람들 눈에 띄지 않고 창문으로 빠져나갈 거야. 옛 실력이 녹슬지 않았다면 말이지. 절대 그가 집 밖으로 빠져나가게 해서는 안 돼. 그는 지금 내 앞에 있어. 어떻게든 붙잡아 둬야 해. 그럼 더 이상 그를 찾아다닐 필요도 없지. 내일 잔혹한 남작이 돌아오면…… 사령관님, 그자가 여기 있어요! 하고 신고하면 되는 거야. 그럼 많은 보상이 떨어질 테고, 그걸로 모든 곤경에서 벗어날 수 있어. 대장을 절대 놓쳐서는 안 돼. 어떻게든 붙잡아 둬야 해……. 오, 돈이 눈앞에서…….〉

「왜 나를 어둠 속에 앉아 있게 하지? 어서 불을 켜라!」 이제야 예전 대장의 목소리가 들렸다. 그녀는 아궁이에서 불을 가져와 식탁 위에 놓인 촛대에 불을 붙이는 동안 차분히 생각을 정리했다. 스웨덴 기사의 손에 권총이 들려 있었다. 익히 알고 있는 대장의 매서운 눈빛도 확인했다. 그가 왜 자신을 찾아왔는지 리스는 알았다. 그녀는 목숨이 위태로움을 알았지만, 마치 오랜만에 반가운 옛 동료와 재회한 것처럼 태연함을 가장하며 입을 열었다. 일단 시간을 벌어야 했다. 그녀는 한 마디 한 마디를 신중하게 꺼내면서, 목숨도 유지하고 옛사랑을 잔혹한 남작의 손에 넘길 방법이 무엇일까 궁리했다.

「정말 대장이었네.」 빨강 머리 리스는 마치 이런 행운이 닥칠 줄은 전혀 몰랐다는 듯이 반가운 어조로 말을 시작했다. 「그런데 손이 왜 이렇게 떨리지? 아무래도 너무 기뻐서 그런가 봐요. 대장이 나를 만나러 와주리라고는 상상도 못 했거든요. 어떻게 고마움을 표해야 할지 모르겠네. 그런데 안으로는 어떻게 들어온 거예요? 창문으로? 옛날 버릇을 아직도 못 고친 거예요? 장난이라도 그렇지, 이런 식은 곤란해요. 동네에 내 평판이 뭐가 되겠어요? 다음번에는 꼭 정식으로 현관문을 거쳐 들어오도록 해요. 나는 요즘 꽤 존경받는 아내로 살고 있거든요. 어쨌든 만나서 좋네요. 대장 모습을 보니 내 집이 편한가 봐요?」

「응, 아주 편해.」 스웨덴 기사가 그녀의 표정을 살피며 말했다. 전에는 한 번도 본 적 없는, 단호함과 교활함이 엿보이는 표정이었다. 이제 그는 빨강 머리 리스의 사랑을 다시 기대할 수는 없다는 사실을 분명히 깨달았다. 그 사랑은 이미 오래전에 식었다. 빨강 머리 리스는 이제 그의 행운을 가로막는 장애물이었고, 그는 그 장애물을 영원히 침묵하게 만드는 수밖에 없었다. 스웨덴 기사는 권총을 들고 바일란트가 보낼 신호를 기다렸다.

「그런데, 대장?」 빨강 머리 리스가 말을 이었다. 「그동안 어떻게 지냈어요? 보아하니 형편이 그리 좋지 않았나 봐요. 더 이상 부와 행운이 따라 주지 않은 거예요? 나도 일이 술술 풀리지는 않았어요. 왜 그랬는지 모르겠더군요. 슬픔에 빠져 밤에 잠을 이루지 못할 때는, 모든 것을 잊으려고 술을 찾았어요. 하지만 이제 그런 위로는 필요 없어요. 대장, 당신이 나를 찾아온 건 내 결혼 생활이 궁금해서겠죠? 만약 그렇다면 내 남편 야콥에게 당신을 어떻게 소개해야 할지 말해 주세요. 이름과 직위 말이에요. 야콥이 곧 돌아올 거예요. 벌써 계단을 올라오는 소리가 들리는 것 같네?」

「들어오라고 해.」 스웨덴 기사가 말했다. 「당장 놈을 계단 밑으로 떨어뜨려 지옥으로 보내 버릴 테니까.」

「맙소사. 대장, 지금 무슨 말을 하는 거예요? 혹시 질투하는 거예요? 야콥의 목숨을 빼앗고 싶을 정도로?」 빨강 머리 리스가 소리쳤다. 그 순간, 어떤 생각이 번뜩 그녀의 머리를 스쳤다. 그녀는 옛사랑을 잔혹한 남작의 손에 넘기기 위해 해야 할 일이 무엇인지 깨달았다. 그것은 생각만으로도 아주 끔찍한 계획으로, 그녀 스스로조차 몸이 움찔할 정도였다. 그때 아직 남은 옛사랑의 불씨가 되살아나 그녀의 심장을 압박했다. 걱정과 공포가 비명으로 터져 나올 것만 같았다. 하지만 갈등은 순식간에 지나갔다. 그에 대한 증오심이 다른 모든 감정을 압도했다. 이 남자가 자신에게 한 짓을 되갚아 줄 기회를 달라고 신에게 수백 번이나 빌지 않았던가. 제발 그를 수중에 들어오게 해달라고 신에게 얼마나 애원했던가. 드디어 그 기회가 왔다. 지금 그는 그녀의 수중에 있다. 불이 타오르는 아궁이 옆 바닥에 놓인 남편의 공구 가방을 본 순간 빨강 머리 리스는 결심했다. 그녀는 계획을 들키지 않도록 조심하면서 말을 이어 갔다.

「대장, 정말 질투하는 거예요?」 그녀가 웃었다. 「맞아요, 대장. 나한테 관심을 더 보였어야 해요. 나를 수년 동안 방치하지 말았어야죠. 하지만 이제 늦었어요. 충고 하나 할게요. 나를 포기하고, 야콥과 얽히지 말아요. 야콥은 성질이 아주 더러우니까 맞짱 뜰 생각은 하지 말고 적당히 친구로 지내요! 이제 야콥이 먹을 오믈렛을 만들어야 하는데, 아궁이에 불이 꺼져 가네. 집에 돌아왔을 때 음식을 준비해 놓지 않으면 내 입장이 아주 난처해져요.」

빨강 머리 리스가 바구니에서 계란을 꺼내 프라이팬에 깨뜨려 넣었다. 그다음 허리를 숙여 남편의 공구 가방에서 쇠 연장을 꺼냈다. 말의 왼쪽 목덜미에 군대의 표식을 새길 때 쓰는 불도장이었다. 용기병 연대의 표식은 사령관인 잔혹한 남작의 본명 〈릴게나우Lilgenau〉의 두문자를 딴 대문자 L이었다. 그 글자를 뒤집어 보면 꼭 교수대 같았다. 빨강 머리 리스는 마치 불씨라도 일으키려는 것처럼 그것을 아궁이의 불길 속에 넣었다.

「불씨를 키우는 데 이게 아주 유용해요.」 불도장을 아궁이 속에 넣은 채 그녀가 허리를 쭉 펴며 말했다. 「야콥은 제시간에 식사가 준비되지 않으면 난리를 치거든요. 그것 말고는 흠잡을 데가 없어요. 아이 낳자는 이야기도 안 해요. 아이를 기를 만큼 수입이 넉넉하지 않다면서요. 하지만 때가 되면 그것도 잘 풀릴 거예요. 승진만 하면 연대의 장교들한테 인정도 받을 테고…….」

깜깜한 정원에서 매 울음소리가 들렸다. 스웨덴 기사가 자리에서 벌떡 일어나 빨강 머리 리스를 향해 다가갔다.

「그만!」 그가 조용하게 말했다. 「하느님께 기도드리고 예수 그리스도께 네 죄를 사해 달라고 빌어라. 네게는 이제 시간이 없어.」

「왜 내가 하느님께 기도를 드려야 하죠? 나를 어쩔 작정이에요?」 빨강 머리 리스가 뒷걸음질하며 소리쳤다. 「옛날 버릇이 다시 도진 거예요? 우리 집을 털려고요? 이 집에 돈이라고는 한 푼도 없어요!」

「네 돈은 필요 없어. 너는 내가 찾아온 이유를 단번에 알아차리더군. 나를 넘기면 네 남편을 장교로 승진시켜 주겠다는 계약을 잔혹한 남작과 맺었으니까 말이야.」

빨강 머리 리스가 이마에 흘러내린 머리카락을 쓸어 올리며 어깨를 으쓱했다.

「헛소문이 거기까지 흘러갔나 보죠?」 그녀가 말했다. 「대체 누가 그런 말도 안 되는 거짓말을 했나 모르겠네.」

빨강 머리 리스는 그의 대답을 기다리지 않고 허리를 숙인 다음, 빨리 오믈렛을 만들어야 한다는 듯이 아궁이의 불씨를 헤집었다. 그녀는 말을 계속 이어 가며 불도장 손잡이를 움켜쥐었다.

「내 입을 걱정할 필요는 없어요. 나는 지금까지도 그런 것처럼 앞으로도 입 다물고 살 거예요. 하늘과 땅에 맹세컨대, 절대 대장한테 해를 입히지 않을 거라고요.」

희미하게 대문이 삐거덕거리는 소리가 들리고 문이 열렸다가 닫혔다. 야콥이 드디어 돌아온 것이다. 야콥이 이곳으로 들어오기 전에, 그가 계단을 오르기 전에 일을 끝내야 한다. 〈내리쳐!〉 그녀의 마음속에서 누군가 외쳤다. 〈그는 너의 적이자 모든 이의 적이야! 내리쳐! 그에게 동정심을 느낄 필요 없어.〉

「네 말을 그대로 믿을 멍청이가 있던가?」 스웨덴 기사가 말했다. 「일어서! 성스러운 세례식에서 네 목숨을 걸고 맹세할 수 있겠어?」

그녀가 재빨리 몸을 일으키며 단번에 앞으로 다가가, 시뻘겋게 달구어진 불도장을 스웨덴 기사의 이마를 향해 내리찍었다.

탁한 신음이 새어 나왔다. 그가 손으로 이마를 감싸고 비틀거리며 몸을 웅크렸다. 극심한 고통으로 얼굴이 일그러졌지만 이를 악물고 정신을 차려 몸을 일으켰다. 그리고 천천히, 아주 천천히 권총 든 손을 위로 올렸다.

빨강 머리 리스의 원래 계획은 대장의 이마에 불도장을 찍자마자 촛불을 끄고 어둠을 틈타 현관문으로 달려가는 것이었다. 하지만 지금 그녀는 몸이 마비된 것처럼 그 자리에 우뚝 서 있었다. 스웨덴 기사의 이글거리는 눈빛 앞에서 꼼짝도 할 수 없었다. 그녀가 할 수 있는 일은 비명을 지르는 것뿐이었다.

야콥의 발자국 소리가 문 앞까지 다가왔다. 어서 그에게 경고해야 했다.

「조심해! 성물 도둑이 왔어!」 그녀가 쉿소리로 외쳤다. 그 목소리에는 승리의 쾌감과 전율, 죽음 앞의 공포, 야만적인 기쁨 따위가 마구 뒤섞여 있었다. 「들어오지 마. 내가 그의 이마에 불도장으로 교수형 낙인을 찍었어! 최대한 멀리 달아나서 종을 쳐! 내가 그의 이마에 불도장으로…….」

총성이 울렸다. 빨강 머리 리스는 말을 맺지 못한 채 앞으로 고꾸라졌다.

*

스웨덴 기사가 땅으로 내려와 비틀거리며 장작더미에 기대어 서자, 어둠 속에 숨었던 바일란트가 모습을 드러내고 작은 소리로 물었다.

「여기예요, 여기! 대체 무슨 일이에요? 리스가 비명을 지르며 교수대와 낙인 어쩌고저쩌고하는 소리를 들었어요. 걱정돼서 죽는 줄 알았다고요.」

「출발해! 어서 출발하라고!」 스웨덴 기사가 신음하며 말했다. 바일란트가 그의 팔을 붙잡고 말이 있는 곳으로 데려가 안장에 올라타는 것을 도왔다.

그들이 오두막에 도착하자 개미잡이가 뛰어나왔다. 스웨

덴 기사의 얼굴을 본 개미잡이의 눈이 휘둥그레졌다.

「성모 마리아여!」 그가 비명을 질렀다. 「대체 무슨 짓을 당한 거예요? 터키인들도 두려워한다는 그 불도장이 어떻게 대장의 이마에 찍힌 거예요?」

「마실 것 좀 줘!」 스웨덴 기사가 신음했다. 「놈들이 나를 추적하고 있어. 이 상태로 사람들 눈에 띄었다가는 끝장이야. 나는 이제 겁먹은 야생동물처럼 몸을 숨겨야 해.」

개미잡이가 그에게 잔을 건네자 스웨덴 기사가 단숨에 들이켰다.

「당장 여길 떠나야 한다는 말이에요? 우린 뭘 해야 하죠?」 개미잡이가 물었다.

「맞아. 어디로든 가야 해!」 스웨덴 기사가 이를 부딪치며 중얼거렸다. 「악마의 외교관에게로! 주교의 지옥으로! 불길이 이글거리며 타오르는 그곳으로. 나는 그곳으로 가야 해. 내가 명예로운 죽음을 맞이할 수 있는 곳은 이제 세상 어디에도 없어.」

*

주교의 제철소에는 〈부지깽이〉라고 불리는 젊은이가 있었다. 용광로 안으로 찔러 넣어 불을 일으키는 부지깽이 용도의 쇠막대를 부리는 솜씨가 따라올 자가 없어 붙은 별명이었다. 그는 그 무거운 부지깽이를 자유자재로 다룰 만큼 키가 크고 어깨가 넓었으며 근육은 돌덩이처럼 단단했다. 얼굴에는 화상 흉터가 있었다. 부지깽이는 주교의 지옥에서 세상 밖으로 이어지는 숲길을 천천히 걸어 올라갔다. 똑바로 걷는 것이 익숙하지 않은 것처럼 비틀거리는 걸음걸이가 매우 불안정해 보였다. 그는 온통 불이 지배하는 주교의 지옥에서 9년을 보내며 안 해본 일이 없었다. 수레에 묶여 짐승처럼 짐을 나르기도 하고 돌멩이도 깨뜨렸다. 화부였다가 용광로에서 재를 끄집어내는 사람이 되기도 했다. 사환이었고 석탄 광산의 광부였고 제련공이었고 주물공이었다. 마지막에는 용광로의 총책임자가 되어 감시자의 매질에서 벗어났다. 그리고 드디어 자유의 몸이 되었다. 지옥의 시간이 끝났다는 것이 아직도 믿기지 않았다. 그의 앞에는 구부러진 길, 직선 길처럼 여러 갈래로 나뉜 드넓은 세상이 펼쳐져 있었다.

그는 휘파람을 불며 걸었다. 찢어지고 구멍이 숭숭 뚫린 낡고 해진 재킷 사이로 바람이 불었다. 문득 생각이 날 때면 돈이 든 주머니에 손을 집어넣어 동전을 만졌다. 어제 사무실에서 서기가 임금 계산을 끝내고 건네준 돈이었다. 그것이 부지깽이의 전 재산이었다. 그는 주교의 지옥에서 얼마나 멀어졌는지 확인했다. 지금 그가 제일 바라는 것은 빨리 이 빽빽한 숲에서 빠져나가는 것이었다. 갈림길이 나타나자 그는 방향을 결정하지 못하고 망설였다. 오른쪽으로 가야 할지, 왼쪽으로 가야 할지, 바람이 부는 방향으로 가야 할지, 용광로에서 작업할 때 동료들이 하던 대로 맞바람을 맞으며 가야 할지 알 수 없었다.

「동전을 던져 결정하는 게 낫겠어.」 그가 혼잣말을 하며 주머니에서 동전을 하나 꺼냈다. 그리고 동전을 허공으로 높이 던졌을 때, 어디에선가 사람 목소리가 들렸다.

「괜찮다면 왼쪽으로 가는 걸 추천하오. 왼쪽 길을 따라 쭉 가면 경이 원하는 걸 찾을 수 있을 거요.」

부지깽이가 고개를 들어 보니, 열두 발자국쯤 떨어진 곳에 빨간 조끼에 깃털 달린 마부 모자를 쓰고 채찍을 든 남자가 서 있었다.

「어휴, 깜짝이야. 대체 어디서 나타난 거요?」 부지깽이가 놀라 소리쳤다. 「내 맹세코 사람이 다가오는 것을 보지도 못하고 발자국 소리도 못 들었는데 말이오.」

「바람에 실려 나무에서 내려왔소.」 빨간 조끼를 입은 남자가 껄껄 웃으며 말채찍을 휙휙 휘둘렀다. 「나를 기억 못 하겠소?」

부지깽이가 서서히 다가오는 남자의 얼굴을 바라보았다. 피부는 누렇고 얼굴은 마치 낡은 가죽 장갑처럼 주름이 자글자글했다. 눈 주위가 움푹 꺼져서 얼굴만 보고도 다들 줄행랑을 칠 듯했다. 하지만 부지깽이는 겁먹지 않았다. 설령 악마가 나타난다고 해도 그는 눈 하나 깜짝하지 않을 것이다. 사람이 사람한테 가하는 악행이 지옥에서 온 악마의 악행보다 잔인하다는 것을 잘 알았기 때문이다.

「당신이 누군지 압니다.」 부지깽이가 말했다. 「주교의 영지에서 〈죽은 방앗간 주인〉이라고 불리는 자죠. 당신은 산 사람이 아니라고들 하던데. 1년에 딱 하루만 지상에 나타났다가 그 시간이 지나면 먼지와 재가 든 자루 속으로 다시 돌아간다고. 자루에 들어간 당신을 어떤 개가 입에 물고 사라진다고 하더군요. 오늘이 바로 그날인가요?」

빨간 조끼를 입은 남자가 불쾌하다는 듯 입술을 비죽거리자 번쩍거리는 이빨이 보였다.

「당신 같은 귀족은 하층민들이 떠드는 이야기에 신경 쓸 필요 없소.」 그가 말했다. 「그자들은 너무 말이 많아. 재미도 없고, 이성적이지도 않고. 경은 내가 주교의 마부라는 걸 알잖소. 나는 지난 1년 동안 세상을 돌아다니다 지금 하를럼과 리에주에서 오는 길이요. 우리 주인님께 드릴 문직물을 가져가는 길이지. 브라반트의 레이스, 네덜란드 튤립도 같이. 혹시 경이 아직 나를 기억하는지 모르겠지만, 나는 바로…….」

「나를 경이라고 부르지 마시오.」 부지깽이가 남자의 말을 잘랐다. 「나는 귀족이 아니오. 내 이름과 직위는 바람과 함께 사라졌소.」

「경은 분명 기억할 거요.」 빨간 조끼를 입은 남자가 부지깽이의 반응에 개의치 않고 말을 이었다. 「내가 경을 데려갔던 바로 그 사람이라는 것을.」

「알고 있소. 사형 집행인이 아마 당신한테 고마워하겠지.」 부지깽이가 소리쳤다. 「그때 내 앞에 좋은 삶이 기다린다고 했던가? 아침을 먹기도 전부터 등짝에 열두 번씩 매질을 당하는 그런 삶이?」

「주교의 관리인이 범죄자에게 유독 가혹한 것은 맞소. 하지만 어쩔 도리가 없는 일이오. 기강은 바로잡아야 하니까.」 자칭 주교의 마부라는 남자가 말했다. 「하지만 고용 기간 동안 성실히 일하면 임금을 받잖소. 뭘 더 바라는 거요?」

부지깽이는 분노로 피가 거꾸로 솟았다.

「임금이라고? 지금 나를 놀리는 게 아니라면 입조심하는 게 좋을 거야.」 그가 외쳤다. 「안 그랬다가는 당신 목을 졸라 버릴 테니까. 내가 받은 임금이 전부 얼마인 줄 알아? 6.5휠던이야. 그게 내 전 재산이라고. 나머지는 터무니없는 명목으로 서기가 전부 떼어 갔어. 빵에 바른 라드 비용이라느니, 수프에 들어간 고기 부스러기 비용이라느니 하면서.」

「세상이 어지럽고 물가도 비싸니, 우리 주교님도 고민이 많으실 거요.」 빨간 조끼를 입은 남자가 애처로운 표정으로 하소연했다. 「장원을 유지하는 게 어디 보통 일이오? 돈 들어갈 데가 얼마나 많은데, 그 돈이 다 어디서 나오겠소? 고기와 맥주에 붙는 세금은 벌써 오래전부터 주교의 영지에서 대신 내주고 있소. 물론 그것 때문에 경이 피해를 봐서는 안 되지. 하지만 경의 가장 큰 소망은 오늘이 가기 전에 이뤄질 거요.」

「난 그런 말에 혹할 만큼 바보가 아니야.」 부지깽이가 어처구니없다는 듯 투덜거렸다. 「내가 원하는 게 뭔지나 알고 하는 말이야?」

「경이 원하는 것은 바람같이 빠른 말과 검이지.」 빨간 조끼를 입은 남자가 말했다.

「맞아. 그리고 권총 두 자루!」 부지깽이가 놀란 표정으로 외쳤다. 「대체 어느 빌어먹을 녀석이 당신한테 그걸 알려 줬어?」

「경의 이마와 눈빛을 보고 알았을 뿐이오.」 자칭 마부가 말했다. 「또 다른 것도 알지. 경이 농부의 마구간에서 말을 훔칠 작정이라는 거.」
「이 악당 놈, 나한테 그런 몹쓸 말을 하는 이유가 뭐냐?」 부지깽이가 분노를 폭발시키며 외쳤다.「나를 정말 그런 쓰레기 같은 인간이라고 생각하는 거냐?」
하지만 그는 삐뚤어진 입과 반짝이는 이빨을 가진 이 남자가 진실을 말했음을 알았다. 그래서 이렇게 덧붙였다.
「훔치려는 게 아니라 단지 빌리려는 거야.」
「그것 때문에 양심의 가책을 크게 느낄 필요는 없소.」 빨간 조끼를 입은 남자가 말했다.「아무튼 왼쪽 길을 따라가시오. 그 길을 따라가다 보면 언덕 위에 물레방아가 보일 거요. 그 물레방앗간에 들어가 그냥 앉아 있으시오! 기다리다 보면 안장도 있고 재갈도 물린 말이 도착할 거요. 그럼 경은 더 이상 고생할 필요가 없소.」
「사기꾼이 하는 말이라는 건 알겠다. 하지만 그렇다고 해도 왜 그런 말을 하는지 이유는 알고 싶군.」 부지깽이는 그렇게 말한 뒤 물레방앗간으로 이어지는 왼쪽 길로 접어들었다.

*

멀리서 물레방아가 삐거덕거리며 돌아가는 소리가 들렸다. 가까이 다가가 보니 날개가 올라갔다가 내려갔다가 하면서 물레방아가 돌고 있었다. 하지만 그것뿐 어디에서도 인기척을 느낄 수 없었다. 마부가 약속했던 것이 떠올라 마구간으로 가봤으나 말은 없었다. 풀밭에도 마찬가지였다.「그런

엉터리 이야기를 믿은 내가 바보지.」 그가 혼잣말을 하며 방앗간 안으로 들어갔다. 하늘에 잔뜩 먹구름이 몰려왔기 때문이다.

방앗간은 수년 동안 사람이 전혀 살지 않은 것처럼 보였다. 벽마다 거미줄이 쳐 있었고, 식탁은 물론 의자와 옷장과 상자에 먼지가 두텁게 쌓여 있었다. 바람이 불자 창문을 덮은 덧문이 덜거덕거리며 흔들렸다. 부지깽이는 먹을 만한 것을 찾아서 주위를 둘러보았다. 건빵 하나와 와인 한 잔만 마실 수 있다면 소원이 없을 것 같았다. 하지만 그곳에는 낡고 오래된 프랑스 카드 말고는 아무것도 없었다. 시간이나 때울 겸 부지깽이는 혼자서 카드 게임을 시작했다. 하지만 금세 싫증이 나 난로 옆 벤치에 드러누웠다. 그는 물레방아가 삐거덕거리며 돌아가는 소리와 빗방울이 떨어지는 소리에 귀를 기울이다가 잠이 들었다.

어찌나 깊은 잠에 빠졌는지, 부지깽이는 스웨덴 기사와 개미잡이가 말발굽을 달그락거리며 다가오는 소리도 듣지 못했다. 그는 그들이 방앗간 안으로 들어올 때까지도 잠에서 깨지 않았다.

스웨덴 기사는 운명과의 대결에서 패했음을 인정했고, 운명을 바꿀 수 없다는 사실도 깨달았다. 이마에 낙인이 남아 있는 한 그는 세상으로 돌아갈 수 없었다. 교수형을 언도받은 사람들의 마지막 피난처인 주교의 지옥만이 열려 있었다. 개미잡이는 신에게 몹시 화가 났다. 자신들의 운명이 이런 식으로 끝난 것을 도무지 이해할 수 없었다. 방앗간 주인이

든 식당 주인이든 누군가 주문을 받으러 나타나기를 기다리면서, 개미잡이가 스웨덴 기사에게 비난을 퍼부었다.

「그때 내가 충고했잖아요. 왜 내 말을 안 들었어요? 대장은 스웨덴 군대에서 장군이 될 수 있었어요. 그럼 우리는 한 몫 단단히 챙겼을 거고요. 지금 꼴이 이게 뭐예요. 마그데부르크 감방에서 대장을 만난 이후로, 빛과 영광이 따르지 않는 대장의 모습은 한 번도 본 적이 없어요.」

「제발 대장을 그냥 내버려 둬! 너는 지금 내가 1년 동안 하는 말보다 더 많이 떠들고 있어.」 밖에서 바일란트가 소리쳤다. 그는 힘들게 달려 온 말들을 보살피느라 잠시 밖에 남아 있었다.

스웨덴 기사가 아마인유에 적신 삼베로 이마를 꾹꾹 눌렀다. 간절한 염원이 그를 머나먼 곳으로 데려갔다. 밤이었고, 그는 딸의 침실에 들어와 있었다. 마리아 크리스티네가 침대에서 빠져나와 두 팔로 그의 목을 감쌌다. 딸의 심장이 뛰는 소리가 들렸다. 「아빠가 왔네.」 마리아 크리스티네가 산들바람처럼 부드럽게 속삭였다. 「아빠가 왔어. 아빠, 이제 다시는 떠나지 말아요.」 「아빠는 돌아가야 해.」 그가 보슬비처럼 부드럽게 말했다. 「하지만 다시 돌아올 거야. 이제 스웨덴 군대로 돌아가야 해. 아빠한테는 바람처럼 빨리 달리는 말이 있단다.」 「한 시간에 1천8백 킬로미터를 달린다는 그 말이죠?」 마리아 크리스티네가 속삭이며 말했다.

그가 수그렸던 고개를 들자, 다정했던 환영이 사라졌다. 옷장 위에 걸린 뿌연 거울에 이마에 찍힌 교수대 낙인이 비쳤다.

「차라리 영원한 어둠 속에서 잠들고 싶구나.」 그가 작게 말했다.

「그럼 이제 우리는 어떻게 되는 건가요?」 개미잡이가 따지듯이 물었다. 「이제 우리는 대장한테 아무 쓸모도 없잖아요. 대장, 아직도 그 보물 가지고 있어요? 그건 우리한테 행운을 가져다주지 않았어요. 그 재수 없는 물건을 창밖으로 던져 버려요. 어쩌면 지나가던 농부가 그 보물에 발이 걸려 넘어지는 바람에 목이 부러질지도 모르죠. 젠장, 여기 주인은 대체 어디 있는 거야? 손님이 들어왔는데 왜 코빼기도 안 비쳐?」

개미잡이가 자리에서 벌떡 일어나 거실을 가로질러 갔다. 그러다 난로 옆 벤치에 누운 부지깽이를 보고 새된 비명을 질렀다.

「기가 막히는군! 주인이 난로 옆에 누워 잠이나 자고 있다니. 이봐, 일어나. 손님이 왔어. 손님을 보면 뭔가 마실 것부터 내와야지.」

그런데도 주인이 일어날 생각을 안 하자, 개미잡이가 냅다 그의 옆구리를 걷어찼다. 그제야 부지깽이가 자리에서 몸을 꿈틀거렸다. 비몽사몽 잠이 덜 깬 부지깽이는 자신이 용광로 작업 중이라고 생각했다. 일을 잘못해서 감시자에게 세게 걷어차였다고 말이다. 자리에서 벌떡 일어나려고 했으나 몸이 따라 주지 않았다.

「네, 이제 시간이 됐군요.」 그가 중얼거렸다. 「두 시간이 지났으니 용광로에 다시 불을 지펴야 합니다.」

「불을 지피든 말든 상관 안 할 테니 마실 것부터 내놔.」 개미잡이가 소리쳤다. 「기다릴 만큼 기다렸다고.」

「즉시 그렇게 하겠습니다.」 여전히 악몽에서 깨어나지 못한 부지깽이가 헉헉대며 말했다. 「화구에 석탄을 계속 퍼부어. 불꽃이 튀지 않도록 조심해. 연기가 흰색이 될 때까지 불을 때야 해. 자, 이제 광석을 투입해. 양동이 두 개 가득. 이제 됐어.」

개미잡이가 고개를 저으며 스웨덴 기사에게 돌아갔다.

「저자가 지금 무슨 말을 하는 거죠, 대장?」 개미잡이가 물었다. 「도무지 못 알아듣겠어요. 아무래도 정신이 나간 것 같아요.」

스웨덴 기사가 부지깽이의 얼굴을 힐끗 쳐다봤다.

「저자는 주인이 아니야.」 그가 말했다. 「주교의 지옥에서 도망친 자야. 지금은 용광로 작업을 하는 환영을 보는 거고.」

부지깽이는 그제야 정신을 차리고 지금 자신이 어디 있는지 알아차렸다.

「어이, 안녕들 하십니까?」 그가 눈을 비비면서 말했다.

「사형 집행인은 너 같은 놈을 안 잡아가고 뭘하는 거지?」 개미잡이가 퉁명스레 대꾸했다. 「주인장은 어디 있어? 손님이 하염없이 기다리는데, 주인장은 코빼기도 안 비치니 말이야.」

「나도 몰라요.」 부지깽이가 대답했다. 「그가 말 한 필을 주겠다고 해서 기다리는 중이에요. 아주 먼 길을 떠나야 하거든요. 그런데 그는 약속을 안 지킬 모양인가 보네요.」

「말이 없으면 걸어가는 수밖에 없지.」 개미잡이가 비아냥거리듯 말했다. 그는 지금 모든 사람이 못마땅했다.

하지만 스웨덴 기사의 파란색 군복에 정신이 홀린 부지깽이는 개미잡이의 조롱을 알아차리지 못했다.

「지금 내 눈앞에 계신 분이 스웨덴 군대의 장교가 맞나요? 혹시 내 눈이 착각한 건 아니겠죠?」 그가 물었다. 「경은 지금 스웨덴 군대에서 오는 길입니까?」

「맞아.」 스웨덴 기사가 대화를 끝낼 작정으로 간단히 대답했다.

「부상을 당하셨나요?」 부지깽이가 이마의 낙인을 가리기 위해 붙인 천 조각을 가리키며 물었다.

「별거 아니야.」 스웨덴 기사가 어깨를 으쓱하며 짧게 대답했다. 하지만 워낙 뻔뻔해서 귀찮게 구는 사람에게는 거짓말을 해도 된다고 여기는 개미잡이가 나섰다.

「타타르인 서너 명이 휘어진 군도로 우리 대장의 머리를 조각내려 했어.」

「하지만 경은 아무리 막강한 적이 몰려와도 당당하게 맞서 명예를 지켜 내실 분으로 보입니다.」 부지깽이가 감탄하며 말했다. 「스웨덴 장교들은 검술이 탁월하지요. 혹시 스웨덴 사령부에 관한 새로운 소식을 좀 들려주실 수 있겠습니까? 스웨덴 군대가 또 승리했나요?」

「아니.」 끝없는 질문으로 성가시게 하는 남자 때문에 스웨덴 기사는 분노가 솟구쳤다. 「스웨덴 군대는 여러 전선에서 러시아 군대에 밀리고 있어.」

「아니, 어떻게 그럴 수가 있죠? 스웨덴군이 패퇴하고 있다니 믿을 수가 없네요.」 부지깽이가 마치 머리를 한 대 얻어맞은 것처럼 당혹스러운 표정으로 외쳤다. 「레벤하우프트 장군은 어떻게 됐습니까? 야전 사령관 렌스쾰드는요?」

「두 사람은 서로 철천지원수 지간이야. 개암나무 몽둥이를 들고 서로 죽이겠다며 설쳐 대지.」 스웨덴 기사가 말했다.

「그럼 스웨덴 병사들은?」

「그들도 오래전에 지쳤어. 차라리 다들 집에 돌아가 농사일을 하고 싶어 해. 장교들 역시 전의를 상실했고.」

「제 말을 무례하게 듣지 말아 주십시오. 하지만 저는 경의 말을 이해하지 못하겠습니다.」 부지깽이가 분노에 차서 도발적인 눈빛을 하고는 스웨덴 기사에게 말했다. 「온 세상이 벌벌 떠는 왕의 휘하 아래 싸우는 장교들이 전의를 상실했다니요?」

「스웨덴 왕에게 벌벌 떠는 자는 하나도 없어.」 스웨덴 기사가 냉소적으로 말했다. 「그가 이룩한 위대한 업적이 뭐가 있지? 스웨덴 왕? 그는 어린애 같은 무모한 장난으로 스웨덴의 재정을 파탄 냈어. 그가 이룬 업적이라면 그것뿐이야. 스웨덴 군대에서는 다들 그렇게 말해.」

잠시 정적이 흘렀다. 잠시 뒤 부지깽이가 더 차분하고 단호한 목소리로 말했다. 「거짓말을 하고 있군. 당신은 스웨덴 군대에 가본 적이 없는 게 분명해. 그곳에 당신 같은 장교가 있을 리 없어.」

「제발 저자를 내 앞에서 좀 치워라. 정말 짜증이 나는군.」

스웨덴 기사가 하인에게 지시했다.

개미잡이가 다가가 부지깽이의 팔을 꽉 움켜쥐며 말했다.

「이쪽으로 와! 목숨을 부지하고 싶으면 당장 밖으로 꺼져. 이제 비도 그쳤으니까.」 부지깽이는 팔을 살짝 움직이더니 개미잡이를 한쪽 구석으로 홱 밀쳐 버렸다. 그러고는 천천히 스웨덴 기사에게 다가가 그의 앞에 떡 버티고 섰다.

「당신은 지금 거짓말을 하고 있어.」 부지깽이가 말했다. 「아주 비열한 거짓말을. 소시지를 구울 때나 쓰는 그 무딘 칼은 칼집에 넣어 둬. 안 그러면 박살을 내줄 테니까. 당신은 영광스러운 스웨덴 군대에서 복무한 게 아니야. 전쟁터에서 부상을 입고 돌아온 거라고? 누가 그 말을 믿지? 내가 떠나온 곳에서는 당신처럼 이마를 보여 주고 싶어 하지 않는 자들이 넘쳐 나. 그들은 거기서 짐수레를 끌지. 자, 당신 이마에 명예가 숨었는지 치욕이 숨었는지 확인해 봐야겠어.」

그 말과 동시에 부지깽이가 스웨덴 기사의 이마를 가린 천 조각을 순식간에 낚아챘다. 스웨덴 기사가 자리에서 벌떡 일어서 낙인을 가리려고 했지만 이미 늦었다. 그는 손을 내렸다. 한동안 그들은 말없이 마주 서 있었다. 서로의 눈을 노려보면서. 그리고 동시에 서로의 얼굴을 알아보았다.

「오, 맙소사! 너였어?」 스웨덴 기사의 입에서 그 말이 툭 튀어나왔다.

「오, 형제여! 너를 이곳에서 다시 보게 될 줄은 상상도 못 했어.」 마주 선 사람이 떨리는 목소리로 말했다.

「네가 아직 살아 있었다니. 죽은 줄로만 알고 얼마나 애달파 했는데.」

「그러는 너는? 대체 그 꼴이 뭐야? 어느 감방에서 도망쳐 나온 거야? 혹시 교수대에서 도망친 거야?」

「너야말로 그 지옥에서 탈출했구나! 신이시여, 고맙습니다.」

「예전에 네가 나를 대신해 스웨덴 군대에 가겠다고 약속하지 않았어?」

「말하자면 이야기가 아주 길어! 군대보다 집에서 행운이 따를 거라고 생각했어. 제발 너한테 한 짓을 용서해 줘!」

「내게 무슨 짓을 했는데? 나는 지옥에서도 살아남았어. 불길 속에서 더 단단해졌고. 그러니 형제여, 어서 말해 봐. 너를 어떻게 도우면 될까?」

「너는 나를 도울 수 없어. 나는 세상으로부터 몸을 숨기기 위해 주교의 지옥으로 가야 해. 너는 어떻게 된 거야? 지금 어디로 가려는 거야?」

「스웨덴 전선으로 가는 중이야. 나는 스웨덴 왕을 위해 복무하고 싶어.」

「하지만 거기까지 갈 수 있는 장비가 하나도 없는 듯한데.」

「상관없어. 어떻게든 해낼 거야. 주교의 지옥에서 나는 그 어떤 역경에도 맞설 힘을 길렀어.」

「나한테 말이 있어. 그걸 타고 가. 칼과 권총도 가져가고. 이 배낭과 지갑도 가져가야지. 하인 두 명도 데려가. 이제 전부 네 거야.」

「내게 필요한 것 이상이군. 배낭하고 지갑은 네가 가지고 있어. 이 고마움을 어떻게 표해야 할지 모르겠군. 정말 고마워. 그런데 예전에 너한테 맡겼던 그 보물, 구스타프 아돌프의 성경책은 어떻게 됐어?」

「여기 있어. 그것도 가져가.」

「정말 고마워. 이걸 되찾게 되다니. 이제 드디어 왕에게 직접 전할 수 있어. 그런데…….」

「이제 계약이 체결된 건가? 그렇다면 효력이 발생하도록 건배해야지.」 어딘가에서 걸걸한 목소리가 들렸다. 그들 뒤에서 빨간 조끼를 입은 죽은 방앗간 주인이 양손에 브랜디 잔을 들고 비뚤어진 입으로 소리 없이 웃고 있었다.

칼 12세의 새 기병 장교 후보생이 잔을 받아 흔들었다.

「건배하세, 형제여!」 그가 상대방에게 말했다. 「쭉 마셔! 타오르는 불길이 너의 용기를 꺼뜨리지 않기를 기원하며!」

「스웨덴 군대에서 승승장구하기를 기원하며!」 다른 사람이 말했다.

그다음 두 사람은 작별했다.

진짜 크리스티안 폰 토르네펠트는 하인 둘을 데리고 스웨덴 군대로 향했다. 이름 없는 남자는 죽은 방앗간 주인을 따라 주교의 지옥을 향해 조용히 사라졌다.

*

지금 그들은 나무가 빽빽이 들어찬 숲속을 통과하는 중이었다. 폭우가 쏟아졌고, 바람이 나무우듬지를 흔들며 지나갔다. 죽은 방앗간 주인의 발걸음이 갈수록 느려졌다. 마치 기력이 다 떨어진 사람처럼 돌멩이와 나무뿌리에 발이 걸려 계속 비틀거렸다.

결국 방앗간 주인은 잡초가 무성하게 뒤덮인 작은 흙더미 앞에서 걸음을 멈췄다.

「이제 너 혼자 가도록 해. 길을 잃을 염려는 없어.」 방앗간 주인이 동행에게 말했다. 「나는 기운이 다 떨어져서 더 이상 못 걸어. 신경 쓰지 말고 가.」

「처음 가는 길도 아닌데 왜 그래요?」 이름 없는 남자가 물었다.

「처음이든 아니든 힘든 건 힘든 거야. 이제 정말 더는 못 걷겠어.」 죽은 방앗간 주인이 신음하며 흙더미 위에 털썩 주저앉으며 램프를 내려놓았다. 「백 보쯤 더 걸어가면 용광로의 불빛이 번쩍거리는 게 보일 거야.」

「지금 앉은 그 흙더미, 누구 무덤 아니에요?」 이름 없는 남자가 물었다. 「십자가가 안 보이네.」

「이건 임종 기도를 받지 못한 사람의 무덤이야.」 방앗간 주인이 말했다. 「어느 불운한 밤에 목을 매 자살한 남자의 무덤. 그 이야기를 해줄 테니 잘 들어. 올가미가 목을 조일 때 남자의 귀에 세찬 바람 소리처럼 어떤 소리가 들렸어. 〈그건 죄악이야! 그건 죄악이야!〉 하지만 이미 늦었지. 올빼미가 날개를 퍼덕이며 창문에 머리를 부딪치며 소리쳤어. 〈지옥의 불바다야! 지옥의 불바다!〉 그때는 이미 모든 게 끝난 뒤였지.」

방앗간 주인이 고개를 푹 수그리자 그의 목소리가 마치 바스락거리는 메마른 나뭇가지처럼 작아졌다.

「목을 맨 남자를 보고 사람들이 읍장에게 달려갔지만, 읍장은 그건 사형 집행인이 처리할 일이라면서 외면했지. 사형 집행인이 가서 목줄을 끊고 죽은 자를 끌어내려야 한다고 말이야. 하지만 그 지역 치안 담당자가 시신 처리는 사형 집행인의 일이 아니라면서 다시 그 일을 읍장한테 미뤘어. 이렇게 실랑이하는 사이에 죽은 사람은 계속 그 자리에 매달려 있었지. 결국 읍장이 그 일을 떠맡기로 하고 숲속으로 찾아왔는데, 이미 시신은 사라지고 없었어. 악마의 짓이었지. 악마는 그자를 숲속에 묻고 비밀로 하는 바람에 아무도 그 사람이 어디에 묻혔는지 몰라.」

바람이 나무를 세차게 흔들고 폭우가 쏟아지는데도 방앗간 주인은 흙더미 위에 그대로 주저앉아 있었다.

「자살한 남자는 이 흙 밑에 누워서 신이 은총을 베풀기를 기다리고 있어.」 방앗간 주인이 속삭이듯 말했다. 「이제 너는 네 길을 가도록 해. 주기도문을 두 번 외우고 나면 주교의 하인들이 나타날 거야. 그들은 너를 보자마자 매질을 할 텐데, 일종의 통과의례 같은 거니까 무조건 참고 견뎌. 그다음에 사람들한테 말해. 나는 주교한테 진 빚을 전부 갚았으니 이제 다시는 돌아가지 않을 거라고.」

이름 없는 남자는 주기도문을 두 번 외우면서 숲을 통과했다. 숲에서 빠져나왔을 때 걸음을 멈추고 뒤를 돌아보았다. 램프의 불빛이 사라졌다. 방앗간 주인도 안 보이고, 무덤도 보이지 않았다. 다시 걸음을 재촉해 혀를 날름거리는 불길을 향해 걸어가는데, 갑자기 주교의 하인들이 나무 뒤에서 나타났다.

*

황제의 사법권을 피해 주교의 지옥으로 도망쳐 들어온 범죄자들 중에는, 일이 너무 힘들다는 둥 음식이 너무 적다는 둥 하면서 감시인들을 향해 주먹을 휘두르는 자들이 적지 않았다. 심지어 망치를 휘두르는 무모한 자들도 가끔 있었다. 그래서 주교의 장원에서는 이곳에 들어오는 모든 자에게 일단 쇠사슬을 채우는 게 관례였다. 돌을 깨부수는 일꾼은 발에 족쇄를 채웠고, 수레를 끄는 일꾼은 두 손에 쇠사슬을 채웠다. 그리고 스물네 시간 내내 그 상태로 지내게 했다. 일을 하거나 휴식할 때도 마찬가지였다. 반항심이 누그러지고 가혹한 규제에 순순히 응해야 사슬에서 풀려날 수 있었다.

이름 없는 남자는 반항하지 않고 제 일을 묵묵히 수행해서 2주 만에 쇠사슬에서 풀려났다. 그리고 몇 시간 뒤 주교의 지옥에서 탈출했다.

목숨 잃는 것을 두려워하지 않는 남자는 탈출에 성공했다. 용광로와 소성로, 그 주변의 쇄광 작업장에서는 밤낮을 가리지 않고 작업하기 때문에 사람들 눈에 띄지 않고 옆을 지나가는 것이 거의 불가능했다. 하지만 쇄석 작업장이 있는 서쪽은 달랐다. 그곳에는 3백, 4백 피트 높이의 가파른 담장이 재단 영지와 외부 세계의 경계를 이루고 있었다. 경비원들은 한밤중에 그쪽으로 가는 사람은 없을 거라고 믿었다. 하지만 이름 없는 남자는 바위 틈새를 이용해 담장을 기어 오르기 시작했다. 오직 은은한 달빛에 의지해 목숨을 걸고 한 걸음씩 발을 디뎠다. 다행히 담장 중간쯤에 바위에서 삐져나온 소나무 한 그루가 있어서, 거기서부터는 소나무를 디디며 웬만큼 안전하게 오를 수 있었다. 꼭대기에 이른 남자는 몇 분간 휴식한 다음 계속해서 달렸다. 처음에는 숨겨진 숲길들을 통과하고, 그다음에는 국도를 따라서 달렸다. 사람들이 보이면 무조건 몸을 숨겼다. 그리고 새벽 1시쯤 드디어 자신의 장원에 도착했다.

그는 일단 정원 덤불숲에 몸을 웅크린 채 숨어 있었다. 그리고 늙은 농장 파수꾼이 순찰을 돌고 집에 들어간 다음 딸아이가 자는 방의 창문을 두드렸다.

그는 바로 이 순간을 위해 목숨을 건 것이다. 날이 밝기 전에 그는 두 번째 승부를 걸었다. 그가 마리아 크리스티네의 얼굴을 두 손으로 감쌌을 때, 딸아이가 작은 환호성으로 아빠의 얼굴을 알아봤다는 것을 알려 주었을 때, 내내 그를 옥죄던 가슴의 멍에가 모두 사라지는 기분이었다. 허기, 돌을 한가득 실은 수레, 어깨를 강하게 잡아당기던 견인 로프, 감시인의 매질, 비명 소리들, 비참한 동료들이 퍼붓는 저주의 욕설들 말이다. 딸아이의 웃는 얼굴을 보는 순간 그 모든 것이 마음속에서 스르륵 사라져 버렸다.

마리아 크리스티네는 아버지한테 물어볼 것이 많았다. 하지만 그에게 해야 할 이야기는 훨씬 더 많았다.

「멀리서 왔어요? 정말 피곤하죠? 말은 어디 있어요? 아빠와 함께 떠났던 하인들은요? 나도 이제 말을 탈 수 있어요. 아빠가 어제 도착했으면 내가 말 타는 모습을 봤을 텐데. 밤색 암말을 타고 마당을 두 번이나 돌았는데 하나도 안 무서웠어요. 마을에서 열린 대목장은 정말 재미있었어요. 춤도 추고 싶었는데, 엄마가 이렇게 말하면서 말렸어요. 〈네 아빠가 전쟁터에 있어. 너도 그게 뭔지 알지? 전쟁 말이야.〉 나는 이렇게 대답했어요. 〈물론 알아요. 전쟁터에서는 깃발들이 나부끼고 북소리가 둥둥 울려요〉라고요.」

그는 더 멀리 가야 해서 오래 머물 수가 없었다. 그가 작별 인사를 건네자 마리아 크리스티네가 울음을 터뜨렸다.

이른 새벽, 쇄석 작업장 감독이 경적을 울려 작업 시작을 알렸을 때 이름 없는 남자는 벌써 자기 몫의 수레 앞에 서 있었다.

사흘 후 같은 시간에 그는 다시 딸의 창문을 두드렸다. 마리아 크리스티네는 작은 소리로 놀라움과 기쁨의 환호성을 질렀다. 아빠가 다시는 나타나지 않을 거라고 생각했기 때문이다.

「엄마는 내가 꿈을 꾼 거라고 했어요.」 아이가 소곤소곤 말했다. 「밤에는 낮에 볼 수 없었던 사람들이 꿈속에 나타난대요. 벌써 오래전에 하늘나라에 가신 할아버지와 할머니 말이에요. 혹시 아빠도 지금 하늘나라에 있는 거예요?」

「아냐.」 이름 없는 남자가 말했다. 「아빠는 이 세상에 살아 있어.」

「그런데 왜 낮에는 안 오는 거예요?」

「아빠의 말이 낮에는 아주 천천히 달리거든.」 이름 없는 남자가 대답했다. 「하지만 밤에는 허공을 가르며 쏜살같이 달려. 한 시간에 무려 1천8백 킬로미터나.」

마리아 크리스티네는 열심히 고개를 끄덕였다. 말이 그렇게 빨리 허공을 가르며 날 수 있다는 사실이 마음에 들었다. 마리아는 그 이야기를 믿었다. 그래서 가느다란 목소리로 노래를 흥얼거리기 시작했다.

「헤롯 왕은 창문 밖으로 그들이 지나가는 것을 보았네…….」

마리아가 계속해서 이야기했다.

「아빠가 창문 두드리는 소리를 처음 들었을 때는 헤롯 왕이 두드리는 건 줄 알았어요. 나는 헤롯 왕을 보고 싶지 않았어요. 그런데 왜 이마를 다 가릴 정도로 모자를 푹 눌러썼어요? 아빠가 헤롯 왕인가요?」

「아냐. 그래도 너는 내가 누군지 알아보잖아.」

「맞아요, 나는 알아요. 그래서 하나도 안 무서워요. 나는 목소리로 아빠라는 걸 알았어요. 만약 엄마가 내일 아침에 다시 내가 꿈을 꾼 거라고 말하면…….」

「꿈을 꾼 게 맞아.」 이름 없는 남자가 작지만 단호한 목소리로 말했다.

마리아 크리스티네는 침묵했다. 슬픈 감정이 솟구쳤다. 아빠가 밤에 다녀갔다는 사실을 비밀로 간직해야 한다는 것을 깨달았기 때문이다.

이름 없는 남자가 딸의 이마와 눈에 입을 맞췄다.

「그런데 말은 어디 있어요?」 아이가 물었다.

「근처에 있어. 어둠 속으로 귀를 기울여 봐. 그럼 말이 힝힝거리며 숨 쉬는 소리가 들릴 거야.」 이름 없는 남자는 그 이야기를 남기고 다시 오리나무 덤불숲 뒤로 사라졌다.

그는 다시 돌아왔다. 세 번째로 주교의 지옥을 빠져나왔을 때, 돌담 올라가는 것쯤은 식은 죽 먹기나 마찬가지였다. 돌담을 넘고 들판을 지나 농장을 향해 걸어갔다. 길은 그리 멀지 않았다. 들판에서 귀리가 익어 갔다. 쟁기질과 써레질도 잘되어 있었다. 그는 벌써 여러 번 자신의 집을 찾아왔다. 한밤중에 딸과 나누는 대화는 인생이 그에게 허락한 유일한 위안이었다.

마리아 아그네타 앞에 영원히 모습을 드러낼 수 없다는 것은 정말이지 견디기 힘들었다. 그는 아내를 생각하지 않으려고 애썼다. 이마에 낙인이 찍힌 사람은, 주교의 지옥에서 수레를 끄는 노예는 사랑하는 아내를 가질 수 없다. 그가 가진 것은 딸뿐이었다.

그러는 사이에 스웨덴 군대로부터 크리스티안 폰 토르네펠트의 승전보와 승진 소식들이 속속 도착했다.

마리아 아그네타가 말을 교체하기 위해 농장에 들른 파발꾼들에게 두 명의 하인을 데리고 스웨덴 군대에 들어간 남편에 대해 묻자, 그들은 고개를 갸웃하거나 어깨를 으쓱할 뿐이었다. 하지만 몇 주가 지나자 모두가 그에 관한 소식을 전해 주었다.

「토르네펠트요? 그 이름을 가진 장교가 정찰을 나갔다가 뛰어난 공적을 세웠어요.」

「혹시 서부 괴타 기병대에 있는 토르네펠트 중위를 말하는 건가요? 그분이라면 예레노스에서 우리 군대가 강을 사이에 두고 적군과 대치할 때 혁혁한 공을 세웠어요. 침착하고 대범한 진격으로 우리 군이 승전고를 울리게 했죠. 전투가 끝났을 때 사령관이 모든 장교 앞에서 그분과 악수했어요.」

「그분은 영광스럽게도 직접 스웨덴 왕 앞에 나가 책을 전할 기회를 받았어요. 사람들 말로는 구스타프 왕이 남긴 성경책이라고 하더군요.」

「토르네펠트에 대한 소식 아직 못 들은 사람 있어? 바투린 전투에서 부하 서너 명만 데리고 나가서 적군의 야포 네 대와 탄약을 가득 실은 수레를 빼앗았대.」

다시 며칠이 지났다.

「스웨덴 왕이 그를 사관 후보생에서 기병대 대장으로 승진시켰어요.」

그런 이야기를 들을 때마다 마리아 아그네타는 자부심과 함께 미래에 대한 확신과 기쁨을 느꼈다. 수많은 전투에서 승리를 거뒀으니 조만간 평화가 찾아올 거라고 생각했다. 또 다른 승전보가 들어왔다. 스웨덴이 고르슈카에서 대승을 거뒀고, 그날 저녁 스웨덴 왕이 현재 스몰란드 용기병 대장으로 재임 중인 크리스티안 폰 토르네펠트를 포옹한 뒤 그의 뺨에 키스를 했다는 소식이었다. 마리아 아그네타는 이제 전쟁은 끝났다고 말했다. 러시아 사람들은 다시는 스웨덴 군대와 싸울 엄두조차 내지 못할 거라고, 그러니 남편 크리스티안이 조만간 집으로 돌아올 거라고 말이다.

그런데 언젠가부터 파발꾼들이 전하는 소식이 줄기 시작했다. 스웨덴 군대가 폴타바 요새라는 거대한 벽에 부딪혀 러시아 군대와 대치 중이라고 했다.

*

7월 하순의 어느 날 밤, 이름 없는 남자는 드디어 마리아 아그네타를 보았다.

늘 그랬듯이 딸과 한참 이야기를 나눈 뒤 저택에 들어올 때처럼 정원으로 몰래 빠져나갈 생각이었다. 그런데 무슨 소리가 들렸다. 그는 걸음을 멈추고 몸을 웅크렸다. 저택 창문이 하나 열리더니 마리아 아그네타가 어둠 속으로 상체를 쑥 내밀었다.

이름 없는 남자는 느릅나무들 사이에 꼼짝도 않고 서서 아내를 바라보았다. 숨이 쉬어지지 않았다. 심장이 어찌나 쿵쾅거리는지 금방이라도 터져 버릴 것 같았다. 그는 아내가 자신의 모습을 봤을 거라고 생각했다. 달빛이 그녀의 머리카락을 지나 어깨 위로 쏟아졌다. 그녀가 밤공기를 깊이 들이마셨다. 귀뚜라미 울음소리 말고는 조용했다. 새 한 마리가 푸드덕거리며 느릅나무 위로 날아올랐다.

창문이 닫히고 그녀의 모습이 사라졌다. 이름 없는 남자는 마법에 걸린 것처럼 그 자리에서 꼼짝도 않고 서서 창문을 계속 올려다보았다. 잠시 후 그는 정원을 빠져나왔다.

이름 없는 남자는 머릿속에서 마구 소용돌이치는 생각들을 떨쳐 버리려고 애썼다. 하지만 온갖 상념들이 그를 붙잡고 놓아주지 않았다. 온종일 숨을 헐떡이며 수레를 끌고 쇄석 작업장과 소성로 사이를 오가는 동안 그는 머릿속 생각들과 씨름했다. 마음속에서 혼란과 충격이 뒤엉켰다. 그녀가 그토록 가까이에 있었다니! 한밤중에 본 아내의 모습이 눈앞에서 계속 어른거렸다.

아내는 그를 사랑했기 때문에 그와 7년이나 함께 살았을 것이다. 그렇다면 그녀를 얻기 위해 저지른 죄를 용서해 주지 않을까? 그는 아내를 속였다. 하지만 지금 아내에게 모든 것을 털어놓는다면, 즉 그 일이 어떻게 시작됐고, 그동안 그가 어떤 행운과 행복을 얻었는지, 마지막에는 어떤 비참한 결말에 이르렀는지 이야기한다면 그녀가 한마디 위로의 말쯤은 허락해 주지 않을까? 하지만 그의 이마에 새겨진 낙인을 보고 뒷걸음질하면 어쩌지? 그에게 저주를 퍼부으며 모든 인연을 끊겠다고 하면 어쩌지?

혼란한 와중에 그는 한 가지 사실을 분명히 깨달았다. 더 이상 지금 같은 삶을 계속 살 수는 없었다.

저녁이 되었을 때 그는 지금의 초라한 모습 그대로 아내 앞에 서서 7년 동안 비밀로 했던 모든 것을 털어놓기로 결심했다. 하지만 그것은 있을 수 없는 일, 그에게 허락되지 않은 일이었다. 하늘은 그가 진실을 털어놓는 것을 허락하지 않았다.

한밤중에 이름 없는 남자가 담장을 기어 오르고 있을 때

발밑에서 돌 하나가 굴러떨어졌다. 붙잡을 것을 찾지 못한 그는 미끄러지며 깊은 나락으로 추락했다.

그는 팔다리가 모두 부러진 채 바닥에 쓰러져 있었다. 비명을 지를 수도, 몸을 움직일 수도 없었다. 숨을 쉴 때마다 가슴이 콱 막히는 것만 같았다.

한밤중에 램프를 들고 순찰을 돌던 경비원이 그를 발견하고 물었다.

「어쩌다 이 지경이 됐느냐?」 경비원이 물었다. 「대체 무슨 일이 있었던 게냐?」

이름 없는 남자가 담장 위를 가리켰다.

「도망치려 했다는 뜻이냐?」 경비원이 물었다. 「네 꼴을 좀 봐라. 이제야 네 운명이 뭔지 알겠구나.」

경비원이 이름 없는 남자의 얼굴을 향해 램프 불을 비췄다. 시퍼렇게 변한 남자의 뺨과 입술을 보고 죽음을 예감한 경비원이 램프를 바닥에 내려놓고 말했다.

「그냥 누워 있어라. 움직이지 말고! 의사를 데려오겠다!」

이름 없는 남자는 자신이 곧 죽을 것을 알았다. 남은 소원은 하나뿐이었다. 딸 마리아 크리스티네에게 아빠가 죽었다는 소식을 전해야만 했다. 아빠가 더 이상 나타나지 않으면 아이는 자신을 잊었다고 생각할 것이다. 그렇게 생각하도록 내버려 둘 수는 없었다. 마리아 크리스티네는 그의 영혼을 위해 주기도문을 외워야 한다.

「의사는 필요 없어요!」 이름 없는 남자가 작게 말했다. 「신부님을 불러 주세요!」

발자국이 멀어지는 소리가 들리고, 한참 뒤에 다시 가까워 오는 발자국 소리가 들렸다. 이름 없는 남자가 눈을 뜨자 갈색 수도복 차림의 남자가 그의 머리 위로 고개를 숙이고 있는 것이 보였다.

이름 없는 남자가 신음하며 몸을 약간 일으켰다.

「신부님!」 그가 말했다. 「제 심장에는 악행 때문에 생긴 오래된 종기가 하나 박혀 있습니다. 이제 그것을 제거해야 할 때가 됐습니다. 신부님께 고백하겠습니다.」

「그렇게 해, 대장!」 아는 목소리가 들렸다. 「대장은 지금 성 슈테파누스처럼 돌담에서 떨어져 뼈가 다 으스러졌어. 대장은 이제 곧 죽을 거야. 운명이라고 생각하고 받아들여.」

이름 없는 남자가 다시 드러누워 눈을 감았다. 그의 고백을 들으러 온 자는 신부가 아니라 옛 부하 포이어바움이었다.

「이제 세상과 편안히 작별하도록 해.」 도망친 수사가 말했다. 「세상은 단지 겉치레에 불과해. 이 세상에서 느낀 기쁨은 아무런 가치가 없어. 대장의 부 역시 마찬가지야. 이제 와서 부가 무슨 소용이야? 그것은 하늘나라까지 가져갈 수 없어.」

이름 없는 남자는 깨달았다. 포이어바움에게 돈을 숨긴 장소를 털어놓지 않으면 죽게 될 거라는 사실을. 포이어바움이 그에게 원하는 것은 딱 한 가지, 오래전에 그들이 헤어질 때 그의 몫으로 챙겼던 금화와 은화를 숨긴 장소였다.

「대장, 지옥의 불길이 덮치지 않도록 조심해. 고집은 이제 그만 부려. 안 그러면 지옥의 불길이 대장 몸을 완전히 휘감을 거야. 돈은 지금 대장한테는 아무 쓸모도 없지만 많은 사람들을 도울 수 있어. 그러니 제발 포기해. 포기하면 대장의 영혼은 마치 새벽녘 종달새처럼 하늘나라로 훨훨 날아오를 거야.」

이름 없는 남자가 마지막 숨을 그르렁거렸다.

「악마를 희롱하고 싶지 않아?」 포이어바움이 재촉했다. 「선행을 베풀고 생을 마감해. 내게 돈을 감춰 둔 곳을 말해 주면 대장은 악마를 속여 넘긴 게 돼. 그럼 신은 분명 대장을 두 팔 벌려 환영할 거야.」

이름 없는 남자는 계속 침묵했다.

「젠장, 지옥으로나 꺼져 버려!」 마침내 포이어바움이 화를 내며 소리쳤다. 「만 명의 악마들이 대장 영혼을 뜯어먹기 위해 난투극을 벌이기를!」

하지만 죽어 가는 남자의 귀에는 더 이상 그 말이 들리지 않았다. 그의 옆에는 또 한 사람이 미동도 없이 서 있었다. 아는 얼굴, 칼을 든 지품천사였다. 예전에 구름 낀 하늘나라에서 그를 세 가지 이유로 고소했던 그 천사.

「당신이로군요.」 이름 없는 남자가 입술을 달싹거리며 소리 없이 말했다. 「내 말 한번 들어 보세요. 나는 종종 신의 심판에 대해 생각했지만, 도무지 이해할 수 없었어요. 신의 뜻을 이해한다는 것은 너무 힘든 일이었죠. 그런데 드디어 이해한 것 같아요. 예전에 당신은 나를 위해 기도해 준 적이 있어요. 한 번만 더 나를 위해 기도해 주세요. 마지막 소원은 내가 어린 딸을 더 이상 찾아가지 않더라도 그 아이가 자기를 잊었다고 생각하지 않는 거예요. 그러니 딸한테 내가 죽었다는 소식을 꼭 전해 주세요. 그 애가 나 때문에 울지 않도록. 정말이지 그건 원치 않아요. 나 때문에 우는 대신 내 영혼을 위해 주기도문을 외우게 해주세요.」

죽음의 천사가 하늘의 별을 올려다보면서 한동안 그 자리에 서 있었다. 그다음 침묵으로 동의를 표하고 엄격하고 고귀한 얼굴을 숙였다.

*

이튿날 낮, 팔에 붕대를 감은 스웨덴 장교가 폴타바 전투 소식을 전하기 위해 장원에 들렀다. 그는 스웨덴 군대가 완전히 패배했다고 말했다. 왕은 달아났고, 죽은 사람들 가운데는 스웨덴 군대의 자부심이자 영광인 크리스티안 폰 토르네펠트 사령관도 끼어 있었다고 했다.

마리아 아그네타는 얼어붙은 얼굴로 말없이 그 소식을 들었다. 처음에는 무슨 일이 일어난 건지 이해하지 못했다. 하지만 그 말의 의미를 제대로 깨달았을 때 마음이 너무 아파 울음조차 나오지 않았다. 침실에 들어가서야 눈물이 마구 쏟아졌다.

저녁 무렵 그녀는 딸을 불렀다.

마리아 크리스티네가 방으로 들어오자 그녀는 딸을 품에 안고 얼굴에 계속 입을 맞췄다.

「우리 딸.」 그녀가 나지막한 목소리로 불렀다. 「이제 다시는 아빠를 볼 수 없단다. 아빠는 전쟁터에서 돌아가셨어. 사람들이 벌써 3주 전에 아빠를 매장했단다. 이제 두 손을 모으고 아빠의 영혼을 위해 주기도문을 외우렴.」

마리아 크리스티네가 엄마를 보며 고개를 저었다. 엄마의 말을 믿을 수 없었고, 믿고 싶지도 않았다.

「아빠는 돌아오실 거야.」 딸아이가 말했다.

마리아 아그네타의 눈에 다시 눈물이 차올랐다.

「아니. 아빠는 돌아오지 않아.」 그녀가 슬픔에 젖은 목소리로 말했다. 「절대로. 엄마 말 이해 못 하겠니? 지금 아빠는 하늘나라에 계셔. 그러니 손을 모으고 너의 마지막 의무를 다하렴. 사랑스러운 우리 딸, 엄마가 그렇듯이 아빠는 너를 사랑했어. 이제 아빠의 영혼을 위해 주기도문을 외워 주렴.」

마리아 크리스티네가 다시 고개를 저으려고 했다. 그 순간 창밖의 어떤 광경이 눈에 들어왔다. 저 멀리 도로에서 관을 실은 수레가 언덕을 내려오고 있었다. 주교의 장원 쪽에서 오는 수레였다.

마리아 아그네타는 두 손을 맞잡고 기도하기 시작했다.

「하늘에 계신 우리 아버지여, 이름이 거룩히 여김을 받으시오며, 나라가 임하시오며, 뜻이 하늘에서 이루어진 것같이 땅에서도 이루어지이다. 저는 저 도로에 있는 불쌍한 남자를 위해 기도드리옵니다. 그를 위해 울어 줄 사람이 하나도 없습니다. 제발 그분의 영혼이 평화로이 쉴 수 있도록 해주세요. 우리를 시험에 들게 하지 마시옵고, 다만 악에서 구하시옵소서. 성부와 성자와 성령의 이름으로 기도드리옵니다. 아멘.」

이름 없는 남자의 시신을 무덤으로 끌고 가는 수레가 천천히, 아주 천천히 저택 창문 앞을 지나갔다.

레오 페루츠의 『스웨덴 기사』에 대하여*

엠마뉘엘 카레르 / 전미연 옮김

『스웨덴 기사』는 18세기 중반에 한 노부인이 유년 시절의 기억을 떠올리는 내용의 서문으로 시작한다. 그녀는 스웨덴 왕 칼 12세가 이끄는 군대의 장교였던 자신의 아버지 이야기를 들려준다. 하인한테서 두 존재를 영원토록 이어 주는 확실한 방법이라고 듣고, 전쟁터로 떠나는 아버지의 재킷 안감에 소금과 흙을 채운 오자미를 꿰매 놓았던 이야기를. 군대 전체가 그 증거였듯이 아버지는 분명히 그의 장원과 딸에게서 5백 킬로미터 떨어져 있었는데, 신기하게도 밤마다 몰래 자신을 찾아왔었다는 이야기를. 아버지의 사망 소식을 들던 순간을, 그걸 믿고 싶지 않아서 마음속으로 자신의 집 창문 앞을 지나 무덤으로 향하고 있던 한 죽은 걸인을 위해 기도를 올렸었다는 이야기를.

지금 이 글을 읽고 있는 당신 심정이 그렇듯이, 소설의 독

* (C) 2016, P.O.L Editeur. 이 글은 쓴 엠마뉘엘 카레르Emmanuel Carrère (1957~)는 현대 프랑스 문단의 주요 작가로, 『적』, 『나 아닌 다른 삶』, 『리모노프』, 『왕국』 등의 소설들을 집필했다. 이 글은 2000년 8월 잡지 『르 주르날 뒤 디망슈*Le Journal du dimanche*』에 처음 게재되었다.

자 역시 갈피를 잡을 수 없는 정보들에 융단 폭격을 당해 어리둥절한 상태에서 정보를 입력해 나간다. 뒤로 가면 모든 게 분명해지겠지 하면서. 본격적인 이야기는 여기서부터 시작이다. 배경은 30년 전쟁이 벌어지고 있는 슐레지엔 지방. 30년 전쟁 중인 슐레지엔이라는 곳이 막연하게 느껴지다 보니 우리는 어쩔 수 없이 저자에게 전적으로 의존하게 되는데, 이걸 이용한 저자는 아무런 지표가 없는, 역사 소설보다 SF 소설에 가까운 기묘한 세계로, 4차원은 아닐지 몰라도 3.5차원인 세계로 우리를 데려간다.

이 모호한 세계에서 20여 년에 걸쳐 신분 교환과 도용, 이중 신분의 이야기가 펼쳐진다. 우연한 만남을 계기로 한 사내가 다른 사내의 자리를 차지하게 된다. 부랑자는 그렇게 장원을 소유한 귀족이 되고, 귀족은 주교의 지옥(주교의 지옥이 뭔지 정확히 알 수는 없지만, 어쨌든 중요한 건 그것이 우리에게 공포를 불러일으킨다는 사실이다)에 떨어진다. 한마디로 무척 이국적인 시공간에서 벌어지는, 무척 탄탄하게 짜여진 고전적인 이야기이다 보니 당연히 흥미진진하게 읽게 된다. 하지만 세상에 흥미진진한 책이 어디 한두 권인가.

이야기는 마지막에 이른다. 역시나 저자는 전문가라고 느껴지는 게, 아귀가 딱 맞게 모든 게 처음부터 짜여져 있었다는 인상을 준다. 마지막 문단이 나온다. 그리고 나오는 마지막 문장. 그런데, 뭔가 심상치 않다. 마지막 문장, 이 문제의 문장이 얼마나 평범해 보이는지 확인할 수 있게 그대로 베껴 놓아 보겠다. 〈이름 없는 남자의 시신을 무덤으로 끌고 가는 수레가 천천히, 아주 천천히 저택의 창문 앞을 지나갔다.〉 보기에는 분명히 평범해 보이는데, 앞부분을 다 읽고 나서 이 문장을 읽었다면 등줄기가 서늘해지는 느낌을 갖지 않을 수가 없을 것이다. 서문의 쓸데없고 자잘한 정보들이 번뜩 떠오른다. 그것들은 당신을 위해 줄곧 그 자리에 있었으며, 저자는 트릭을 쓴 게 아니라, 그 정보들을 재활성화시키는 순간을 이 마지막 문장까지 늦추었을 뿐이다.

순식간에 방금 읽은 내용이, 명확히 알지 못하는 상태로 처음부터 지금까지 들었던 이야기가 이해된다. 저자는 그저 체스판의 폰 하나를, 게임의 마지막까지 하찮아 보이는 폰 하나를 움직이면서 속삭이듯 〈체크 메이트〉 하고 말했을 뿐이다. 그런데 모든 것이 새로운 각도에서 다시 정렬되고, 이 영민한 이야기에서 운명의 비극이 탄생하는 것이다.

문학은 우리에게 무척 다양한 기쁨을 줄 수 있다. 바로 위에서 내가 언급한 기쁨이 그중 최고인지 어떤지는 모르겠으나, 나를 포함하는 한 부류의 독자들에게 그것이 아주 강렬한 기쁨임에는 틀림이 없다. 게다가 이 독자의 직업이 작가라면, 어마어마한 질투를 불러일으키고 만다. 그는, 다른 사람은 몰라도 적어도 나는, 그런 능력을 가지는 게 소원인 사람이니까. 독자를 궁지로 몰아 백기를 들게 하는 능력. 이런 목표를 지향하는 픽션들은 이중 방아쇠가 달린 서스펜스 장치를 깔아 놓는다. 〈주인공은 어떻게 될까? 그는 위기에서 어떻게 벗어날까?〉 하는 일반적인 긴장감에, 〈작가는 어떻게 이야기를 매듭지을까? 그는 과연 어떻게 이야기를 연착

륙시킬까?〉 하는 또 하나의 긴장감이 더해지는 것이다. 단순히 독자인 나를 궁지로 몰아넣는 데서 끝나지 않고 그야말로 예기치 못한 방식으로 매듭을 짓고, 내가 허를 찔려 넋이 나가고, 어안이 벙벙하게 만든다는 말이다.

이런 쪽의 대가들이 몇 명 있다. 『모렐의 발명*La Invencion de Morel*』에서 지극히 보기 드문, 과장되지 않고 완벽하다고 말할 수 있는 플롯을 구현했다고 친구인 보르헤스가 상찬을 했던 아돌포 비오이 카사레스Adolfo Bioy Casares가 그런 사람에 해당한다. 프랑스 작가로는 『기계*La Machine*』를 쓴 르네 벨레토Rene Belletto가 있다. 세바스티앙 자프리조Sébastien Japrisot도 대부분의 작품이 그러한데, 그의 소설을 읽으면서 우리는 시작을 이렇게 했다가는 나중에 가서 알람이 울리고 주인공이 〈하느님 감사합니다, 꿈이었네요〉 하고 안도의 한숨을 내뱉는 딱한 해결책 말고는 다른 수습책이 없을 것 같아 작가를 걱정하며 안절부절한다. 그러나 자프리조는 자신이 사용한 천재적인 장치들을 합리적으로 설명해 낼 수 있을 뿐만 아니라, 그의 설명은 설명하는 내용 이상으로 천재적이다.

레오 페루츠 역시 같은 계보에 속했다. 프라하 출신의 유대인인 그는 정확히 카프카와 동시대인이지만 훨씬 오래 살았고, 2차 세계 대전 종전 후 이스라엘에서 생을 마쳤다. 그의 소설은 한 권 읽고 나면 전부 다 읽게 되는데, 솔직히 말해서 모든 소설이 다 균질한 서사적 완결성을 갖춘 것은 아니니 걸작부터 시작하는 걸 권한다. 『스웨덴 기사』는 그가 가장 아끼는 작품이었고, 나 역시 마찬가지인데, 놀라운 플롯의 밀도를 보여 주는 이 책이 지닌 마지막 역설은 재독(再讀)을 견딜 수 있다는 것, 아니, 재독을 부른다는 사실이다. 내가 바로 그 경험자인데, 방금 두 번째 읽고 나니 처음 읽을 때보다 더 좋았다.

엠마뉘엘 카레르

역자 해설

두 운명의 교차를 통해 완성되는 진정한 정체성

레오 페루츠, 그는 누구인가

레오 페루츠는 우리에게 몹시 낯설고 생소한 이름이다. 하지만 그건 비단 우리에게만 해당되는 것이 아니라 독일어권 독자들에게도 마찬가지였다. 1910년대부터 1930년대 중반까지 독일어권 최고의 인기 작가였던 레오 페루츠는 1938년 오스트리아가 독일에 합병되자 나치를 피해 팔레스타인으로 망명했고, 이후 무려 40년 동안이나 독일어권 독자들과 문학계로부터 완전히 잊힌 존재였다. 제2차 세계 대전 이후 독문학계에서 완전히 망각된 유일한 유대인 작가라 할 수 있다. 1972년 7권의 방대한 책자에 1만 8천여 편에 이르는 세계문학 작품들에 대한 설명과 해설을 담은 『킨들러 문학백과사전*Kindlers Literatur Lexikon*』이나 1971년 세 권으로 출간된 『로로로 20세기 문학백과사전*rororo-Literaturlexikon 20. Jahrhundert*』에서조차 레오 페루츠라는 이름은 단 한 번도 언급되지 않았다는 사실이 그것을 방증한다. 하지만 1980년대 후반 레오 페루츠에 대한 관심이 서서히 생겨나고 2000년대를 전후로 주요 작품들이 재출간되면서, 그의 문학에 대한 조명과 재평가가 이루어졌다. 따라서 먼저 그의 생애를 간략히 되짚어 보는 것이 작품을 이해하는 데 도움이 될 것이다.

레오 페루츠는 1982년 11월 2일 프라하에서 부유한 유대인 사업가의 4남매 중 맏이로 태어났다. 그리고 1901년 19살의 나이로 가족들과 함께 당시 오스트리아-헝가리 제국의 수도였던 빈으로 이주해 1938년 팔레스타인으로 망명하기 전까지 빈을 중심으로 활동했다. 그는 김나지움 시절부터 친구들과 문학 모임을 결성해 작가의 꿈을 키우며 습작 활동을 했다. 대학에서는 수학, 통계학, 경제학 등을 공부한 뒤 1907년부터 보험사에서 일했는데, 직장 생활 틈틈이 잡지나 신문에 짧은 글을 발표하며 이름을 알리기 시작했다. 전업 작가가 되기 위해 보험사를 그만둔 1923년까지 페루츠는 보험 일과 글쓰기를 성공적으로 병행했다. 초기에는 오히려 보험 일에 더 비중을 두어 다수의 논문을 발표하기도 했다. 특히 그가 고안한 예측 사망률에 근거한 이른바 〈페루츠 보상 공식〉은 1920년대 보험업계에서 널리 활용되었다. 당시 에른스트 바이스Ernst Weiß는 재능 있는 친구가 더 일찍 전업 작가의 길에 들어서지 않는 것에 대해 큰 아쉬움을 토로하기도 했다.

여기까지만 보면 프라하가 배출한 세계적인 작가 프란츠 카프카Franz Kafka가 연상될 법하다. 거의 동년배로(페루츠는 1982년생이고 카프카는 1883년생이다) 활동 시기가 겹친다는 점, 프라하 출신의 유대인이라는 점, 한동안 보험사에서 일했다는 점 등이 그러하다. 작품에 감도는 환상적이고 비현실적인 분위기도 한몫 거든다. 하지만 전기적인 요소가 작품에 많이 투영된 카프카와 달리, 페루츠는 삶과 작품을 철저히 분리했다. 그는 평생 자신의 소설들에 대한 직접적인 해석을 거부했으며, 작품과 자신의 삶을 연관 짓는 것도 거부했다. 또한 카프카가 생전에 고독과 외로움 속에서 거의 주목받지 못하고 일찍 생을 마감했다가 사후에 뒤늦게 실존주의 문학의 선구자로 높이 평가받은 반면, 페루츠는 1920년대 빈 최고의 인기 작가로 명성을 누렸으나 1938년 팔레스타인 망명 이후 작가로서 세상에서 완전히 잊혔다는 점은 아이러니가 아닐 수 없다.

페루츠는 1914년 제1차 세계 대전이 발발하자 전쟁에 자원했으나 근시로 복무 부적합 판정을 받지만, 이듬해 재검에서 합격 판정을 받고 오스트리아 동부 전선에 배치된다. 하지만 폐에 총상을 입고 후방으로 이송돼 수술과 오랜 회복 과정을 거쳐 제대한다. 이때 경험한 전쟁의 참상은 페루츠의 작품에 지속적으로 투영된다.

제1차 세계 대전이 끝나면서 페루츠의 작가로서의 성공이 시작된다. 군 복무 중 출간된 그의 첫 장편소설 『세 번째 총알*Der dritte Kugel*』(1915)은 처음부터 평단과 독자의 호평을 받는다. 이후 『망고 나무의 비밀*Mangobaumwunder*』(1916), 『9시에서 9시 사이*Zwischen neun und neun*』(1918), 『볼리바르 후작*Der Marques de Bolibar*』(1920), 『최후의 심판의 거장*Der Meister des Jüngsten Tages*』(1923), 『튀를리팽

Turlupin』(1924) 등을 잇달아 발표하며 페루츠는 1920년대 독일어권 최고의 인기 작가로 부상한다. 그의 성공은 1928년 출간된 『사과야, 너는 어디로 굴러가니*Wohin rollst du, Äpfelchen...*』(1928)에서 절정에 이른다. 시베리아에서 붙잡힌 어느 전쟁 포로의 귀향 이야기인데, 소설의 인기와는 별개로 제목 자체가 마치 1920년대 말의 시대적 불확실성과 실존적인 불안감 대변하는 구호처럼 널리 사용되었다고 한다.

1920년대 페루츠는 스키나 스케이트처럼 돈이 많이 드는 취미 생활을 즐기고 세계 여러 나라를 여행하며 풍족하고 여유로운 삶을 누렸다. 이는 보험사에서 나오는 월급과 작가 활동으로 벌어들이는 수입, 가족 회사를 운영하던 아버지와 동생들의 지원 덕분에 가능했다. 경제적인 안정 속에서 페루츠는 합스부르크 왕가의 수도로서 이미 과거부터 여러 민족들이 합쳐진 독특한 다민족 문화를 꽃피운 빈의 자유분방한 분위기를 마음껏 향유하는 한편, 빈의 문화계를 주도하는 주요 인물들과도 활발하게 교류했다. 당시 페루츠와 어울리거나 서신을 교환한 작가들로는 베르톨트 브레히트Bertolt Brecht, 로베르트 무질Robert Musil, 요제프 바인헤버Josef Weinheber, 프란츠 베르펠Franz Werfel 등이 있다.

1920년대는 페루츠의 문학적인 전성기인 동시에 가정적으로도 몹시 행복한 시기였다. 1918년 3월 13세 연하의 이다 바일Ida Weil과 결혼한 페루츠는 1920년 첫째 딸 미하엘라Michaela를, 1922년 둘째 딸 레오노레Leonore를 얻었다.

하지만 그 행복은 오래가지 않았다. 1928년 셋째 아이의 출산을 앞두고 있던 아내 이다가 갑자기 고열로 쓰러진 것이다. 이다는 며칠 뒤 아들 펠릭스Felix를 낳고 세상을 떠난다. 아내의 죽음에 큰 충격을 받은 페루츠는 실의에 빠져 꽤 오랫동안 은둔 생활을 한다. 거기다 집필 중단으로 인해 줄어든 수입과 세계 경제 공황으로 인한 가족 회사의 경영 위기까지 겹치자 페루츠는 심각한 생활고를 겪는다.

이런 상황에서 1933년 히틀러의 집권은 페루츠에게 결정타가 된다. 독일 출판 시장이 유대인 작가를 배척하기 시작했기 때문이다. 물론 페루츠의 작품들이 직접 금서 목록에 오른 것은 아니었고 오스트리아에서는 여전히 그의 책이 출간되었다. 하지만 유대인이 운영하는 출판사인 탓에 독일로의 수출이 금지됨으로써 가장 중요한 출판 시장이 사라진 것이다.

그 비운의 직격탄을 맞은 것이 바로 1936년에 출간된 『스웨덴 기사*Der schwedische Reiter*』다. 구상을 시작한 지 8년 만에 소설을 탈고했을 때 페루츠는 작품성에 대한 자신감으로 소설의 성공을 기대했다. 더불어 경제적인 위기도 타개할 수 있을 거라는 희망도 품었다. 하지만 그의 기대는 무참히 무너졌다. 독일과 스위스 출판사들로부터는 출간을 거절당했고, 오스트리아에서 출간된 책은 다른 독일어권 국가로의 수출이 막혔다. 결국 『스웨덴 기사』는 독자들한테 제대로 평가받을 기회도 갖지 못한 채 그대로 사장돼 버렸다.

1938년 오스트리아가 독일에 합병되자 페루츠는 가족과 팔레스타인으로 망명해 텔아비브에 정착했다. 처음에는 망명지로 다른 유럽 국가나 미국을 고려했으나 상황이 여의치 않자 경제적으로 의지하고 있던, 열렬한 시온주의자 동생 한스의 강력한 요구에 따라 팔레스타인을 택한 것이다. 망명은 사실상 문학과의 단절을 의미했다. 텔아비브에서 독일어로 작품 활동을 하는 것은 거의 불가능했다. 어떤 식으로든 문학 활동을 지속하려 했으나 모든 시도가 무위로 돌아갔다. 페루츠의 작품을 높이 평가한 아르헨티나의 대문호 호르헤 루이스 보르헤스Jorge Luis Borges의 지원으로 1941년부터 『뤼믈리팽』, 『9시에서 9시 사이』, 『볼리바르 후작』 등이 스페인어로 번역 출간되었는데, 이것이 망명 기간 동안 페루츠가 거둔 유일한 문학적 성과였다.

그럼에도 불구하고 제2차 세계 대전이 끝났을 때 페루츠는 오스트리아로 되돌아가는 것과 이스라엘에 머무는 것 사이에서 크게 갈등한 끝에 텔아비브에 남는 쪽을 택했다. 이미 예순을 넘긴 나이와 겨우 익숙해진 생활 터전을 다시 옮기는 것에 대한 두려움에 따른 선택이었다. 그리고 생계를 위해 1948년 66세의 나이에 다시 보험사에 들어갔다. 물론 유럽 문화와 오스트리아에 대한 그리움과 혹독한 우울증은 늘 그를 따라다녔다. 그런 가운데서도 페루츠는 작가로서 다시 일어서려는 노력을 완전히 포기하지 않고 오래 묵혀 두었던 두 개의 프로젝트를 마무리한다. 1924년 쓰기 시작한 뒤 거의 반평생을 매달린 『밤에 돌다리 아래서*Nachts unter der steinernen Brücke*』가 1953년 드디어 세상에 나온다. 하지만 평단의 여러 긍정적인 반응들에도 불구하고 출간 직후 출판사가 파산하는 바람에 책은 그대로 묻혀 버렸다. 그리고 1927년에 시작해 죽기 6주 전에 완성된 『최후의 만찬의 유다*Der Judas des Abendmahls*』는 1959년 그의 사후에 〈레오나르도의 유다*Der Judas des Leonardo*〉라는 제목으로 출간되었다.

1952년 다시 오스트리아 시민권을 획득한 페루츠는 매년 여름마다 오스트리아를 찾아 몇 달씩 휴가를 보내는 것으로 오스트리아와 빈에 대한 향수를 달랬다. 그리고 1957년 여름 휴가차 찾은 온천 도시 바트 이슐에서 갑자기 쓰러진 뒤 병원에서 죽음을 맞이했다. 그의 시신은 바트 이슐 공동묘지에 안치되었다.

레오 페루츠 소설의 특징: 역사와 판타지의 절묘한 어우러짐

페루츠는 10권이 넘는 장편소설을 포함해 상당히 많은 단편소설들과 희곡들을 남겼다. 당시 그의 작품들은 신문이나 잡지의 사전 연재를 통해 독자들에게 미리 선보인 뒤 책으로 출간되는 경우가 많았는데, 연재될 때마다 해당 신문이나 잡지의 판매 부수가 급증했다는 것을 보면 페루츠가 당대 독자들의 감성과 기호를 제대로 포착했음을 알 수 있다.

하지만 페루츠 소설이 갖고 있는 이런 대중성과 접근성은 역설적이게도 그의 작품이 대중적 통속 소설이라는 오해를 야기하기도 한다. 물론 페루츠의 소설은 복잡한 플롯이나 심리 묘사보다 이야기 중심으로 빠르게 진행됨으로써 독자의 긴장과 흥미를 유발한다는 측면에서 대중성이 높다. 간결하면서도 명료한 문장과 문체는 독자들로 하여금 쉽게 이야기를 따라가게 해준다. 또한 독자의 기대와 흥미를 충족시키는 이국적인 소재들이 많아 통속성이 두드러지는 측면도 있다. 하지만 그의 작품은 대중성만큼이나 작품성도 널리 인정받고 있다. 『페루츠 전기*Leo Perutz, Biographie*』를 펴낸 한스하랄트 뮐러Hans-Harald Müller는 페루츠를 브로흐, 무질, 에른스트 바이스 같은 거장들과 같은 반열에 놓았으며, 다니엘 켈만Daniel Kehlmann은 페루츠를 〈마술적 리얼리즘의 대가〉로, 프리드리히 토어베르크Friedrich Torberg는 페루츠를 〈환상 소설의 거장〉이라고 불렀다.

페루츠 소설의 본령은 역시 역사 소설에 있다. 그의 첫 장편소설 『세 번째 총알』은 그 시발점이 되는 것으로, 코르테스의 멕시코 정복이라는 소재를 정교한 플롯으로 구성한 작품이다. 『볼리바르 후작』은 나폴레옹의 점령에 맞선 스페인 해방 전쟁에서 소재를 가져왔고, 『튀를뤼팽』은 프랑스 대혁명 시대를 배경으로 하고 있으며, 『스웨덴 기사』는 18세기 초반의 슐레지엔 지방에서 이야기가 펼쳐진다. 역사에 대한 페루츠의 관심은 그가 프랑스의 대문호 빅토르 위고의 방대한 역사 소설 『93년*Quatrevingt-treize*』을 1/3 분량으로 축소해 〈단두대의 해*Das Jahr der Guillotine*〉라는 제목으로 번안한 것에서도 엿볼 수 있다.

앞에서 언급된 작품들은 역사적인 인물이나 사건에서 소재를 가져왔다는 점에서 당연히 역사 소설의 범주에 들어간다. 그런데 그의 역사 소설은 역사적인 소재를 환상 문학의 틀 속에 담아낸다는 데 그 특징이 있다. 역사적 사실에 환상을 끌어들여 역사를 재해석하는 것이다. 그의 역사 소설에 등장하는 세상은 초자연적인 것이 아직 일상적으로 통용되는 세상이다. 그곳에서는 천사와 악마, 유령 같은 존재들이 불쑥불쑥 튀어나오고 마법의 주문이 그 효용성을 인정받는다. 현실과 환상의 경계가 모호해지고 실제로 일어난 일인지 심리적인 현상인지 구별하기가 난감한 세상인 것이다. 페루츠가 이렇게 역사에 환상을 끌어들이는 이유는 그런 세상에서 오히려 페루츠가 강조하고자 하는 관념적 주제들이 더 선명하게 부각되기 때문이다. 페루츠는 주로 신, 선과 악, 정의, 정체성, 옳고 그름의 문제 등, 우리가 보통 형이상학이라고 부르는 주제들을 다룬다. 그런데 갑작스럽게 현실에 침입한 초자연적인 사건들은 독자들로 하여금 그동안 확고하게 믿고 있던 세계관이나 가치관을 되돌아보게 하는 계기가 되는 것이다. 역사와 판타지의 절묘한 어우러짐이 아닐 수 없다.

〈스웨덴 기사〉의 정체성은 어떻게 완성되었나

『스웨덴 기사』는 아우구스트 대왕과 스웨덴 왕 칼 12세 사이에 벌어진 전쟁으로 거의 무법천지로 변해 버린 18세기 초 슐레지엔 지방을 무대로 전개된다. 액자 소설처럼 덧붙여진 서문에서 마리아 크리스티네 폰 블로메는 〈스웨덴 기사〉라는 이름으로 불린 아버지를 언급하면서, 그녀에게 영원히 풀리지 않는 어둡고 슬픈 미스터리가 하나 있다고 고백한다.

〈스웨덴 군대에서 열심히 전투에 참여하고 있다던 그 시기에, 또 말에서 떨어져 죽었다던 그 시기에, 아버지는 어떻게 그리도 자주 한밤중에 내 방 창문을 두드릴 수 있었을까? 하지만 만약 아버지가 죽은 게 아니라면, 왜 더 이상 찾아오지 않았을까? 그건 내 평생 풀리지 않는 어둡고 슬픈 미스터리로 남았다〉라고.

『스웨덴 기사』는 이렇게 〈한 사람이 어떻게 동시에 두 장소에 존재할 수 있었을까?〉 하는 수수께끼로부터 이야기가 시작된다. 그리고 곧바로 스웨덴 기사의 이야기가 본격적으로 이어진다. 〈이제부터 《스웨덴 기사》의 이야기를 시작하겠다. 이건 1701년 초의 몹시 추운 겨울날, 농가의 헛간에서 만나 친구가 된 두 남자의 이야기이다〉라는 두 문장은 이 소설이 전체적으로 그 수수께끼의 비밀을 풀어 나가는 과정임을 알려 준다.

크리스티안 폰 토르네펠트라는 이름의 귀족과 떠돌이 도둑이 바로 그 주인공들이다. 추적자들을 피해 달아나던 두 사람은 인생의 막다른 골목에서 우연히 만난다. 허풍쟁이 귀족은 오로지 스웨덴 국왕의 군대에 들어가 명예롭게 싸우고 싶은 욕망뿐인 탈영병이다. 하지만 그는 그곳에 가지 못하고 〈주교의 지옥〉으로 떨어져 그곳에서 9년 동안 강제 노역을 한다. 그리고 지옥에서 빠져나오자마자 스웨덴 왕 칼 12세의 군대에 들어가 소원대로 어느 전투에서 명예로운 죽음을 맞이한다. 그런데 그의 운명은 별다른 사건 없이 간략하게 그려지는 반면, 끝까지 이름이 밝혀지지 않는 도둑의 운명은 상대적으로 더 자세하게 그려진다. 크리스티안 토르네펠트가 주교의 지옥에서 산송장 같은 세월을 보내는 동안, 떠돌이 도둑은 성물 도적단, 이름 없는 남자, 스웨덴 기사로 계속 이름을 바꿔 가며 산다. 그리고 우여곡절 끝에 행복의 절정에 올랐다가 다시 인생의 나락으로 떨어져 〈주교의 지옥〉에서 비참한 죽음을 맞이한다. 마지막까지 이름이 밝혀지지 않는 도둑은 먼저 교회에서 성물을 훔치는 도적단의 두목이 되었다가 약탈한 돈으로 귀족의 장원을 산다. 그리고 그 장원에서 친구 크리스티안 폰 토르네펠트의 이름을 사칭해 그의 약혼녀였던 여자와 행복한 가정을 이룬다. 하지만 7년의 세월이 흐른 뒤 두 사람의 운명은 다시 엇갈려 그들의 원래 목적지였던 곳에서 같은 시간에 죽음을 맞이한다.

『스웨덴 기사』는 마리아 크리스티네 폰 블로메가 서문에서 언급했던 인물, 즉 스웨덴 기사의 운명을 추적하는 이야기이다. 그런데 소설 초반 독자들은 이미 도둑과 스웨덴 귀족의 신분이 서로 바뀌었다는 사실을 알고 있기에, 전쟁터에서 죽은 남자는 과연 누구일까 하는 호기심에 비밀이 풀릴 때까지 책을 손에서 내려놓을 수가 없다. 두 사람의 운명은 우연에 의해 계속 엇갈리고, 그 과정에서 이루어진 신분 도용과 이중 신분은 계속 작품에 팽팽한 긴장감을 부여한다. 그의 앞날은 어떻게 될까? 거짓 신분이 들통나면 어떡하지? 저 위기 상황에서 어떻게 빠져나갈까? 궁금증과 호기심은 끊임없이 독자를 앞으로 이끌어 간다.

하지만 전쟁터에서 명예로운 죽음을 맞이한 자가 누구냐

하는 것은 그다지 중요하지 않다. 〈스웨덴 기사〉라는 하나의 이름에는 두 사람의 운명이 모두 포함되어 있기 때문이다. 두 사람의 운명이 서로 뒤바뀌지 않았더라면, 그래서 나약하고 겁 많은 스웨덴 귀족이 〈주교의 지옥〉을 겪어 보지 않았더라면 진정한 스웨덴 기사는 탄생하지 못했을 것이다. 〈스웨덴 기사〉의 정체성의 본질이라 할 수 있는 결단력, 용맹함, 지략, 지도력, 인내심 등은 원래 도둑의 운명이었던 〈주교의 지옥〉을 거쳤기에 얻을 수 있는 덕목들이다. 두 주인공은 고비마다 우연에 의해 운명이 엇갈린다. 그리고 그때마다 상황은 예기치 못한 방향으로 전개된다. 하지만 두 사람의 운명을 엇갈리게 만드는 우연은 단순한 우연이 아니다. 그것은 나중에 필연이었음이 밝혀진다. 처음부터 작가의 철저한 계산에 의해 일어난 우연인 것이다. 그리고 마지막 순간 두 사람의 상이한 운명은 기적처럼 하나로 묶인다.

마지막으로, 이 작품의 번역 원본으로는 Leo Perutz, *Der schwedische Reiter*(München: dtv Verlagsgesellschaft, 2004)를 사용했음을 밝힌다.

2020년 11월

강명순

레오 페루츠 연보

1882년 출생 11월 2일 프라하에서 방직업을 하는 부유한 유대인 사업가인 아버지 베네딕트 페루츠Benedikt Perutz와 어머니 에밀리에Emilie 사이에서 4남매 중 맏이로 출생. 당시 프라하는 오스트리아-헝가리 제국의 영토였던 까닭에 오스트리아 국적 취득.

1888년 6세 9월 프라하의 유명한 사립 초등학교인 피아리스텐-슐레에 입학, 1893년 7월 졸업.

1893년 11세 프라하의 독일 국립 김나지움에 입학해 1899년까지 다님. 불성실한 학교생활로 인해 퇴학당한 것인지, 자발적으로 전학한 것인지 확실치 않음.

1899년 17세 크루마우 김나지움으로 옮겨 1901년까지 다님. 하지만 여기서도 학업 성적이 나빠 1901년도 졸업 시험에 응시하지 못함.

1901년 19세 가족과 함께 빈으로 이주. 에르츠헤어초크-라이너-김나지움에 편입.

1902년 20세 9월 졸업장을 못 받고 에르츠헤어초크-라이너-김나지움 수료.

1903년 21세 4월 징병 검사를 받고 12월에 자원입대.

1904년 22세 12월에 건강상의 이유로 하사로 제대.

1905년 23세 겨울 학기에 빈 대학 인문학부에 〈특별 청강생〉으로 등록. 미적분학, 보험 수학, 경제학 등 수강.

1906년 24세 겨울 학기에 빈 공과 대학으로 옮김. 확률론, 통계학, 보험 수학, 경제학, 무역법과 사법(私法) 등 강의 수강. 2월 문학과 정치를 주로 다루는 주간지 『데어 베크*Der Weg*』에 첫 산문 스케치 게재. 본격적인 글쓰기와 함께 당대 빈의 젊은 문학인들과 교류 시작.

1907년 25세 3월 일간지 『차이트*Zeit*』 주말 판에 단편소설 『측량사 로렌초 바르디의 죽음*Der Tod des Messer Lorenzo Bardi*』 게재. 이탈리아 르네상스 시대를 배경으로 한 페루츠 최초의 역사 소설. 7월 이탈리아 트리스트 소재 보험사 아시쿠라치오니 게네랄리Assicurazioni Generali에 취직. 직장 생활과 병행해 일간지 『테플리처 차이퉁*Teplitzer Zeitung*』에 평론과 서평, 단편소설 등을 발표하기 시작. 이 시기 발표한 「슈라메크 하사Der Feldwebel Schramek」는 최초로 대중들의 인기를 끈 단편소설.

1908년 26세 10월 다시 빈으로 돌아와 앙커 보험사Versicherungs gesellschaft Anker에 취직해 1923년까지 일함. 1908년부터 1913년까지는 문학보다 보험 계리사로서의 활동에 더 치중했음. 이 시기 정확한 사망률 예측에 기반한 다수의 보험 관련 논문 발표. 1911년에 발표한 소위 〈페루츠의 보상 공식〉은 1920년대까지 보험업계에서 중요한 공식으로 널리 사용됨.

1909년 27세 이때부터 매년 휴가 때마다 한 달 이상의 긴 해외여행을 하기 시작. 1909년 이탈리아, 1910년 프랑스, 1911년 스칸디나비아, 1912년 스페인과 알제리, 1913년 부쿠레슈티, 콘스탄티노플, 베이루트, 로도스, 텔아비브, 카이로, 알렉산드리아 등을 여행.

1914년 32세 제1차 세계 대전이 발발하자 자원입대하나 근시로 인해 복무 부적합 판정을 받음.

1915년 33세 다시 징집 명령을 받고 신검에서 복무 적합 판정을 받아

10월에 부다페스트 전선에 배치됨. 군 복무 중이던 11월 첫 장편소설 『세 번째 총알*Der dritte Kugel*』 출간. 코르테스의 멕시코 정복을 소재로 한 이 역사 소설에 감명받아 베르톨트 브레히트가 『코르테스의 병사들*Von des Cortez Leuten*』을 썼다고 함.

1916년 34세 소설가이자 희곡 작가인 파울 프랑크Paul Frank와 공동 집필한 두 번째 장편소설 『망고 나무의 비밀*Mangobaumwunder*』 출간. 이 작품으로 대중들의 주목을 받기 시작. 『망고 나무의 비밀』은 1921년 〈키르히아이젠 박사의 모험*Das Abenteuer des Dr. Kircheisen*〉이라는 제목으로 영화로 제작됨. 7월 러시아 전선에서 가슴에 총상을 입고 후방에서 수술받음. 9월에 빈으로 후송되었으나 11월 패혈증에 걸려 한때 목숨이 위태로움.

1917년 35세 7월 13세 연하의 이다 바일Ida Weil과 약혼. 8월 소위로 진급해 전시 보도 본부에서 일함. 거기서 에곤 에르빈 키슈Egon Erwin Kisch를 만나 교류 시작.

1918년 36세 세 번째 장편소설 『9시에서 9시 사이*Zwischen neun und neun*』 출간. 1923년까지 13쇄가 발행될 정도로 대성공을 거둠. 영어, 핀란드어, 노르웨이어, 러시아어, 폴란드어, 스웨덴어, 헝가리어 등 다수의 언어로 번역되어 독일어권 이외의 독자들에게도 널리 알려짐. 3월 이다 바일과 결혼. 4월 전시 보도 본부의 명령에 따라 우크라이나 시찰.

1920년 38세 역사 장편소설 『볼리바르 후작*Der Marques de Bolibar*』 출간. 이 작품은 1922년과 1929년 두 차례 영화로 제작됨. 3월 첫째 딸 미하엘라Michaela 출생.

1921년 39세 9월 단편소설 「적그리스도의 탄생Die Geburt des Antichrist」 출간. 이 작품은 1922년 동명의 영화로 제작됨.

1922년 40세 6월 21일 둘째 딸 레오노레Leonore 출생.

1923년 41세 4월 모친 사망. 장편소설 『최후의 심판의 거장*Der Meister des Jüngsten Tages*』 출간. 이 작품의 대성공을 비롯해 LA에서는 『9시에서 9시 사이』가 영화로 제작되고 런던에서는 『볼리바르 후작』이 무대에서 공연되는 등 작가로서 탄탄한 입지를 구축하게 된 페루츠는 7월 앙커 보험사를 그만두고 전업 작가로서의 삶을 시작.

1924년 42세 장편소설 『튀를뤼팽*Turlupin*』 출간. 3월부터 4월까지 약 한 달간 프랑스를 거쳐 이집트의 카이로까지 북아프리카 일대 여행.

1925년 43세 프랑스 대혁명을 배경으로 한 빅토르 위고의 역사 소설 『93년*Quatrevingt-treize*』을 〈단두대의 해 *Das Jahr der Guillotine*〉라는 제목으로 번안.

1927년 45세 작품이 잘 팔리지 않아 경제적인 위기가 찾아오자 파울 프랑크와 공동으로 통속 소설 『카자흐 사람과 나이팅게일*Der Kosak und die Nachtigall*』 집필 시작해 1928년 출간. 이 작품은 1934년 영화로 제작됨.

1928년 46세 3월 장편소설 『사과야, 너는 어디로 굴러가니*Wohin rollst du, Äpfelchen...*』 출간. 먼저 일간지 『베를리너 일루스트리어텐 차이퉁*Berliner Illustrierten Zeitung*』에서 연재를 시작했을 때 구독자 수가 엄청나게 증가했으며, 이후 장편소설로 정식 출간되어 대성공을 거둠. 셋째의 출산을 앞두고 있던 아내 이다가 폐렴으로 병원에 입원했다가 3월 13일 아들 펠릭스Felix를 건강하게 출산한 직후 사망. 아내의 사망 이후 한동안 슬픔과 우울증에 빠져 칩거 생활.

1929년 47세 8월 단편소설 「주여, 저를 불쌍히 여기소서Herr, erbarme Dich meiner」 탈고. 1930년 초기 작품들과 묶어 동명의 단편집으로 출간.

1930년 48세 9월 한스 아들러Hans Adler와 공동 집필한 희곡 「프레스부르크 여행Die Reise nach Preßburg」 완성. 그해 빈에서 초연.

1933년 51세 9월 장편소설 『성 페트리의 눈*St. Petri-Schnee*』 출간. 이 작품은 1991년 영화로 제작됨. 1933년 히틀러의 집권 이후 오스트리아도 정치적으로 영향을 받기 시작. 뮌헨의 출판사로부터 『망고 나무의 비밀』 증쇄가 취소되었다는 연락을 받음. 또한 그의 작품들이 직접 금서

목록에 오르지는 않았지만 빈에서 그의 책을 출판하는 출판사가 유대인 출판사인 탓에 독일로의 서적 수출이 금지됨. 이로 인해 페루츠의 가장 큰 출판 시장이 사라지게 됨.

1934년 52세 10월 한스 아들러Hans Adler와 파울 프랑크Paul Frank와 공동 집필한 희곡 「내일은 휴일Morgen ist Feiertag」 탈고. 4월 독일 국민 극장에서 초연.

1935년 53세 6월 1년의 만남 끝에 22세 연하인 그레틀 훔부르거Gretl Humburger와 재혼.

1936년 54세 5월 구상부터 탈고까지 무려 8년이 걸린 『스웨덴 기사*Der schwedische Reiter*』 출간. 원래는 오스트리아, 독일, 스위스 세 나라에서 동시에 출간할 계획이었으나 정치적 상황으로 인해 독일과 스위스 출판사로부터는 출간이 거절됨. 오스트리아에서 출간된 서적은 독일로 수출이 금지되는 바람에 독일 독자들한테 작품을 선보일 기회가 박탈됨.

1938년 56세 오스트리아가 독일에 합병되자 팔레스타인으로 망명. 가족들과 함께 이탈리아의 베니스를 거쳐 하이파에 갔다가 최종적으로 텔아비브에 정착. 원래는 유럽의 다른 나라나 미국으로 망명하고 싶었으나 경제적으로 의지하고 있던 열렬한 시온주의자인 동생 한스의 강력한 권유에 따름.

1940년 58세 팔레스타인 국적 취득.

1941~1945년 59~63세 페루츠의 작품에 반한 아르헨티나의 대문호 호르헤 보르헤스의 지원으로 『튀를뤼팽』, 『9시에서 9시 사이』, 『볼리바르 후작』 등이 스페인어로 번역 출간되어 남미에서 인기를 얻음. 이는 망명 기간 동안 페루츠가 거둔 유일한 문학적 성과라 할 수 있음.

1945년 63세 제2차 세계 대전이 끝나자 오스트리아로 돌아가는 것과 팔레스타인에 그대로 머무는 것 사이에서 갈등. 이미 예루살렘을 제2의 고향으로 느끼고 있었고 고령에 다시 생활 터전을 옮기는 것에 대한 불안감이 더해져 쉽게 결정을 내리지 못함. 하지만 1948년 이스라엘이 정식으로 건국된 이후 유럽과 오스트리아와 빈에 대한 그리움이 더욱 커짐.

1950년 68세 제2차 세계 대전이 끝난 후 처음으로 오스트리아와 영국 방문에 성공.

1952년 70세 오스트리아 국적을 다시 취득했지만 최종적으로 이스라엘에 남기로 결정. 하지만 오스트리아에 대한 그리움으로 매년 여름 몇 달간을 빈과 잘츠카머구트에서 보냄. 생계를 위해 다시 보험사 메노라 Menorah에 취직.

1953년 71세 장편소설 『밤에 돌다리 아래서 *Nachts unter der steinernen Brücke*』 출간. 작품성에 대한 호평이 있었지만 출간 직후 출판사가 파산해 책을 제대로 팔지 못함.

1957년 75세 8월 25일 휴가 차 방문한 오스트리아 바트 이슐에서 갑자기 쓰러져 그곳 병원에서 별세, 바트 이슐 공동묘지에 안치됨.

1959년 별세하기 6주 전에 완성한 유고 장편소설 『레오나르도의 유다 *Der Judas des Leonardo*』 출간.

1962년 『볼리바르 후작』이 프랑스에서 환상 소설을 대상으로 수여되는 녹턴 문학상 수상.

열린책들 세계문학 **264** 스웨덴 기사

옮긴이 강명순 1960년 인천에서 태어나 고려대학교 독어독문학과를 졸업하였으며 동 대학원에서 박사 학위를 받았다. 현재 전문 번역가로 활동하고 있다. 옮긴 책으로는 파트리크 쥐스킨트의 『향수』, 헤르만 헤세의 『수레바퀴 아래서』, 샤를로테 링크의 『폭스 밸리』, 『죄의 메아리』, 『속임수』, 헤르만 코흐의 『디너』, 헬무트 슈미트의 『헬무트 슈미트, 구십 평생 내가 배운 것들』, 파울 요제프 괴벨스의 『미하엘』 등이 있다.

지은이 레오 페루츠 **옮긴이** 강명순 **발행인** 홍지웅 · 홍예빈
발행처 주식회사 열린책들 **주소** 경기도 파주시 문발로 253 파주출판도시
전화 031-955-4000 **팩스** 031-955-4004 **홈페이지** www.openbooks.co.kr

ISBN 978-89-329-1264-6 04850 **ISBN** 978-89-329-1499-2 (세트)
발행일 2020년 11월 30일 세계문학판 1쇄

이 도서의 국립중앙도서관 출판예정도서목록(CIP)은 서지정보유통지원시스템 홈페이지(http://seoji.nl.go.kr)와 국가자료공동목록시스템(http://www.nl.go.kr/kolisnet)에서 이용하실 수 있습니다.(CIP제어번호 : CIP2020047758)

열린책들 세계문학
Open Books World Literature

001 **죄와 벌** 표도르 도스또예프스끼 장편소설 | 홍대화 옮김 | 전2권 | 각 408, 512면
003 **최초의 인간** 알베르 카뮈 장편소설 | 김화영 옮김 | 392면
004 **소설** 제임스 미치너 장편소설 | 윤희기 옮김 | 전2권 | 각 280, 368면
006 **개를 데리고 다니는 부인** 안똔 체호프 소설선집 | 오종우 옮김 | 368면
007 **우주 만화** 이탈로 칼비노 단편집 | 김운찬 옮김 | 416면
008 **댈러웨이 부인** 버지니아 울프 장편소설 | 최애리 옮김 | 296면
009 **어머니** 막심 고리끼 장편소설 | 최윤락 옮김 | 544면
010 **변신** 프란츠 카프카 중단편집 | 홍성광 옮김 | 464면
011 **전도서에 바치는 장미** 로저 젤라즈니 중단편집 | 김상훈 옮김 | 432면
012 **대위의 딸** 알렉산드르 뿌쉬낀 장편소설 | 석영중 옮김 | 240면
013 **바다의 침묵** 베르코르 소설선집 | 이상해 옮김 | 256면
014 **원수들, 사랑 이야기** 아이작 싱어 장편소설 | 김진준 옮김 | 320면
015 **백치** 표도르 도스또예프스끼 장편소설 | 김근식 옮김 | 전2권 | 각 504, 528면
017 **1984년** 조지 오웰 장편소설 | 박경서 옮김 | 392면
019 **이상한 나라의 앨리스** 루이스 캐럴 환상동화 | 머빈 피크 그림 | 최용준 옮김 | 336면
020 **베네치아에서의 죽음** 토마스 만 중단편집 | 홍성광 옮김 | 432면
021 **그리스인 조르바** 니코스 카잔차키스 장편소설 | 이윤기 옮김 | 488면
022 **벚꽃 동산** 안똔 체호프 희곡선집 | 오종우 옮김 | 336면
023 **연애 소설 읽는 노인** 루이스 세풀베다 장편소설 | 정창 옮김 | 192면
024 **젊은 사자들** 어윈 쇼 장편소설 | 정영문 옮김 | 전2권 | 각 416, 408면
026 **젊은 베르테르의 슬픔** 요한 볼프강 폰 괴테 장편소설 | 김인순 옮김 | 240면
027 **시라노** 에드몽 로스탕 희곡 | 이상해 옮김 | 256면
028 **전망 좋은 방** E. M. 포스터 장편소설 | 고정아 옮김 | 352면
029 **까라마조프 씨네 형제들** 표도르 도스또예프스끼 장편소설 | 이대우 옮김 | 전3권 | 각 496, 496, 460면
032 **프랑스 중위의 여자** 존 파울즈 장편소설 | 김석희 옮김 | 전2권 | 각 344면
034 **소립자** 미셸 우엘벡 장편소설 | 이세욱 옮김 | 448면
035 **영혼의 자서전** 니코스 카잔차키스 자서전 | 안정효 옮김 | 전2권 | 각 352, 408면

037 **우리들** 예브게니 자먀찐 장편소설 | 석영중 옮김 | 320면
038 **뉴욕 3부작** 폴 오스터 장편소설 | 황보석 옮김 | 480면
039 **닥터 지바고** 보리스 빠스쩨르나끄 장편소설 | 박형규 옮김 | 전2권 | 각 400, 512면
041 **고리오 영감** 오노레 드 발자크 장편소설 | 임희근 옮김 | 456면
042 **뿌리** 알렉스 헤일리 장편소설 | 안정효 옮김 | 전2권 | 각 400, 448면
044 **백년보다 긴 하루** 친기즈 아이뜨마또프 장편소설 | 황보석 옮김 | 560면
045 **최후의 세계** 크리스토프 란스마이어 장편소설 | 장희권 옮김 | 264면
046 **추운 나라에서 돌아온 스파이** 존 르카레 장편소설 | 김석희 옮김 | 368면
047 **산도칸 – 몸프라쳄의 호랑이** 에밀리오 살가리 장편소설 | 유향란 옮김 | 428면
048 **기적의 시대** 보리슬라프 페키치 장편소설 | 이윤기 옮김 | 560면
049 **그리고 죽음** 짐 크레이스 장편소설 | 김석희 옮김 | 224면
050 **세설** 다니자키 준이치로 장편소설 | 송태욱 옮김 | 전2권 | 각 480면
052 **세상이 끝날 때까지 아직 10억 년** 스뜨루가츠끼 형제 장편소설 | 석영중 옮김 | 224면
053 **동물 농장** 조지 오웰 장편소설 | 박경서 옮김 | 208면
054 **캉디드 혹은 낙관주의** 볼테르 장편소설 | 이봉지 옮김 | 232면
055 **도적 떼** 프리드리히 폰 실러 희곡 | 김인순 옮김 | 264면
056 **플로베르의 앵무새** 줄리언 반스 장편소설 | 신재실 옮김 | 320면
057 **악령** 표도르 도스또예프스끼 장편소설 | 박혜경 옮김 | 전3권 | 각 328, 408, 528면
060 **의심스러운 싸움** 존 스타인벡 장편소설 | 윤희기 옮김 | 340면
061 **몽유병자들** 헤르만 브로흐 장편소설 | 김경연 옮김 | 전2권 | 각 568, 544면
063 **몰타의 매** 대실 해밋 장편소설 | 고정아 옮김 | 304면
064 **마야꼬프스끼 선집** 블라지미르 마야꼬프스끼 선집 | 석영중 옮김 | 384면
065 **드라큘라** 브램 스토커 장편소설 | 이세욱 옮김 | 전2권 | 각 340, 344면
067 **서부 전선 이상 없다** 에리히 마리아 레마르크 장편소설 | 홍성광 옮김 | 336면
068 **적과 흑** 스탕달 장편소설 | 임미경 옮김 | 전2권 | 각 432, 368면
070 **지상에서 영원으로** 제임스 존스 장편소설 | 이종인 옮김 | 전3권 | 각 396, 380, 496면
073 **파우스트** 요한 볼프강 폰 괴테 희곡 | 김인순 옮김 | 568면
074 **쾌걸 조로** 존스턴 매컬리 장편소설 | 김훈 옮김 | 316면
075 **거장과 마르가리따** 미하일 불가꼬프 장편소설 | 홍대화 옮김 | 전2권 | 각 364, 328면
077 **순수의 시대** 이디스 워튼 장편소설 | 고정아 옮김 | 448면
078 **검의 대가** 아르투로 페레스 레베르테 장편소설 | 김수진 옮김 | 384면

079 **예브게니 오네긴** 알렉산드르 뿌쉬낀 운문소설 | 석영중 옮김 | 328면

080 **장미의 이름** 움베르토 에코 장편소설 | 이윤기 옮김 | 전2권 | 각 440, 448면

082 **향수** 파트리크 쥐스킨트 장편소설 | 강명순 옮김 | 384면

083 **여자를 안다는 것** 아모스 오즈 장편소설 | 최창모 옮김 | 280면

084 **나는 고양이로소이다** 나쓰메 소세키 장편소설 | 김난주 옮김 | 544면

085 **웃는 남자** 빅토르 위고 장편소설 | 이형식 옮김 | 전2권 | 각 472, 496면

087 **아웃 오브 아프리카** 카렌 블릭센 장편소설 | 민승남 옮김 | 480면

088 **무엇을 할 것인가** 니꼴라이 체르니셰프스끼 장편소설 | 서정록 옮김 | 전2권 | 각 360, 404면

090 **도나 플로르와 그녀의 두 남편** 조르지 아마두 장편소설 | 오숙은 옮김 | 전2권 | 각 408, 308면

092 **미사고의 숲** 로버트 홀드스톡 장편소설 | 김상훈 옮김 | 424면

093 **신곡** 단테 알리기에리 장편서사시 | 김운찬 옮김 | 전3권 | 각 292, 296, 328면

096 **교수** 샬럿 브론테 장편소설 | 배미영 옮김 | 368면

097 **노름꾼** 표도르 도스또예프스끼 장편소설 | 이재필 옮김 | 320면

098 **하워즈 엔드** E. M. 포스터 장편소설 | 고정아 옮김 | 512면

099 **최후의 유혹** 니코스 카잔차키스 장편소설 | 안정효 옮김 | 전2권 | 각 408면

101 **키리냐가** 마이크 레스닉 장편소설 | 최용준 옮김 | 464면

102 **바스커빌가의 개** 아서 코넌 도일 장편소설 | 조영학 옮김 | 264면

103 **버마 시절** 조지 오웰 장편소설 | 박경서 옮김 | 408면

104 **10 1/2장으로 쓴 세계 역사** 줄리언 반스 장편소설 | 신재실 옮김 | 464면

105 **죽음의 집의 기록** 표도르 도스또예프스끼 장편소설 | 이덕형 옮김 | 528면

106 **소유** 앤토니어 수전 바이어트 장편소설 | 윤희기 옮김 | 전2권 | 각 440, 488면

108 **미성년** 표도르 도스또예프스끼 장편소설 | 이상룡 옮김 | 전2권 | 각 512, 544면

110 **성 앙투안느의 유혹** 귀스타브 플로베르 희곡소설 | 김용은 옮김 | 584면

111 **밤으로의 긴 여로** 유진 오닐 희곡 | 강유나 옮김 | 240면

112 **마법사** 존 파울즈 장편소설 | 정영문 옮김 | 전2권 | 각 512, 552면

114 **스쩨빤치꼬보 마을 사람들** 표도르 도스또예프스끼 장편소설 | 변현태 옮김 | 416면

115 **플랑드르 거장의 그림** 아르투로 페레스 레베르테 장편소설 | 정창 옮김 | 512면

116 **분신** 표도르 도스또예프스끼 장편소설 | 석영중 옮김 | 288면

117 **가난한 사람들** 표도르 도스또예프스끼 장편소설 | 석영중 옮김 | 256면

118 **인형의 집** 헨리크 입센 희곡 | 김창화 옮김 | 272면

119 **영원한 남편** 표도르 도스또예프스끼 장편소설 | 정명자 외 옮김 | 448면

120 **알코올** 기욤 아폴리네르 시집 | 황현산 옮김 | 352면
121 **지하로부터의 수기** 표도르 도스또예프스끼 장편소설 | 계동준 옮김 | 256면
122 **어느 작가의 오후** 페터 한트케 중편소설 | 홍성광 옮김 | 160면
123 **아저씨의 꿈** 표도르 도스또예프스끼 장편소설 | 박종소 옮김 | 312면
124 **네또츠까 네즈바노바** 표도르 도스또예프스끼 장편소설 | 박재만 옮김 | 316면
125 **곤두박질** 마이클 프레인 장편소설 | 최용준 옮김 | 528면
126 **백야 외** 표도르 도스또예프스끼 소설선집 | 석영중 외 옮김 | 408면
127 **살라미나의 병사들** 하비에르 세르카스 장편소설 | 김창민 옮김 | 304면
128 **뻬쩨르부르그 연대기 외** 표도르 도스또예프스끼 소설선집 | 이항재 옮김 | 296면
129 **상처받은 사람들** 표도르 도스또예프스끼 장편소설 | 윤우섭 옮김 | 전2권 | 각 296, 392면
131 **악어 외** 표도르 도스또예프스끼 소설선집 | 박혜경 외 옮김 | 312면
132 **허클베리 핀의 모험** 마크 트웨인 장편소설 | 윤교찬 옮김 | 416면
133 **부활** 레프 똘스또이 장편소설 | 이대우 옮김 | 전2권 | 각 308, 416면
135 **보물섬** 로버트 루이스 스티븐슨 장편소설 | 머빈 피크 그림 | 최용준 옮김 | 360면
136 **천일야화** 앙투안 갈랑 엮음 | 임호경 옮김 | 전6권 | 각 336, 328, 372, 392, 344, 320면
142 **아버지와 아들** 이반 뚜르게네프 장편소설 | 이상원 옮김 | 328면
143 **오만과 편견** 제인 오스틴 장편소설 | 원유경 옮김 | 480면
144 **천로 역정** 존 버니언 우화소설 | 이동일 옮김 | 432면
145 **대주교에게 죽음이 오다** 윌라 캐더 장편소설 | 윤명옥 옮김 | 352면
146 **권력과 영광** 그레이엄 그린 장편소설 | 김연수 옮김 | 384면
147 **80일간의 세계 일주** 쥘 베른 장편소설 | 고정아 옮김 | 352면
148 **바람과 함께 사라지다** 마거릿 미첼 장편소설 | 안정효 옮김 | 전3권 | 각 616, 640, 640면
151 **기탄잘리** 라빈드라나트 타고르 시집 | 장경렬 옮김 | 224면
152 **도리언 그레이의 초상** 오스카 와일드 장편소설 | 윤희기 옮김 | 384면
153 **레우코와의 대화** 체사레 파베세 희곡소설 | 김운찬 옮김 | 280면
154 **햄릿** 윌리엄 셰익스피어 희곡 | 박우수 옮김 | 256면
155 **맥베스** 윌리엄 셰익스피어 희곡 | 권오숙 옮김 | 176면
156 **아들과 연인** 데이비드 허버트 로런스 장편소설 | 최희섭 옮김 | 전2권 | 각 464, 432면
158 **그리고 아무 말도 하지 않았다** 하인리히 뵐 장편소설 | 홍성광 옮김 | 272면
159 **미덕의 불운** 싸드 장편소설 | 이형식 옮김 | 248면
160 **프랑켄슈타인** 메리 W. 셸리 장편소설 | 오숙은 옮김 | 320면

161 **위대한 개츠비** 프랜시스 스콧 피츠제럴드 장편소설 | 한애경 옮김 | 280면
162 **아Q정전** 루쉰 중단편집 | 김태성 옮김 | 320면
163 **로빈슨 크루소** 대니얼 디포 장편소설 | 류경희 옮김 | 456면
164 **타임머신** 허버트 조지 웰스 소설선집 | 김석희 옮김 | 304면
165 **제인 에어** 샬럿 브론테 장편소설 | 이미선 옮김 | 전2권 | 각 392, 384면
167 **풀잎** 월트 휘트먼 시집 | 허현숙 옮김 | 280면
168 **표류자들의 집** 기예르모 로살레스 장편소설 | 최유정 옮김 | 216면
169 **배빗** 싱클레어 루이스 장편소설 | 이종인 옮김 | 520면
170 **이토록 긴 편지** 마리아마 바 장편소설 | 백선희 옮김 | 192면
171 **느릅나무 아래 욕망** 유진 오닐 희곡 | 손동호 옮김 | 168면
172 **이방인** 알베르 카뮈 장편소설 | 김예령 옮김 | 208면
173 **미라마르** 나기브 마푸즈 장편소설 | 허진 옮김 | 288면
174 **지킬 박사와 하이드 씨** 로버트 루이스 스티븐슨 소설선집 | 조영학 옮김 | 320면
175 **루진** 이반 뚜르게네프 장편소설 | 이항재 옮김 | 264면
176 **피그말리온** 조지 버나드 쇼 희곡 | 김소임 옮김 | 256면
177 **목로주점** 에밀 졸라 장편소설 | 유기환 옮김 | 전2권 | 각 336면
179 **엠마** 제인 오스틴 장편소설 | 이미애 옮김 | 전2권 | 각 336, 360면
181 **비숍 살인 사건** S. S. 밴 다인 장편소설 | 최인자 옮김 | 464면
182 **우신예찬** 에라스무스 풍자문 | 김남우 옮김 | 296면
183 **하자르 사전** 밀로라드 파비치 장편소설 | 신현철 옮김 | 488면
184 **테스** 토머스 하디 장편소설 | 김문숙 옮김 | 전2권 | 각 392, 336면
186 **투명 인간** 허버트 조지 웰스 장편소설 | 김석희 옮김 | 288면
187 **93년** 빅토르 위고 장편소설 | 이형식 옮김 | 전2권 | 각 288, 360면
189 **젊은 예술가의 초상** 제임스 조이스 장편소설 | 성은애 옮김 | 384면
190 **소네트집** 윌리엄 셰익스피어 연작시집 | 박우수 옮김 | 200면
191 **메뚜기의 날** 너새니얼 웨스트 장편소설 | 김진준 옮김 | 280면
192 **나사의 회전** 헨리 제임스 중편소설 | 이승은 옮김 | 256면
193 **오셀로** 윌리엄 셰익스피어 희곡 | 권오숙 옮김 | 216면
194 **소송** 프란츠 카프카 장편소설 | 김재혁 옮김 | 376면
195 **나의 안토니아** 윌라 캐더 장편소설 | 전경자 옮김 | 368면
196 **자성록** 마르쿠스 아우렐리우스 명상록 | 박민수 옮김 | 240면

197 **오레스테이아** 아이스킬로스 비극 | 두행숙 옮김 | 336면
198 **노인과 바다** 어니스트 헤밍웨이 소설선집 | 이종인 옮김 | 320면
199 **무기여 잘 있거라** 어니스트 헤밍웨이 장편소설 | 이종인 옮김 | 464면
200 **서푼짜리 오페라** 베르톨트 브레히트 희곡선집 | 이은희 옮김 | 320면
201 **리어 왕** 윌리엄 셰익스피어 희곡 | 박우수 옮김 | 224면
202 **주홍 글자** 너대니얼 호손 장편소설 | 곽영미 옮김 | 360면
203 **모히칸족의 최후** 제임스 페니모어 쿠퍼 장편소설 | 이나경 옮김 | 512면
204 **곤충 극장** 카렐 차페크 희곡선집 | 김선형 옮김 | 360면
205 **누구를 위하여 종은 울리나** 어니스트 헤밍웨이 장편소설 | 이종인 옮김 | 전2권 | 각 416, 400면
207 **타르튀프** 몰리에르 희곡선집 | 신은영 옮김 | 416면
208 **유토피아** 토머스 모어 소설 | 전경자 옮김 | 288면
209 **인간과 초인** 조지 버나드 쇼 희곡 | 이후지 옮김 | 320면
210 **페드르와 이폴리트** 장 라신 희곡 | 신정아 옮김 | 200면
211 **말테의 수기** 라이너 마리아 릴케 장편소설 | 안문영 옮김 | 320면
212 **등대로** 버지니아 울프 장편소설 | 최애리 옮김 | 328면
213 **개의 심장** 미하일 불가꼬프 중편소설집 | 정연호 옮김 | 352면
214 **모비 딕** 허먼 멜빌 장편소설 | 강수정 옮김 | 전2권 | 각 464, 488면
216 **더블린 사람들** 제임스 조이스 단편소설집 | 이강훈 옮김 | 336면
217 **마의 산** 토마스 만 장편소설 | 윤순식 옮김 | 전3권 | 각 496, 488, 512면
220 **비극의 탄생** 프리드리히 니체 | 김남우 옮김 | 320면
221 **위대한 유산** 찰스 디킨스 장편소설 | 류경희 옮김 | 전2권 | 각 432, 448면
223 **사람은 무엇으로 사는가** 레프 똘스또이 소설선집 | 윤새라 옮김 | 464면
224 **자살 클럽** 로버트 루이스 스티븐슨 소설선집 | 임종기 옮김 | 272면
225 **채털리 부인의 연인** 데이비드 허버트 로런스 장편소설 | 이미선 옮김 | 전2권 | 각 336, 328면
227 **데미안** 헤르만 헤세 장편소설 | 김인순 옮김 | 264면
228 **두이노의 비가** 라이너 마리아 릴케 시 선집 | 손재준 옮김 | 504면
229 **페스트** 알베르 카뮈 장편소설 | 최윤주 옮김 | 432면
230 **여인의 초상** 헨리 제임스 장편소설 | 정상준 옮김 | 전2권 | 각 520, 544면
232 **성** 프란츠 카프카 장편소설 | 이재황 옮김 | 560면
233 **차라투스트라는 이렇게 말했다** 프리드리히 니체 산문시 | 김인순 옮김 | 464면
234 **노래의 책** 하인리히 하이네 시집 | 이재영 옮김 | 384면

235 **변신 이야기** 오비디우스 서사시 | 이종인 옮김 | 632면

236 **안나 까레니나** 레프 똘스또이 장편소설 | 이명현 옮김 | 전2권 | 각 800, 736면

238 **이반 일리치의 죽음 · 광인의 수기** 레프 똘스또이 중단편집 | 석영중 · 정지원 옮김 | 232면

239 **수레바퀴 아래서** 헤르만 헤세 장편소설 | 강명순 옮김 | 272면

240 **피터 팬** J. M. 배리 장편소설 | 최용준 옮김 | 272면

241 **정글 북** 러디어드 키플링 중단편집 | 오숙은 옮김 | 272면

242 **한여름 밤의 꿈** 윌리엄 셰익스피어 희곡 | 박우수 옮김 | 160면

243 **좁은 문** 앙드레 지드 장편소설 | 김화영 옮김 | 264면

244 **모리스** E. M. 포스터 장편소설 | 고정아 옮김 | 408면

245 **브라운 신부의 순진** 길버트 키스 체스터턴 단편집 | 이상원 옮김 | 336면

246 **각성** 케이트 쇼팽 장편소설 | 한애경 옮김 | 272면

247 **뷔히너 전집** 게오르크 뷔히너 지음 | 박종대 옮김 | 400면

248 **디미트리오스의 가면** 에릭 앰블러 장편소설 | 최용준 옮김 | 424면

249 **베르가모의 페스트 외** 옌스 페테르 야콥센 중단편 전집 | 박종대 옮김 | 208면

250 **폭풍우** 윌리엄 셰익스피어 희곡 | 박우수 옮김 | 176면

251 **어셴든, 영국 정보부 요원** 서머싯 몸 연작 소설집 | 이민아 옮김 | 416면

252 **기나긴 이별** 레이먼드 챈들러 장편소설 | 김진준 옮김 | 600면

253 **인도로 가는 길** E. M. 포스터 장편소설 | 민승남 옮김 | 552면

254 **올랜도** 버지니아 울프 장편소설 | 이미애 옮김 | 376면

255 **시지프 신화** 알베르 카뮈 지음 | 박언주 옮김 | 264면

256 **조지 오웰 산문선** 조지 오웰 지음 | 허진 옮김 | 424면

257 **로미오와 줄리엣** 윌리엄 셰익스피어 희곡 | 도해자 옮김 | 200면

258 **수용소군도** 알렉산드르 솔제니찐 기록문학 | 김학수 옮김 | 전6권 | 각 460면 내외

264 **스웨덴 기사** 레오 페루츠 장편소설 | 강명순 옮김 | 336면

각 권 8,800~15,800원